小学館文庫

バリア・セグメント
水の通う回路 完全版

松岡圭祐

小学館文庫

バリア・セグメント　水の通う回路　完全版

前書きにかえて

本書の親本『水の通う回路』は一九九八年、幻冬舎から刊行された。時期的には『催眠』と『千里眼』のあいだで、僕としては二作目の小説だった。

ただし、この作品は当時も、徳間書店で『バグ』と改題し文庫化したときにも、不完全な作品のままだったと感じている。

じつは本作は執筆当初、ハードカバーで刊行されたものとは異なる〝事件の真相〟が描かれていた。けれども、当時の編集者はいった。「これはミステリー小説の約束事に反している。真相は誰でも知っている身近なもので、しかも〝真犯人〟は、主人公のかねてからの知り合いの〝意外な人物〟でなければ」と。

当時の編集者を責めるつもりはない。僕の作品は『催眠』にしろ本作にしろ、独特のものであったようだし、できるかぎりミステリーというジャンルに近づけて、その層の読者に受けいれられるようアレンジすべきと考えたのだろう。

むろん僕の考えは違った。これは局地的な事件ではなく、国家規模の一大事であり、有名企業を標的にする人物は日本のどこに潜んでいるやもしれない、見知らぬ一般人である。

主人公の狭い人間関係のなかで織り成すドラマとは、本質的に異なるはずだ。
まだ『催眠』もベストセラーになっていないころで、内容を書き直さねば出版できなかった。しかし、いつしか〝松岡ワールド〟と呼ばれるものが読者の方々に認識されると、かつてのように既存のミステリーの枠に擦り寄ったり、無理に当てはめる必要もなくなった。

九年間の執筆活動で、出版前にストーリーの根幹部分を改変せざるをえなかったのは、本作が最初で最後のことだった。本作だけ、いつもと違う版元だったことも影響しているだろう。

当初、執筆した原稿はデータが消去されて残っていない。よって今回、落ち着くべきところに落ち着いた二度目の文庫化で、それらを元のかたちに戻すと同時に、古くなったゲーム業界およびコンピュータを取り巻く環境のすべて、そしてそこに生きる人々を、二〇〇六年以降の姿に書き直すことにした。

事件の真相については、医学的にもこちらのほうが事実に近いと専門家の意見をいただいたし、僕自身もそう考えている。

そういうわけで、本書こそが一九九八年当時に出したかった『水の通う回路』の、いまあるべき姿である。

２００６年７月　　著者

ニュータウン

主婦の島田幾恵《しまだいくえ》は、ずっしりと重い白のビニール袋を両手に三つずつたばねてさげながら、家路を急いでいた。

すでに陽《ひ》は傾きつつある。千葉県佐倉市、ユーカリが丘。新興住宅地のきれいに区画整理された街並みはオレンジがかり、なめらかなアスファルトの上にはていねいに描かれた斜線のように、細長い電柱の影が等間隔に落ちている。

新興住宅地とはいっても、区画整理されたのはずいぶん前だ。バブル期にはここも、通勤圏内の豪華な街になると謳《うた》われてきた。ホテルやショッピングモールが建ち並ぶ京成ユーカリが丘駅前にそのころの名残がある。ただし、現在の地価はそれほどでもない。景気が緩やかに回復してきたといっても、庶民の感覚にはほど遠い。道を走るのは大衆車がほとんどで、かつては豪邸が建つ予定だった土地も建売分譲地となり、こぢんまりとした手ごろな物件が整然と並ぶばかりだった。

夫が家を買ったころにくらべ、土地の査定額は半値以下にさがった。それでもローンの残金は減額されるわけではない。引っ越そうにも、いま家を売ったら赤字になる。時期が悪かった。夫はことあるごとにそういった。バブル期には認められていたタクシー券も打ち切られ、電車で長い道のりを都内まで通勤しつづけている。

とはいえ、比較的新しい設計により誕生した街にはいいところもある。ここには住宅地にモノレールが走っている。ユーカリが丘線。コアラが車体に描かれたそのモノレールによって、わざわざクルマをださずとも離れた場所まで買い物にいける。路面バスと大差はないが、気分がちがう。乗り物に酔いやすい幾恵にとっては、見晴らしのいい高架線の上を安定した速度で走るモノレールの存在はなによりだった。バスではたちまち吐き気に見舞われる。酔い止め薬が手ばなせなくなる。医者は、抗ヒスタミン剤を摂取しすぎると身体《からだ》に悪いといっていた。少なくとも一日おきにしなさい、そう指示してくる。吐き気をこらえて往復する日々では、買い物も憂鬱《ゆううつ》なものになるだろう。

モノレールの〝中学校駅〟から徒歩で五分ほどの帰路。学校のチャイムの音が聞こえる。午後五時を告げる鐘の音。

じきにお腹《なか》をすかせたわが子が家の玄関の前に立つだろう。それくらいの時刻だ。だが、仲よしの友達と会話がはずんだら、途中で延々と三十分以上も立ち話することもある。

寄り道せずに早く帰ってらっしゃい。いつも子供にはそういいきかせていた。けれども、きょうばかりは少しだけ寄り道していてほしい。いつもどおりきちんと帰宅する時刻を守っていたら、きっと玄関前で不機嫌そうな顔をして彼女を出迎えるにちがいない。お母さん、鍵がかかってて入れなかった。いまごろ買い物に行ってたのう？　さも不公平だといいたげな子供のふくれっ面を想像して、幾恵は思わず苦笑した。

　両手にさげている買い物袋には今夜の食材が入っていた。鶏肉が五百グラムにソーセージがひと袋、レタス、ほうれん草、ごぼう、豆腐、こんにゃく、生卵のパック。買い物はいつも駅前のサティ食品売り場だった。村上駅近くのイトーヨーカドーのほうが品質はいいが、遠すぎる。サラダ油や牛乳、飼い猫のキャットフードも含まれていた。

　三人と一匹のつましい家庭。それでも、たった一晩で消費する食料は幾恵の肩凝りの元になるには充分だ。スーパーから家までの運搬。それから台所でひとはたらき。巨人戦の中継を肴《さかな》にゆっくり食事をとる夫につきあい、後片づけは午後十時をすぎてからだった。きょうもそんな日没後の時間を迎える。いつもとおなじ日常の、いつもとおなじ時間。多忙なのかひまなのか、よくわからない時間。

　知らないうちにストレスがたまっていたのだろうか。このところ昼寝の時間がだんだん長くなっていた。そしてきょう、夕方まで寝すごしてしまった。あわてて家をとびだしたのが三時半すぎだった。

　やはり疲れていたのだろう。ふと足をとめ、空を見あげる。風はなかった。紅《あか》く染まった白い雲がそこかしこに浮かんでいた。旅客機が高度をさげながら夕焼け空を横ぎっていく。成田に着陸する飛行機だった。越してきたばかりのころはうるさいと感じていた飛行機の音も、いまではごくあたりまえの環境の断片にすぎなくなっていた。

　ユーカリが丘、か。思わずつぶやきが漏れる。名称とは裏腹に、ユーカリの木など一本も生えてはいない。街がつくられたころには植えられたという噂《うわさ》もある。しかし、乾燥した暑い日のつづくオーストラリアと、四季が気候の変化を織り成す日本では土壌に違いがありすぎた。ユーカリの並木はたちまち腐ってしまったときく。

　木からしてそのありさま。バブル崩壊も避けられない運命だったかもしれなかった。

　背後からクラクションがきこえ、幾恵は我にかえった。ふりかえると、白いマイクロバスがすぐ後ろにいた。脇《わき》にどくと、バスはゆっくりと速度をあげて目の前を通過していった。静かなエンジン音だった。車体には大きく小学校の名前と校章がかかれている。

　通りすぎていくとき、窓からこちらを見おろす子供たちの顔が見えた。わりと遠くから通っている子供たちだ。片道一キロを超えるところに住んでいる子供たちには、マイクロバスの送迎がある。

　自分の子供が乗っているはずはないため、幾恵は子供の顔を確かめようとはしなかった。わたしの家はすぐ近くだ。乗っているはずはない。

　ところが、妙な感触が身体のなかを走りぬけた。無意識のうちに、子供の顔をまじまじと見つめていた。小学六年生ぐらい、ちょうど自分の子供とおなじぐらいの歳《とし》の男の子だった。無表情に、ぼんやりと、焦点の合わない目をこちらに向けている。

バスが目の前を走りさってから、なぜ注意を奪われたかに気づいた。あの目だ。生気のない、死んだような目。なんの感情も表わさない目。わたしの子供もときおりそういう目をする。そんなとき、幾恵はひどく不安になる。いっさいのコミュニケーションが絶たれたような、どうしようもない孤独感にさいなまれる。

小さくなっていくバスの後ろ姿を見送りながら、幾恵はふとため息をついた。考えすぎだ。やはり疲労のせいにちがいない。子供がなにを考えているかわからないことは頻繁にある。いまの子にしたって、うつろな表情を浮かべているのも当然だ。送迎バスに乗っているだけなのだから。

ふたたび歩きだした。頭のなかでは献立をどうしようかと考えていた。カラスの声が空に響いている。生ゴミをあさって、日々たくましく増殖しているカラスの群れの声。なぜか胸騒ぎがする。都内ならいざしらず、この街でカラスを見かけるのは稀《まれ》だ。掃除が行き届いていて、住民のほとんどがゴミ出しのルールを守っているユーカリが丘では、カラスが餌《えさ》にありつくことはできない。いままではそのはずだった。

誰がだした生ゴミなのだろう。これも地価下落の弊害か。マナーを守れない人間が住みつくようになると、街そのものが汚れていくのは避けられない。

立ちどまった。バスがなぜか、前方で停車している。エンジンはかかったままだ。妙だ、と幾恵は思った。子供たちを降ろすのはもっと遠くに行ってからのはずだ。

ドアが開いた。ひとりの子供が降りてくる。

さっきの子だ。青地に褐色のまだら模様が入ったシャツにジーパン姿。ランドセルは背負わず、手にぶらさげて持っている。髪の毛はなぜか、かきむしったように乱れていた。

子供は道路に降り立つと、ふらふらとよろめいた。車に酔ったのだろうか。彼女は足ばやに近づいた。ビニール袋ぐらいなら、貸してあげられると思う。

「ぼく」幾恵は声をかけた。「気分が悪いの？」

子供は顔をあげた。さっき見た、死んだような目がこちらを向いた。

その子供の顔に、みるみるうちに感情がひろがった。恐怖、あるいは悲哀だろうか。目を見開き、わなわなと唇を震わせた。

幾恵は足をとめた。というより、足がすくんだ。子供の顔が蒼白《そうはく》になり、目は血走り、人形のように丸く見開かれていた。そして、絶叫。耳をつんざくような絶叫。悲鳴とも怒号ともとれる絶叫。

寒気が全身を襲った。凍りついたように立ちすくんだまま、一歩も動くことはできなかった。子供の着ているシャツの、本来の色に気づいたからだった。子供が着ていたのは薄いブルーのシャツだった。いまは血しぶきで色を変えている。子供の腹部には銀色の刃《やいば》が突き立てられていた。子供は息苦しそうにあえぎながら、両手で空をかきむしり、おぼつかない足どりでこちらへ歩いてくる。顎《あご》の下は飛び散った血に染まっていた。血の色は真紅というよりは墨のように黒かった。

子供が目の前に来た。真っ青になった顔をあげ、焦点の合わない目で幾恵を見あげた。唇を震わせながら、子供はつぶやいた。

「たすけて」

幾恵はなにもいえなかった。いつの間にか両手から買い物袋が滑り落ちていた。ただ子供の腹部を見つめていた。鼓動に呼応するかのように、一定のリズムで血がどくどくと流れだしていた。

子供は腹からしぼりだすような声でもういちどさけんだ。「たすけて！」

目をかっと見開いたまま、子供は一瞬静止したように見えた。それがゆっくりと動きだした。前のめりに倒れてきた。彼女はとっさに身をかがめ、抱きとめた。濡《ぬ》れたものに接したときのような、べちゃりという音がした。飛び散った血が顔に降りかかるのを感じる。子供の身体はおどろくほど冷たかった。幾恵の体温をすべて奪うかのようだった。両手のなかで、子供はぐったりとしていた。かすかにうめき声をあげたあと、呼吸のひとつもしなくなった。あいかわらずオレンジ色の陽射《ひざ》しが辺りに降りそそいでいた。だが、幾恵はもう、怠惰《たいだ》な日常のなかにはいなかった。

恐怖と吐き気が同時にこみあげてきた。見開かれたままの子供の目を見つめながら、幾恵はなぜかわが子のことを思った。

もう家に着いたかしら。鍵を渡さないと。玄関で待ってくれてるかしら……。

カラスの声が響く。黒い翼をひろげて頭上を旋回する、その影が少年の顔におちている。影が徐々に薄らいでいく。たそがれは闇夜《やみよ》に変わっていく。バスから降りてきた運転手らしき男の声が耳をかすめた。しかし幾恵は、冷たくなった見知らぬ子供の身体を抱いたまま、その虚空を見つめる瞳《ひとみ》から一時も目をそらすことができずにいた。

報道

入院患者はさぞ迷惑していることだろう。とりわけ、署長の心のなかは察するにあまりある。

　霧雨の降りしきる暗闇《くらやみ》のなかにうっすらと浮かびあがる東州医大付属佐倉病院の建物を見あげて、須藤武典《すどうたけのり》はそう思った。

　この病院は午後五時には面会時間が終わる。夜中ともなれば、山林の静けさのなかにすっかり溶けこんでしまうだろう。表通りはクルマの往来も途絶える。近辺にはコンビニとガソリンスタンドが一軒ずつあるだけだ。ユーカリが丘からさほど距離がないといっても、夜遅くにここまで足を運ぶ物好きはいない。街灯もなくひとけもないからだ。この季節にはムササビさえ飛びまわる。人がひしめく都会の交差点とは対照的に、見渡すかぎりの木々ばかりが自分を囲む。どちらも孤独にひたることができるという点では共通している。

須藤は、そんな環境が気にいっていた。都会の喧騒《けんそう》も、このひっそりとした林のなかも。

　だが、その両者がまじりあうとただ不快になるだけだということは、いまはじめて知った。

今夜、ムササビにかわって空を飛びまわっているのはヘリコプターだった。爆音をたてて建物の上空を旋回している。サーチライトが頭上をかすめるたび、まばゆい光に目がくらむ。テレビ局のヘリだろう。ここへ駆けつけるには成田からヘリを飛ばすのが一番早い。もっともそれでは、上空から病院前の映像を撮《と》ることしかできない。だからマスコミ各社は地上部隊も繰りだしてきている。

病院の前はひどくにぎやかだった。新聞社のクルマやテレビ局の中継車、パトカーが十数台、駐車場に停車している。報道陣が玄関先に詰めかけていた。彼らの肩ごしに、三人の制服警官がそれを押しもどそうと懸命になっているのが見える。そのうちひとりは須藤の友人だった。きょうは一緒に出前で昼食をとった。ひまですね、その制服警官がカツどんを頬《ほお》ばりながらそうこぼしていたのを思いだした。付近をパトロールし老人を道案内して、臼井《うすい》駅周辺の越してきたばかりの家をたずねる。そんな日常には飽き飽きですよ。なにかこう、もっと刺激的なことでも起きないですかね。そんなことをいっていた。いまは思ったとおりになったろう。それがいかに無益な願いだったかも、いまではよくわかっているだろう。汗だくになりながら記者たちと押しあっている彼の姿を遠目にながめて、須藤はそう思った。

ハイライトを一本口にくわえ、ライターで火をつけた。足もとは吸い殻でいっぱいだった。警察官が吸い殻を投げ捨てても、だれも目もくれない。ささいなモラル違反が槍玉《やりだま》にあがるのは、世間がひまをもてあましているときだけだ。こういうときには山火事の危険をさとすような輩《やから》はいない。もちろん、自分も最低限の注意ははらっている。アスファルトは一日降りつづいた雨のせいで湿っている。落下するやタバコは水をたっぷり染みこませる。乾燥した灰皿に吸い殻を山盛りにするよりは、こっちのほうが安全だ。

須藤さん、と名前を呼ばれてふりかえった。べつの制服警官がいった。県警の捜査一課長がお呼びです。

いま行く。須藤はハイライトをくわえたままそういって、パトカーのボンネットから腰を浮かせた。制服警官のあとについていくと、駐車場の片隅に大勢の記者たちが集まっているのが目に入った。その中心では、スーツ姿の初老の男が制服警官になにやら大声で指示をあたえている。

須藤はその背後に立って、はげた後頭部をぼんやりとながめた。捜査一課長という肩書きしか思いだせない。名前は電話できいていたが忘れた。鈴木とか佐藤とか、そんなありふれた名だ。本来、地方の所轄署の警官に指図をするというのは県警の仕事ではない。だが、記者たちに自分の仕事ぶりを見せつけたいのだろう。こちらに尻《しり》を向けているので、表情はわからない。だが芝居じみた演説は辺りに響きわたっている。パトロールを増員して、もっと目撃者がいないかさがせ。バスの運転手に事情をきかねばならん。付近に不審なクルマがなかったかどうか、聞きこみを強化しろ。

その尻をながめながら須藤はぼんやり考えていた。ジャケットはそこそこだが、スラックスは安物だ。上半身はうまく出っ腹を隠しているのに、下半身は脂肪の質感がそのまま布の表面に浮きだしている。でかい尻だった。通勤電車の座席ではさぞ窮屈なことだろう。

千葉県警の声がやんで、ふいに静かになった。須藤が視線をあげると、ふりむいた千葉県警の細い目が自分をとらえていた。

「あんたは?」千葉県警がいった。

「佐倉警察署の須藤です」

千葉県警がとがめるような目で、須藤の口もとのハイライトを見た。須藤がなにもいわずに立っていると、千葉県警は煙をはらうように手を振った。

「失礼しました」須藤はハイライトを指先にとり、肩をすくめた。「県警じゃ禁煙の部署が増えてるとか。田舎なんで、まだそんな習慣がないんです」

千葉県警の目にいらだちが見てとれた。「署の代表はあんただけか」

「夜中ですからね。もともと、ユーカリが丘方面は交番勤務の巡査も少なくて、その連中も警備にあたらせてますから。私が担当すべき事件なんで、こうして呼ばれたってわけです」

「するときみは……」

千葉県警の質問を察して、須藤はいった。「少年課です」

「少年課……？」千葉県警は眉《まゆ》をひそめた。

「そう。少年課です」須藤はくりかえした。

「ほかに、署員はいないのか」

「ええ。明朝には出勤しますが、いまのところ私をはじめ数人だけです」

千葉県警は記者たちを一瞥《いちべつ》してから、須藤の近くに歩みよってきた。「きみのところでは、事件の重大さを認識しているのか」

「ええ」須藤はハイライトを一口吸った。「少年が自殺をはかった。それだけでしょう」

記者たちがざわついた。

千葉県警が苦々しい面持ちでいった。「断定はできん。事実、多くの証言が……」

「これは自殺です」須藤はきっぱりといった。

一瞬、記者たちが静まりかえり、またざわついた。千葉県警の目には怒りのいろが浮かんでいた。須藤は黙って見つめかえした。

記者のひとりが口をさしはさんだ。「それは、佐倉警察署の公式見解ですか」

「そうです」須藤はいった。

「ちがうだろう」千葉県警があわてたように訂正した。「それはきみの見解にすぎん」

県警はすぐこれだ。須藤はうんざりして告げた。「私の見解でもあり、うちの署の見解でもあります。これは自殺です。よって少年課がすべて捜査を受けもちます」

記者のひとりが手帳にペンを走らせているのを、須藤は視界の端にとらえた。まとまりのない捜査陣、地元の署と県警が対立。そんなところだろう。

千葉県警が首を横に振った。「殺人の可能性も考慮すべきだ。県警も捜査に協力する。ただちに捜査本部を設けて、一刻も早い真相の解明につとめるべきだ」

「そんな必要はありません。これは自殺ですから」

千葉県警が口を開きかけたとき、須藤の背後で声がした。「あのう、よろしいですか」

ふりかえると、白衣姿のやせ細った中年の男性が立っていた。

「失礼」と須藤は千葉県警に軽く頭をさげ、歩きだした。

記者たちがいっせいに千葉県警に詰めよっていく。県警は今回の事件をどうとらえてるんです。まだ捜査本部ひとつできていないなんて、対応が遅すぎませんか。いったいだれが責任者なんですか。

困惑した千葉県警の声を、須藤は背中できいた。目下、事態の把握につとめているところです。どうか、しばらくおまちを。

須藤に声をかける記者はひとりもいなかった。少年課の刑事には興味をしめすはずがない。視線を向ける者もだれもいない。さいわいだった。須藤は短くなった吸い殻を投げ捨てた。

精神科医につづいて、病院の玄関へ歩いていった。詰めかけた報道陣の合間をぬって、正面の扉に向かう。そのとき、友人の署員の横顔を見た。彼は須藤のほうに目もくれなかった。額に汗を光らせながら、かすれた声で記者たちに怒鳴っている、なかには入れません。カツどんを食べながら望んでいたような事件が起きたいま、それが彼の仕事だった。

　建物に入ると、おどろくほど静かになった。林に囲まれているぶんだけ、外の音が響いてこないのだ、そうきかされたことがある。ヘリコプターの爆音も気になるほどではない。

　廊下を歩きながら、精神科医は、ほっそりとした青白い顔でいった。「たいへんでしたね」

「なに。記者連中が興味をしめすのは県警のやつらだけです。俺なんか眼中にない。面倒なことは、県警に押しつけとけばいいんです」

　精神科医はふっと笑った。あいかわらず猫背で歩いている。この田辺《たなべ》という精神科医とつきあいはじめて、もう三年になる。少年課の所属になってからすぐ、課長にこの男を紹介された。少年課に精神科医はつきものだ。だから嘱託医として彼を迎えた。課長はそういった。そのころはまだ、少年犯罪がいまほど世間を騒がせてはいなかった。当時の須藤はめんくらったが、数年で少年犯罪は急激に凶悪化した。いまになってみると、課長には先見の明があったとしかいいようがない。最近は報告書をまとめるさいにこの精神科医に助言を求めることが多くなっている。もっとも、精神科医の心理分析が捜査の役に立つことはめったにない。捜査とは結局、積み木のように事実の発見を重ねていくものでしかない。プロファイリングが犯罪捜査の花形のようにみなされているのはフィクションの世界だけだ。須藤はそう信じていた。

切れかけて明滅をくりかえす蛍光灯にぼんやりと照らしだされた階段をあがって、二階に着いた。暗い廊下の突きあたりに、手術中の赤いランプがともっているのが見える。その手前の椅子《いす》に、ひとりの女性が腰かけている。その女性がすすり泣く声だけが、廊下に響いている。

須藤は田辺にささやいた。「状態のほうはどうなったか、きいてますか」

田辺は首を振った。「執刀医はまだいちども手術室からでてこないんです。重体であることに、変わりはないでしょう」

「腹部からにじみでた血が黒かったらしいからな」須藤はつぶやいた。「肝臓を突いてるわけだ」

「母親になにか、きいてみますか」

須藤はためらった。手術室の前に座っている、少年の母親の姿を見た。

これとおなじ光景を、須藤は半年前に目にした。佐倉警察署の署長が、胃ガンで入院した。長時間にわたる手術のあいだ、署長の妻はずっとまちつづけた。少年の母親とおなじ場所に座っていた。

署長はあと一年で定年だった。長い任期のあいだ、いちども凶悪犯罪が起きなかったことを誇りにしていた。ニュータウンができ、都会から大勢の人間を受けいれるようになって、署内もあわただしくなった。それでも署長は、冷静な態度を変えることがなかった。署員すべてに気をくばり、ときにはパトロールにも同行してニュータウンを巡回した。街づくりは三年できまる。署長はよくそういっていた。三年間、目立った問題が起きなければ、その街の安全は確保されたことになる。大きな問題はおそらく永久に起きない。われわれはその基盤をつくる責任がある。そういっていた。

いま、署長はこの建物の五階に入院している。最後に会ったのは半月ほど前だ。署長代理を兼任している上司に付き添って見舞いに行った。署長はすっかりやせ細っていた。笑顔を浮かべてはいたが、あきらかに須藤たちを歓迎してはいなかった。衰弱した自分を署員に見せたくはないのだろう。須藤はすぐに会釈をして病室をでた。無礼は承知だったが、そのほうが署長にとってよかったにちがいない。

事実、署長の妻は須藤のそういう気づかいに理解をしめしてくれた。そして、署長の病状はそのとき告げられた。ガンが脊椎《せきつい》に転移し、もう余命いくばくもないということだった。

外からきこえてくる喧騒を耳にして、署長はいまどう思っているだろうか。ずっと守りつづけた静寂が、人生と任期の最後になって破られた。それをどう受けいれるのだろうか。

「須藤さん」田辺がいった。「どうかしたんですか」

現実に引きもどされ、須藤はいった。「いや。なんでもありません。いまは母親になにをきいても無駄でしょう。ひとりにしておいたほうがいい」

「それにしても、ほかに身内はいないんですか。もうニュースは全国に知れわたっているのに、母親ひとりしか来ない」

「ユーカリの居住者にはめずらしいことじゃないです。廉価で一戸建てを買えるってのがあの新興住宅地の売りです。そのせいで職場をリタイアした高齢者のほか、ひとりぐらしや片親しかいない家庭の人間も多く住みついてますよ」

「おかげで子供の精神分析に慣れてきました」田辺は真顔でいった。「精神科に相談にみえる親子が増えましたから。それだけ問題をかかえている家庭が多い証拠でしょう。ユーカリが丘の住民が増える前は、老人の認知症ばかりみてましたから」

須藤は胸ポケットに手を入れた。ハイライトのケースが空になっていることに気づいた。ここまで気づかずに持ってきていた自分は、冷静だとはいえない。精神科医なら、そう分析するだろう。

ケースを握りつぶし、須藤は田辺にきいた。「それで、いまのところ少年の心理をどう分析してますか」

田辺は腕組みをして、手術室のほうをながめた。やがて意を決したように、後ずさって顎《あご》をしゃくった。「こちらへ」

田舎の病院の資料室は、ほとんど無用の長物にひとしいらしい。棚にあるファイルのほとんどはここしばらく開かれたようすもなく、埃《ほこり》をかぶっている。四本ある蛍光灯のうち、二本は切れたままだ。そのせいで、室内は薄暗かった。つけっぱなしになっている古びた十四インチのテレビの画像に合わせて、天井も壁もしきりにいろを変えている。

たとえ明るくても、机の上に散らばったメモの走り書きを読むことはできなかったろう、須藤はそう思った。田辺はいつも報告書にとりかかる前に、山ほどのメモをとる。それも他人にはまったく解読不可能な文字で。難解な精神分析であればあるほど、その量は増える。

「座ってください」田辺がいった。須藤は机をはさんで向き合って腰をおろした。

「薬物反応はどうでした？」須藤はきいた。

精神科医は首を振った。「それがさっぱりです。はじめは覚醒《かくせい》剤による錯乱かと思ったのですが、血液を採取した結果、その疑いはなかったとのことです」

「シンナーは？」

「それもありえません。少なくとも病院に運ばれた時点では、外傷によって意識不明におちいっていたものの、脳そのものには異常は認められませんでした。つまり思考は正常だったということです。母親の話では、あの少年は過去に問題を起こしたことはいちどもなく、精神病らしき徴候が見られたこともないそうです」

ふうん、と須藤はつぶやいた。テレビに目をやる。モデルらしき若い女が何十人もスタジオに並んでいる。司会は若手のお笑い芸人だ。もうそんな時間か。

立ちあがり、テレビに近づいた。いまどきめずらしい、回転式のチャンネルだった。ひねるとニュース番組が映る。ユーカリが丘の現場から、女性リポーターが中継していた。ボリュームのつまみを回して音量を上げる。

……小学六年のその少年は病院に運ばれましたが、出血多量で意識不明の重体とのことです。現在までのところ警察からはなんの発表もなされていません。千葉県警と地元の警察署との意思の疎通に難があるという情報もあり、早くも捜査側の態勢の不備が浮き彫りになっています。

「ニュースが早いな」須藤はつぶやいた。いや、さっきの俺と千葉県警の口論を見るより前に、記者たちはそう感じて報告していたのだろう。たしかに地方行政の垣根の高さは、記者連中にもおなじみのことだ。

つづいて少年が通う学校の教師に対するインタビューが流れた。ふだんはどんな生徒に見えましたか。そうですねえ、とてもおとなしくて、きまじめで、友達も大勢いて。そうそう、詩を書いたりするのが好きでした。そのせいか、話すことがちょっと抽象的で、観念的だったりすることもあったんですが、それほど変わっているというわけでは……。

「須藤さん」田辺がきいてきた。「今後、どういう捜査をなさるつもりですか」

須藤は椅子に戻り、腰をおろした。「少年の生活環境でしょう。学校でのいじめとか、そういうところですね」

「でも、友達が大勢いるとテレビがいってますが」

「子供の交友関係におけるトラブルは、はた目からではわからないもんです。あなたも以前、そういったじゃないですか。ずっと辛抱していたが、そのうち忍耐が限度に達し、発作的に自殺におよんだ。そんなとこでしょう」

「するとはじめから自殺目的で、あんなナイフを携帯していたんでしょうか」

「キャンプで使う万能ナイフのたぐいです。あの少年はボーイスカウトに入ってますから、ふだんから持ち歩いてたんでしょう。現代っ子にはめずらしくありません」

「そうですかね」田辺はメモを一枚とりあげ、それに目を落とした。「現場にいあわせた主婦の証言では、たすけてと少年が口走ったという……」

「いじめかなにか、少年がそれだけ追いつめられていたということでしょう」

「そうですか?」田辺は不服そうな顔で首をかしげた。「しかし、バスの運転手の証言では……」

須藤はいらだちをつのらせた。「それはまだ未確認の情報です。少年がほんとにそういったかどうかはわからない」

呼応するかのようにテレビの女性キャスターがいった。「バスの運転手の話によると、少年が突然さけび声をあげて立ちあがり、運転手のほうへ近づいてきて、たすけて、黒いコートの男が殺しに来る、バスをとめてといったそうです。少年の腹部には、ナイフが刺さったままになっていました」

画面が切り替わり、黒いコートの男という字幕スーパーが画面を覆いつくした。おどろおどろしい音楽が流れ、資料映像をつなぎあわせたＶＴＲに、男性のナレーションがかぶさる。

「黒いコートの男。平成十七年八月、京都府西荒樹《にしあらき》町の小学校前の路上で、当時七歳と十歳の男の子、十一歳の女の子が次々にナイフで刺殺されるという事件が起きた。犯行時刻は早朝と断定され、警察の捜査本部が目撃情報を募ったところ、ひとりの不審な人物像が浮かんだ……」

「おいでなすった」須藤はうんざりしていった。「テレビはすぐこれだ。ニュース番組ですら、こんなワイドショーみたいなＶＴＲで視聴者の興味をひこうとする」

田辺はしかし、片手をあげて須藤の愚痴を制して、じっとテレビの画面に見いった。やれやれ。須藤は椅子の背もたれに身をあずけた。こんなときこそ、煙草《タバコ》がほしい。

ナレーションはつづいていた。「朝帰りをした近所のサラリーマンが、犯行時刻にあやしい人物を学校近くで目撃したと証言。二メートル前後の長身で、夏場だというのに黒いコートを羽織り、大きなマスクで顔を覆っていたという……」

「ばかばかしい」たまりかねて須藤はさけんだ。「ヒルズ族だ勝ち組だとさんざんＩＴ社長を持ちあげておいて、家庭の主婦にまで個人投資を勧めておきながら、社長の逮捕とともに特集の内容をがらりと変える。都心のタワーマンションを買わせようと煽《あお》ってたくせに、建築士の構造計算書の偽装がわかったとたんに手のひらがえし。そんな低俗なテレビのやつらが、またこうやって好奇心に訴えかけようとする。ばかな視聴者はまんまと乗せられる。で、署に問い合わせの電話までくる。頭にきますな」

「しかし、妙じゃありませんか」田辺は須藤に向きなおった。「京都の事件と犯人像がぴたり一致していることになります」

「あの京都の事件の真犯人は、十六歳の高校生だったじゃないですか。むしゃくしゃして通学中の児童を次々に刺した。それが真相だったんです。ところがあのサラリーマンの証言を皮切りに、黒いコートの男らしき人物を自分も見た、そんなふうにうそぶく輩が次々に名乗りをあげた。新聞配達のアルバイトをしている青年、早朝にラジオ体操にでかけていた子供、コンビニエンス・ストアの店員。とにかく犯行現場の近くにいた人々がみんな黒いコートの男を見たといいだした。あげくにテレビでも心理学者や評論家ふぜいが、したり顔でその黒いコートの男の犯人像を推理しはじめた。年齢は四十歳から五十歳ぐらい。現場の地理に詳しく、子供に対する非情な犯行から離婚歴があるとまでいいきっていた。

それが結局、犯人は十六歳の高校生だった」

「ええ、そうでした。しかし、あんなに大勢の人々が証言していた黒いコートの男というのは、いったいなんだったのでしょう」

「口裂け女みたいなものですよ。俺らのガキのころにもあったでしょう、赤マントの男、青マントの男ってのが。華麗に赤いマントを翻して現れ、子供を食うとか。ガキのころの他愛《たわい》もない噂話《うわさ》のたぐいです。ま、強いていうならマントじゃなくコートってのが今風ですな。あるいは実際に、事件の朝、そういうでたちの男が歩きまわったのかもしれない。事件には無関係ですがね」

「そうでしょうか。あの少年はバスのいちばん後ろの席にひとりで座っていたそうです。腹を刺した瞬間はだれも見ていなかった。ひょっとしたら黒いコートの男が真犯人だった可能性も……」

「絶対にありえない」須藤は思わず声を荒らげた。自分の反応に驚き、声をひそめる。「京都府警は慎重な捜査の結果、あの高校生を逮捕したんです。物証もあるし、なにより本人の自供がある。すべて筋がとおっている」

ききおぼえのある声がテレビから流れてきた。画面には、コメンテイターとして顔が売れている本庁の元捜査一課長が映っていた。この男はたしか京都の事件当時、黒いコートの男の人相まで推理していたはずだ。犯人が十六歳だとわかったときには不満そうに口をとがらせて、ひょっとしたら少年の背後で糸をひいていた人物がいるかもしれない、などと不服を申したてていた。いまは目を輝かせて、黒いコートの男の実在の可能性をまくしたてている。

「五人の子供たちの証言はどうなんです」田辺がいった。「バスに乗りあわせた十二人の子供のうち、五人が黒いコートの男が車内にいるのを見た、そう証言してるんです」

「その五人も思考は正常だったというんですか」

「そのとおりです」

「田辺さん」須藤はため息をついた。「身長二メートルもの大男がスクールバスに乗っていて、それまでだれも気づかなかったというんですか。走行中のバスのなかに突如として出現し、少年を刺して、煙のように消えたというんですか。運転手も路上の主婦も、それらしき人間は見なかったといってます。その五人の子供にしたって、ふいに叫び声がしたのでふりかえったら、あの少年が血まみれになっているのが見えた。そして黒いコートの男の姿を見たといってます。つまり気が動転して幻覚でも見たんでしょう。黒いコートの男の人物像は、さきの事件のときにさんざんテレビで報じられてましたからね。それが無意識のうちにでてきたんじゃないですか」

「その可能性もないとはいえません。でも、そうだとするとみずから腹部を刺した少年が運転手のところまで行って、黒いコートの男について言及したのはなぜですか。その少年も幻覚を見て、しかもみずからナイフを腹に突き立てたのだとすると、原因はまったく見当がつきません。シンナーも麻薬もやっていないし、精神病でもない。先天的な障害もない。ほかに幻覚を見る理由は考えられない。それにいくら気が動転したといっても、五人もの子供が同時におなじ幻覚を見るでしょうか」

「それで、あなたはどう思われるんです。田辺先生のお考えをおきかせ願いたい」

「やはり黒いコートの男は現実に存在したのかもしれません。どこかに隠れていて、少年を刺した。たしかに運転手や主婦はそういう人間は見かけなかったといってます。でも停車したバスから運転手が降りて少年に駆けより、救急車を呼ぶまでのあいだに、周りにはずいぶん人だかりがしていたというじゃありませんか。その騒ぎにまぎれてバスから逃げおおせたことも考えられます」

須藤はふんと鼻を鳴らした。「おかしな話ですね。刑事の俺が精神分析をして、精神科医のあなたが現場の推理をしてる。おたがい専門分野に戻りませんか。田辺さん、あなたは子供たちが幻を見た理由に説明をつけてくだされば結構です。報告書を書くためのね」

「しかし……」

忍耐にも限度がある。須藤は厳しくいった。「事実はあきらかなんです。ナイフには少年の指紋しかなかった。刃の入った角度も、自分で刺したことを裏づけている。まちがいなく自殺です。これ以上、議論の余地はない」

「少年および五人の子供たちが幻覚を見たことに説明をつけろといわれても、私には無理です。通常ではこんな状態で幻覚を見るなんてありえない」

「これは殺人じゃなく自殺です」

「須藤さん、ことが面倒になるのを恐れるお気持ちはわかります。しかし、だからといって公正な判断をゆがめてはいけません。五人もの子供たちの証言を無視することは、刑事としてできないはずです」

須藤は口をつぐんで、田辺の顔を見つめた。田辺も黙って見かえした。

そうかもしれない。自分のいらだちの理由は、そのあたりにあるのだろう。

何年か前、佐倉市民ホール前でコンサートチケットのダフ屋をしていた暴力団員を挙げた数日後のことだ。須藤はふいに県警に呼びだされて、自分の生活状況について尋問をうけた。ダフ屋から押収したチケット枚数や売上金の金額が少なすぎる。横領着服の可能性がある。県警の連中はそういった。単細胞の官僚どもが考えそうなことだった。こんな田舎ではダフ屋もたいした利益をあげられない、そんな当たり前のことに気づいていない。

県警は佐倉署に圧力をかけてきた。真相が究明されるまで、須藤に休暇をとらせろ。そんなことをいってきた。署長はそれを撥《は》ねのけた。おまえが無実であるかぎり、俺はおまえの味方だ。署長は須藤にそういった。署長の協力で須藤は捜査をつづけ、ダフ屋の背後関係を洗いだし、ダフ屋がわずかにあげた収益も暴力団に上前をはねられていたことをつかんだ。以来、須藤にとって署長は父親とおなじように尊敬すべき人物となった。役職を盾に権力をふりかざす上層部の連中を忌み嫌っていたが、署長だけは例外になった。

その署長が病に伏している。そんな署長に、凶悪事件の発生を報告したくはなかった。むろん須藤はこれが殺人ではなく、少年が自殺をはかったのだと信じていた。だが、いっぽうでこれはまさしくマスコミ好みのネタだ。必要以上に人々に注目されてしまうおそれがある。さっさとけりをつけて終わらせてしまいたかった。病室で会った、やつれはてた署長の顔を思いだした。署長の唯一の、そしてささやかな誇り。所轄で一件の凶悪事件も起きなかったという業績に傷をつけたくはなかった。

須藤はいった。「常識的な判断をくだせばいいんです。バスのなかに黒いコートの男がいたはずがない。だから子供たちは幻を見たにちがいない。原因が不明だというのなら、そう報告されても結構ですよ。むろん報告書はつくらねばなりませんので、ほかの精神科医に意見をきくことになるでしょうが」

田辺は黙りこんで、打ちのめされたように下を向いた。

少々、言葉がすぎただろうか。いや、自分の考えはまちがってはいない。須藤はそう思った。この事件は自殺とみるのが常識的だ。五人の証言にさほど重きをおく必要はない。しょせんは子供のいうことだ。幻覚を見ていなくても、ショックからそう思いこんでいる可能性もあるし、おもしろがって嘘《うそ》をついている可能性もなくはない。五人以外の子供たちは目撃しなかった、むしろそちらのほうを重視すべきだ。

しばらく時間がすぎた。テレビの音声が沈黙していることに、須藤は気づいた。画面に映っている女性キャスターが、うつむいたまま口をつぐんでいる。手もとの原稿を見て、眉をひそめている。フレームの外から手が伸びてきて、さらに新しい原稿を追加した。それを見て、女性キャスターがたずねるような顔をフレームの外に向ける。カメラに視線を走らせた。が、また手もとの原稿に視線を落とす。

田辺が妙な顔をした。「どうしたんでしょう。ずいぶんマイペースなキャスターですね」

「ただいま入りましたニュースです」女性キャスターは原稿に目を落とし、たどたどしい口調で読みあげた。「きょう午後九時ごろ、愛知県蒲郡《がまごおり》市の三河湾に面した海岸で、小学四年生の男の子が土手のコンクリートの斜面を転げ落ち、頭を打って重傷を負うという事故がありました。さいわい命に別状はないとのことですが……えー……」

キャスターは言葉に詰まった。にわかには信じがたい、そんな顔をしていた。

「少年によると、黒いコートを着てマスクをした長身の男に追われ、逃げまわったところ土手に追いつめられ、足を滑らせて落ちたということです……」

最後のほうは消えかかっていた。いかにも自信のなさそうな口調だった。むりもないだろう。ニュース番組としての信用にもかかわってくる。

しかし、その奇妙な間が、かえってニュースの信憑《しんぴょう》性を高めていた。

「なにをばかな……」須藤は苦笑してつぶやいた。

だが、寒気を感じた。室内の温度が、一、二度さがったように感じられた。鳥肌がたつ感触を、須藤は味わった。こんな感覚は何年、いや何十年ぶりだろう。恐怖におびえる感覚とは少しちがう。受容しがたい現実、そんな事実に直面した生理的な嫌悪感に近いものだった。

女性キャスターはつづけた。「事件当時、海岸には花火をしている子供たちがいましたが、そのうち数人が、やはり黒いコートの男を目撃したと証言しています」

口をひらきかけた田辺を制して、須藤は咳《せき》ばらいした。「これまた大衆を喜ばす偶然ですね。明日のワイドショーでは元捜査一課長殿がしたり顔でコメントするでしょう。やっぱり黒いコートの男は実在する、千葉県警が検問を敷いていれば網にひっかかったはずだ。そんなことをいうでしょう」

「では須藤さんは、これも幻覚だといわれるんですか」

「ここは千葉、いまのは愛知ですよ。つながりがあるわけがない」

「しかし、こっちで事件が起きたのは五時で、いまのニュースによると愛知の事件は九時だそうですよ。電車と新幹線をつかえば移動不可能な時間じゃないはずです」

「西村京太郎ですか？　さっきから申しあげてるでしょう。刑事の真似《まね》ごとはやめてください。あなたの仕事ではない」潮時だ。須藤は立ちあがって伸びをした。「今夜はそろそろ帰られたほうがいいでしょう」

田辺は不満そうな顔でなにかをいいかけたが、須藤がじっと見つめると、申し立てを断念したようすで口をつぐんだ。

黒いコートの男か。須藤はため息をついた。奇妙な話だが、偶然だとしか思えない。京都の事件の犯人がべつにいるとは絶対に思えない。そういう不審人物がいたとも信じがたい。いまは、この精神科医に頭を冷やしてもらうのが先決だろう。こういう事件ではだれもが評論家になりたがる。そして捜査においては、評論家の存在というのは無益にひとしい。

田辺はまだ不満そうに首を振りながら、机の上のメモを集めはじめた。

そのとき、女性キャスターの声が耳に入った。「ただいま入りましたニュースです」

女性キャスターがまたしても、原稿に目を落として妙な顔をしている。たずねるような顔をフレームの外に向ける。

早く読みあげろ。須藤は心のなかで急《せ》かした。

「また黒いコートの男です」まごつきながら、女性キャスターが告げた。「今度はスポーツセンターのプールのなかに現われました」

「プールのなか？」田辺がいった。

「そのう」田辺の声に応じるように、キャスターはとまどいがちにいった。「……水のなかに出現したとのことです」

ゲーム

蛇口から流れだす水道水をすくって、何度か顔にこすりつけた。おもむろに顔をあげ、鏡を見る。くたびれた六十すぎの男の顔があった。やはりアルコールが抜けきっていない。目の下にはくまができているし、皺《しわ》だらけの顔がいつにも増して黒ずんでいる。あわてて整髪料をつけすぎた白髪も、不自然に額にはりついている。午前二時をまわっていきなり叩《たた》き起こされては、こうならざるをえない。若いころなら多少の無理もきいたが、この年齢では心底こたえる。

無臭にして清潔感あふれる男子トイレの洗面台の前で、中溝隅弘《なかみぞすみひろ》は几帳面《きちょうめん》にネクタイを整えた。厚生労働省のビルに来てよかったと思えるのは、トイレがきれいだということだけだ。衛生面ではしっかりしている。少なくとも、霞が関にあるトイレのなかでは最高だろう。

だがいくらきれいな洗面所で顔を洗ってみたところで、すっきりした気分にはなれなかった。昨夜は月に一度の、家族そろって外食をする日だった。妻と、娘とその夫、そのあいだにできた四歳になる孫をまじえて、赤坂の和食レストランで夕食をとった。ビールを二本、日本酒を二合飲んだ。上機嫌だった。ところが自宅に帰ってベッドに入ってから二時間しか眠れなかった。緊急呼びだしの電話が入ったからだ。

心のケアの必要性が叫ばれるようになって、ずいぶん経《た》つ。臨床心理士会が文部科学省から財団法人のお墨付きを得て国家資格化目前と言われるいま、厚生労働省としても遅れをとってはいけないとばかりに、医療心理師の後押しを始めている。専門職としてのカウンセラー資格の管轄を各省庁が奪いあうのにはわけがあった。臨床心理学は今後大きく需要が期待される学問だ。現に学校からハローワーク、病院、警察に至るまで、カウンセラーは引く手数多《あまた》だった。厚生労働省も医療分野にカウンセラー職の国家資格を加えることができれば、省としての権限を拡大でき、予算も多く計上できる。

と、激化する競争のなかで、国会は医療カウンセリングのあり方を模索するための特別対策委員会を設けた。中溝はその委員長をまかされた。精神衛生研究促進本部長。それが委員会における中溝の肩書きだった。就任直後はなにをすべきかさっぱり見当もつかなかったが、日が経つにつれて仕事の内容はあきらかになっていった。それとともに、とまどいは憂鬱《ゆううつ》へと変わっていった。

老人ホームや精神病院の視察、医療心理師や臨床心理士との意見交換、心理療法に関するシンポジウムへの出席。いずれも楽しい仕事とはいいがたかった。なにより自分の精神衛生が心配でもある。若いころほど辛抱がきかなくなっているのを感じていた。それだけ自分も歳《とし》をとったのだろう。中溝は鏡を見つめた。疲れきった初老の男の顔が、そこにあった。


「中溝さん」

男の声がした。背後に若いスーツ姿の男が立っているのが鏡に映っていた。これといって特徴のない顔だち。厚生労働省の若い人間だった。

役職はわからない。中溝の直属の部下ではなかった。そのせいか、男の言動はていねいだがどこかぶっきらぼうだった。「そろそろ会議がはじまりますが」

「わかった。いま行く」中溝はハンカチをとりだし、顔をぬぐった。

男は軽く頭をさげて立ちさった。いまの永田町界隈《かいわい》にはびこっている、上司に尊敬を表わさない態度。その典型だった。

あれが政治腐敗に対する批判精神だと思いこんでいるのだろうが、そんなものは自己満足に過ぎない。勇気と無謀が異なるように、あれは不正を許さぬ毅然《きぜん》たる態度とはいえない。たんに分別をわきまえていないだけだ。あれこそが、まさに腐敗だ。

ネクタイを整えなおし、満足のいく眼光の鋭さが確認できるまで、鏡をにらみつける。それからゆっくりと戸口へ向かう。戦時中ではないのだ。緊急などといっても、たいしたことではないだろう。それは、この建物内の静けさが物語っている。

エレベーターで七階に昇り、廊下を歩いた。途中、だれともすれちがうことはなかった。扉の前にはガードマンがいた。中溝は軽く頭をさげた。

ガードマンが扉を開ける。とたんに、異様な光景が目にとびこんできた。

大会議室は喧騒《けんそう》につつまれていた。三十人ほどが着席している円形の会議テーブルには、何十台もの電話が据え置かれ、ひっきりなしにベルを鳴り響かせている。スーツ姿の男たちが受話器を取りあげては大声で応対している。それ以外の人間もほとんどは携帯電話を片手にどこかと連絡をとっている。壁ぎわのホワイトボードには日本地図が貼《は》られ、女性職員が地図上のあちこちに赤、青、黄のマグネットクリップを配置している。

「騒々しいな」中溝はつぶやいた。「東証アローズになる前の株券売買立会場を思いだす。それも金曜の大引けの」

この騒がしさのなかでも、中溝の声を聞きつけた人間がいた。手前で背を向けてテーブルについていた若い男がこちらをふりかえった。中溝の秘書だった。すぐさま立ちあがり、深々とおじぎをして席をゆずった。

こうでなくては。内心そう思いながら、中溝はあいた席に座った。

中溝が着席しても、テーブルについた面々はだれも目もくれようとはしなかった。中溝は醒《さ》めた気分でそれをながめた。厚生省時代からおなじみの光景だった。かつての薬害エイズ訴訟、病原性大腸菌O‐157のパニック、最近ではハザンCバクテリアにブラッドタイプ事件。いずれもこんな状況だった。

職員たちの声が室内に飛びかう。はい、申しわけありませんが目下調査中でして。現在のところ原因は不明です。わかりしだいお知らせします。

地名と人数を告げる声がときおり聞こえる。愛知で二人ですか。それから鹿児島で三人。ええ、これで九州は全員で十八人です。なんですって、新潟で二人。それから群馬で六人ですか。わかりました、至急確認して対処します。

電話を切った人間が大声で女性職員に地名と人数をつたえる。女性職員が地図上にそれをマーキングする。そのくりかえしだった。

「こりゃあ景気がいいな」中溝は大声をはりあげた。「次の選挙ではわが党にもこれくらいの躍進を期待したいもんだ」

今度はさすがに室内が静まりかえった。何人かはまだ電話に向かって話していたが、すぐにその声も消えていった。テーブルの全員の目が中溝にそそがれた。彼らの顔に気まずそうな表情がひろがる。沈黙があったのち、テーブルの人々が頭をさげた。ようやく中溝の存在に気づいたらしい。

中溝のほうもやっと、会議の出席者の顔を確認できた。ほとんどの人間の肩書きを知っていた。このメンバーなら、前にも会議で招集されたことがある。名前はわすれたが、向かって右手にいる連中は都内の神経科や精神科の医者たちだ。夜勤には慣れているせいか、顔の血色もいい。それに対して左手にいる連中は、いかにも眠い目をこすって駆けつけたという感じだ。疲労が顔に表われている。ときどきマスコミに顔をだす児童心理学者、東京都教育委員会の人間、それに文部科学省の職員たちだった。

どうやら食中毒や毒物の問題ではないようだ。中溝はそう思った。前にもこれとおなじ状況を経験した。この連中と、この会議室のテーブルを囲んだことがあった。今回、見あたらないのはかつての郵政省にあたる、日本郵政公社の職員ぐらいだ。

「またアニメか何かかね？」中溝は聞いた。

十年も前に、全国各地で小学生が自宅で次々と気分の悪さを訴えて病院に運ばれるという事態が発生して以後、テレビ番組における光の点滅は三秒以内と定められたはずだ。ほかにも渦巻き模様の回転を大写しにするなど、知覚を混乱させることを意図した表現は民放連の映像手法ガイドラインで規制されている。が、そのガイドラインに違反した番組はいつ放送されてもふしぎではない。各局ともに放送される番組の数は多すぎて、事前のチェックなどほとんどなされていないのが現状ときく。

そのとき、ひとりの男性が立ちあがった。「私からご説明申しあげます」

やはり見た顔だと中溝は思った。だが名前は思いだせない。年齢は五十歳前後、だらしのない身なりをした教育関係者たちのなかで唯一、きちんとスーツを着こなし、髪の毛をオールバックに固め、口ひげにも手入れがゆきとどいている。朝の永田町で見かけても違和感をおぼえないようないでたちだ。中溝の記憶に残っていたのは、その男の細くて鋭い目つきのせいだった。射るような視線から決して目をそらすことができない、そんなふうに思わせる力があった。政治家になればそこそこの地位には昇れるだろうに。ただ、新党に加わって与党批判でもはじめたら、いちばんやっかいなタイプの人間ではあるが。

「東京都教育委員会総本部長、織部義範《おりべよしのり》と申します」男はそういって手もとの書類に目を落とし、口をひらきかけた。

と、テーブル上の電話がまた鳴りだした。受話器をとった人間が話しだすと、またほかの人間も時をまたずにしゃべりだした。すいません、おまたせしております。ええ、その件はまだ未確認です。ええと、札幌で二人、釧路《くしろ》で一人ですか。これで北海道は全員で……。

中溝は列席者の態度を不快に思ったが、織部は少しも表情を変えず、書類を手にしてテーブルを迂回《うかい》し、中溝のほうへ歩いてきた。

織部が近づいてくると、中溝は立ちあがった。「どうやらみんなが無礼講にならざるをえない事態のようだ」

「申しわけありません」織部は一礼した。「こんな状況はだれも経験していないので。世界的にみてもおそらく、前例のないことです」

この室内で、まだその内容を知らされていないのは自分ひとりだった。中溝はじれったく思いながらきいた。「それで?」

「昨日の午後から全国で小中学生を中心に、突然自殺未遂が多発しはじめました。千葉で小学六年の少年が自分の腹部を刺しました。仙台では中学生が自分の首を絞めて窒息し、意識不明におちいって病院に運ばれています。鳥取では小学三年の女の子がバルコニーから飛び降りようとしました。これは母親があわてて止めに入ったので、大事にはいたらなかったのですが」

「千葉の事件なら車のラジオできいた。たしか佐倉市だろ、成田のそばの。少年は重体だそうだな」

「いまのところ死者がでていないのがせめてもの救いです。それとはべつに、不審な事故も急増しまして、愛知の海岸では小学四年の少年がコンクリート製の土手から落下して重傷を負いました。岐阜と熊本のスポーツセンターのプールでは、なんの因果関係もないのにほぼ同時刻に子供がおぼれだし、それぞれ救助されるという事態が起きました。ほかにも唐突に泣きわめいたり、自宅の部屋に閉じこもって本棚でバリケードを築いたり、ふいに家出したりと、よりどりみどりです。あの地図のうち、赤でマークされているのが自殺未遂、青が事故、黄がその他の異常事態とみられるものです」

地図にはその三色がほぼ均等にまざりあっていた。

「一年をつうじて起きる子供がらみのトラブルが、この一日に集中したって感じだな」中溝は頭をかいた。「世も末だな」

「そうですね」織部がぼそりといった。

中溝はいらだった。同意を求めているのではない、説明を求めているのだ。「それらの事件や事故には、なにか共通点ぐらいあるんだろうな。世も末という以外に」

織部は手もとの書類に視線を落とし、ためらいがちにそれをさしだした。

中溝は受けとった書類を見つめた。手書きの細かい文字がぼやけて見える。胸のポケットから老眼鏡をだしてかけた。万年筆で書かれたていねいな文字だった。

「それをどう思います」織部がきいた。

「身長二メートル、黒いコートに白いマスク。黒い帽子を着用の説もあり、年齢は四十歳から五十歳ぐらい。頬《ほお》にはやけどの跡……」中溝は読みあげたが、そのあたりでいやになった。老眼鏡をはずして、書類を織部に押しやる。

「これがなにか、ご存じですか」と織部。

中溝はため息をついた。「京都の小学生連続殺人事件の犯人像だろ。てんで見当ちがいだったやつだ。いまさら、これがどうしたというんだ?」

「これは子供たちの証言をまとめたものです。自殺未遂を起こした子供たちは、自分ではなく黒いコートの男に危害を加えられたと主張しています。事故を起こした子供たちも、黒いコートの男のせいだというんです。土手から落下した子供も黒いコートの男に追われていたといってますし、スポーツセンターのプールでおぼれた小学生も、水中で黒いコートの男が足をつかんでひっぱったといってます」

「水中だと。河童《かっぱ》じゃあるまいし。幻でも見たんだろう」

「それが、奇妙なことにそれらは当事者の子供だけでなく、付近にいたほかの了供たちも証言しているんです。佐倉市ユーカリが丘のバスに乗っていた子供たちも半数弱が黒いコートの男を見たといってますし、スポーツセンターのプールサイドにいた子供たちも三割近くが、やはり水中に黒い男の姿を見たといっているんです。むろん、いずれも目撃した子供が全体のなかで少数派であるという点がひっかかりますが」

「部屋に立てこもったり、家出した子供たちもそんなふうにいっているのか」

「ええ。いずれも黒いコートの男に追われて逃げたと話しています」

「それで、今回はなんの影響なんだ。黒いコートの男がでてくるアニメでも放送されたのか。あるいは、そういう漫画が雑誌に連載されているとか」

　織部は首を横に振った。「いいえ、調べてみたんですが、アニメや漫画に起因しているとは思えません。これだけの数の子供に影響があるなら、夕方でも視聴率が二十パーセントを超す人気番組のはずです。いまはそれほど子供たちの注目を集めている作品はありませんし、まして黒いコートの男が登場する作品は思いあたりません」

「京都の小学生殺人事件のテレビ報道が影響をあたえている可能性もあるだろう」

「あの事件はもうずいぶん前に解決済みです。ここ数日、どこのテレビ局にもあの事件に関する番組を放送したという記録はありません」

「ようするにだ」中溝はいった。「子供たちはそういう幻覚を見たわけだ。シンナーだとか麻薬だとか……」

「いずれも当てはまりません。病院に運ばれて検査を受けた子供たちに、薬物も毒物も反応はみられません。かぜ薬ていどの市販薬を服用していたと思われる子供は多くいますが、それらの成分は医学的にまったく問題なしです。そして、精神を病んでいた子供もいません。まったくふつうの子供たちだったんです。したがって原因はまったく不明です」

「だが、なにか理由があるはずだろう」

そうですね、とつぶやきながら、織部は後頭部に手をあててうつむいた。

中溝は妙な感触をおぼえた。「もう目星はついてるのか」

「いえ。ただ……疑わしい共通事項はひとつあります。いま調査させているところで……」

「もったいつけずに早くいえ。どんな共通点だ」

織部はため息まじりにいった。「子供の二十四時間以内の生活内容を、親に報告させました。すると共通事項としてゲームが浮かびました」

「ゲーム?」

「シティ・エクスパンダー4というゲームソフトです。きのう発売日だったんです。おききおよびですか」

きいたことはある。中溝はそう思った。子供たちのあいだで評判になっているシティ・エクスパンダーというゲームがある。何年も前からマスコミで取り沙汰《ざた》されていた。

中溝の顔を見て、織部はいった。「シティ・エクスパンダー・シリーズというのは現在までに総数四千万本を販売した、爆発的な人気ソフトです。その四作目にあたるシティ・エクスパンダー4が、きのう発売日だったんです。そして、にわかに信じがたいことではありますが、自殺をはかったり事故を起こした子供たちはすべて、シティ・エクスパンダー4を購入して遊んでいたことがわかっています」

「それはどんなゲームなんだ」

「詳細はまだわかりません。なにしろ人気のソフトなので、前もって小売店に注文されていたぶんは一日で、いや一時間で完売してしまったそうです。いま大急ぎで、ソフトを一本調達してくるように頼みましたが」

「どれくらいの本数が出荷されたんだ」

「きのうだけで二百万本です。ほかにオンラインゲームとして五十万本が配信済み」

「まったく！」中溝は頭をかきむしった。まだ整髪料は乾いていなかった。指先にぬるぬるした質感がつきまとった。舌打ちして、織部にたずねる。「ティッシュは？」

織部はまた眉《まゆ》ひとつ動かさず、テーブルで電話している太った男に声をかけた。そのティッシュをくれ。太った男は迷惑そうな顔でティッシュの箱を手にとり、中溝のほうへ投げた。中溝がめんくらいながら受けとると、太った男はみずからの礼を失した行為に気づいたらしく、おどおどしながら頭をさげた。

「まあいい、こんな事態だからな」中溝はティッシュを一枚とって、箱を投げ捨てた。指先をぬぐいながら織部にきいた。「いまのところ異常が起きた子供の数は?」

「全国で百人弱です」

「まだ増える可能性があるな」

「ええ。しかし、二百五十万本が出荷されたのですから、その日のうちにシティ・エクスパンダー4で遊んだ子供たちはもっとずっと多いはずです。それからすでに一日経っています。もし原因がゲームだとしても、遊んだ子供全員が異常をきたすわけではないようです。むしろほんの一部というか。それに、奇妙なのはゲームをやっている最中や直後にそのような異常事態が起きたわけではなく、数時間、あるいは半日以上経過してから突然、という子供が多いことです。例の千葉の小学生も、朝七時ごろ、コンビニで予約購入したシティ・エクスパンダー4でさっそく遊んでから、八時半には学校へ登校しているんです。ところが学校にいるあいだから目つきが悪くなったり、言葉づかいが荒くなったりして、下校のバスのなかで突然悲鳴をあげ、周りの人間が気づいたときには腹部を刺していたという……」

「それなら、まだこれから異常になる子供も少なくないはずだ」中溝は日本地図に目をやった。さっきよりマーキングが増えている。「しかもこんな夜中になって、まだ増加しつづけている」

「夜中にゲームをやっている子供もかなりいるらしいですしね」

「いったいどういう教育をしてるんだ、最近の親は」

「親が率先してゲームのコントローラーを握りしめている時代ですからね。そういえば、シティ・エクスパンダー・シリーズは大人にもかなり人気があるはずなんですが、なぜか異常をきたしているのは子供だけです。全国で大人の自殺や事故が増加したという報告はきいてません」

ドアが開いた。スーツ姿の若い男がふたり入ってきた。走ってきたのか、息を切らしている。手には大きな紙袋をさげていた。

「ご苦労さん」織部がふたりにいった。「さっそくで悪いんだが、接続たのむよ」

教育委員会の若い職員らしい。ふたりは会議室の隅にあるテレビへ向かった。電気屋のようにテレビの前にしゃがみこむと、紙袋から機械やコードのたぐいをとりだして床に並べはじめた。

織部がいった。「ソフトが手に入ったようです。いまその画面に映してみます」

会議テーブルの人間たちも興味をひかれたようすだったが、電話の応対と被害者の分布図づくりからは手が放せそうになかった。

中溝はテレビのほうへ歩いていった。近くに立ち、作業している男たちの手もとを見おろす。鈍い警戒心が、しだいにこみあげてくるのを感じた。

「その機械はなんだね？」中溝はきいた。

ひとりが顔をあげた。「ああ、これですか。家庭用ゲーム機ですよ」

「ファミコンってやつか」

「いえ……もっと新しいやつです。プロシードっていう次世代機です」

もうひとりが、テレビの背面をいじりまわしながらいう。「いま国内で最大のシェアを誇っているゲーム機なんです。去年の夏ごろに発売されて、国内七百万台、海外六千五百万台の出荷数ですからね。独自開発のイオタ・プロセッサは、ソニーのプレイステーション3のセル・プロセッサに換算すると六・四ギガヘルツで倍の性能です。売り上げもプレステ3を上まわる大ヒットですよ」

そんな説明などどうでもよかった。このつやのある白と赤のずんぐりした機体、そしてプロシードという名前。まちがいない。孫の隆志《たかし》が、誕生日のプレゼントにほしがっていたものだ。時間がないので、この金で買ってやってくれ。そう中溝は娘の匡子《きょうこ》にいっておいた。そういえば、きのうの夕食でも匡子は声をはずませていた。隆志が大喜びしてたの。おじいちゃんからのプレゼント……。

「電話を借りるぞ」中溝はつかつかと会議テーブルに歩みよった。が、受話器はすべてふさがっていた。奪いとりたい衝動に駆られた。しかし職員たちの懸命な声に押しとどめられた。目下調査中です。新潟でも二人の被害が出ています。そう告げている彼らの声をきいて、かろうじて自分の理性を保つことができた。

「中溝さん」織部が声をかけた。携帯電話をさしだしていた。

すまない、といって受けとり、ダイヤルした。ふだんなら老眼鏡をかけるところだが、それすらももどかしかった。腕を伸びきるぐらいひきはなして、目を細めてボタンを押した。

視線を感じてちらとふりかえると、テレビの前のふたりが手を休めてこちらを見ていた。

「私用だ」中溝はいった。「きみらは仕事をつづけてくれ」

電話の呼びだし音がくりかえしきこえているが、なかなか電話にでない。じれったくなって歩きまわった。コールが十回を超えたあたりで、眠たげな男性の声が応答した。もしもし。娘の夫の声だった。

「ああ、史郎《しろう》くんか。私だよ。ちょっと匡子をだしてくれないか」

あ、お義父《とう》さんですか。ええ、わかりました。そう応じてすぐ、ぼそぼそ話す声がきこえた。お父さん。そういった。すぐに中溝の娘の匡子が電話にでた。もしもし。

一緒に寝ていたことは確実だった。午前三時をまわっている。一瞬どう切りだそうか迷ったが、単刀直入にいくことにした。「匡子、隆志にプロシードを買ってやったのか？」

え？　愛想のない匡子の声がかえってきた。こんな時間の夫婦生活を邪魔されて、しかも第一声がこれでは当然だった。

「買ってあげたわよ。もう一カ月も前に」

やはり。中溝は額に汗がにじむのを感じた。事態を把握していない匡子の鬱陶《うっとう》しげな声がきこえた。「なに？　こんな夜中に孫の心配なの？」

そのとおりだ。だが、おまえの思っていることとはちがう。怒鳴りつけたいところだが、いまはそうもいかない。夫がぴたり身を寄せているにちがいないからだ。

「よくきいてほしい」中溝はいった。「シティ・エクスパンダー4っていうゲームを知ってるか？　きのう発売されたやつだ。あれは買ってないだろうな？」

「ああ、あれ。予約申しこんでおいたのに、売り切れですっていうのよ。追加の入荷は明日以降になりますって。だから整理券だけもらってあるの。明日隆志を幼稚園に送っていってから、玩具《おもちゃ》屋に並びに行くつもりだけど……」

「いかん！」中溝は大声をはりあげた。

室内が一瞬、水をうったように静まりかえった。電話の向こうの娘も同様だった。

「いや、その……」中溝はあわてて弁解に入った。「あのゲームは買わないほうがいい」

「なんで？」匡子がきいた。

会議テーブルの全員の視線が自分に集まっていることに、中溝は気づいた。

「とにかく、だめといったらだめだ！　絶対に買わないようにしろ、わかったな？」娘の返事もまたず、電話を切った。織部に携帯電話をつきかえした。

無表情な織部が、このときばかりは唇の端をかすかにゆがめるのを、中溝は見た。

「おかしいかね」中溝はいった。「孫のことを気にかけるのは老いぼれの常だ」

「だれもそんなことはいってませんよ」織部は笑った。ようやく、この男の顔に笑いを見た。ごく自然な笑顔だった。「私にも子供がふたりいます。大学生と高校生の兄弟です。ゲームソフトの疑惑が浮かんですぐ、まっさきに電話しましたよ」

ようやく、いくらか気が楽になった。中溝は少しネクタイをゆるめた。会議テーブルにもざわめきが戻っていった。

できました、とテレビのスイッチを入れながら、若い男がいった。もうひとりが紙袋からDVDのケースをとりだす。赤いパッケージに緑のロゴで「シティ・エクスパンダー4」とあるのが見てとれた。男は慣れた手つきでケースを開き、ディスクをとりだした。プロシード本体のスロットにディスクを浅く差しこむと、あとは自動的に挿入されていく。

会議テーブルから何人かが集まってきた。神経科医、児童心理学者、文部科学省の人間。中溝が入室したときにはだれも気づかなかったが、ゲームソフトの到着にはみな敏感に反応した。いずれも険しい面持ちというより、好奇心に目を光らせている。少なくとも、中溝にはそう思えた。

画面には黒バックに白い文字で「ローディング中」とだけ表示されている。ディスクからデータを読みとっている最中だ。

「心配はないんですか」文部科学省の職員がおずおずといった。「あまりじっくりと画面を見つめていたら、このなかのだれかが……」

児童心理学者は首を振った。「大人にそういう症例がでたという報告はきいてませんし、これは光感受性発作とはちがいます。こんなに極端な精神異常を引き起こすゲームというのはきいたことがないですし」

「精神異常かどうか、まだきまったわけじゃない」神経科医がいった。「まずは客観的に事実を把握することだ」

なにをいまさら、中溝はそう思いながらいった。「そうだな。黒いコートの男がほんとにでた可能性もゼロではないしな」

一同が静まりかえった。こういう専門家をきどった連中には、皮肉こそが最高の薬だ。誉《ほ》めたり持ちあげたりすると、たちまち調子に乗ってこじつけの持論を押し通そうとしはじめる。

テレビ画面が白くなった。白いバックにロゴデザインされた「f」のマークが浮かびあがった。画面の下のほうには「フォレスト・コンピュータ・エンタテイメント」と英語で表記されていた。

「なるほど」中溝はつぶやいた。「これがフォレストって会社の製品なのか」

織部がうなずいた。「プロシード本体もそうですが、ソフトのシティ・エクスパンダー4もフォレストが販売元です」

するとかなりの利益をあげているだろう。中溝はこの社名を、日経新聞の株価の欄で見たことがあった。たしか東証一部上場だったはずだ。それまでゲーム会社として名をつらねていた企業が次々と業績不振におちいり市場から撤退していくなか、ここ数年で唯一飛躍的成長をとげた企業だった。

「よろしいですか」児童心理学者が咳《せき》ばらいした。「大人に子供ほどの極端な影響がでないといっても、あまり画面に近づきすぎては多少の弊害が生じることも……」

とたんに、建物じゅうに響きわたるような大音量がテレビのスピーカーから流れだした。それも、やけに明るい音楽だった。フォークダンスの曲、そうだ、マイムマイム……という曲に似ている。そう中溝が思ったとき、画面に「シティ・エクスパンダー4」のタイトル文字が現われ、ふわふわと風船のように上下した。

若い職員があわててボリュームをしぼる。適度な音量になると、中溝は一同の顔を見た。全員がめんくらったようすだった。それは大音響のせいばかりではない。中溝も、現物を見るまではもっとおどろおどろしいゲームを想像していた。最近のテレビCMで見かけるような、醜悪きわまりない姿をした化け物を撃ったり殴ったりする、そんな画像を思い浮かべていた。こんな陽気なものだとは思ってもみなかった。

若い職員が本体のコントロール・パッドを手にした。ボタンを押すと画面が切り替わり、緑の大地のグラフィックが現われた。森林と起伏のある地面、それに川や湖で構成されている。写真のように立体感のある、美しい画面だった。

その景色から視点が昇っていき、俯瞰《ふかん》の映像になった。画面の下には、アイコンのようにさまざまな形状のビルや家、店舗、道路や交差点、電柱、自動車、それに人間などがあった。

職員がコントロール・パッドを操作してアイコンを選択する。彼はまずビルを選んだ。職員と、そのビルが立体的な形状となって画面に現われ、空から地上へと落下していく。職員はボタンでビルの向きを変え、地面に突き刺すように打ち建てた。それから道路を連続して選択し、ビルの前から画面の縁まで車道を敷いていく。交差点をいくつか設けて、信号を設置し……。それらの街づくりが、早回しの記録映像のようにみるみるうちになされていく。できあがった都市部では生活が始まっているらしく、人の往来がある。

街がかなりできあがってくると、更地になっている場所は少なくなり、アイコンの選択や建物などの設置にも神経を使うようになる。道に面していない方向にビルの正面玄関を設置してしまうと、ブザーが鳴って弾《はじ》かれてしまうらしい。そのときにはペナルティとして人工密集率が多くなる。むろん、通行する住民やクルマが下敷きにならないように建造物を落下させねばならない。

「これを全部埋めて、街づくりが完成したら一面クリアなんです」パッドを操作しながら職員がいった。「ビルは一定以上には密集させられないとか、住宅地の南側には建てられないとか、いろんなルールがあります。それを見極めながら瞬時に判断を下すのがこつですよ」

落下する建造物のスピードがだんだんあがっていく。道路には一定の距離ごとにガソリンスタンドが必要だったり、コンビニも辺鄙《へんぴ》な場所に置いてしまうと潰《つぶ》れてしまったりするようだ。反射神経だけでなく街づくりのセンスも問われる。予想していたよりは知的なゲームに思えた。

織部がいった。「落ちゲーに都市建設シミュレーションゲームを組み合わせたものですね」

「なんだって?」中溝は織部を見た。「落ちゲー?」

「ええ、そのう……。テトリスのように落下するピースを扱うパズルゲームのことです」

「ふうん。思ったよりはわかりやすいな。ちかごろのゲームはもっと複雑だと聞いてたが」

「いえ」織部は顎《あご》に手をやった。「そうでもありません。たしかに一時期、ハードウェアの進歩に伴ってゲームソフトは複雑多様化する傾向があったんですが、そのせいで主要購買層である子供たちのゲーム離れが目立つようになったんです。ソニーのプレステ2のころは暗黒時代といえたようです。しかし、ニンテンドーDSがシンプルな『どうぶつの森』でヒットを飛ばすと、ゲームはまた先祖返りする傾向になりまして。フォレストのソフトは、その旗頭ですよ」

シンプルさゆえに、子供たちが遊びたがる。たしかにそんなゲームではある。中溝はそう感じた。建造物が地上に叩きつけられるたびに、心地よい音が鳴り響いて得点が加算されていく。街並みがきれいに形成されたときの生理的な心地よさは、見ているだけでもつたわってくる。その心地よさをくりかえし味わいたくて、プレイをつづけたくなる。ちょうど、ゴルフのロングパットを沈めたときのようなものだ。

「三回失敗したらゲームオーバーです」と職員。

中溝は唸《うな》った。織部はまったく見当ちがいのところに目星をつけたのではないか、ふとそんな疑念が浮かぶ。このゲームが、子供たちの精神異常を引き起こすようなしろものだとは、とても思えなかった。画面には殺人鬼どころか、デフォルメされた動物の一匹も登場しない。激しい画面の動きも、奇抜な色彩もない。

以前に光感受性発作が問題になったときにもこの会議室でビデオをみた。気分が悪くなることはさすがになかったが、しかし原因はなんとなく理解できた。映像は原色を多用したけばけばしい色彩だったし、なにより問題になったシーンの閃光《せんこう》はたしかに目に痛いものだった。子供が画面の間近で凝視していたら、そういう発作も起こりえるかもしれない、そう思わせる映像だった。

だが今回はちがう。このゲームはあまりにも穏やかで、映像にも内容にも不快感をもよおさせる要素が皆無だった。むしろ作り手側のプレイヤーへの心くばりさえ感じさせる、そんなゲームだ。

織部がきいてきた。「いかが思われますか」

「そうだな……。このゲームがヒットしたというのはなんとなくわかった。たしかに人を選ばないゲームだ。まだ幼稚園に通っている、うちの孫にもできるだろう。この速さで都市設計をこなす若者が増えれば、東京の未来は安泰だな。耐震強度偽装など許さない消費者の目も育つことだろう。その意味では、大いに推奨できる。……そう、推奨できるゲームだよ。どちらかといえばな。これをやって自殺する理由があるのか？　自分の首を絞めたり、黒いコートの男の幻を見る理由がどこかにあるのか？」

神経科医が腕組みした。「一見しただけではわからない理由というのも考えられます。たとえグラフィックに黒いコートの男を連想させるものがなかったとしても、なんらかの形でプレイヤーの心理に働きかけが起こり、無意識のうちに……」

「なんらかの形だと？」中溝はすかさず高飛車にいった。「きみたちはすぐそれだ。言葉遊びでもっともらしく理屈をつければ自分の仕事が終わると思ってる。確証が得られるまではなにもいうな。それが専門家のつとめというものだろう」

神経科医は苦い顔で言葉を呑《の》みこんだ。

織部がゲームをしている職員にきいた。「これがシティ・エクスパンダー4ということは、前に三作のシリーズがあったわけだろう。それらとはどうちがうんだね」

「ほとんど変わりません」職員は忙しくパッドをあやつりながら応じた。「ルールはまったくおなじです。ただ、一作目では地面が上下左右に移動するだけで回転しなかったのが、二作目からポリゴンになって回転するようになりました」

中溝は首すじを掻《か》きながらきいた。「ポリゴンというのは……？」

「多角形の組み合わせにテクスチャマッピングを組み合わせて3Dっぽくすることで……要するに立体的な映像表現のことです。で、三作目ではそのポリゴンの技術にも磨きがかかり、さらにグラフィックがきれいになったり、建造物の形状の種類が増えたりしました。で、この四作目ですが……やはりブロックの種類がさらに増えたことと、あとは落ち着いた色彩になったことが特徴でしょうか」

もうひとりの職員がいった。「三作目は僕も持ってましたが、もう少しケバい色彩でした。このほうが目には優しいですね」

「改良されてるわけだ」中溝はため息をついた。「とても心理的弊害が引き起こされたとは思えない」

「いや、わかりませんよ」児童心理学者がいった。「ひょっとしたら前作とつづけてプレイしたことが、なんらかの……」

中溝がにらみつけると、児童心理学者は口ごもった。

・織部はテレビを指差した。「ともかく、問題を起こした子供たちの共通点はこのゲームです。内容ではなく、機械のほうに原因があるかもしれない。私はよくわかりませんが、たしかゲーム脳という言葉も取り沙汰されたことがありましたな」

神経科医が首を横に振った。「科学的には根拠のないことです。ゲームに熱中すると認知症患者と同じくベータ波がでなくなり、前頭前野に障害が生じる危険性を提唱した学者がいたんですが……。まったくの似非《えせ》科学と私は思います。だいたい、ベータ波の低下を認知症と結びつけるなど乱暴です」

「参照すべき研究は存在しないということだな」

「ええ。それで脳がダメージを受けたなら、精密検査でわかるはずです」

文部科学省の職員が口をひらいた。「ディスクのほうはどうなんですか。たとえば、製造過程で使われる薬品がまだ付着していて、本体の熱で溶けだして気化し、毒になったとか。ええと、なんていいましたっけ、あの薬品」

「トリクロロエチレンでしょう」円卓についている厚生労働省の職員が、会話を聞きつけたらしくこちらを見ていった。「コンピュータなどハイテク機器の洗浄剤などとして使われるものです。意識喪失や中毒死などを引き起こし、発がん性が疑われています」

織部が顔をしかめた。「中毒も検査でわかる。だいいち、オンラインゲームとして配信された家庭でも同様の状況が起きているんだ。ディスクの物理的要因ではない」

「それに」中溝はつぶやいた。「そんな単純な理由だったら、なぜ大人には症状が現われないのかも疑問だ」

画面にゲームオーバーの表示がでた。若い職員がコントロール・パッドを置く。

「どうだったね、そのゲームは」織部がきいた。

「そうですね。おもしろかったです」職員はけろりとした顔で応じた。「ただそれだけです」

中溝は腕時計を見た。もう午前三時をまわっている。明日は朝から定例会議だ。

「まさかここに子供を連れてきて実験するわけにもいくまい」中溝はつぶやいた。「このゲームに原因があるとは考えにくい。ほかの原因を検討すべきだ」

間髪をいれず、織部がいった。「検討しました。食事や間食、立ちよった場所、睡眠時間、身につけている衣類や家庭内の電気機器まで、とにかくあらゆるものを調べつくしたんです。誓っていいますが、ほかに原因は考えられません。このゲームだけが共通項なんです」

「それでどうしろというんだね。フォレストにこのゲームの販売停止を命じるのか」

「国会で精神衛生研究促進本部長をつとめておられるあなたなら……」

「独断ではできん。申し立てをするにせよ、きちんとした論理的説明が必要だ。理由はわからないがこのゲームがあやしい、それだけで販売を差し止められると思うかね。たとえ実行しても、アメリカ産牛肉の輸入問題とおなじで、業者の反発をくらうのは日に見えている」

「それでも、厚生労働省は実行しましたよね」文部科学省の職員がいった。「アメリカでBSEが発生して以来、ずっと牛肉の輸入を禁止してきた。日本国内と同じように全頭検査がおこなわれないかぎり、輸入再開を認めないという立場を主張した。これに対してアメリカは、危険部位を除去すればだいじょうぶと言い張った。日米それぞれの主観にはギャップがあったわけですが、輸入禁止後はずっと国内でBSEの発生が認められなかったのも事実で……」

中溝はいらいらした。「牛肉問題にこじつけようにも無理があるぞ。今回の問題は、あれと同じではない。いずれにせよ、きみらにとっては畑ちがいだ。文部科学省は子供の健全な育成について責任を負っているんだろ。こんなゲームソフトのせいにするより、子供たちの生活環境を注視したらどうなんだね」

文部科学省の職員は打ちのめされたように下を向いた。

織部があわてたようすでいった。「まってください。そのあたりのことは私ども教育委員会も努力を惜しまないつもりです。ただ、今度のことはあまりにも突飛な現象であり、しかも重大な事態です。このままいけば明日にはさらに被害者が増加するでしょう。きわめてあやしいと思われる要因については、早めに手を打っておかないと……」

「フォレストは外国の牛肉業者とはちがう」中溝は一瞬、口をつぐんだ。思わず本音がでてしまったことを悔やんだが、もう撤回はできなかった。「年商一兆円もの国内企業に製造販売の停止を命じておいて、なにもなかったではすまされん。国や厚生労働省を相手に訴訟に踏み切る可能性もある。賠償請求額も莫大《ばくだい》なものになるだろう。政治というものは、そう簡単なものではないんだ。ゲームみたいに簡単ではない」

中溝はドアへ歩きだした。これ以上議論してもはじまらない。厚生労働省の力でなんとかしてくれという声が強まるだけだ。だが自分はそんな冒険をするつもりはない。

「中溝さん」織部が早足で追ってきた。「それならせめて、マスコミ向けに発表してください。シティ・エクスパンダー4が子供の精神異常を引き起こす可能性があるので、購入しないようにと」

「それは営業妨害だろう」中溝はたちどまった。「米国産牛肉も一時的に解禁されたとたん、吉野家に長蛇の列ができた。こっちは国民の安全を気にかけているというのに、まるでお上は安くて美味《うま》い食い物を庶民から取りあげる悪代官といわんばかりだ。こんどはこのゲームに規制をかけて、子供たちの反発を食らうわけか。まっぴらだ」

ふたたび歩きだす。もう疲れた。きょうはゆっくり眠りたい。中溝はそう思っていた。

「お孫さんはどうです」織部がいった。「あなたのお孫さんに、シティ・エクスパンダー4

で遊んでもいいと伝えますか」

足をとめた。意識しなくても、とまっていた。ゆっくりふりかえる。織部が、真剣な顔でこちらを見つめていた。

会議テーブルではあいかわらず、戦場のような電話の応対がつづいていた。人数と地域を告げる声が飛びかう。まだ、この時間にもだれかが生命の危険にさらされている。日本地図に目をやる。さきほどより、ずっとマーキングが増えている。

陽《ひ》が昇っても、この騒ぎはおさまらないだろう。朝九時には、あの地図はびっしりと埋めつくされてしまうにちがいない。

ほうってはおけない。だが、軽々しく手出しすることもできない。困難な決断だった。その困難な決断をくだすために、自分は呼びだされた。中溝は、そのことに気づいた。

「うまい説得だ」中溝はつぶやいた。「やはりきみは政治家向きだな」

織部は怪訝《けげん》そうな顔で見かえした。

考えたあげく、中溝はしぶしぶ口を開いた。「わかった。フォレストに申し入れをしてみよう」

フォレスト

フォレスト・コンピュータ・エンターテイメント代表取締役、桐生直人《きりゆうなおと》は最上階の社長室でデスクにおさまり、一枚のファックスに見いっていた。

ファックスの送信時刻は午前六時すぎ、いまから三時間ほど前だった。発信元は厚生労働省。役人がいつもそんなに早く出勤しているとは考えにくい。夜を徹して働きとおしていたのだろう。

文面は冷ややかで、端的なものだった。事実関係だけが淡々と記されていた。だがその無感情な文面をとおして、大勢の燃えあがるような感情が手もとに伝わってくるようだった。怒り、疲労、そして焦燥の感情がこめられているように思えてならなかった。

恐れていたことが現実になった。桐生はそう思った。いまやフォレストは一大企業に成長し、株式市場の動向に多大な影響をあたえ、子供たちの生活の一端をになっている。その責任の重さを、しっかりとうけとめてきたつもりだった。だが、世の中に完全ということはない。水も漏らさぬような対策を立てたつもりでも、思わぬところに亀裂《きれつ》が入る。

いままでは順調だった。順風満帆《まんぱん》だといえた。ゲームをつくり、売る。それだけでよかった。しかし、もうそれだけではすまない。この事件が、自分の会社のゲームソフトに起因しているとは思わない。だが、世間はそう思ってはくれまい。きょうにも、みずからの生き残りをかけた世論との、そして会社との戦いがはじまる。あるいはそれは、経営者になる人間には等しく訪れる試練なのかもしれない。だとするなら、経営者としての桐生の勝負は、いま幕をあけたことになるのだろう。

インターホンのボタンを押した。はい、と応じる声がした。

どんな事態が待ち構えていようと、背を向けることだけはすまい。桐生はいった。「中溝という人物がきたら、まっすぐここへお通ししてくれ」

中溝は後部座席から窓の外を見やった。東京の空は分厚い雨雲に覆われていた。日産プレジデントのフロントガラスにぱらぱらと小雨が降りかかる。晴天なら東京タワーの向こうに見え隠れする陽《ひ》の光もきょうはない。あるのは憂鬱《ゆううつ》にたちこめる霧と、首都高速沿いに浮かびあがる街路灯の列だけだ。

環状線はいつものごとく渋滞していた。虎ノ門から四キロ。ネオンにはそうあった。視界が悪いぶんだけ渋滞もひどくなっているらしい。

「毎度のことながら、このあたりの都市設計にはうんざりする」中溝はとなりに座っている織部にいった。「旅行で行ったマカオの賭博《とばく》場周辺もこれほどひどくはなかった」

織部は朝刊を見つめたまま、顔もあげずにいった。「混《こ》むことがわかってて、車で通勤している人たちの存在自体がふしぎですよ」

「まったくだな」中溝がいうと、織部はちらと視線を投げかけた。すぐにまた、新聞に目を落とす。

さっきの織部の言葉は皮肉だったようだ。中溝のような人間が多いから渋滞するのだといいたいのだろう。

中溝はつぶやいた。「日比谷線で来るべきだったかな」

「いえ。いまの時間、地下鉄は地獄のラッシュですよ。一日の体力の七割は消耗します」

織部がまたこちらを見た。口ひげはきちんと整えられているが、まぶたは眠たげに腫《は》れあがっている。「政治家のかたは、電車には乗られないので?」

「スケジュールがきまったときには、すでに車が迎えに来ている。人にはそれぞれ、日課ってもんがある」

車がわずかに前進した。が、十メートルたらずでまたとまった。かたわらをスクーターが軽やかに走り抜けていく。

「あとどれくらいかかる」中溝は運転手にきいた。

「この先で裏道に入れば、赤坂通りまで抜けていくことができます。せいぜい十分ってとこでしょう」

そうか。中溝はつぶやき、シートに身をうずめた。織部が手にした朝刊を横目でのぞく。さっきから織部は新聞の一面記事に見いっていた。少年がらみの事件事故多発。その大見出しに添えて、小見出しにはこうあった。専門家が指摘。なんらかの集団作用か？

なんらかの、か。中溝は昨夜のことを思いだし、苦笑した。中溝がこの言葉に拒否反応をしめしたのは、政治の世界でそう教育を受けたからだ。選挙に当選して衆議院議員になったばかりのころ、先輩の政治家がよくいっていた。説明を求められたとき、なんらかのという言葉は使うな。原因がわからなければ知ったかぶりをするな。かならず調査中ですといえ。何年か経《た》って、それが政治の世界につきものの揚げ足とりから自分を防衛し、また相手が不用意に用いた場合に攻撃するためのノウハウのひとつであることを知った。それも、きわめて効果的な方法論だった。相手をやりこめるためではなく、早急に真実にたどり着くために有効な話術のひとつだった。

車がまた動きだした。今度はさっきよりも流れがスムーズだった。交差点を左折し、路地に入った。運転手が速度をあげた。傘を片手に通勤するビジネスマンたちが、あわてて脇《わき》によける。

中溝はきいた。「けさまでの被害状況はどれくらいかな？」

「この朝刊には午前二時までの状況しか載っていませんが」織部は新聞をたたんだ。「けさのニュースではおよそ百二十人といったところです。午前四時すぎに埼玉でボヤ騒ぎがありました。中学一年の少年がフトンに火をつけたそうです。両親が気づいて消しとめたので、大事にはいたらなかったとのことです。事件後、その子供はフトンの上に黒いコートの男の姿を見たといっています。愛知では小学四年生の子供が父親の車のキーを持ちだして乗りまわす事件がありました。電柱に激突して、子供は額を四針縫う傷を負ったそうです。この子供も黒いコートの男に追いかけられ、無我夢中で逃げるために車に飛び乗ったといっています。いずれも、現在子供は興奮状態で、正常な受け答えができないようすだときいています」

「その子供たちもシティ・エクスパンダー4で遊んでいたのか」

「ええ。裏で確認をとりました。例外は一件もありません。ほとんどの子供は夜中にゲームをしていて、突然異常な行為におよんだらしいですが、なかには夕方にゲームをやって六時間以上も経過してからという子もいます。さいわい、昨夜のあの時点以降は、事件や事故が起きる頻度は減少したようです」

「朝方はさすがに眠ってる子供が多かったからだろう。怖いのはこれからだ。きょう一日でまた、どれくらいの被害がでるかわからん」

車は方角がわからなくなるぐらい路地の角を次々と折れていった。いまどのあたりだ、と中溝がきこうとしたとき、視界がひらけた。ホテルオークラの前だった。左折し、坂道をくだると、運転手がいった。あれですね。

東京カウンセリングセンターの本部ビルの隣りに、高々とそびえたつ真新しいビルが見える。三十階はあるだろう。六角柱で全面ガラス張りの未来的なつくりだった。だが、そのクリスタルのような美しいガラスの塔も、きょうはどんよりと曇った空を映しこんで灰色に染まっている。

「いつ建ったビルなんだ?」中溝はきいた。「見おぼえがないが」

こちらのほうへはあまり来たことがない。行き来するのは自宅のある世田谷区と霞が関のあいだだけだ。

「ちょうど一年ぐらい前ですかね」織部が応じた。「このビルは知ってましたが、フォレストのものだとは思いませんでした」

「フォレストのもの? ビル全体がそうなのか?」

「ええ。フォレストの本社ビルです。ここでは、われわれの常識は通用しないと考えたほうがいいですよ」

車がビルの正面へたどり着いた。瀟洒《しょうしゃ》なつくりの正門から、駐車場へと乗り入れる。話が通っているのか、ガードマンは会釈しただけだった。駐車場のロータリーの中央には、会社ロゴのｆマークを象《かたど》った銀色のオブジェが建てられている。ロータリーを迂回《うかい》するとホテルのような正面玄関に着いた。流行《はや》りのインテリジェントビルといった様相を呈している。自動ドアのガラスにはフォレスト・コンピュータ・エンターテイメント株式会社とあった。

　出社時刻らしく傘をさした社員が正面玄関を入っていく光景が見られる。ほとんどはきちんとしたスーツに身をつつんでいたが、なかには薄汚いシャツにジーパン、スニーカー姿の男の姿もある。ねぐせのついた髪、だらしなく鼻の先にひっかけられた眼鏡、ぼろぼろのカバン。新宿中央公園で段ボールの上に横たわっていても、だれも不自然に感じないであろう風体。そういう身なりの男がときおり、スーツ姿にまじって玄関を入っていく。しかし、社員もガードマンもまったく意に介さないようすだ。

「なるほど」中溝はこぼした。「たしかにわれわれの常識は通用しないようだ」

　正面玄関前に停車した。運転手が大きな車体を迂回してドアを開けに来るのをまつ。永田町に乗りつけたときのくせで、中溝はもったいをつけた動作で車外に降り立ったが、そのわざとらしいゼスチャーに視線を向ける社員はひとりもいなかった。誰もが無関心に通りすぎていく。

　中溝は苦々しく感じた。いったいどれだけの社員が選挙の投票に出かけているか、ぜひともたずねてみたいところだ。

　エントランスを入り、ひろびろとしたロビーの中央にある受付に向かう。こうしたところは、ふつうの大企業と変わりない。織部が名前を告げると、女性がおまちくださいといって内線の受話器をとりあげる。東京都教育委員会の織部さまがおみえですが、そういった。

中溝はいった。「国会議員の中溝という者も一緒だとつたえてくれ」

ようやく、この女性にしてはじめて中溝の顔を見つめた。はい、かしこまりました、そう告げる言葉もさっきよりはていねいだった。

中溝は織部のほうを見た。織部はなにも気にしていないように、壁に埋めこまれた無数のモニターに躍るゲームのグラフィックをながめていた。

女性が告げた。エレベーターで最上階へどうぞ。中溝はエレベーターの扉へ向かった。ふりかえると、織部はまだ受付のところにいた。カウンターの上から、会社案内のパンフを一部とって、それを見つめながらこちらへ歩いてくる。

エレベーターの扉がひらき、三人が降りてきた。ふたりはＯＬ、もうひとりは、また浮浪者のような身なりの青年だった。

エレベーターに乗ると、織部がパンフを手渡した。「読まれますか」

パンフの表紙には本社ビルの写真と社名、そして「子供たちに希望あふれる未来を」というキャッチコピーが載っていた。

中溝はふんと鼻を鳴らした。「もし今回の騒動の原因がシティ・エクスパンダー４にあるとしたら、とんでもない大嘘《おおうそ》だな」

「しかし、フォレストが子供向けに健全なゲームだけを生産しているというのは、広く世間に知られた常識ですよ」

「そうなのか？　知らなかったが」

「フォレストのゲームでは、死という表現がとられることがないんです。私もあまりよくは知りませんが、フォレストのゲームはすべて、人間や動物のキャラクターを殺したり死なせたりすることはできないようになっているそうです」

「シティ・エクスパンダーでは、往来する住民を建物の下敷きにするというケースもあったと思うが」

「下敷きになりかける、というだけです。ミスをして住民の上に建造物を落としてしまうと、その住民たちは蜘蛛《くも》の子を散らすように四方八方に逃げ惑います。誰も死んでいないってことを表わすために、わざわざそんな表現がとられているんですよ。そのせいで、フォレストのゲームはとくに海外の暴力表現に厳しい国で評価が高いんです。日本のディズニーとさえ呼んでいるところもあるぐらいです」

「ディズニーはそんなに健全じゃないだろう。戦時中につくられたディズニーアニメじゃ、ミッキーマウスがゼロ戦を撃ち落としたりしてたんだぞ。検閲されて日本に入ってこないだけでな。歴史の上でもなかったことにされてる」中溝は織部の冷ややかな視線を感じとり、むきになった。「本当だぞ。いちど永田町で上映されたことがある」

「だれも嘘だとはいってませんよ」

中溝はため息をつき、パンフに目を落とした。

きわめて事務的な会社概要が掲載されていた。フォレスト・コンピュータ・エンターテイメント株式会社。本社は東京都港区虎ノ門。資本金六十一億円。従業員数約千二百名。平成十七年度三月期で九千億円の売り上げ。純損益はわずか三百五十五億にとどまっている。

代表取締役は桐生直人という人物で、昭和六十三年に現在の会社の前身である有限会社フォレスト・ソフトウェアを設立。その後アミューズメント業界への進出を果たし、大型ゲームセンターを全国にチェーン展開、飛躍的成長をとげる。平成十二年四月、社名を現在のフォレスト・コンピュータ・エンターテイメントに変更。平成十七年、家庭用ゲーム機「プロシード」を発売。今年初めにマイナーチェンジしスペックを強化した結果、グラフィックプロセッサ、メインメモリ、VRAMなど主要スペックのすべてでプレステ3を凌駕《りようが》するマシンとなった。本体の無線LAN内蔵やコントローラの無線化はもちろん、ハイビジョン出力、ブロードバンドでのネット接続など、あらゆる点で他メーカーの最新機種と渡り合い、さらにブルーレイとHD‐DVDの両陣営の次世代DVDの再生機能を搭載したことで、同様の製品のなかでは国内最大のシェアを勝ち取るに至った。プロシード用ゲームソフトにはフォレスト以外にソフト会社四十六社が参入しており、平成十八年四月までに四百を超えるソフトが発売されている。

その成果が、この誇らしげな三十階建てのビルディングというわけだ。おそらく社長の桐生という男はかなりの狸《たぬき》なのだろう。ゲーム開発にはいっさい興味がない、株主や銀行とのかけひきとハッタリ商売だけを得意とする太った男が中溝の脳裏に浮かんだ。そうでなければこのように会社を急成長させることはできない。社長が事業内容に深く関心を持っていては、いつまでも現場は独立できず、結果として会社の規模も中小企業どまりになってしまうものだ。

中溝はきいた。「子供たちが持ってる、飼育ゲームみたいなのもここの製品だったかな。以前流行《はや》った、たまごっちみたいなやつだが」

「ポーポリンですか」織部はきまじめな顔でいった。「うちの姪《めい》っ子も持ってます。ボタンが付いてなくて、すべてタッチセンサーで液晶に触れて操作するやつです」

「そう。それだ。よく報道番組でも話題にのぼってる」

「あれはちがいます。育て方が悪いと死んでしまいますから、死を表現しないフォレストの意向にはそぐわないわけです。たしかシグマテックとかいう会社のものですよ。ゲーム会社もたくさんあるんです」

「詳しいな」

「姪っ子にプレゼントを買ってやったばかりですから。あちこち玩具屋《おもちゃや》をまわって、予約して、ようやく手に入れましたからね。メーカーの名前ぐらいおぼえますよ」

　エレベーターの動きがとまった。扉がひらくと、ホテルのロビーのようなフロアにでた。広い室内には淡いベージュの絨毯《じゅうたん》が敷き詰められ、流線形のソファやテーブルがいくつか置いてある。デスクはふたつあった。ひとつはエレベーターの出口のかたわらにあり、秘書用と思われた。もうひとつは奥のガラス張りの壁面を背に据えられた大きなもので、高い背もたれの革張りの椅子《いす》がある。これが社長用らしい。いずれも、デスクの主は不在のようだった。

「広い社長室ですね」織部がつぶやいた。

「ま、民間企業だからな。政府なら、閣僚ですらこの十分の一の広さで我慢するところだ」

　中溝は奥へ歩いていった。すると、左手の壁にドアがあり、そこからひとりの男がでてきた。ほっそりした、三十代半ばぐらいの優男《やさおとこ》だった。ネクタイはしているが、上着は着ていない。

　男はこちらを見ると軽く会釈して、すこしかすれた声で愛想よくいった。「わざわざご足労いただきまして恐縮です」

　中溝は咳《せき》ばらいした。「仕事だからね。さっそくですまないが、社長の桐生氏と面会の約束があるんだが」

「桐生は私ですが」

思わず言葉を失った。この男が社長？　こんなやせ細った、色白の若者が？

中溝は目の前の男を観察した。身長は高く、肩幅が広く、きちんと整えられた髪は短めでわずかにウェーブがかかっている。かすかに笑みをたたえた顔も嫌味がなく、女性雑誌に登場する男性ファッションモデルといった感じだ。ビルの入り口で見かけた汚らしい服装の連中とは極端なほどの対照をなしている。

「これは失礼。いや、なにぶんにもこういう業界とかかわったことがないので、常識にうとくてね」

「そうでしょう。なにしろ新しい会社ですので、まだ社内での連絡にも難がありまして、申しわけありません」

あいかわらずかすれた声だ。政治の世界にもこういう人間が何人かいる。選挙で声をだしすぎて、喉《のど》を痛めてしまった人間の声だ。

「いや、そういう意味ではなく、もっと社長は歳《とし》をとった人物だと想像していたので」

「そうですか」桐生直人は明るく笑った。「こう見えても三十八ですが、たしかに社長というと、もっと歳上だと思われますよね。上場したのが二年前、このビルを建てたのが一年前ですから、まだひよっこです」

中溝はしだいに、この桐生という男の深みに気づいてきた。この男はかなり社会に揉《も》まれてきている。酸《す》いも甘いも知り尽くし、自身を抑えることを覚え、愛想のよさの仮面を自然にまとうことができるようになった、すなわちベテランの域に達したビジネスマンの姿だ。そして、そういう人種に年齢は関係ないことも、中溝はよく知っているつもりだった。二十代でひと財産を築きあげた人間は赤い顔をして夜中の駅のベンチで居眠りをしている五十代のサラリーマンより、はるかに油断ならない人格をつくりあげているものだ。

「私が衆議院議員の中溝。こちらは東京都教育委員会の織部君です」

「社長の桐生です。どうぞ、おかけください」桐生はそういって、デスクの上のインターホンに手を伸ばした。ボタンを押し、守屋《もりや》部長をこちらへ、そう告げた。それからソファのほうへ来て、中溝たちと向かい合わせに座った。

動きに無駄がなかった。成り上がり者が来訪者の前でみせる芝居がかったしぐさはいっさいない。これが自分のあるべき生活スタイルなのだ、そう思わせるような自然な動きだった。一見ひ弱そうな身体《からだ》つきに見えるが、じつはそうではないようだ。

背すじをきちんと伸ばしてソファに浅く座った桐生に、中溝はいった。「鍛えてらっしゃるようだね」

桐生は片方の眉《まゆ》をぴくりとあげたが、やがて笑った。「ああ、身体のことですか」

「高いスーツを着てても筋肉のつきぐあいはわかるもんだ。それに作法も学ばれているようすだ。武道かなにか、やってこられたんだろう」

桐生はあいかわらず控えめな口調でいった。「ええ。少しばかり」

「空手とか、剣道かね。私は剣道なら長くやっていた。橋本元総理の相手をしたこともあるんだ」

「それはいい経験をお持ちですね」桐生はさらりといった。「空手ではありませんが、中国拳法《けんぽう》を少しかじっています。友人と練習しています。もっとも最近は、あまり時間はとれませんが」

「ほう。中国拳法にも、空手のように段があるのかね」中溝はきいた。自分が剣道五段であることを誇示したい衝動に駆られたからだった。どんな返答をするにせよ、桐生はたずねかえしてくるだろう。

「趣味で習っているだけなので、試合をやったことはないんです」

桐生はそれだけいって言葉を切った。あてがはずれた。中溝はもういちどたずねた。「ほかになにか、段持ちの特技はあるのかね」

「そうですね。将棋ぐらいです。学生のころですが、アマ四段でした」

質問がかえってくるだろう。中溝がそう思ったとき、織部がせっかちな態度をあらわにしていった。

「われわれも、時間に追われている身でしてね」

「これは失礼しました」桐生は慎重な口調でいった。「あらましはけさ、ファックスで受けとりました。とても憂慮すべき事態ですし、私どもも協力を惜しまないつもりです」

「当然ですな」織部は目を細めた。「今回のことで、こちらの会社ではどのように責任をとられるおつもりですか」

桐生は当惑した表情になった。「責任といわれましても、まだ原因がはっきりしないうちは……」

「しかし、こちらのゲームのせいであることは明白です。こうしているうちにも全国の子供たちが危険にさらされているんです。原因を調べるのはあとにして、まずは商品の販売停止と回収が急務でしょう」

そのとき、ふいにしわがれた声が飛びこんできた。「それはいったいどういうことですかな」

中溝はふりかえった。エレベーターの扉のほうから、中溝とおなじぐらいの年齢の男がひとり足ばやに近づいてきた。白髪をきれいに七三に分け、浅黒い顔にぎょろりとした魚のような目、眉間《みけん》には深い縦皺《たてじわ》がきざみこまれている。グレーのネクタイをワイシャツの首に巻き、フォレストのマークが胸にプリントされたジャンパーをはおっていた。社員のようだが、服装からすると倉庫の管理でもしている人間だろうか。

その男が早口でまくしたてた。「わが社の商品が子供に悪影響をあたえるわけがない。なにしろ発売前に厳重にチェックしたんです。子供たちにテストプレイも……」

桐生が立ちあがり、穏やかな声でいった。「まあ抑えてください。まだ話し合いはこれからなんです。ただ、状況が状況なだけに、早急に原因を究明しなければいけない。そうおっしゃられたんです。さ、こちらへおかけください」

桐生にうながされると、ジャンパー姿の年配の男はいやにすなおに応じた。歳下の社長に、よほどの信頼をよせているのだろうか。

年配の男は無愛想な口調でいった。「守屋といいます。フォレストの役員で広報部長を担当しています。どちらが政治家のかたですかな?」

中溝は自己紹介しかけた。「私が……」

と、守屋がまた早口にいった。「まずこの点だけははっきりさせておきたい。ゲームソフトの発売において、わが社はなにより安全性を重視しています。ほんのわずかな不快感ももよおすことがないよう、徹底して製品管理につとめておるんです。それを一方的にうちのせいだときめつけて……」

「お言葉ですが」織部が口をさしはさんだ。「私どもはきのうから徹夜で全国の小中学生に起きた事件や事故と、その環境を調べたんです。すべてに共通するのはシティ・エクスパンダー4を購入しているという事実だけです」

「たまたま発売日にそういう事件が多発した可能性もあるでしょう」守屋がいった。「あのゲームは初日からかなりの数が販売されてますから、全国の小中学生についていえば相当数が購入していてもふしぎはありません」

織部は首を振った。「あのゲームが人気商品だということは百も承知です。しかし発売初日には予約されていた本数の半分ぐらいしか出荷できなかった。ちがいますかな。ほかにほしがっていたのに手に入らなかった子供たちは大勢いるのに、その子たちには異常が発生したという事実はない。これをどう受けとめればいいんです」

桐生が身を乗りだした。「どうか落ち着いてください。いましがた守屋のほうからもありましたが、じつはゲームソフトは販売前にテストプレイというものをおこなっているんです。これはゲーム雑誌などで募った小中学生を、うちの支社に招いて開発段階のゲームをプレイしてもらうというものです。主たる目的はゲームがおもしろいかどうかを吟味してもらうことにあるんですが、やはりゲームそのものに不快感をもたらすような要因がないかどうかもチェック対象になっています。刺激が強すぎたり、プレイに疲労をともなうような要素が含まれていた場合には、早急に改善することになっています。テストプレイで満足のいく結果がでなければ、商品化に踏み切ることもありません」

中溝はきいた。「そのテストプレイとやらで、異常な行為をしでかした子供はひとりもいないというわけかね」

「そうです」桐生はうなずいた。「テストプレイに参加してくれた子供たちはフォレスト・ファミリークラブという、うちのゲームのファンクラブに入っている子がほとんどです。したがってたいていのソフトは発売までに同じ子が何度も数日の間をおいてテストプレイをしています。最終的には、現在商品化されているものとまったくおなじプログラムのゲームをプレイしています。シティ・エクスパンダー4もそうでした。ゲームの内容から心身上の状態まで、あらゆる点において詳細なアンケートをとっていますが、そのような異常が認められた子供はひとりもいませんでした」

織部が険しい目つきで桐生をにらんだ。「子供を実験に使っているわけだ。もしその子たちに異常が起きたらどうするつもりです」

中溝はうんざりして口をひらいた。「まあまちたまえ。教育委員会の総本部長としての立場はわからないでもないが、いまの問題提起は少々脱線ぎみだ」

「いいえ。ひとりの親としていってるんです。あなたがたメーカーサイドとしては、テストプレイで問題が起きたら商品の発売を中止することで、トラブルを避けることができるでしょう。しかし、もしテストプレイに参加した子供に異常が起きていたら、どう責任をとるつもりですか。その子の精神的ショックも考慮しなければならない。そもそもテレビゲームというのは昔から……」

守屋がいった。「ヴィデオゲームです」

織部が眉をひそめて、言葉を呑《の》みこんだ。

「テレビゲームなんて言い方は古いですよ」守屋は淡々とした口調でいった。「せいぜいブロック崩しの時代までですな。それに、英語ではテレビジョン・ゲームってのは視聴者参加型クイズ番組みたいなもんを指すんですよ。正式にはヴィデオゲームと呼びます」

年齢のわりに、ヴィデオという発音がきれいだった。

「論点をずらさないでいただきたい」織部はいらだったようすだった。「桐生さん、あなたお子さんはおられますか。もしお子さんがそういうテストプレイに使われることになったら、どう思います」

桐生は物静かにいった。「おっしゃることはよくわかります。テストプレイの段階でも子供に問題が起きるべきではありません。少々説明が足らず申しわけなかったのですが、ゲームの生理的な悪影響という問題については、テストプレイよりもずっと前の段階から厳しいチェックをいれています。テストプレイの時点では、そうした生理的不快感は生じないよう、大人のプログラマーが何度となくゲームをプレイして、入念に検査をおこないます。ですから、テストプレイには安心して……、うちの息子の卓也《たくや》も参加させていますなにより、本人がとても楽しみにしていることですから」

織部がとまどいがちにきいた。「その、あなたのお子さんの年齢は？」

「子供はふたりいるんですが、卓也は十一歳で小学五年です。下の子は七歳で女の子です」

「たとえお子さんがすすんでテストプレイに参加しているのだとしても、奥さんのお気持ちはどうですか。奥さんに、そのことについて意見をきいたことは？」

桐生はいささかも表情を変えず、ぼそりといった。「家内は死にました。何年も前に、病気で」

　気まずい沈黙が訪れた。

　中溝は咳ばらいをした。そろそろ話をもとへ戻すころあいだ。「テストプレイ前に大人たちでチェックするとおっしゃいましたな。具体的には、どのような点をチェックするのかね」

「過去、ゲームについて問題視されたすべての点においてです。たとえば、光感受性発作をもたらすとされる閃光《せんこう》の連続も、いまではテレビ番組と同様に一定の秒数や明るさ以下でなければ使用できないことになっています。じつは日本で取り沙汰《ざた》されるずっと前に、アメリカではゲームによる光感受性発作が問題となり、日本製ゲームもいくつか販売中止になったことがあります。それを教訓とし、わが社では開発段階から閃光の表現には自主規制をもうけているのです」

　織部が桐生に告げる。「光の点滅以外にも、いろいろ問題があるはずです。うちの姪っ子がいちどゲーム中に気分が悪くなったことがある。おたくの会社のゲームではなかったと思うが、家のテレビでゲームをやっていたら、吐き気をもよおした」

「おそらく３Ｄ酔いですね」

「３Ｄ酔い？」

「乗り物酔いに近い症状です。近年のポリゴンを多用した立体的なゲームをプレイしたら、誰でもいちどは経験するといわれています。視覚がとらえるゲームのなかの動きと、実際の動きにずれが生じているせいで、脳は三半規管が正しく機能していないと感じ、それを酔いと結論づけてしまうのです」

「ほら。もう原因らしきものが見つかったじゃないですか。ゲームをやっているだけで気分が悪くなる、そういう要因が明確に存在している」

守屋が身を乗りだした。「とんでもない。他メーカーのように3Dモデリングが歪《ゆが》んでいたり、動きが激しすぎたりすれば3D酔いも頻繁に起きるでしょうが、われわれは年月をかけてじっくりとこの問題に取り組んできたんです。現在、3D酔いの起こらなさではフォレストは他の企業の追随を許さないと豪語できるほどです」

桐生もうなずいたが、どこか深刻そうな雰囲気を漂わせていた。「ただし、3D酔いを完全に駆逐できているわけではありません。暗いところでプレイをしたり、あまりにも長時間にわたってゲームをつづけると、疲労もあって3D酔いは起きやすくなります」

織部が口をはさむ隙《すき》を与えまいとするように、守屋が間髪をいれずにいった。「それでも幻覚が起きることなどない。まして、混乱したり、自傷におよぶなんて……。あなたたちが疲れきるまでゲームをやってみればわかることです。3D酔いを感じることはあっても、黒いコートの男がどうとか、そんな事態にはまるで結びつかない」

織部は唸《うな》った。「きのうシティ・エクスパンダー4の画面を見ましたが……。あの画面も操作によって、くるくるまわったりしましたよね。あれがポリゴンというやつですか」

「ええ」と桐生がいった。「そうです。あの落下する建造物、回転する地形、いずれもポリゴン処理です。昔のように平面の画像ではなく、ちょうどクレーン撮影のような奥行きと立体感を持たせられるものです。三次元座標三点を頂点とした三角形の面を複数組み合わせて、立体図形を作り、その座標を少しずつ移動させることで、滑らかな動きを表現できるのです。このポリゴンの面にテクスチャーマッピングといって、絵を張りつけることによって、リアリティのある立体的な映像表現が可能になります」

守屋が織部をじっと見すえた。「お伺いしたいんですが、あの回転を見つづけたら、幻覚が発生するとあなたはお感じになりますかな?」

「いや」すっかりやりこめられたように、織部は口ごもった。上着のポケットをごそごそとまさぐる。

その動作だけで気づいたように、桐生が卓上の灰皿を織部のほうへ押しやった。「どうぞ」

「どうも」織部はマイルドセブンの箱をだし、一本引き抜いた。「それでも、子供たちは黒いコートの男を見たといっている。これをどう思います」

「不可解なことです」桐生は眉間に皺を寄せた。「熱にうなされたとしても、みなおなじ幻を見るとは、ちょっと考えにくいですよね」

中溝はたずねた。「どこかに隠し絵みたいなものが潜んでるんじゃないでしょうな。ふつうに見ているうちには気づかないが、潜在意識には働きかけが起きるっていう……」

「サブリミナルですか」織部がタバコに火をつけながらいった。

「そう。そのサブリミナル」

「考えにくいですね」桐生は神妙にいった。「サブリミナルというのは、たとえばフィルムの二十四コマのうち一コマにまったくべつの画像を挿入しておくと、映像を見ている人はその画像があることに気づかないまま、無意識のうちに刷りこみがなされてその画像に感化されてしまうという現象です。アメリカの映画館でコーラの画像をフィルムにとりこんでサブリミナルの実験をしたところ、上映後のコーラの売り上げがほかの飲み物よりずっと多かったという……」

中溝は思いつくままにいった。「それで、アメリカではサブリミナルをＣＭに用いることを禁じている。そうでしたな？」

「ええ、そうなんですが……。その実験の衝撃的な新聞報道ばかりが人々の記憶に残っているふしもあります。数年後におなじ実験を、今度はオレンジジュースの画像で試みたところ、上映後の売り上げトップはやはりコーラだったそうです」

守屋が鼻息を荒くした。「アメリカ人はコーラが好きだったという、ただそれだけですな」

中溝は守屋という広報部長の態度が気にさわった。この男はいちいち皮肉をいいたがる。

もっとも、中溝自身も同僚によくそう指摘されるのだが。ただ少なくとも、中溝はどんな状況であれ常識はわきまえているつもりだった。この守屋という男は広報部長であるにもかかわらず、われわれと面会することがわかっていながらスーツすら着ていない。

よほど硬い表情をしていたのか、桐生がこちらを見ていった。「お気を悪くなさらないでください。ようするに、サブリミナルという手法はあまり心理学的に有効とは認められていない、そういいたかったんです。二十四分の一秒間、画面にはたしかにその画像が映っていたとしても、映像を見ている人の知覚が認識していないことには、無意識への働きかけが起きるとは考えにくいんです。アメリカのCMで禁じられたのはサブリミナルが有効だと認められたからではなく、そういう大衆を扇動しようとする手法を用いる意図自体が問題視されたからです。いずれにせよ、シティ・エクスパンダー4のプログラムにサブリミナルは用いられていませんし、まして黒いコートの男の画像などはデータのなかに入ってはいません」

「なるほど、かなりの知識をお持ちのようだ」中溝は咳ばらいをした。「おそらくあなたがおっしゃったことは、きちんと裏づけのある立派な理論なのだろう。ただ、あなたとて社内のすべてのセクションに注意がはらえるわけでもあるまい」

「といわれると?」

「あなたの意志やこの会社の社内規定とはべつに、社員のだれかがプログラムに手を加えているとは考えられないかね。あなたはおそらくプログラムもチェックしているだろうが、それを逃れて、こそこそといたずらを働いている人間がいるかもしれない」

桐生は首をかしげた。「なぜそんなことをする必要があるんでしょう」

「さあ。会社に不満があるとか、たんなるいやがらせか。とにかく、そういうことが絶対にないとはいいきれないのではないかね？」

さっきまで間髪をいれずに反論していた守屋が、なぜか今度はなにもいわなかった。たずねるような顔を桐生に向けている。

しばらくして、桐生は首を横に振った。「ひとりの人間がそのような考えを持ったとしても、ほかの社員に気づかれないようにおこなうことは不可能です。プログラムは大勢のプログラマーの分業によって成り立っています。シティ・エクスパンダー4にかかわっているプログラマーは百人以上はいるんですよ」

「そのプログラマーというのは、この立派なビルに似つかわしくない服装をした人たちのことですかな」

「ああ」桐生は苦笑した。「ちょうど出社時刻なのでご覧になったんですね。彼らは昼間はほとんど外出しません。まともな服を着ていることもあるんですが、それは開発の時期じゃないときだけです。なにしろ徹夜作業の連続なので、身なりを気にするひまもないんです」

守屋がまた口をはさんだ。「外見で人を判断してはいけませんな。彼らは変わった人種だが、業界トップのフォレストで働くことを誇りに思いこそすれ、トラブルを起こそうなどとは思わないはずですよ」

中溝は守屋をじっと観察していた。守屋はさきほどまでのふてぶてしい態度がうすらいで、いまはどことなく落ち着きを失っているように見える。中溝がプログラマーについてたずねた瞬間からの変化だ。

「失礼だが、守屋さんといいましたな。あなたはなにか思い当たるふしでもあるのですかな。会社に恨みをいだくプログラマーにでも」

守屋が当惑ぎみに口をひらきかけた。

しかし言葉が声になる前に、桐生がいった。「そんなことはありません。ただ、意図的かどうかはべつとして、報告されているプログラム構成が正確でない可能性はあるでしょう。私もみずからコンピュータを操作してデータを解析したわけではないので、そこはなんともいえません。それについてはこれから、厳重に調べてみるつもりです」

エレベーターが到着する音がした。扉がひらく音がきこえる。

織部は灰皿にタバコを押しつけた。「時間はあまりないですよ。一分一秒を争います。このままではマスコミが嗅《か》ぎつけるのも時間の問題でしょう。そうなったらこの会社は世論の攻撃にさらされることに……」

と、女性の声がした。「もう手遅れかもしれません」

中溝はふりかえった。三十代なかばくらいの女が足ばやに歩みよってくるところだった。皺ひとつない紺色のスーツに身をつつんでいる。ウェーブのかかった褐色の髪にふちどられた、色白で目鼻だちのはっきりした顔は、広報部の代表としてマスコミ受けをねらうには最良の人材に思えた。

中溝が軽く会釈すると、女は大きな瞳《ひとみ》を伏せてあいさつをかえした。すぐに社長のデスクに向かっていき、テレビのリモコンをとりあげた。桐生はなにもいわない。おそらく社長秘書だろう。中溝はそう察しをつけた。

女がリモコンを部屋の隅のテレビに向けてスイッチを押した。4というチャンネル表示が現われた。若い女性記者が傘を片手に屋外でニュースを読みあげている。見おぼえのある風景だ、と中溝は思った。さっき見たフォレスト・コンピュータ・エンターテイメントの正面玄関だった。

女性記者は手にした原稿を読んでいた。「……はすでに百三十人にのぼり、自殺未遂も四十件以上にのぼっています。すべての小中学生に共通しているのは、このフォレスト社が製造販売したシティ・エクスパンダー4というゲームソフトを購入し、遊んだという事実だけです。現在のところ警視庁からはなんの発表もありませんが、深刻な事態だけにフォレスト社に対する事情聴取は避けられないというのがおおかたの見方で……」

「なんてことだ！」守屋が大声をあげた。

織部も面食らったようすでいった。「どうしてこんなに早く気づかれたんだ？　まだ極秘事項のはずなのに」

失礼、といって中溝は立ちあがった。全面ガラス張りの壁ぎわに近づき、正面玄関を見おろした。

いまテレビに映っている女性記者の位置は、三十階の高さからでもたやすく見つけられた。傘の前に報道用のカメラや照明のスタッフが見える。そして、ほかにも中継車が五台。NHKと民放のキー局すべてだろう。正門を黒のセダンが何台か入ってくる。たぶん新聞社だ。

「中溝さん」守屋が責めるような口調でいった。「まだこちらが公式声明もだしていないうちから、こんな……」

「政府では発表していない」中溝はいった。言葉が喉にからんだ。「厚生労働省もだ。少なくとも、そうきいている」

女がリモコンでチャンネルを変えた。6、8、10、12、そしてNHKと、全局がフォレストの前からの中継だった。唯一、教育テレビだけが子供向けのぬいぐるみの寸劇を放送している。

中溝は桐生を見た。桐生は口もとを固く結んでいたが、瞳にはなんの感情も表わさず、じっと画面を見つめていた。

　この四十前にして一兆円企業の代表取締役をつとめる男はいま、なにを考えているのだろう。そして、どうこの事態を打開しようとするだろう。中溝は思いをめぐらせたが、答えはわからなかった。そもそもこの企業がどうやってこんなに急成長したのか、今度の一連の事件や事故の真相はなんなのか、まったく見当がつかない。

　電話の呼びだし音が鳴った。自分の懐《ふところ》からきこえていることに、中溝は気づいた。昨夜のこともあり、今朝から秘書の携帯電話を借りていた。教わった使い方を思いだしながら、慎重に着信のボタンを押す。

「もしもし」

「お父さん?」娘の匡子の声だった。

　中溝は一瞬言葉を詰まらせた。「どうしたんだ?　こんな時間に電話してくるなんて……」

「どうもこうもないわよ!」匡子は怒鳴り声をあびせてきた。「わかってたならなんで教えてくれなかったの?」

「どういうことだ?　話が見えんぞ」

「あのゲームよ!　シティ・エクスパンダー4」

　中溝の背すじを緊張が走りぬけた。「まさか、買ったのか?　あのゲームを」

「隆志がねだるから、けさ史郎さんがコンビニで買ってきたのよ。予約入れてたから、一日まてば買えるはずだって」

「ばかな！　あれほど買うなといったのに……」

「理由をいってくれなきゃ、買わないわけにはいかないでしょ！」匡子はヒステリックにわめいた。「厚生労働省じゃわかってたんでしょ？　なんで理由をいってくれないのよ！」

「まて。それで隆志はどうしたんだ。ゲームをやったのか？」

「けさ大喜びで遊んでたわ。そのあと幼稚園にでかけて……でも、行きのバスにはちゃんと乗せたのに、さっき幼稚園に電話したらいないっていうのよ！」

「いない？　どういうことだ」

「わかんない。けさは隆志くんは幼稚園に来てませんって園長先生がいうから」

心臓が波打つ音がきこえるようだった。まさか、孫の身になにかが。

「すぐ戻る」いうなり、電話を切った。織部に告げる。「うちの孫がシティ・エクスパンダー4で遊んだ。幼稚園に向かう途中で行方不明だ」

織部は目をみはった。「まさか、そんな」

「こうしてはおれん。ひとまず家に戻る」中溝はエレベーターに向かった。

私もでます、と織部があとにつづいた。

「中溝さん」桐生が声をかけた。「私どもで、なにかお役に立てることがありましたら」

織部がエレベーターのボタンを押しているあいだに、中溝はふりかえった。「ありがたいが、これはうちの問題だ。きみにはもっとマクロな問題が待ち受けているだろう。力を貸してくれるつもりなら、一刻も早くこの奇妙な事態の原因をつきとめてくれ。企業の社長として、責務を果たすことを忘れんでくれ。いいね」

桐生はじっとこちらを見かえしていた。この若い社長がゲームづくり以外にどのていどの裁量ができるのか、もういちど見きわめようとした。だが、やはりわからない。こうした業種は中溝の知るところではない。ただ、事態の大きさぐらいは把握できただろう。この男も社長の座をひきずりおろされまいと必死になるにちがいない。

エレベーターの扉がひらいた。織部につづいて、エレベーターに乗りこんだ。扉が閉まる寸前、中溝は桐生直人の顔を見た。桐生もじっとこちらを見つめていた。

裏取り引き

次々に乗り入れてくるマスコミ関係の車両、甘いものにむらがる蟻《あり》のように玄関前に築かれていく人垣を、桐生直人は窓辺に立って見おろした。

三十階の高さからでも、玄関から点のような中溝と織部が姿を現わしたのがわかった。報道陣がいっせいに押しよせる。カメラのフラッシュがひとだかりのなかでイルミネーションのように明滅をくりかえした。

エレベーターが一階に着くまで三分とかからない。ひらいた扉から足ばやにエントランスに向かえば、三十秒で外にでられる。三分三十秒。たったそれだけの時間のうちに、人の群れは倍以上にふくれあがっていた。

「通してくれ！」桐生の背後から中溝の声がした。中継のテレビから流れてくる音声だ。

「まだなにも発表の段階じゃない！」

「ボリュームをさげてくれ」桐生はそういって、デスクのほうへ戻った。

社長秘書の津久井令子《つくいれいこ》がリモコンのボタンを押した。音量はぎりぎりきこえるくらいにしぼられた。

桐生は椅子《いす》の背に手をかけたが、座る気にはなれなかった。光沢を放つデスクの表面に映りこんだ自分の顔をながめながら、激しく頭のなかを駆けめぐる対策案をひとつにまとめようとした。

令子と守屋がデスクの前に歩みよってきた。桐生は顔をあげてふたりを見た。ふたりとも困惑のいろを浮かべていた。いつもなら同席者をさえぎってまで発言したがるこのふたりさえも、きょうの事態には言葉もでないようすだった。

桐生はテレビ画面に目を走らせた。まだ中溝たちは報道陣につかまったままだ。「このニュースはいつごろから流れた?」

「けさのワイドショーがはじまってすぐです」令子がいった。「八時半をまわったぐらいでした。8チャンネルがいきなりスクープ報道だといって切りだして、九時をすぎてから、ほかの各局があわてて追随したんです」

「8にしてくれ」

令子がリモコンを操作した。画面が切り替わる。8チャンネルは中溝相手の不毛のインタビューには早くも見切りをつけたのか、フォレスト社の過去の歴史を放送している。資料映像として、フォレストがヒットを飛ばしたシティ・エクスパンダー・シリーズ前三作の画像、シティ・エクスパンダー2の発売日当日に都内のディスカウントショップの前に列をつくる人々、全国で実施されたシティ・エクスパンダー3の小学生向けプレイコンテスト大会の映像などが、ナレーションとともに紹介された。画面の右下隅には、おどろおどろしい字体でスーパーが表示されている。小中学生連続自殺未遂の核か？　シティ・エクスパンダー4のフォレスト社とは!?

守屋がつぶやいた。「やけに手まわしがいいな。テレビ局ってのはどんな会社の映像もこんなふうにまとめてんのか」

そんなはずはない。桐生は思った。フォレストは子供向けのゲーム番組の制作がらみで、長いことテレビ局とかかわりを持ってきた。制作の人間が桐生にいったことがある。字幕スーパーの発注は緊急でも三十分前、資料ＶＴＲの発注は二時間前にすませなきゃならないんです。編集は大急ぎでやっても一時間はかかりますね。そういっていた。このＶＴＲは陽《ひ》が昇る前から準備されていたのだ。桐生が厚生労働省から連絡を受けるよりもずっと前から。

「悪いうわさがたつのは、それだけ早いってことだな」桐生はそっけなくいって、喉もとのネクタイを指でゆるめた。「インターネットのほうに情報が流れてたってことはないか？」

「検索してみたけど」令子は唸《うな》った。「Nちゃんねるにもミキシーにも、子供の自傷に困惑してさまざまな意見が取り沙汰《ざた》されてるけど、うちのゲームに結びつけたものは見るかぎりひとつもなかったんです。でもこれで終わりですね……」

「だな……」桐生はため息をついた。「今後はわが社に対する中傷記事やガセネタがネットを埋めつくすだろう。株主からも問い合わせが殺到することだろうな」

令子が憂鬱《ゆううつ》そうに、左手の細い指先で髪をかきあげた。その薬指に光る指輪を見て、桐生の気持ちはいっそう暗くなった。これから彼女の夫にも火の粉が飛ぶことになるだろう。悪くすると、そこが最悪の火種であることがわかるかもしれない。

令子が顔をあげて、桐生にきいた。「役員会を招集しますか？」

「いや」桐生は首を振った。「それより記者会見が先だ。現時点ではなんの説明もできないが、こういう状況になった以上、うちは関係ありませんではすまないだろ」

守屋が両手をデスクについて、心配そうにいった。「だいじょうぶなのか。役員連中をほうっておくとうるさいぞ。ただでさえ、きみの最近の経営にはああだこうだいってるしな」

「心配ありません」そうはいったが、内心はたしかに不安だった。

このビルに移って以来、役員たちが桐生の経営方針に不満をしめすようになっていた。会社の規模が大きくなると、役員たちは居心地のよさを追求しはじめた。開発に多大な経費のかかるアミューズメント業界向けのプロジェクトや、リスクの大きい新製品ソフトの制作をなるべく減らして、交通や出張、接待などの経費を捻出《わんしゅつ》できるような体制をつくりたがっていた。桐生はしかし、そうした役員連中の甘えを決して許さなかった。

フォレスト・コンピュータ・エンターテイメントはゲーム会社だ。腐った金融会社とはちがう。そういう信念のもとで、桐生はこれまでゲームづくりに野心と目的を持った人材を集め、優遇してきたつもりだった。しかし、成功は環境を変えていく。この会社にも開発以外の業務にたずさわる人間が増えてきた。桐生にとってゲームソフト開発は得意分野でも、企業の内外の人間とつきあっていくための複雑な政治的ゲームでは、分が悪かった。社長職にあれば空気のように欠かせないはずの口八丁が、桐生にとってはなによりも苦手な分野だった。

桐生はできるだけ静かな口調でいった。「年配の役員の方々は、これを社長交代の絶好の機会とみるかもしれない。だが役員会がどう考えようと、代表取締役であるあいだは自分の責任を果たすつもりです」

令子が顔をしかめていった。「桐生さん以外の社長なんて考えられません。あんな銀行屋みたいなオジンの集まりに、なにができるっていうんです」

守屋がとがめるような目で令子を見た。その視線に気づいて、令子は気まずそうにうつむいた。この高級な社長室に似つかわしくない発言だった。

「変わらないな、きみは」桐生はつぶやいた。「阿佐谷《あさがや》にいたころと」

「それは私もだぞ」守屋が身を乗りだしていった。「いまじゃ役員会のオジンのひとりに加わってはいるが、私を連中と一緒にしないでほしいな」

わかってます。桐生は苦笑しながらいった。

こうしていると、たしかに阿佐谷にいたころを思いだす。有限会社フォレスト・ソフトウェア。駅に近い粗末な貸ビルの一室を借りていた。ビルの一階にマクドナルドが入っていたせいで、昼食も夜食もチーズバーガーばかりかじっていた。社内は開発部も企画部も営業部も一緒くたで、肩書きのちがう名刺を何枚も持っていた。

当時のフォレストは、大手ソフト会社の開発商品の部分的なプログラムを下請けする会社にすぎなかった。家庭用ゲームソフトの特定の場面のグラフィックづくりやゲームバランスを決定するアルゴリズムの作成、海外でつくられたパソコン用ソフトを日本版のＯＳに対応させるための移植作業、企業向けのインターネット・サーバの整備など、コンピュータ・ソフト業界の雑用を一手に引き受けていた。納期がせまると営業や企画の連中はもちろんのこと、社長の桐生も駆りだされて徹夜作業に従事していた。それでもときどき、この三人で抜けだしては一杯やりに行った。深夜、銀行の前に屋台をだす老人がいて、そこでビールを飲みながらおでんを頬張《ほおば》った。まだ妻の裕美《ひろみ》も元気だった。残業のたびに愚痴をいっていたが、あるとき会社まで夜食を持ってきて、そのまま泊まりこんで仕事をてつだってくれたものだった。

あのころは混乱も困難も恐れてはいなかった。むしろそれが仕事そのものだった。会社が大きくなるにつれて、気づかないうちに重い責任を背負うようになっていった。そして、ひとつの問題を解決するのも、簡単でないことをさとるようになっていた。

「複雑になったもんだ」桐生はため息とともにいった。「いままでは問題を解決するには忍耐や努力だけじゃ足りない。苦手なひとづきあいを克服しなければな。まずは記者会見だ。それから、正午すぎに役員会を開いて方針をきめる。もちろん、原因究明にはいますぐ乗りださなきゃならないが……」

守屋が投げやりにいった。「濡《ぬ》れぎぬを着せられただけという気がするな。よく調べたらなんでもなかった、ってことになりそうな予感がする。ほかに原因があるんだよ」

「それならそれで結構ですが、いずれにしても異常な事態です。べつのメディアの影響だったとしても、こんな状況は前例がない。まずは……シティ・エクスパンダー4の開発スタッフと話し合ってみるしかないな」

令子がうつむいた。

守屋が甲高い声でいった。「そのことだが、私にちょっと気になることがある。まあいつもいってることだが……」

桐生は右手をあげて守屋を制した。守屋は令子の心情を無視しているわけではないだろうが、いささかひとの神経を逆なでしすぎる。

「令子」桐生はできるだけ淡々と命じた。「彼を呼びだしてくれないか」

令子はなにかをいいかけたが、すぐに口をつぐみ、小さな声で「はい」と応じた。守屋を横目で見てから、背を向け、エレベーターの扉へ歩きだした。

「なあ、令子」桐生は声をかけた。「たんに事実を確認するだけだ。プログラムにはなにも異常はない、っていうことの再確認だよ。面倒は起こらないさ」

令子は立ちどまった。こちらをふりかえり、にこりと笑った。とまどいと不安が入りまじった笑顔だった。令子はなにもいわずに扉へ向かい、ボタンを押した。

つけっぱなしになっているテレビから、アナウンサーの声がきこえる。ただいま入りましたニュースです。けさ九時半ごろ、栃木県利上市の小学四年生の男の子が、白転車に乗ったまま赤信号を横断しようとしてトラックに撥《は》ねられ重傷を負ったとのことです。少年の話では、背後から黒いコートの男が追いかけてきたという……。

エレベーターはすぐに到着した。令子が乗りこんで扉が閉まると、桐生はふいに腰をおろしたい気分になった。ゆっくり椅子をひいて、座った。両手の指をからみあわせて、デスクの上に投げだすように置いた。

裕美の死後、桐生は令子に好意をよせるようになった。令子は誠実で、信頼がおけて、なおかつ魅力的な女性だった。だが、桐生が会社を成長させるために奔走しているうちに、彼女は婚約してしまった。その相手は、桐生もよく知っているフォレストの社員だった。

「桐生。じつはいいたいことがあるんだが」守屋が小さな声でいった。ふたりきりになると、守屋は桐生を社長とは呼ばない。これは阿佐谷時代からの慣例だった。

「わかってます」桐生はまたため息をついた。「さっき中溝氏たちが来てたときの、あなたの顔色にも気づいてましたよ。あなたが津久井智男《ともお》に嫌悪を感じていることも、よく知っています」

「好き嫌いの問題じゃない。ただなんというか……」

「不信感をいだいている。そうじゃないですか?」

「まあ、そうだ。それは否定できない」守屋は愚痴っぽくいった。「あいつはどうも信用できないところがある。妙につきあいづらいところがあるんだ。それも向こうのほうから、コミュニケーションを拒絶しているとしか思えないところがある」

桐生は笑ってみせた。「たしかに彼は人好きのするタイプの男じゃありません。はじめは私もいけ好かないやつだと思いましたよ。でもそれなりにいいところもある。仕事もきちんとこなしますし」

「どうだかな」守屋はなおも不満そうにいった。「あれが会社への忠誠心の表われだってんなら、もっと広報部長の私にも敬意をはらってもらいたいところだ」

「まあ、もっともですけどね。守屋さん、あなたが考えたゲームパッケージのデザインにいちいち難癖をつける彼の言い草は、たしかに頭にくるでしょう」

「私は出版社の編集者を二十年つとめあげたんだ」守屋は自分の胸もとを指さした。「ゲームのプログラムのことは知らないが、一般消費者が最初に目にする広告やパッケージなどの印刷物については一日の長があるつもりだ。コンピュータをいじってるだけのやつにはわからないさ」

「だからといって、今回の件で彼を不審がるのはどうかと思いますよ。津久井智男があなたにいやがらせをするために、なにか秘密のプログラムをしのばせたとでもいうんですか。それも、ゲームをプレイした子供が幻覚を見るっていう」

「そこまではいわない。ただ、ちゃんとすべて報告してるかどうかあやしいと思うだけだ。たとえば彼の作ったゲームは閃光《せんこう》の回数やグラフィックの色数にしたって、あとから調べたら報告よりも多かったってことがあっただろ」

「あった。でも報告されたとおりに作られたものより、完成品のほうがずっとよかった。それで問題が起きたという例もないし」

「だが社の規定をすりぬけるために嘘《うそ》の報告をしたことはたしかなんだ。今回もひょっとしたらありうるぞ。どこかで規定外の表現を使っていて、それが子供たちに無意識のうちに悪影響をあたえていて……」

「守屋さん」桐生はいらだった。津久井智男と結婚した令子の選択、その選択がまちがっていたとは思いたくなかった。「前に虚偽の報告をしたとき、彼は減俸処分になったうえ始末書もかいた。愛想が悪い男なのはたしかだが、同じ過ちをくりかえすような頭の悪い男には決して思えない。彼はうちの社員だし、少なくとも僕は彼を友人だと思っている。それにシティ・エクスパンダー4に関しては、うちの息子の卓也も何度もテストプレイしてるんです。それも、いま商品で売られているのとまったく同じものを。プログラムの欠陥が今回の異常事態の原因だとは思えない」

「わかった」守屋はため息をついた。白髪頭をかきながら、申しわけなさそうな口調でいった。「ここはきみの会社だ。私はきみを信頼してるし、きみがそういうのなら受けいれるよ。それに、ちょっと子供じみたことばかりいいすぎた。たしかに悪態をついていただけという気もする」

「こんな状況では、冷静でいろというほうが無理ですよ」桐生はなだめるようにいった。

「広報部長という立場としては、こんなときはストレスがたまる一方でしょうね」

「あんなマスコミ連中はともかく、提携企業に対しての釈明がね。シティ・エクスパンダー・シリーズは多くのタイアップ商品をだしている。小物やら文房具やら攻略本やら……。へたをすると、それらの製造元から賠償を請求されることにもなりかねないんだ」

「いくつかの会社は、私の古くからの知り合いでタイアップ契約を結んでいる。そのへんの会社の経営者には、私から話をしておきますよ」

「すまない。それと、いま放送中のテレビCMもどうすべきか考えないと」

「原因がまだわからないうちに、CMを自粛するのはかえってへんじゃないかな」

「問題はキャッチコピーだよ。あなたの脳を刺激する。そういうコピーが流れてるんだ。それも12チャンネルじゃ夕方のニュースの枠にもCMを入れてる。だからコピーだけでも差し替えないとな。どうせ変更を気づかれてネットのNちゃんねるで騒がれることになるだろうが、そのまま流しっぱなしにするよりはましだろう」

そうですね。桐生はそういってテレビに目を向けた。洗剤のＣＭが流れていた。問題は確実にひろがりをみせている。具体的な対応策も、いろいろ練っていかねばならなくなるだろう。事件とともに、もうひとつの戦いがはじまるのだ。会社のなかでの生き残りをかけた戦いが。

テレビの画面では、フォレストのビルをバックにスポンサーの名前が紹介されていた。この番組は、主婦と家庭を応援するリクス株式会社、きたがわ食品、カメラのミヤサカ……。

卓上のデジタル時計に目をやる。九時四十六分。朝のワイドショーが終わる時間だ。もうそれだけ時間がすぎていた。さっきの報道によると、そのあいだにも交通事故を起こした子供がいる。ぐずぐずはしていられない。かといって、いったいどこから手をつければいいのだろう。

思いをめぐらせながら、テレビの音声をぼんやりきいていた。徳田書店、サンツグ株式会社、シグマテック・アミューズメント・コーポレーションの提供でお送りしました。

「シグマテック？」

はっとして画面を見つめた。だがスポンサーの紹介は終わり、フォレストのビルの映像にワイドショーのロゴタイトルがかぶさって、番組終了を告げていた。

守屋が緊迫した声でいった。「たしかにシグマテックといった」

奇妙な感触が桐生のなかを走りぬけた。さっきの令子の話では、この8チャンネルのワイドショーだけが番組開始直後から、スクープとしてシティ・エクスパンダー4の疑惑を報じていたという。そのワイドショーのスポンサーに、シグマテック・アミューズメント・コーポレーションが名をつらねている。業界第二位にして、フォレストの最大のライバル企業が。

「調べてみる価値はありそうだ」桐生はつぶやいた。「この報道にシグマテックが関与しているのだとすると、情報の出どころはいったいどこなのか」

「桐生」守屋がいった。「津久井智男には、例のうわさが……」

桐生は思わず守屋をにらみつけた。守屋は口をつぐんだ。

守屋がいいかけたことはわかっている。だが、社内にいわれなき疑心暗鬼の芽を生じさせるべきではない。

そう思いながらも、桐生は鼓動が速くなるのを感じていた。頭のなかに渦巻く疑念の存在を無視することはできなかった。

開発部

このドアを開ける寸前はいつも気が滅入《めい》る。フォレストの社長秘書、津久井令子は開発部グラフィック課の札のかかった扉の前で、ため息をついた。

フォレスト本社ビルの十階から十五階までの区域は、ほかとはまるで別世界だった。清潔なインテリジェントビルの面影はここにはない。廊下にはたくさんの段ボール箱が山積みになり、老朽化したパソコンや外づけハードディスクなどが転がっている。通路に華を添える樹木の形をしたプラチナ製のオブジェも、これさいわいとばかりに古びたケーブルのたぐいを巻きつけられている。

とりわけこの十二階はひどかった。床にはコピー用紙や図面が散らばって足の踏み場もないほどだった。さらに、廊下の待ち合い用のソファに横たわる人間の姿。仮眠室はちゃんと用意されているが、ちょっとした手続きさえも面倒くさがって、こういうところで眠りこんでしまう。静まりかえった廊下に、数人のプログラマーたちのいびきが不気味にこだましている。

阿佐谷の小さな会社にいたころは、令子も似たような境遇にあった。だが、これほどだらしなくはなかった。このプログラマーたちは当時の令子よりもずっと高い残業代を得ているにもかかわらず、こうして無賃宿泊をきめこんでは浮いた金で新しいコンピュータ機材を買ってしまう。ファッションやレジャーにまったく関心をしめさず、たえずコンピュータをいじり、モニターのなかであやしげにうごめく乱数に目を光らせることに至福の喜びを感じる。それがプログラマーという人種だった。理解できなくはないが、もう少し社員としての責任を感じてほしい。令子は常々そう思っていた。ここは都心を離れたところにある小さなソフトウェア会社とはちがう。東証一部上場を果たした一流会社だ。あの格好で社のエントランスをうろつかれたら、会社の株価にさえ影響がでてくるだろう。

ノックしようとしたとき、ふいにドアが開いた。十代の男の子がでてきたようにみえた。だが、すぐに知り合いの女性だとわかった。茶色の髪をショートカットにまとめ、黒のタンクトップにジーパンというでたち、ほっそりした身体《からだ》つき。ボーイッシュで顔のつくりの小さい、今風の美人だった。ふだんは妙に子供っぽく見えることがある。しかし、いまは化粧をしていないせいか、二十代後半という実年齢がはっきり顔に表われてしまっている。

ポカリスエットの缶を手にした糸織《いとり》美穂《みほ》はタバコをくわえたまま、眠そうな目で令子を見た。

「ああ、令子さん」

「あいかわらずいそがしそうね、ここは」令子はいった。

「ええ、まあね。オンラインゲームのカーレースものが追いこみでしょう。しかも外注してたポリゴン処理がてんでゴミだったうえに、トロイの木馬プログラムにまで冒されてて。うちでイチからやりなおしてるんですよ。おかげでみんな、死んじゃってますね」

「人員が不足しているのなら、ほかのセクションからプログラマーをまわしましょうか？」

「ほかのセクションて？」糸織は吐きだした煙に目を細めながらいった。「エフェクト課やエディット課の連中じゃ使いもんにならないですよ。マウスでドラえもんひとつ描けないやつらばかりだし。サウンド課の人間は畑ちがいだしね。シグマテックやギミックメイドがだしてるみたいなクソゲーになってもいいってんなら、そういう連中にまかせますけど」

　クソゲーとはクソつまらないゲーム、ようするに駄作ゲームソフトの俗称だ。糸織は令子にかぎらず、だれにでもこういうずけずけしたしゃべり方をする。

　令子は苦笑した。「それは困るわね。でも、なにか必要なものがあったら遠慮なくいってちょうだいね」

「それはどうも。じゃ、毛布もらえませんか」

「毛布？」

「これから寝るんですよ。徹夜だったんで」

「それなら、二十階の宿泊室を……」

「いいんですよ」糸織はうざったそうに髪をかきあげた。「そこらでゴロ寝するのに慣れてますし。へんに甘やかされると、仕事やめて帰りたくなるしね。あと、宿泊室って禁煙じゃないですか。だからイヤなんです」

「厳密にいったら、この廊下も禁煙なんだけど」

糸織はうつむき、ゆっくりとタバコを指先でつまみとると、それをポカリスエットの缶に押しこんだ。ジュッと火が消える音がした。

「すいません」糸織はぼそりといった。「ちょっといらいらしてたもんで。つい」

令子は首を横に振ってみせた。「いいのよ。あんな騒ぎがあったから、社員がストレスを感じるのも無理ないわね」

「あんなことって？」糸織はきょとんとした顔できいた。「外注の仕上げたグラフィックがクソってのはよくあることですよ。わたしがいらいらしてんのは、これで締め切りに間にあわないと発売の時期が延びて、またギミックメイドとかにコピー品を先に発売されちゃうってのがむかつくからですよ。それも無惨に改悪されてクソゲーと化したコピー品を」

そう。令子はつとめて笑いながら応じた。糸織はどうやら、外の騒動には気づいていないらしい。ここに缶詰になって働きどおしなのだから、テレビも見ていないのだろう。

「そのへんのことは」令子は告げた。「営業部がうまく調節するから、心配しないで。それと、どこで寝てもいいけど気をつけてね。この会社も男性社員のほうが多いんだから」

「心配ないですって。開発部にはセクハラする勇気のあるやつなんかいませんよ。せいぜい仕事さぼってインターネットでエロサイト観《み》てるていどです。それでも見つけたら後頭部蹴《け》ってやりますけどね」

糸織の身体の動きはやわらかく、しなやかだった。パワーヨガなるものに凝っている糸織の脚は充分に上がりそうだった。

「うちの主人もおとなしくしてるかしら。あなたみたいな美人と一緒にいて」

糸織は笑い声をあげた。「あのひとは特別ですよ。なにごとにも無反応。冷静沈着を絵に描いたようなひとですから。いまも恋人に両手の指這《は》わせて、ひとり悦にいってますよ」

令子は自覚しないうちに表情を硬くしていたらしかった。糸織は笑いながら首を振った。

「恋人ってのはコンピュータのことですよ。津久井部長の愛機のTX02。でも見てると、ほんとにピアニストみたいに繊細な指づかいするんですよ。いらついて乱暴にキー叩《たた》くばかりの男が多いから、あの部長専用のTX02は運がいいですよね。もちろん、奥さんも」

令子はめんくらった。それでも、嬌声《きょうせい》をあげる糸織につきあって、なんとか笑顔をとりつくろった。

少し間をおいて、令子はきいた。「あのひと、仕事はかどってるかしら？」

「さあねえ。部長って、一日の仕事を終えると、なぜか制作中のデータをぜんぶどこかのサーバに転送して、社内のコンピュータから消去しちゃうんですよ。翌日にはそのサーバからデータをダウンロードして作業を続行するんだけど、どうしてわざわざ外のサーバにバックアップをとるのかわからないし、サーバのアドレスも部長しか知らないしね。だからどこまで仕上がってるか見ることはできないんです」

その話は令子も知っている。厳密にいえば、開発中のデータを部署から外へだすことは禁じられている。本人に理由をたずねたが、なにも答えてくれなかった。そういう不審な行為が、社内における津久井の立場を悪くしているというのに。

糸織はなにも気にしていないらしく、軽い口調でたずねてきた。「旦那《だんな》さん……っていうか部長にご用ですか？　呼びましょうか」

「いえ、いいの。自分で会いに行くから。じゃ、また飲みに行きましょう」

「ええ。どうぞよろしく」糸織は明るい声でそう応じると、散らかった書類をずかずかと踏みつけながら廊下を歩きさっていった。

令子は糸織美穂の勝気な性格が好きだった。糸織はたしか短大を卒業してから、阿佐谷のフォレスト・ソフトウェアのプログラマー募集に応募してきたひとりだった。しかしプログラミングの速さとハード関係にも詳しい知識の豊富さのおかげで、現在では主任クラスの地位を得ている。彼女はよくやってくれる。令子の夫、津久井智男もときおりそういっていた。彼がいうのなら、よほどのものなのだろう。夫はめったに人を誉《ほ》めない男だ。

扉を開けて、なかに入った。あいかわらずグラフィック課の室内は嵐《あらし》が襲ったあとのようなありさまだった。床に散らばっている書類の量は廊下の比ではない。四方の壁に積みあげられた段ボールのせいでひどく狭く思える。どのデスクの上にもファイルやディスクが無造作に投げだされ、コンビニエンス・ストアの袋に入った弁当の容器や空のペットボトルがあちこちに散らばっていた。

室内はもうもうと煙がたちこめて霧がかかったようになっている。モニター・ディスプレイの光がぼんやりと浮かびあがる。そこだけ見ていれば幻想的といえなくもない。ただ、我慢ならないのはこのにおいだ。すべてはプログラマーたちが吐きだすタバコの煙のせいだった。開発部はビルのなかで唯一、喫煙が許可されている部屋でもあった。当初はビル内すべてに禁煙が施行されることになっていたが、プログラマーたちが猛反対した。糸織美穂も反対派に加わっていた。やがて桐生直人社長が理解をしめし、この部屋に三倍の出力の空気清浄器を設置したのだが、プログラマーたちの喫煙量はその処理能力をはるかにしのいでいた。ざっとながめわたしても、コンピュータに向かっている人間は全員タバコを口にしている。煙を吐いていない人間は、椅子《いす》を三つほど並べて寝そべり、眠りこけている。まるで全員が石炭を燃料に動いているかのようだった。

夫の姿をさがすには、煙の立ち昇っていないデスクをさがすことだ。令子は部屋の奥へ歩いていった。プログラマーはだれも顔をあげず、ひたすら自分の仕事に従事している。少なくともそう見える。本当は糸織がいったように、仕事をさぼっている者もいるだろう。

静かだった。キーを打つ音だけが響いていた。数年前までの開発部では、たえず話し声がきこえていた。プログラマー同士の会話ではなく、コンピュータに話しかける声だった。ほとんどのプログラマーがＩＢＭの開発した音声認識アプリケーション・システムをつかって、言葉でコンピュータに指示をだし、操作していた。しかしあるとき、部長の津久井智男がふいに音声認識アプリケーションの使用を禁止した。細かい見落としやミスが増える傾向があるからだ、彼はそう説明した。操作が遅くなると不平を申したてたプログラマーもいたが、彼は聞きいれなかった。以来、開発部で用いるインターフェースはマウスとキーボードだけになった。口をつかわなくなったぶん、プログラマーたちの喫煙量はいっそう増した。

部屋のいちばん奥に、津久井智男の姿があった。令子には背を向けていた。着ているカーキ色のワイシャツは令子がプレゼントしたものだ。ほかのプログラマーとちがって、津久井智男はどんなにいそがしくても髪型や服装には気をつかっていた。背すじをしゃんと伸ばし、細い腕をキーボードにのせて、指先はたえずキーを打ちつづけている。

ピアニストのような動き。糸織はそう形容していた。夫の仕事を見るのはこれがはじめてではないが、いわれてみれば、そう見えなくもない。手を休めて思考にふけるというようすがまったくない。音楽を演奏しているように、すべての動きがあらかじめ頭のなかにインプットされているという感じだ。

ふと、津久井智男の手がとまった。ゆっくりとふりかえり、こっちを見た。やせこけた頰《ほお》、細くて切れ長の目。前髪はまっすぐに切りそろえている。室内にこもってばかりいるせいで、肌の色はずいぶん白い。歳《とし》は三十六だが、混血のせいかある意味で年齢不詳の顔だちをしていた。

彼の母親は福建省に住む中国人だった。父親は日本人だが、ふたりは離婚している。令子が智男の母親に会ったのは結婚式のとき一度きりだった。目もとや固く結んだ口もとは母親によく似ている。

智男は目をさらに細めた。彼は近眼だった。令子が微笑《ほほえ》みかけると、智男はなにもいわず、ぶっきらぼうにコンピュータに向きなおった。

いつもとおなじ調子だ。そう令子は思った。ここのところ、夫とのあいだにひどく距離が感じられる。おなじ家に住んで、同じ会社につとめているのに。

令子は智男のデスクに歩みよった。「邪魔したかしら」

「いや」智男の口調はそっけなかった。「ちょうどひと区切りついたところだ」

令子は智男の脇に立って、モニターを見おろした。画面にはF1のコクピットから見たドライバーの視点が再現されたグラフィックが静止画で映しだされている。

「いま、なにをしているところなの？」令子はきいた。

「HDMI出力の解像度に対応するために細部を詰めていたところだ。百二十インチのハイビジョン・モニターでも粗《あら》が目立たないように仕上げるためには、車載カメラがコース上でどのように振動するかを計算して、そのブレをグラフィックにとりいれなきゃならない。ラスタスクロールによって走査の列方向に表示をずらすという方法そのものは原始的だが、実際の車載カメラの映像のブレを数値化して転用することによって、いっそう現実的な錯覚が強まる」

智男は口をつぐんだ。キーを叩《たた》くと、静止画が映しだされたウィンドウが閉じ、モニター画面は複雑な乱数の群れでいっぱいになった。

「この仕事の進行状況を見に来たわけじゃないだろ」智男はキーボードを操作しながらいった。「シティ・エクスパンダー4のことだな」

「知ってたの?」

「新聞ぐらい読む。それに、さっきからワイドショーでやかましく騒がれてたじゃないか。食堂のテレビに映ってた」

「糸織さんは知らなかったみたいだから」

「ああ。彼女はずっと缶詰だったからな。知らないほうがいいということもある。よけいな不安にさいなまれて睡眠時間をけずるよりはずっといい」

淡々とした物言いだった。智男はいつもこういうしゃべり方だった。まだ日本語に苦手意識が残っているせいだろう。笑顔を浮かべることもほとんどない。とくに最近は。

令子は近くの空いているデスクから、キャスター付きの椅子をひっぱってきて、腰をおろした。

「ねえ、智男さん」

「ん？」

「きのうから全国で多発してる事件や事故のことだけど、どう思う？」

「どうもこうもない。世の中、それだけ乱れてるってことだ」

「でもたった一日で、こんなことになるなんて、それに、問題を起こした子供たちは全員シティ・エクスパンダー4をプレイしていたそうよ」

「あのゲームのどこに、黒いコートの男の幻を見るようなからくりがあるというんだ」

「それを社長も知りたがってるわ。わたしもよ」

智男の手がとまった。眉《まゆ》がぴくりと動いた。表情の変化はそれだけだった。左手をゆっくりマウスに伸ばし、アイコンを操作した。モニターの表示が消えて、真っ暗になった。

智男は椅子をまわして、令子のほうに向きなおった。「令子。きみもあのゲームを何度もやっただろう。どこにそんな心理的要因があるというんだ。あのゲームに原因はない」

「さっきも厚生労働省がらみのひとたちが来て社長と話したわ。でも、なぜシティ・エクスパンダー4をプレイしていない子供は、事件も事故も起こしていないの？」

「偶然だよ。唐突に原因不明の事態が起きたから、あわてて理由をこじつけただけだ」

「社長が意見をききたがっているわ」

「いま話したとおりのことをつたえておいてくれ。それ以外に、とくに意見はない」

「それでいいの?」令子は身を乗りだした。「きちんと説明しておかないと、また誤解を受けることに……」

「誤解するのは勝手だ。こっちに非がないのは明らかなんだから、いちいち申し開きする必要なんかない」

視線を感じ、令子は室内をふりかえった。会話に聞き耳を立てていたのか、何人かのプログラマーがこちらを見ていた。令子と目があうと、あわててモニターの向こうに顔をうずめた。

智男はまたコンピュータのほうを向き、キーを叩いた。画面にふたたび表示が戻った。

令子は困惑した。なぜ夫はこれほど、かたくななまでにひとと接することを拒むのだろう。それもこのところ、日を増すごとにひどくなっているようだった。

津久井智男は三年前に入社した。初仕事はシティ・エクスパンダー1のプログラムだった。シティ・エクスパンダー1が発売後大ヒットを記録すると、智男はその技術力を高く評価され、技術開発部の部長に就任した。シティ・エクスパンダー1は全世界で一千万本の売り上げに達した。その記念パーティーの会場で、宮園《みやぞの》令子は智男とはじめて顔をあわせた。それまでは、重役連中をのぞいてはフォレスト・ソフトウェア時代からの同僚としか交友がなかった。

あのときの自分の本心はどうだったのだろう。モニターを見つめる智男の横顔を見ながら、令子は自問自答した。当時、令子は智男の博識ぶりにひかれた。物静かな語り口、控えめな態度、そういう感情をほとんど表わさない没個性的な性格にひかれたのだ。何度か会ううちに、智男はふたりきりになったときだけ、令子への愛情を表わすようになってきた。それはおそらく智男が生活のなかでみせる唯一の感情表現だった。

同棲《どうせい》し、結婚してからの智男は少しずつ心をひらいているように思えた。しかしあるときから、智男はまたなんの感情もみせなくなった。ろくに口もきかず、一緒にいることもほとんどなくなった。

家庭でも会話はとだえがちだった。令子がつくった夜食を、智男は黙って食べ、自室にひきこもってしまう。寝る部屋も別々だった。

「智男さん」令子は静かにきいた。「ひとに話したくないことでもあるの？」

「べつに」しばらくキーを操作してから、智男はぽつりといった。「まあ、あるといえばある」

「それは仕事のこと？　それとも……」

令子はそのさきをいうのをためらった。それとも家庭のこと？　そうききたかった。

津久井智男が心を閉ざしたころ、彼につきまとった疑惑のすべてが、きのうのことのように令子の頭のなかに浮かんだ。

彼はシティ・エクスパンダー2のときに開発した、ヒューマンズスキン・エレメンツ・アニメーションシステムという、CGポリゴンの新しい表現方法の開発者として、国内ばかりか海外にも名前を知られている。

CGは金属やガラス、プラスチックなどの質感は忠実に再現できても、湿気を帯びたものや柔らかい素材については表現が困難とされている。その極みが人の肌であり、皮膚の皺《しわ》やたるみ、それに伴う光の反射率や拡散ぐあいの変化も含めると、人の顔や髪を実写と見まがうほどに表現するのは、長いこと不可能とされてきた。

が、津久井はその不可能を可能にした。血液、メラニン、コラーゲンといった人体の肌の構成要素から数値化し、これらの多重構造が皮膚を構成していると定義づけ、皮膚の内部に至るまでの光の吸収や散乱、反射などの光学特性を詳細に渡って分析、データ化した。これに基づいて作成されたプログラムで、皮膚のスペクトル分布において色素とその層の深さ、方向や形状を分布関数として与えることで、きわめてリアルな人の肌を表現するに至った。しかしながら、この津久井の作成したソフトは数値を読みとるのに芸術性が求められることもあり、使いこなすのは至難の業で、いまのところ津久井自身が最も優秀なオペレーターであることに変わりはなかった。すなわち、CGによる人の肌の再現においては、津久井こそが世界でも最先端を行くグラフィックデザイナーにちがいなかった。

十八のプロセッサがそれぞれタスクを与え合うという新開発のイオタ・プロセッサを搭載した、フォレストの家庭用ゲーム機「プロシード」のＣＰＵはこの津久井の技術に対応していて、実写映像並みのグラフィックを表現する能力を持ったことで、あっという間に市場のほかのゲーム機を駆逐し、業界ナンバーワンの座にのしあがった。いってみれば、津久井智男はフォレストおよびプロシードの大成功の立役者だった。

しかしその直後に、黒いうわさが流れた。津久井智男がフォレストのライバル会社シグマテック・アミューズメント・コーポレーションの接待を受け、シグマテックの社長である神崎元康《かんざきもとやす》と接近した。業界ではそうささやかれるようになった。

その数週間後、プロシードとほぼ同等の六・四ギガヘルツの動作速度を誇るコアプロセッサを内蔵した家庭用ゲーム機「ドミネーター」をシグマテックが緊急発売した。フォレストの社外秘だったはずのヒューマンズスキン・エレメンツ・アニメーションシステムのプログラムが、一部改変されたうえで使われていた。

津久井が中国人とのハーフであることも、疑惑に拍車をかけることになった。シグマテックは不動産事業を香港《ホンコン》の企業と共同出資で運営していて、中国系ヤクザとのつながりも指摘されていたからだった。

津久井智男は周囲からの批判に対し、いっさいの反論をしめさなかった。彼は深く心を閉ざしていた。フォレストの社内で査問委員会がひらかれたが、津久井は釈明しなかった。

クビにしたければするといい。津久井の沈黙はそう受けとられかねなかった。

証拠もないのに罰することはできない、社長の桐生直人はそういっておとがめなしの裁定をくだした。ぶつぶつ文句をいっていた重役たちも、最後は同意した。津久井智男はほかにも多くの技術を開発している。いまフォレストから放《ほう》りだしたら、シグマテックがしめたとばかりに彼を受けいれるのはあきらかだったからだ。

彼の居直りは、やはりシグマテックと裏でつながっていたからだ。社内ではそうささやかれた。けれども、令子はそう思っていなかった。

夫が心を閉ざしたのには理由がある。その事件よりも前に、夫婦のあいだで起きたことが、彼の心を閉ざした。令子はそう感じていた。

「答えて」令子はくりかえした。「ひとに話したくないことって、仕事のことなの？　それとも……わたしたちのことで？」

夫にシグマテックとのつながりがあっても、令子は夫に味方したかった。ここしばらく、妻の令子にさえも冷たくあたるのは仕事上のトラブルのせいだ、そういってほしかった。

だが、智男はあっさりといった。「仕事のことではない」

時間がとまったように、令子には感じられた。

「仕事のことじゃないの？　じゃあ、なんで？」

「きくまでもないだろう」智男は表情を変えなかった。「きみと僕のことだ」

絶望を感じた。智男がこれほどはっきりと意見を口にしたのは、はじめてだった。いや、令子がたずねたのもはじめてだった。怖くてきけなかった。そんな毎日がずっとつづいていた。そして、ふいに終わりを告げた。

「やはり」震える声で、令子はいった。「やはり、子供のことなのね」

智男は黙って、モニターに顔を向けていた。

令子はささやく自分の声をきいた。「子供ができなかったことが、あなたにとっては辛《つら》かったのね」

「きみを責めてなんかいない。きみが子供のできない身体だったなんて、知らなかった。僕もきみもだ」智男はため息をつき、こちらに顔を向けた。「ただ……世の中には受けいれられる運命と、そうでない運命とがある。僕にとっては受けいれがたいことだったんだ。ただそれだけだ」

悲しみがこみあげて、令子は気持ちを鎮めようと懸命になった。しかし、どうにもならなかった。涙で視界がぼやけはじめ、モニターから漏れる明かりがにじんで見えた。

「いつまでつづくの。こんな、心の通わない生活が」

「つづくとか終わるとか、そういう問題じゃない。運命を受け入れなければ、新しい生活もはじまらない」

智男はそれだけいうと、おもむろに立ちあがって棚のなかのファイルを手にとった。さもいそがしそうに、ファイルをめくって視線を落としている。

顔をあげる勇気はなかった。夫と視線をあわせるのも、涙にくれているところをほかのプログラマーに見せるのもいやだった。近くのプログラマーたちは会話をきいていただろう。このまま座っているのは苦痛だった。外へでたかった。どこか、ほかのところへ行きたかった。許されるかぎり、最も遠いところへ。

すばやく指先で涙をぬぐって、令子は立ちあがった。智男に視線をあわせず、きびきびした口調でいった。

「社長が開発部長に話をききたいといってるわ。これは個人的な頼みではなく出頭の命令だと思うわよ。秘書として、たしかにつたえたから」

智男の返事はきかなかった。まってても無駄なのはまちがいなかった。令子は智男に背を向けた。近くのプログラマーたちがあわてて視線をそらした。

足ばやに扉へ歩いていく。扉の近くまできたとき、脇のデスクでコンピュータを操作している頭のはげたプログラマーの後頭部があった。モニターを見ると、インターネットのブラウザに裸の金髪女の画像が映っていた。糸織がいったように足をあげることはなかったが、その後頭部に平手うちをあびせたい衝動に駆られた。が、思いとどまった。そのまま、扉を開けて外へ駆けだした。

困惑

午後一時。

世田谷区の住宅街に、おびただしい数のパトカーが列をなして駐車している。さかんに明滅をくりかえす赤ランプの波に、閑静な高級住宅街の美観は無惨に打ち砕かれている。のみならず、この狭い路地には厚生労働省の車が三台、保健所のワゴンが二台、救急車が一台停車し、三十人を超える厚生労働省の役人、警官、救急救命士などでごったがえしている。住民にしてみれば噴飯ものだろう。中溝はそのことをよくわかっていた。自分もこの街の住人なのだ。だがいまは、やらねばならないことがある。

「中溝さん」織部が駆け戻ってきた。「お孫さんが見つかりました」

さっと血の気がひくのを感じた。安堵《あんど》よりも不安がこみあげてきた。中溝は織部の肩ごしに向こうを見やった。人垣がふたつにわれて、パトカーが一台割りこんでくるのが見えた。

中溝はパトカーに駆けよった。ところが停車したパトカーに役人や救急隊員たちが群がった。

「どけ！　どいてくれ！」中溝は叫んで、人垣をかきわけながら進んだ。

パトカーの前まで来ると、ちょうど後部座席のドアがひらいたところだった。まず女性警察官がひとり降り、その手に引かれて、中溝の孫の隆志が姿を現わした。

「隆志！」中溝は声をかけて歩みよった。

隆志は半泣きの顔で中溝を見あげた。幼稚園に行く服装のままだった。胸にもひらがなで書かれた名札がついている。

中溝は隆志の前にしゃがんで顔を見つめた。よかった。そう中溝が思ったとたん、隆志の顔が一気にくずれ、わんわんと泣きだした。

女性警察官が隆志を抱きあげた。まるで子供をあやす母親のような口調でいった。「さあ、隆志くんちょっとびっくりしちゃったからねー」

女性警察官はそのまま中溝のほうに目もくれず、中溝の娘夫婦の自宅へと向かっていった。

中溝は頭に血がのぼるのを感じた。あの女性警察官は、隆志が私の孫だということをわかっているのか。

追いかけようとしたとき、背後から呼ぶ声がした。「お父さん」

ふりかえると、後続のパトカーから中溝の娘、匡子が降りてきた。あわてて外出したらしく、Tシャツにエプロンといういでたちだった。

匡子はつかつかと中溝に歩みよると、大声でいった。「お父さん、いったいなんなのこれ！　どういうつもりなの？」

周囲の視線がいっせいに降りそそぐのを感じた。中溝はたじろぎながらきいた。「どうって？」

「なんの騒ぎなの、これは！」

中溝は織部のほうを見た。織部は気まずそうに視線を落としていた。

「きまってるだろ」中溝はいった。「おまえから電話を受けたんで、急いで飛んできたんだ。隆志が行方不明になったっていう」

「それはいいけど、このひとたちはなに？　なんでおまわりさんや、救急車のひとたちがいるわけ？」

「それはだな、大事をとって、出動を要請したんだ。隆志が危険なことになっている可能性もあるから……」

「隆志ひとりのためにこんな状況になったの？」匡子は目を丸くした。「正気？」

「まあ、そう興奮なさらないで」織部が口をさしはさんだ。「おたずねしますが、隆志くんは行方不明になっていたんでしょう？　どこにいたんですか？」

「友達の家に」匡子がため息まじりにいった。「幼稚園に行くのをさぼって、ゲームソフト持って友達の家に行っていたのよ。その友達は両親が留守にしていたから、さっきまで隆志とふたりきりで遊んでたみたい」

中溝はきいた。「隆志はゲームをやったのか、シティ・エクスパンダー4を?」

「ええ」匡子はあっさりといった。「さっき見つけたとき、隆志は友達とシティ・エクスパンダー4やってはしゃいでたわ。黄色い声をあげてね」

不安がよぎった。後方をふりかえり、中溝は声を張った。「保健所の人間はいるか? 大至急、検査の用意をしてくれ。必要なら病院のほうでも……」

「やめてよ、お父さん」匡子がいった。「検査の必要なんかないって。隆志はまったく正常よ」

「だが、私の顔を見たとたん泣きだしたぞ」

「それはここがこんなありさまだからよ。お父さんの鶴《つる》のひと声でみんなが集まったのなら、もうひと声かけて追いはらってくれる? うちの前で騒いでほしくないわ。近所迷惑だし」

中溝はめんくらったが、同時に周囲から失笑が漏れるのをきいた。

この連中を二時間たらずで招集できたのは、中溝が直々に各方面に働きかけたからだった。すべてを解決する糸口になりそうな手がかりが見つかった。そういって警察や救急隊をひっぱりだしてきたのだ。それを連中の目の前で匡子にこんなふうにいわれては、立つ瀬がない。

「おまえがいけないんだぞ！」中溝は怒鳴った。「よくよく確かめもしないで、隆志にシティ・エクスパンダー4を買ってやった、そして行方不明になったなどと電話をかけてくるからこうなるんだ。いま私が置かれてる状況がわかってるのか。こうしてるあいだにも、全国で子供たちが危機に瀕《ひん》してるんだぞ！」

匡子は表情を硬くした。「それはどうも、ご愁傷さま。じゃあさっさと危機に瀕してる子供のところへ行ってちょうだい。うちはもうたくさん。お昼の準備しなきゃいけないから、もう行くわね」

そういい残し、匡子はすたすたと自宅のほうへ歩いていった。

「おい、匡子！」もう周囲の冷たげな視線などにかまっていられない。中溝は匡子を追いかけた。

「すいません、中溝さん」厚生労働省の若い職員が声をかけた。

「なんだ？」中溝は足をとめた。

「厚生労働大臣から連絡が入っています」若い役人は携帯電話を手にしていた。「いま総理官邸におられるそうです。さきほど総理と緊急に会談されたそうで、一刻も早い事態の究明に……」

慣用句だ。中溝は機械的になぞった。「究明に全力を挙げるべく努力するように、だろ。やってるといえ」

「それだけではありません。この二時間でまた異常事態が多発しました。青森で小学生がカッターナイフで手首を切り、金沢で中学生が自分の首を絞めようとしました。いずれも発見が早く未遂に終わりましたが、やはり黒いコートの男を見たと主張しています。そしていずれも、シティ・エクスパンダー4を購入し遊んでいます」

「中溝さん！」べつの職員がいった。「たったいま、近くの小学校の校内を黒いコートの男が走りまわっているという目撃情報が入りました。それも今度は、全校生徒ばかりか教師や学校の職員までもがその姿を見たそうで、騒然となっているそうです」

「なんだと。それはどこの学校だ？」

「世田谷西です。ここから四キロぐらいです」

中溝は額に手をやった。汗がにじんでいた。九月だというのに、ひどく暑い。

「全員、世田谷西の小学校に向かわせろ。子供たちの興奮状態を鎮めるのに全力をつくせ。可能なら、なんでもいい、手がかりの一片ぐらいはひろってきてくれ。いや、絶対にひろってこなければならん。警察の人間にもそうつたえておけ」

「わかりました」職員は携帯電話を耳にあて、なにかしゃべりながら走り去っていった。

織部が近づいてきた。「中溝さん、だいじょうぶですか」

「ああ、平気だ。少々まいったがな」

早くもパトカーが動きだした。流れていく車両の列の向こうに、自宅の玄関前に腰をおろしている隆志と、寄り添うように座っている匡子の姿があった。

　隆志はようやく泣きやんだようすだった。顔をあげて中溝のほうを見た。中溝が声をかけようとしたとき、匡子が中溝に気づいた。

「さ、行きましょうね、隆志。立てる？」匡子は隆志をうながした。そして中溝のほうに抗議するような視線を向けてから、隆志を連れてそそくさと玄関の扉のなかへ消えていった。

　呼びとめようとしたが、遅かった。中溝は苦々しく思いながら、娘の家に背を向けた。

　織部が近づいてきて口をひらいた。「中溝さん、どうやらお孫さんはなんともないようですね。確率でいえば、異常が起きるのはシティ・エクスパンダー4をプレイした子供の一パーセントていどです。めったに該当するもんじゃありませんよ」

「まあ、そうだな」と中溝は頭をかきむしった。「それにしても、あんな言い草はないと思うがな」

　織部はふっと笑った。そのとき、携帯電話が鳴った。失礼、といって織部が懐《ふところ》に手を入れた。

　きのうの夜にくらべると、この男も人間らしいしぐさを見せるようになった。中溝はぼんやりとそう思った。

　織部は携帯電話を手に話していた。もしもし。ああ、そうだが。なるほど、それで？

「よくわかった」織部は電話を切り、中溝にいった。「やはり日中は被害者が増える傾向にあるようです。それだけゲームをしている子供の数が増えるってことですかね」

「何人になった？」

「百九十一人。死者ゼロ、重体六、重傷三十二、あとは軽傷もしくは無傷です。そして全員がシティ・エクスパンダー4をプレイし、黒いコートの男を目撃しています」

「世も末だな」中溝はぼそりとこぼした。


須藤は跳ね起きた。急速に海面に浮上するように、意識が戻ってきた。須藤はスーツ姿のまま、廊下の長椅子《ながいす》に横たわっていた。いつも泊まりこむ警察署のなかに思えたが、ちがっていた。パジャマ姿の入院患者が階段を降りていくのが見えた。東州医大付属佐倉病院だった。昼間のようだ。そういえば、陽《ひ》が昇る前に仮眠をとろうとしたのだった。

ふいに目が覚めたせいで不快だった。吐き気に似た気分の悪さを感じた。めまいをこらえながら立ちあがる。意識がはっきりするのをまった。同時に、なぜ目が覚めたかを認識しはじめた。

上の階からあわただしい物音がきこえる。大勢の足音、なにかを叩《たた》く音、叫びあう声。須藤は二階にいたことを思いだした。突きあたりの手術室をふりかえった。赤いランプは消えていた。少年の母親の姿もなかった。

須藤は階段に向かった。寝ているあいだにひとり取り残されてしまったらしい。階段を駆けあがった。三階にあがったが、廊下は静まりかえっていた。ナースステーションにもひとけはない。喧騒《けんそう》は階上からきこえている。さらに階段をあがった。四階に着いてすぐ、廊下に固まっている人の群れが目に入った。

報道陣かと思ったが、ちがっていた。この病院の職員と私服警官たちだった。警官のひとりが壁ぎわの扉を叩いて叫んでいる。須藤の友人の、カツどんを食べて愚痴をこぼしていた警官だった。いまはずいぶんあわてたようすだった。開けてください。いったいどうしたというんですか。

須藤は人垣をかきわけ、その警官に歩みよった。「どうかしたのか」

警官は須藤をふりかえった。徹夜あけの疲れきった顔に、困惑のいろが浮かんでいた。

「なかに立てこもってしまったんです」

「立てこもった？　だれが？」

職員のひとりがいった。「あの子の母親です。手術が終わって、子供と会話を交わしたと思ったら、すぐにここに駆けこんで……」

「ちょっとまて」須藤は額に手をやった。まだ完全に眠りから覚めていない自分の思考に、集中力を呼び起こそうと努力した。「手術はいつ終わったんだ」

職員は眉《まゆ》をひそめた。なにをいまさら、そういいたげな表情だった。「けさ早くです」

「それで、手術の結果は？」

「成功でした。少年も意識を回復して……」

「回復した？　いまどこにいる。話せるのか」

「術後は絶対安静です」職員が厳しい口調でいった。「いまはお薬で眠っています」

ほんの数時間の睡眠で、浦島太郎になってしまった自分がいた。須藤は頭をかきむしった。「いま、母親が子供と会話を交わしたといったな。いったいなにを話したんだ」

警官がいった。「わかりません。少年を病室に戻したときに、わずか数分しゃべっただけです。少年は呼吸器をとりつけられてますし、母親のほうも少年に顔をよせて話していたのでききとれませんでした。その後少年はまた眠りについたんですが、なぜか母親はここへ駆けこんだんです」

須藤は警官を押しのけてドアのノブをつかんだ。内側から鍵《かぎ》がかかっている。ドアを叩いた。返事どころか物音ひとつしない。

須藤はふりかえった。「このなかには何があるんですか」

事務員らしき男性がいった。「機材が置いてある部屋です。レントゲンや心電計のほかに、テレビやパソコンもあります」

「ここの鍵は？」

「立てこもっている母親がさきほど、事務室に借りに来られたんです。ここは職員や見舞い客の荷物置き場にもなっているんです。医師や職員たちのカバンや貴重品が保管してあります。だから彼女も、貴重品を入れるのが目的だと思ったんです。ところが鍵を持ったまま、閉じこもってしまったんです」

みなが血相を変えているのはそのせいか。母親の身ではなく貴重品が心配なのだ。だがそんな心配の要はない。須藤はそう思った。盗みをはたらく目的なら、立てこもるという行動には意味がない。奇妙な行動だった。

部屋に閉じこもって本棚でバリケードを築いた子供がいる。昨夜のニュースでは、たしかそういっていた。まさかそれが伝染したのだろうか。母親までもが奇異な行動に走りだしたのか。そうだとすると、なかで自殺をはかる可能性もないとはいえない。

「開けてください！」須藤は呼びかけた。だが、依然としてなんの反応もない。警官にいった。「蹴破《けやぶ》るしかない」

警官はとまどいがちにきいた。「いくらなんでも、それは乱暴すぎます。でてくるまで待ったほうがいいんじゃないですか」

事態の大きさがわかっていないようだ。須藤はいらだった。「いいから、ドアを蹴破るんだ！」

一同が当惑のいろを浮かべて須藤を見つめた。その向こうに、ひとりの老婦人の姿があることに、須藤は気づいた。署長の妻だった。やはり不安そうな表情だった。署長が入院しているのはこの一階上だ。騒ぎをききつけてようすを見に来たのだろう。須藤は軽く会釈した。署長の妻もおじぎをかえした。だが、表情から不安のいろは消えなかった。

署長の妻の訴えかけるような視線に、須藤はためらいの感情をいだいた。事態が大きくなればなるほど、彼女の心を傷つけるような気がした。しかし、ここで少年の母親が自殺をはかったりしたらどうなる。所轄内で重大事件が起こったことがないという署長の誇りが、無残に打ち砕かれることになる。それは阻止しなければならない。

須藤はドアの前に立った。ドアの左右の壁に両手をつき、満身の力をこめてドアを蹴ろうとした。そのとき、室内から物音がきこえた。鍵があく音だった。

そろそろとドアが開いた。少年の母親が、無表情に立っていた。

須藤は呆然《ぼうぜん》としたが、すぐ我にかえって室内に飛びこんだ。部屋のなかには医療器具やコピー機、パソコンなどの機材が整然と並んでいた。自殺をはかったような形跡もなければ、物色されたようすもない。母親も、なにも手にしてはいなかった。

どういうことだ。須藤は母親を見つめた。

少年の母親は、無言で須藤を見かえすばかりだった。

意識

フォレストの十七階の廊下を、桐生直人は足ばやに歩きながら、複雑な状況を頭のなかで整理していた。

正午の記者会見はそれほど苦でもなかった。マスコミもまだ糾弾にまわる前に慎重な態度を見せている。NHKをのぞけばほぼすべてのテレビ局にフォレストがスポンサーとして大なり小なりかかわっているわけだし、原因をはっきりさせないことにはこの異常事態をゲームソフトのせいにすることはだれにもできない。

それでも桐生は、シティ・エクスパンダー4をこのまま販売しつづけるわけにはいかないと考えていた。原因はさっぱり見当がつかないが、ゲームをした子供たちだけに異変が起きているとするなら放置はできない。それだけでも、販売中止には充分すぎる理由だった。桐生は記者たちの前で、卸《おろし》の業者や小売店にシティ・エクスパンダー4の販売を自粛するように勧告をだしたことを発表した。実際にはその勧告は記者会見の寸前にだされたものだったため、まだほとんどの小売店では販売が継続されていたのだが、生放送の記者会見で発表すれば即効力があるだろうと思われた。また、シティ・エクスパンダー4をすでに購入した消費者については、ゲームをプレイしないように呼びかけ、いずれ希望者にはフォレストのべつのゲームソフトと交換したり、商品券を発行するなどの案も検討中だとつたえた。もっとも、それらは異常事態の原因がシティ・エクスパンダー4にあることがはっきりしてからだと念を押しておいた。

記者からは、過去に光感受性発作を引き起こしたアニメ番組などになぞらえた質問があいついだ。そういう番組の弊害が報じられるたびに、子供たちがビデオ録画してあったその場面を興味本位で鑑賞し、やはり気分が悪くなるなどの二次的被害が全国で起きたりする。今回も、この報道によって好奇心を持ち、シティ・エクスパンダー4をプレイする子供がかえって増えるのではないか。そんな質問があびせかけられた。

しかし、桐生はそのような質問がくることは予測していた。それはそれぞれのご家庭でお気をつけになってください。そういうにとどめた。こんな状況では、どんな手立てを講じても批判の声はあがる。最良と思える方法をとったら、あとは沈黙していればいい。それしか方法はなかった。

つづいての役員会ははるかに荷が重かった。重役たちは案の定、桐生が独断でシティ・エクスパンダー4の販売自粛を決定したことに反発した。事実を確かめもしないうちから、自社のゲームに非があるような印象を世間にあたえたというのだ。むろん、桐生がそうしなかったら重役たちは販売を自粛すべきだと主張するにきまっていた。役員会はいまや、ふくれあがったフォレストの資産を自分たちのために有効活用することにしか興味をしめしていない。役員用のヘリコプターや車両の導入、温泉がある山奥の土地に開発センターという名目で建設する実質的なレジャー施設、映画や演劇などエンターテイメント業界への進出。桐生はいずれも認めなかった。そして、経営のために金融業界などから転職してきたシルバー世代の役員たちの反感を一身に背負うことになった。

役員たちと桐生の対立が深まったのは、この本社ビルの屋上にヘリポートを建設したことに端を発している。ヘリポートは設計段階からあったのだが、桐生はこれを災害時の緊急避難用ととらえ、ヘリコプター自体の購入は考えてもいなかった。しかし、役員たちは勝手にヘリを所有できると思いこんでいた。それも小型機ではなく、役員全員が乗り合わせて空港まで飛んでいける、二基のローターがついた大型機を想定していた。ライバル企業のシグマテックが、そういうヘリコプターを所有している。それに対する羨望《せんぼう》が思いこみの原因だった。桐生はその予算案をつっぱねた。今後も出張のたびにタクシーで空港まで向かわねばならないことを知り、役員たちは激しく憤った。

そんな役員たちが、この期《ご》におよんで桐生の決定に賛成するはずはなかった。シティ・エクスパンダー4の販売自粛は決定事項だ。桐生はただひとこと役員たちにそうつたえ、反論もきかずに会議室をでた。

そんな役員会ですら、これからの一時間よりはずっと気が楽だったといえるかもしれない。営業部のドアの前を通りすぎ、経理部のところで廊下を折れた。小会議室の扉の前に、ファイルを手にした津久井令子が立っていた。

「令子」桐生は声をかけた。

令子は軽く頭をさげた。「社長」

「彼は？」

「ええ。来ています」

桐生は令子の顔を見た。瞳《ひとみ》が赤くなり、まぶたも腫《は》れている。

「令子、だいじょうぶか」

「だいじょうぶです」間をおかずに令子はいった。「ご心配にはおよびません」

「それで、調査報告は？」

令子はためらいがちに、ファイルをさしだした。

桐生はファイルをひらいた。無機的な数字とアルファベットが羅列されたリスト。しかし、ざっと見渡しただけで、すぐ問題の箇所は目に飛びこんできた。

落胆の念が押しよせた。表情をとりつくろいながら、ファイルを閉じて令子を見た。令子もすでに、この調査結果がなにを意味しているのかを知っている。桐生とおなじ気持ちにちがいなかった。

「きみは」桐生は告げた。「五時で退社していい」

「いえ、ほんとにお心づかいいただかなくても」

「残業してもボーナスはでないぞ」

桐生の冗談めかした言葉に、令子はかすかに微笑《ほほえ》んだ。やがて「はい」とつぶやいて、ぺこりと頭をさげ、廊下を歩き去っていった。

これからの会話に同席することは、彼女にとって苦痛にちがいない。立ちあわせたくはなかった。

ドアをノックした。どうぞ、という声がした。広報部長の守屋の声だった。ドアを開けると、八人がけの四角い会議テーブルに、守屋と津久井智男が座っていた。それも対角線上の最も離れた席に、互いに顔をそむけるようにして座っていた。

いつものことだ。桐生はため息をついた。「三人しかいないんだ。もっと近くに寄ろう」

守屋が困惑した顔で桐生を見かえした。津久井智男は黙ったまま、テーブルの上の組み合わせた両手に視線を落としていた。

やがて守屋が渋々立ちあがり、津久井のとなりの席に腰をおろした。

桐生は津久井のそばに歩みより、テーブルの上に腰かけた。「いま全国各地で子供たちの身になにが起きてるかは知ってるだろ、津久井」

津久井は顔をあげず、ぼそりといった。「ええ」

「じゃあ、僕がなにをききたいかもわかってるだろう」

「ええ」

守屋がいった。「いったいどんな細工をしたんだ。シグマテックからいくらもらって……」

「やめてください」桐生は守屋を制し、津久井に向きなおった。「こんな事件ははじめてだ。とにかくシティ・エクスパンダー4の開発部長として意見をきかせてもらいたい。なぜあのゲームをやった子供に異常が起きるんだろう」

守屋が尋問官のような口調でいった。「テストプレイでは異常は起きなかった。津久井、きみは最近、制作中のデータを日ごとにどこかのサーバに転送しているらしいな。いったいなぜそんなことをしているんだ。答えろ！」

「守屋さん」桐生は語気を強めて咎《とが》めた。守屋は大仰に顔をしかめたが、口をつぐんだ。

桐生はため息をついた。津久井という男はふだんから、ほとんどなにもしゃべらない。会話をみずから拒絶しているように見える。日本語がよくわからないのだろう、かつて桐生はそう思っていた。ところが仕事のさいに、技術面の話になるとても流暢《りゅうちょう》に話す。中国語のなまりはあるものの、コンピュータやテクノロジー関連の話については、おどろくほど早口に、それも長々とまくしたてる。が、意見をきこうとして口をはさむと、また会話がぴたりととだえる。そんなことのくりかえしだった。

「ゲームとは精神状態を変容させるものです」

桐生はおどろいて津久井を見た。発言は津久井の口からでたものだった。

それだけいって、津久井はまた沈黙した。

守屋がいらだったようすで身を乗りだした。「なに？　なにをいってる？」

「ゲームとは精神状態を変容させるものです」津久井はくりかえした。

桐生は慎重にきいた。「もうちょっと詳しく説明してくれないか。どういう意味なんだ」

津久井が顔をあげ、桐生を見た。なんの表情も浮かんでいなかった。「人間はなぜゲームをやると思いますか？」

「やめてくれ」と守屋。「哲学じみた論調でごまかそうとするな。さっさと答えろ。あのゲームになにか細工したんだろ。シグマテックの差し金で」

「いいえ」津久井がいった。きっぱりとした口調だった。

意表をつかれ、守屋はめんくらったようすで口ごもった。

桐生はうつむいた。このぎくしゃくした人間関係はいまにはじまったことではない。

フォレストが小さなソフトウェア会社だったころは、津久井智男はまだ入社していなかった。その後、本格的に家庭用ゲーム機の開発に乗りだしてから、CGアニメーションを手がけられるプログラマーを募集した。津久井智男はそのさいに面接を受けて合格し、契約社員としてフォレストに在籍することになった。守屋は津久井を最初から変人あつかいしていた。あんな身勝手な人間を入れたら組織に亀裂《きれつ》が生じる、そういってはばからなかった。だが桐生はそう思わなかった。津久井はたんにぶっきらぼうで、つきあいづらい性格というだけだ。それ以上に、東大出で一流商社の情報システム部に勤務したこともある津久井の、コンピュータに関する奔放なセンスと知識に心を奪われた。彼ならすばらしいゲームをつくるにちがいない、直感でそう思った。そしてその直感は現実となった。

「いつもいってることだが」桐生は津久井を見つめた。「きみみたいな才能の持ち主はそうはいない。僕たちみたいな凡人には理解できないことも多いだろう。だから、最初から詳しく説明してもらわなきゃならない。ゲームは精神状態を変容させるものだ、それはどういう意味だ。説明してくれ」

守屋がまた口をひらきかけたが、桐生は視線でそれを制した。津久井がなにかを発言することと自体、めったにないことなのだ。

津久井は技術的なことを説明するような口調でいった。「ふつうに理性がそなわっている状態では、だれも人生を楽しいとは感じません。理性であれこれ考えるからです。仕事のこととか、勉強のこととか、いろんな悩みに頭をわずらわせるでしょう。だから人間は心地よさを求めて、理性の働きを一時的に鎮めようとするんです。そうすれば快楽を得られますから」

「シンナーや、麻薬みたいにか」桐生はきいた。

「ええ。それらほど強烈な作用がもたらされなくても、世の中は快楽をもたらすために理性の働きを鎮めるもので満ちあふれています。スポーツを観戦するのも、それに没頭できれば日常的なことに理性をついやすことなく、すべてをわすれて快楽にひたることができるからです。音楽を聴くのも、心地よくリズムに身をまかせていれば、理性を働かさなくてもよくなり、本能的快楽に身をゆだねることができるようになるからです。ヴィデオゲームも、それらとなんら変わりはありません」

「たしかに通常の意識状態から、そういう快楽の心理にいたるという意味ではすべておなじかもしれないな。トランス状態というやつだ。それはわかる。しかし今回の事件は特別だろう。子供たちは黒いコートの男を目撃したといい、いい知れない混乱状態におちいって、自殺や事故を引き起こしている。どう考えても、きみのいうゲームやスポーツ観戦や音楽による意識の変容とは異質のものだ」

「いいえ。異質ではありません。もともとゲームは快楽のために意識を変容させるためのものだった。それは事実です。それが多少、強い効力を持つこともありえるというだけです」

「本気か」守屋が吐き捨てるようにいった。「ゲームにはもともと軽度の麻薬的な作用があるから、今回みたいにそれが極端に表われることもあるっていうのか」

津久井は片方の眉《まゆ》を吊《つ》りあげた。「少々結論を急ぎすぎる傾向がある守屋部長にしては、まずまずの理解度です」

「理解したおぼえなんかない。子供たちがゲームをやって楽しいと感じる、それがすでに麻薬的な作用だなんてばかげてる。シティ・エクスパンダー・シリーズは青少年の健全な育成に貢献してきたんだ。シティ・エクスパンダーの新作が発売されるたびに、子供の非行が減少するというデータもある。未成年者の飲酒も、シティ・エクスパンダーの発売時には……」

「それらのデータは、ゲームに麻薬的な作用があることの証明です。子供たちがゲームによる快楽をシンナーや飲酒と同様のものにとらえているという証《あかし》です」

「シンナーは廃人につながるんだぞ。ゲームとおなじわけはない！」

「シンナーも少量なら気分のよさを味わうだけですみます。しかしいっそうの快楽を得ようとして、大量に摂取しがちになるので中毒症状におちいるのです」

桐生はいった。「きみは、わが社のゲームソフトはシンナーとおなじだといってるのか」

「わが社だけではありません。世の中のゲームすべてがそうです。もっとも、プレイしてもまったくのめりこむことができず、快楽につながらないような不出来なゲームはべつですが」

「そりゃ結構」守屋がちゃかすような口調でいった。「クソゲーにはシンナーのような危険性はない、そういうわけだな。ギミックメイドの連中がきいたらさぞ喜ぶだろうな。クソゲーしかだせない会社のゲームは安全だってことだからな。うちのゲームが根こそぎ店頭から撤去されて、ギミックメイドのゲームが幅をきかすことになるだろうよ」

桐生は顔をしかめてみせた。「皮肉はやめてください、部長。まじめに話をするべきです」

「俺は大まじめだぞ」守屋は腕組みした。「へそ曲がりは彼のほうだよ。ようするに、シンナーみたいな作用を引き起こすのがゲームの本質で、自分のつくったシティ・エクスパンダー4はとくにその作用が強力だったので、今回みたいな事態になったといいたいわけだ。世の中のすべてのゲームがなしえなかった強力な効果を、自分のゲームは実現したという、屈折したエゴイズムも感じられるな。いまこの瞬間に、子供たちがどんな目に遭ってるか考えてるのか」

ふいに津久井が守屋をにらみつけた。「考えてません。そんなことは私の仕事じゃありません。マスコミに対する言い訳を考えなきゃいけない広報部長とはちがいます」

守屋が表情を凍りつかせた。

「よせ」桐生は辛抱強くいった。「津久井、きみの分析どおりだとしよう。シティ・エクスパンダー4はシンナーのように……幻覚や混乱などの心理作用を引き起こすのだとしよう。だとするなら、シティ・エクスパンダー4を発売中止にして回収するのが最良ということになるな」

「そんな必要はありません。私はシティ・エクスパンダー4にそんな作用があるとはひとこともいってません」

　桐生はとまどった。「だが、さっきは……」

「ゲームとは精神状態を変容させるものだ。そういっただけです。つまり、本来ゲームというものをプレイすること自体、まったくふつうの精神状態でいられるわけがない、それをまずつたえたかったんです」

「それはわかった。それで、シティ・エクスパンダー4のほうはどうなんだ。原因に見当がつくのか？」

　津久井は首を横に振った。「まったく見当がつきません」

「こりゃ恐れいった」守屋が肩をすくめた。「シンナーをやってるとまではいわないが、精神状態が変容してるのは津久井くんのほうじゃないのか。というより、たんに根性がひん曲がってるだけかな。いままでの講釈はまったく無駄話だったわけだ」

「無駄ではありません」と津久井。「もちろん、知識を得ても無駄にしてしまうひともいるでしょうけどね。昭和五十年代の玩具《おもちゃ》みたいなパッケージデザインを好むようでは、おそらく新しさとは無縁でしょう」

　守屋が表情を硬くした。「あてこすりはやめろ。パッケージの決定は広報部の仕事だ。プログラマーの意見なんか求めてない」

「ゲームのプログラムについての話も、広報のかたでは理解できないところが多々あるでしょうね。専門知識もないでしょうし」

「いいかげんにしろ」桐生は声をはりあげた。「子供の喧嘩《けんか》じゃないんだぞ。もっと冷静になれ」

「それですよ、社長」津久井がぼそりといった。

「なにがだ?」

「現在のわれわれが、すでに理性が正常に働いていない状態だということです。怒りやいらだちに身をまかせた結果、精神状態が変容して本能的になってしまっているわけです」

守屋が唸《うな》った。「だからなにがいいたいんだ。いまのわれわれもシンナー中毒者とおなじだっていうのか。このままいっそう怒りをつのらせたら幻覚でも見るようになるのか」

「ずっと怒りつづけてためしてみたらどうですか」津久井はいった。「そのうち幻覚を見るところまでいくでしょう。もっとも世間ではそれを神経症といいますが」

「もうたくさんだ!」守屋は怒鳴って立ちあがった。

こんなときに引き留めても、状況の悪化をまねくだけだ。桐生は穏やかにいった。「守屋部長、そういえばそろそろ活字メディア向けのメッセージも考えなくては。明日の朝刊にだす公式声明をつくらなきゃならない。広報部のほうで方針をまとめておいてくれませんか」

守屋は不満そうな顔をしたが、津久井に一瞥《いちべつ》をくれただけでドアへ向かっていった。捨てぜりふがでるかと桐生は思ったが、守屋はなにもいわずに立ちさった。

桐生は小声でいった。「なぜあんな言い方をしたんだ、津久井。彼は広報部長で、きみは開発部長の役職にある。大人げない真似《まね》をするべきじゃないだろう」

「私は自分の考えをのべただけです。それさえも必要でないというのなら、もうここにいる必要もないでしょう。グラフィックの仕上げが残ってますので」

腰を浮かせかけた津久井を、桐生は制した。「津久井、まて」

桐生はため息をついた。少なくとも自分はこの津久井という男を、広報部長の守屋よりはよく知っているつもりだった。

多くのプログラマーはコンピュータ以外には興味を持たない。とりわけ芸術やスポーツの分野には無縁の存在だ。だが、津久井はかならずしもそうではないはずだった。

会社がこのビルに移ったばかりのころ、昼休みに津久井が太極拳《たいきょくけん》の型を練習しているのを、桐生は見た。優雅な動きだった。興味を持って歩みより、その動きを教えてくれるように頼んだ。それまでは、会議でずっと押し黙るばかりだった津久井が、ようやく重い口をひらいてくれた。

彼の話では、中国拳法《けんぽう》の動きは母親から教わったという。しばらくのあいだ、昼休みにはトレーニング用の太極拳を一緒に練習したが、やがて津久井のほうから、実戦の型の相手をしてくれといってきた。実戦はふたりでなければ練習ができないのだが、その相手がいなかったのだ。

桐生は動きの基本から教わりながら、津久井とともに実戦の型を練習した。練習内容は太極拳のみならず、中国拳法全般におよんだ。津久井は切《せつ》という手技、すなわち手刀をつかって打つ攻撃法が得意だった。陽切掌といって、手のひらを上にしてチョップを食らわせる方法があるが、それをいつも不意にくりだして桐生の脇腹《わきばら》に寸止めし、おどろかせたものだった。実際に打たれたらかなりのダメージを受けるだろう。

のちにフォレストが対戦格闘技のビデオゲームを開発することになったとき、津久井は開発陣から自分をはずしてくれと申しでてきた。ほかのスタッフからは非難の声があがったが、桐生はそれを承諾した。津久井にとって中国拳法は生活の一部であり、精神の一部だった。日本のマンガ文化にアレンジされた、手から波動や光線をくりだすようなナンセンスな表現は、彼にとっては我慢ならなかったのだろう。

桐生はそのようにして、できるだけ津久井のいささか変わった性癖にも理解をしめすよう努力してきた。彼が優秀なプログラマーであり、社の発展におおいに貢献してきたのはまちがいない。もっとも、いまは令子から渡されたファイルによってその信頼もぐらついていた。それでも、最後まで自分から津久井を否定することはしないつもりだった。津久井の口から、ファイルの内容を認める言葉がでてこないうちは。

桐生は穏やかにいった。「開発部長というのはゲームだけつくっていればいいというものじゃない。それなりの責任を負わなきゃならないんだ。だからきみには発言する義務がある。僕はさっきまでの話し合いも無意味だとは思わない。つづきをきこうじゃないか」

津久井の表情がかすかにやわらいだ。ソファに座りなおすと、静かな口調でいった。「つづきといっても、べつにありません。きかれたことにはすべて答えました」

「じゃ、新たに疑問を提起しよう。さっききみは、ゲームの本質には人々の精神状態を変容させるところがある、そんなことを口にした。するときみは、ゲームをやった子供たちが現在のような異常事態にみまわれることもやむなしと考えてるのか?」

「さっきも答えたように、シティ・エクスパンダー4にそういう作用を引き起こす要素があるかどうかはわかりません」

「では、可能性はあると思うか?」

しばらく黙りこくったのち、津久井はふいに、コンピュータのように抑揚のない早口でたずねてきた。「スペースインベーダーとテトリスというふたつのゲームに共通するのは、どういう点だと社長は思いますか」

また唐突な質問だ。桐生は辛抱づよく応じた。「そうだな。インベーダーはシューティングゲームの元祖だが、テトリス同様にパズルゲーム的な側面がある。ああ、そうだ。どちらも二次元の平面的なグラフィックで表現され、奥行の存在は無視されている。インベーダーとかブロックとか、数種類の形状のものが、それぞれ複数画面に現われ、いずれも上から下へ向かってくる。コントローラーはレバー一本とボタン一個だけというのも共通してるな。それから、一定のタイムラグのなかで争うというゲーム目標が似ている。インベーダーは占領されるまでに殲滅《せんめつ》しなきゃいけないし、テトリスはブロックが積みあがる前に消していかなきゃならない。それもだんだん速度があがってスリルをあおる仕掛けだ。あとは、まあどちらのゲームも単純なルールだということかな」

「そのとおりです」津久井は間髪を入れずつづけた。「このふたつのゲームは大ヒットしました。では、人間はなぜ踊ると思いますか?」

「津久井。きみの謎《なぞ》かけはたいへんおもしろい。ゲームのグラフィック同様に、きみの頭のよさがなせるわざだと思う。でも僕たちには時間がないんだ。子供たちの身に起きていることの原因をつきとめないと」

津久井は黙りこくった。唐突に電源が切れた、そんな感じだった。

桐生は自分の失態に気づいた。津久井という男はしばしば貝のように口をとざす。そしてそれは、自分の発言が無視されたときと相場がきまっている。プライドが高いとみるか、たんなるわがままとみるか、受けとりかたは人によって千差万別だろう。だがいまは、彼の性格を分析したり批判している時間はない。真実にたどり着くには、できるだけ彼の口から言葉をひきださなくてはならない。

「人が踊る、というのは比喩《ひゆ》的な表現か？　つまり、他者に操られて行動するとか、そういうことか？　それとも、純粋にダンスするって意味か？」

また電源が入ったように、津久井の目に輝きがもどった。

「後者です。ダンスのほうです」

「むずかしいな。踊りといっても、ユーロビートにトランス、盆踊りまでさまざまだ。いずれも、音楽のリズムにのせて身体《からだ》を動かすという行為だが……」

「まさにそうです。そして人間は快楽を味わう。踊りで快楽を味わうんです。快楽を味わうということは、理性の働きが鎮まった精神状態です。ゲーム中とおなじです」

「それで、さっきのインベーダーやテトリスとどう関係がある？」

「これらのゲームは一定のリズムで、一定の動作をくりかえします。レバーを操作し、ボタンを操作するんです。これは踊りの一種といえなくもありません。インベーダーやテトリスは、単調な約束ごとの動作の反復が多く、踊りの要素が強かったと思います」

「たしかにインベーダーはヒット・アンド・アウェイのくりかえしだからな。テトリスも一定のリズムでブロックが次々と落下してくる。最初のうちは組み合わせを考えているが、やがてパターンをおぼえたらあとはいくつかの条件反射に従って操作するだけでいい」

「ええ。それもどんどん速くなります。それだけ没頭しやすくなり、精神状態は変容して理性の働きは失われます。しかし、インベーダーのあとに発売されたギャラクシアンやギャラガといった類似ゲームは、いずれも敵キャラが予測不可能なルートでランダムに飛来します。踊りではなく、理性を働かせて冷静にねらいを定めて撃たなきゃならなかったんです。またテトリスの後続の類似ゲーム、コラムスなども、複雑化したパズルの解法を考えながらプレイしなきゃならないために、理性を働かせなさゃいけないいんです。だからいずれも、類似ゲームはシステム的にはインベーダーやテトリスに酷似していたにもかかわらず、プレイヤーが味わえる快楽の度合いが低く、オリジナルほどのヒットを記録しなかったんです」

「きみはシティ・エクスパンダー4にはその踊りの要素が強かったといいたいんだな。それだけプレイヤーを快楽に浸らせ、精神状態を変容させる威力が強かったと。たしかにシティ・エクスパンダーというゲームはインベーダーやテトリスと共通しているところが多い。建造物のアイコンの選択と都市の形成に一定のルールはあっても、それらを覚えてしまえばあとは条件反射に訴えかけるプレイになる。ただ、それをいったら4だけじゃなくシティ・エクスパンダー・シリーズはすべておなじ形態のゲームだ。それにインベーダーやテトリスでは子供たちに異常が起きたという報告はなかった」

「いいえ。インベーダーには異常なほどのブームが起きたじゃないですか。大人も子供も何時間も熱中して、一日に数万円もつかってしまう人がざらにいた。親の財布から金を盗む子供もいたし、ICライターでクレジットを誤作動させたり、なかにはゲーム筐体《きょうたい》ごと盗みだす中学生の集団までいました。あれこそ異常事態です」

「黒いコートの男の幻覚を見たり、自殺をはかったりするような事件はなかった」

「社長。スペースインベーダーがブームになった翌年の一九七九年、口裂け女が世間を騒がせました。そのころは校内暴力が社会問題となっていたし、ちまたには暴走族もはびこっていました。それが正常だったといえるでしょうか。それにテトリスのブームの翌年の一九九〇年、人面犬が現われました」

「ということは、それらはインベーダーやテトリスによってもたらされた幻覚だということか」

「いいえ。私は事実をのべただけです。まったくなんの関係もないのかもしれません」

桐生は黙って津久井を見すえた。津久井も口をつぐんで見かえしていた。

この男の話には、どれだけの重要性があるととらえたらよいのだろう。桐生は思いをめぐらせた。詭弁《きべん》にもきこえる。奇をてらった当て推量だとも思える。ナルシスティックな饒舌《じょうぜつ》ともとれる。だが、彼がいったすべてがそうだとは決めつけられない。きわめて説得力があるというわけではないが、ただ、鼻であしらうわけにはいかない、そう思わせるなにかがあった。

しかしそれにしても、津久井はなにを主張したいのだろう。こんな社会心理学めいた分析は、プログラマーにはおかどちがいだ。

津久井は今回の異常事態を、まるで運命づけられていたように説明している。シティ・エクスパンダー4にかぎらずゲーム全般にもともとそういう性質があり、今回はその性質が表出したにすぎない、そんなふうに語っている。全国の子供たちの身に起こっていることは、人災ではなく天災に近いことだとほのめかしている。だが津久井にはまだ隠していることがあるはずだった。社長の桐生にも打ち明けていないことが。

「きみはけさの報道を耳にしてから現在までの数時間のうちに、こんな推理を組み立てたのか。それとも、シティ・エクスパンダー4の開発段階からそんなことを考えていたのか」

「開発段階からです」

「それなら、なぜ報告しなかったんだ？　うちの会社がゲームの、とくに子供への影響には気を配る方針なのは知ってるだろう。インベーダーやテトリスに、仮にきみのいったような危険性があるとして、それらに共通するゲーム性をシティ・エクスパンダー4の企画に感じたなら、仮説ではあるにせよ報告してほしかったと思うが」

「そうですね」津久井はしばらく沈黙し、額を指先でかいた。「ただ、いまにして思えば、開発中にもそんなことを感じてたような気がするというだけです」

ふいに桐生のなかに猜疑《さいぎ》心がこみあげてきた。津久井は黒いコートの男の幻覚を見るにいたる、ビデオゲームがもたらす精神混乱のからくりの全貌《ぜんぼう》を把握しているのではないか。そして、シティ・エクスパンダー・シリーズがインベーダーやテトリスに近いゲームシステムであることに目をつけ、故意にプログラムをあやつってその作用を強めるように細工したのではないか。

「社長」津久井はきいてきた。「社長はウォルト・ディズニーをどう思いますか」

「立派な人物だ」桐生は質問の中身も考えず、ぼんやりと応じた。「子供のあこがれだろう」

「しかし、ディズニーのアニメには殺伐《さつばつ》とした描写もたくさんあります。白雪姫にしろバンビにしろ、殺し合いが描かれていて……」

「津久井、そろそろ問題の核心を話し合いたい。僕がきみにききたいことはひとつだけだ。だがその前にきみの意見もきいておきたい。いま、きみは僕になにか疑問をいだいてるか。あるならいってくれ。なんでも答える」

津久井はじっと桐生を見つめてから、無表情にいった。「ディズニーは暴力描写を自粛しなかった。むしろ好んで描いているように見えた。それなのに、子供の夢をかなえる人物だともてはやされている。社長はどうです。ディズニーとご自身を比較されて、どう思われますか」

桐生は際限のない話題の移りかわりにうんざりしてきた。「わが社のゲーム企画立案の原則は知ってるだろう。社内のソフト部門だけでなく、プロシードに参入しているすべてのソフト会社に守らせている原則だ。ゲームに登場するキャラクターは敵味方にかかわらず死んだという表現をとってはいけない。人間であろうが架空の動物だろうが、すべてそうだ。戦闘機の爆発にはパラシュートで脱出する乗員のグラフィックが描きこまれる。カーレースものでもドライバーが脱出する。対戦格闘技ものでも、ロールプレイング・ゲームでも、敵も味方も気絶することはあっても死ぬことはない。流血や女の裸を描いてもいけない」

「それで多くの支持を集められたわけです」と津久井。「考えてみればスペースインベーダーの時代から、日本のゲームは殺生ばかりで……」

「津久井！」たまりかねて、桐生は叫んだ。「きみの質問には答えた。異存がないようなら、こちらから質問したいんだが」

津久井は黙ってうなずいた。

「ききたいことはひとつだけだ。……きみはシグマテックのコンピュータへアクセスしたことはあるか。むろんインターネットのサイトなんかじゃなく、シグマテックの専用サーバにアクセスしてデータのやりとりをしたことがあるかどうかという意味だが」

津久井の表情は変わらなかった。意外なほど落ち着きはらっていた。

ずいぶん長い時間が経《た》ったように、桐生には感じられた。やがて、津久井はゆっくりと首を振った。

「いいえ。そんなことは一度もありません」

桐生は目を閉じた。津久井智男という男が自分に対して嘘《うそ》をついた。そういう瞬間だった。

「津久井」桐生は目をひらき、静かにいった。「このファイルを見てくれ」

津久井はファイルを手にとってひらいた。視線が左から右に走りながらしだいに下へおりていく。問題の箇所にさしかかっても、津久井の表情は変わらなかった。

「調査させたんですか」津久井がきいた。

「ああ」津久井がファイルを閉じるのを待って、桐生はたずねた。「なぜ嘘をついた」

「自分の問題ですから。社長には関係のないことです」

「関係ないだと！　きみはきょう一日でも数回にわたってグラフィック課の自分のデスクからシグマテックにアクセスしてる。それもシグマテックの社内ＬＡＮの中枢、社長の神崎元康の専用パソコンにつなぎ、ファイル交換ソフトを使ってなにかをアップロードもしくはダウンロードした。こんなことはクラッキングで先方のセキュリティホールを突いただけでは可能になるはずがない。シグマテック側と意思の疎通がないかぎり、こんなつなぎ方はできない。そうじゃないか？」

「そうだとしたら、どうだというんです」

「きみはシグマテックとつながっているといううわさがあった。しかし僕はきみを信じた。いま、これではっきりしたわけだ。それが過ちだったということが」

津久井は視線をそらし、虚空を見つめていた。表情はむしろ、穏やかだった。

桐生はきいた。「シグマテックとは、どんな取り引きをしてたんだ」

「答えたくありません」

「シティ・エクスパンダー4の開発中に、シグマテックからなにか要請があったのか。今回の一連の事件と、シグマテックはなにかかかわりがあるのか」

津久井はなにも答えなかった。

桐生は津久井の手からファイルをとり、ひらいた。シグマテック以外にも、あやしげなアクセス記録がいくつかある。Eメールがいくつか送受信されている。これらの相手は記録には載っていない。

「Eメールのやりとりもしていたようだな。相手はだれだ」

津久井は口をつぐんだまま、ぴくりとも動かなかった。

静寂だけがやってきた。おそろしく静かだった。桐生は身じろぎもせず津久井を見つめていた。ただ、深い失望の念にとらわれていた。

桐生は静かにきいた。「そのアクセス記録を見て、令子がどれだけ傷ついたか理解してるのか」

「それも社長には関係のないことです」

「いや。彼女は僕にとって、社の創始以来の友人だ。きみよりずっと前からつきあいがあるんだ」

津久井がゆっくりとこちらを向いた。やはりなんの表情もなかった。

まるでコンピュータで合成した音声のように、抑揚のないしゃべり方で津久井はいった。

「よろしければ、そろそろ仕事に戻らせてください。カーレースもののグラフィックの納期は週末なんです」

桐生は身体が震えるのを感じた。寒けや、おびえではなかった。怒りだった。燃えあがるような憤りがこみあげてきた。

「津久井部長、自宅謹慎を命じる。その間、わが社のいっさいの業務にかかわることを禁じる。社内のいかなるコンピュータにも触れてはいけない。その足でまっすぐ家へ向かうことだ」

津久井はしばし静止したのち、すっと立ちあがった。拳法で鍛えた身体の動きはしなやかだった。津久井が近くに立つと、異様な緊張感が桐生をつつんだ。寸勁《すんけい》、すなわち近距離からの打法をくりだせる最適の間合いだったからだ。しかし、津久井は軽く頭をさげ、そのままドアへ向かい、部屋をでていった。

本来なら、津久井を家に帰すべきではない。そんな時間はない。すぐにでも問い詰めて真相を吐かせねばならない。あるいは中溝たちの耳に入れれば、もっと口を割らせる効果的な方法をアドバイスしてくれるかもしれない。しかし、桐生は迷うことなく決心した。

彼とのこれ以上の話し合いは無意味だ。

信じていた部下に裏切られるのがどれだけ苦痛か、桐生はわかっていたつもりだった。フォレストがここまで成長するあいだに、多くの期待や信頼が裏切られた。だが、今回のことは特別だった。桐生は、津久井智男という男を信じたかった。部下として、令子の夫として、そして友人として。もう彼の言葉のどこを信用すべきかわからなかった。だからもう、彼とは話したくなかった。

彼はなにかを握っている。しかし彼に直接きくことはできない。部下を問い詰めるなどという真似もしたくない。裏切られたのは結局、社長としての自分の力量の足らなさゆえだ。

桐生はテーブルの上のインターホンに手を伸ばした。一瞬ためらったが、ボタンを押した。呼びだし音が数回。そして女性社員の声が応じた。「総務部です」

「桐生だ。ここ一年間のシグマテックの資料がほしい。リリース内容、業務成績、事業展開などそろえられるすべての資料をそろえてくれ。それから、シグマテックの社長室に連絡をいれてくれ。神崎社長に面会したい。それも早急に」

ゴシップ記事

午後五時三十分。

この時間になるとJR神田駅前は家路を急ぐサラリーマンやOLでラッシュを迎える。オレンジがかった街並みに早くもネオンの明かりがともりはじめたのが、ガラス張りの自動ドアごしに見えていた。

自動ドアがひらく。駅前のコンビニをでてすぐ糸織美穂の目に飛びこんできたのは、歩道に積み上げられた雑誌の山だった。まだ新品で、ビニールで梱包《こんぽう》されている。店の前に駐車されたトラックの荷台から、横縞《よこじま》のポロシャツを着た中年の男が次々と雑誌の束を運びだし、歩道に山積みにしていく。あきらかに通行の障害になっていたが、歩行者たちは無表情で迂回《うかい》し、狭い隙間《すきま》を通りぬけていく。こんなことにいちいち目くじらを立てていたら、都心での生活はつとまらないのだろう。

しかし糸織にとっては立腹ものだった。寝不足のせいでいらだっているのかもしれない。「スティール」というゴシップ専門の写真週刊誌の二、三十冊ぶんが梱包された束を、足でどかした。ポロシャツ姿の運送業者が顔をあげてこっちを見た。色の浅黒い、糸織にとっては不快な顔つきの男だった。糸織がにらみかえすと、男はまた手もとに視線を落として作業をつづけた。案外、弱気なようだった。

コンビニで買った物を詰めこんだビニール袋をさげて、糸織はクルマのほうへ戻っていった。シルバーメタリックのＢＭＷ６５０ｉはエンジンをかけたまま停車していた。運転席には、ハンドルをかかえるようにして顔を伏せている令子の姿があった。

糸織はため息をついた。令子は退社してからここに来るまで一度もしゃべらなかった。エントランスで偶然会ったとき、令子はいやに落ちこんだようすで、一緒に帰りましょうかと糸織に声をかけてきた。糸織は食料の買いだしだけして、いつものように会社に泊まろうかと思っていたのだが、誘われるとふとアパートに残してきているペットのハムスターが気になった。二日前に山盛りにしておいた餌《えさ》もそろそろ食べきってしまうころだろう。たまには時間どおりに帰ってみるのも悪くない、そんな気になった。それに女どうし、いろいろしゃべりたいこともあった。会社に泊まるときにはメイク落としをつかっても寝ているときに汗をかいてしまうから肌荒れに歯止めがかからないとか、シグマテックの競馬予想ソフトでは万馬券どころか二百円すらついたことがないとか、そんなおしゃべりをしてストレスを発散させたかった。ところがいまの令子はなにをしゃべっても、気のない返事をかえすばかりだ。

歩みより、ためらいがちに助手席のドアを開けた。おまたせ、そう声をかけると、令子は顔をあげた。

　助手席に乗りこんでドアを閉める。令子は糸織のひざの上に置かれたコンビニの袋を一《いち》瞥《べつ》していった。「ずいぶんたくさん買ったのね」

「そうでもないですよ。ダイエットコーラが五本と、ウーロン茶が三本。それに台所用洗剤とお味噌汁《みそしる》のパック、マルボロ・メンソールを二箱、明日の朝食用にパンが一個。必要なものしか買ってないです」

「頼んどいたやつは？」

「あ、ちゃんと買ってありますよ」糸織は袋のなかをあさって、栄養ドリンクのビンをとりだした。

「ありがと」令子はそれを受けとり、蓋《ふた》を開けて一気にあおった。

「かなり、お疲れみたいですね」糸織はいった。

「まあね」令子は口にふくんだドリンクを辛《つら》そうに飲みくだしながらいった。「ごたごたが起きたときには、こんなものよ」

　ごたごたというのは、シティ・エクスパンダー4についての一連の騒動のことだろう。もっとも、糸織がそれを知ったのはついさきほどだった。令子と一緒に会社をでようとして、駐車場にいたマスコミ陣に取り囲まれた。そそくさとクルマに乗りこんで逃げてきたが、そのあとようやく、令子が事件についておしえてくれた。シティ・エクスパンダー4

をプレイした子供たちに異常なことが起きている。黒いコートの男の幻覚を見て自殺をはかるなどの、理解しがたい行為が多発している。令子はそういっていた。

令子がそれまで黙っていたのは、糸織がシティ・エクスパンダー4の開発スタッフに加わっていたからだろう。自分の手がけたゲームが問題を起こしたとなれば、不安で夜も眠れなくなる。いまの仕事にも支障をきたすだろう。令子はそう思って気をつかってくれたにちがいない。

「さっきの話なんですけどね」糸織はきいた。「令子さんは、その自殺未遂とかについてどう思ってますか。シティ・エクスパンダー4が原因だと思います?」

「わからない。ちがうと思うけど、ああまで騒がれちゃね」

「津久井部長はどうおっしゃってるんですか? なんか、作業の途中で出ていかれて、そのまま戻ってこなかったんですけど」

令子が表情を硬くしたのを、糸織は見てとった。気まずさを感じて、ビニール袋のなかをあさった。マルボロ・メンソールの包装をはがしながら、話題を変えることにした。「令子さん、最近休み取られましたか?」

令子はドリンクを飲みほし、蓋を閉めながらきいた。「なんで?」

「開発の人間は日曜出勤もめずらしくないですけど、令子さんも土日に会社で見かけることが多いから」

「このところ業務が拡大するいっぽうだったからね。アメリカとかフランスでプロシードのソフトがヒットしてるでしょう。時差のせいで、連絡がへんなときに来るの。それにあわせてると、ほんと休むひまないわね。それから、思いもかけない認識の違いで向こうのセールスとけんかになったり」

「そんなことがあるんですか」

「ええ。あるわよ。こないだも『クロッキング・サーガ3』の翻訳版をアメリカでだすことになったとき、キャラが別の大陸にワープするってところを先方が理解できないってのよ。メールとファックスでさんざんやりあって、結局、言葉の解釈のちがいだってことがわかった。日本じゃ『宇宙戦艦ヤマト』以来、ワープってのは瞬間移動とほぼ同義語でしょ？　でもアメリカで使われてた本来の意味は光速を超える飛行のことで、たとえば十光年飛ぶには十年かそれぐらいかかるってことを意味してる。瞬間移動はテレポーテーションと表現すべきだ……。まあ、そんなばかげた話を延々とやりあうわけよ」

「へえ。たいへんですね、営業とかも」

糸織はクルマの灰皿を開けた。いちども使ったことがないらしく、灰皿の内側は光沢を放っていた。そういえば、車内のにおいも清潔そのものだ。「吸わないほうがいいですね」

「いいのよ。わたしにも一本ちょうだい」

糸織は少しめんくらったが、箱をさしだした。令子は一本とって口にくわえ、クルマのライターで火をつけた。

「タバコ吸うなんて知らなかった」糸織はいった。

「会社が禁煙だっていうだけよ」令子は煙を吐きだした。「もとはといえば、うちの会社が禁煙になったのは外国のバイヤーがよく会社を訪れるようになったせいよね。ほんと、海外との取り引きはストレスのもとね」

「上のほうの階もたいへんなんですね」糸織はタバコを口にくわえ、自前の百円ライターで火をつけた。「苦労してるのは開発部だけかと思ってたら」

「糸織さん。津久井部長のことだけど。最近どんなようすだった？」

「部長ですか？　さあ、べつにいつもと変わらずですけど」

そう。令子は気のない声で応じ、そのまま黙りこくった。

「どうかしたんですか」糸織はきいた。「いまの仕事も追いこみの時期なんで、きょうみたいに部長に抜けられると困るんですけど」

「ごめんなさいね。どうしてもこっちのほうで部長と話があって」

「令子さんは、家じゃ部長のことどう呼んでるんですか」

令子は眉《まゆ》をひそめた。「なんでそんなことをきくの？」

「べつに。ただ部長も、令子さんも、ぜんぜん家庭のこと話さないから」

「会社で話してもしようがないじゃない」

「そんなことないですよ。みんな興味持ってます」糸織はつとめて笑った。「令子さんみたいにまじめできれいなひとが、なんで津久井部長と結婚したのか」

令子の表情は変わらなかった。かすかに困惑のいろを浮かべながら、令子はいった。「糸織さんは、津久井部長のことをどう思う?」

「どうって……わたしにとってはいい部長ですよ。口うるさくいわないし、部下に仕事まかせたらまかせっきりですからね。信頼してくれてるのか、それともたんにほったらかしにしてるのか、どちらなのかはわかりませんけど。でも仕事はとてもやりやすいですね。あと、部長も自分でグラフィック開発するじゃないですか。だから上司っていうより仕事仲間って感じですね。ひとに仕事おしつけといていばりちらすとか、そんなところはぜんぜんないですから。日本人の風習とはちがうところがあるせいかもしれないけど、とにかく、やさしいのかぶっきらぼうなのか、ミステリアスなひとですね」

「わたしもそう思ってるの」令子は目を細めた。ようやく、かすかに笑みが浮かんだ。「そう思ったから、結婚したのよ」

しばらく沈黙した。停車中の車内から見る神田駅前の景色も、しだいにたそがれに近づいていた。満員の乗客をのせた電車がひっきりなしに橋の上を走りつづけている。クルマの数も増えた気がする。空車のタクシーが未練がましく速度を落として歩道にすりよっていくが、不況はひとの流れを変えてしまっている。景気回復といわれる昨今だが、まだ庶民の実感にはほど遠いらしい。管理職クラスの年齢の歩行者さえタクシーに見向きもせず、ひたすら駅めざして歩いていく。

令子は灰皿にタバコを押しつけた。「そろそろ行きましょうか」

「新宿駅まででで結構ですよ、あとは小田急線一本ですから」

「遠慮しないで。ちゃんと下北まで送るわよ」令子はキーをひねってエンジンをかけた。ＢＭＷのエンジン音は、国産車に比べるとやかましかった。シートにもエンジンの回転が振動になって伝わってくる。車線はタクシーが列をなして、のろのろと前進していた。令子はウィンカーをだして待ったがＢＭＷがでられるほどのスペースはあかなかった。

「まってればあきますよ」糸織はいった。

「そうね」令子がため息をついた。

ふいに携帯電話の着信音が鳴った。ダッシュボードの上にあった令子の電話だった。令子は電話をとった。

かなり大きな声量の相手だった。女のようだった。興奮しているのか、早口でまくしたてている。なにをしゃべっているのかは糸織にはわからなかった。

「なんですって」令子が緊張した声でさけんだ。「それは本当？」

また女の声が漏れてくる。おそらく令子の友人だろう。向こうが一方的にしゃべるばかりで、令子はほとんどあいづちだけを打っている。

「それで、なんていう雑誌……？　それって、フライデーとかフラッシュとかそういうやつ？　……そう。うん、わかった。あとで電話する。じゃあ」

令子は電話を切った。タクシーの流れがとだえ、視界はひらけていた。だが令子はクルマを発進させず、ただ呆然《ぼうぜん》と目の前を見つめていた。

かなりの時間が流れた。たまりかねて、糸織はきいた。「どうしたんですか。だれからの電話ですか」

「会社の友達よ。営業部の」令子はつぶやくようにいった。「明日発売の雑誌に載ってる記事のこと」

「どんなことですか」

令子は答えなかった。またしばらく沈黙がつづいた。

糸織は質問を変えた。「明日発売っていいましたよね。なんでまだでていない雑誌のこと、営業部のひとが知ってるんですか？」

「友達も雑誌を見たわけじゃないの。でも雑誌の広告はもう電車の中吊《なかづ》りにでてるんだって」令子はひと息ついて、糸織にきいた。「スティールって雑誌だって。写真週刊誌」

「ああ、それなら、そこに積んでありますよね」

「どこに」

「あのコンビニの前。でも明日発売するやつだから、まだ梱包をといてなくて……」

糸織が気づいたときには、もう令子はドアを開けて外にでていた。歩道の人波をかきわけて、コンビニのほうへ向かっていく。

エンジンもかけっぱなしで、なんて無茶な。糸織はエンジンを止めてキーを抜き、車外にでた。追いかけようとしたが、歩道はさっきよりずっと混んでいた。流れをとぎれさせることなく黙々と歩きつづける人々はまるで機械のようだった。糸織は何度も通行人にぶつかりながら、コンビニの前へ急いだ。

コンビニの前にはまだ梱包された雑誌の山があった。令子がそのうちのひとつにかがみこんで、ビニールをやぶっている。

糸織はトラックのほうに目をやった。ポロシャツ姿の運送業者がちょうど令子に気づいたところだった。男は血相を変えてとんできた。「おい、なにしてる!」

「まあ待ってください」糸織は足ばやに歩みよった。「一冊売ってくれてもいいでしょ」

「まだ梱包といてないんだぞ。明日発売のやつだし」

「いいから。さっきコンビニの店員さんにも許可とったし」口からでまかせをいい、糸織は時間をつなごうとした。令子が雑誌のなかを見られればそれでいい。

だが運送業者は糸織にかまわず、令子につかつかと歩みよった。

「やめろってんだよ」男は令子の髪をつかんでひっぱりあげた。令子が苦痛の表情で顔を起こした。

糸織は頭に血がのぼるのを感じた。女が相手だとみると、すぐこれだ。糸織の固めたこぶしが反射的にでていた。男の頰《ほお》に一撃くらわせた。男は歩道に仰向《あおむ》けに倒れた。通行人があわてて脇にどいた。それでも女と運送業者の喧嘩《けんか》は、家路を急ぐサラリーマンにとってさほど興味の対象にはならないらしい。運送業者は救いを求めるような顔を周囲に向けたが、みな無表情で通りすぎていく。情けないことに、男は半泣きの顔になっていた。

こぶしの甲の痛みをこらえながら、糸織は心のなかでその男を軽蔑《けいべつ》していた。常に無関心な都心の人間が、このていどのことで助けてくれるはずがないだろう。

令子はスティール誌をいそがしくめくっていた。そしてひとつの見開きの写真に目をとめた。令子の表情が凍りついた。やがて、目がうるんでいった。涙をこらえるように、口もとを固く結んでいた。

糸織は近づいてそのページをのぞきこんだ。記事の見出しにはこうあった。

「売れっこAV女優、有名ゲームプログラマーと深夜の密会」

掲載されている写真は、まぎれもなく津久井智男だった。糸織が見たことのない若い女とどこかのマンションをでてきたところだった。連れのほうはいかにも童顔で、髪をショートカットにしたモデルっぽい女だった。キャプションには、ふたりのフルネームが書かれていた。美樹原唯《みきはらゆい》(21)、津久井智男(36)。

令子は写真に添えられた記事を読んでいたようすだったが、やがて雑誌を閉じ、無言で糸織の胸もとにそれを押しつけると、うなだれてBMWのほうへと戻っていった。

話しかける言葉が見つからず、糸織は黙ってそれを見送った。

背後から声がした。「あのう」

ふりかえると、やせ細った色白の若い男が困惑の面持ちで立っていた。コンビニの店員だった。

糸織は店員をにらみつけていった。「一冊もらってもいいでしょ。いくら?」

店員はようやく起きあがった運送業者と糸織をかわるがわる見て、とまどいがちに応じた。

「はい……三百二十円です」

Eメール

「そんなばかかな」桐生は自宅の書斎で、受話器にさけんだ。「それで、その雑誌はいつ発売になるんですか？」

「明日だよ」受話器からきこえる守屋の声は疲労の響きを帯びていた。「コンビニや駅の売店にはもう配本されちまってるだろう。印刷前ならともかく、流通にのっかった以上はもう手おくれだな」

桐生は椅子《いす》を回転させ、デスクの上に足を投げだした。自宅に帰って、まだネクタイもゆるめないうちにこんな電話が入ったのでは、とても姿勢を正して座っている気にはなれない。

「妙な話ですね」桐生はつぶやいた。そう、妙な話だ。津久井智男という人間が愛人をもつなんて、そんなことがあるだろうか。ふだんから彼は女にはいっこうに関心のないそぶりをしていた。一部のプログラマーたちはふだん女に縁がないせいか、ボーナスが支給されるやすぐ吉原へ飛んでいく人間もいるときくが、津久井は風俗どころかクラブにさえ行きたがらない、そんな性格だったはずだ。

それに、シティ・エクスパンダー・シリーズでゲーム業界には名を馳《は》せたとはいえ、写真週刊誌にすっぱ抜かれるほど世間の注目を集めているとは思えなかった。有名なのは相手のほうなのだろう。美樹原というAV女優の名を桐生は知らなかったが、写真週刊誌の購買層にとっては名の売れた存在に違いない。

守屋の声が告げてきた。「おそらくだれかがタレこんだんだろうな。写真週刊誌に情報を売るマニアもいるっていうからな。アダルトヴィデオのマニアが偶然見かけて、隠し撮りしたんだろうよ」

こんなときにも、ヴィデオという発音をつとめる守屋の言葉が、なんとも苛立《いらだ》たしく感じられた。桐生はきいた。「それにしても、なぜ津久井がアダルトビデオ女優なんかと？彼が令子の気持ちも考えずにそんなことをするなんて信じられないが」

「ああいう偏屈な人間はそんなもんだよ。会社じゃ仕事の出だが、一歩外へでるとなにをしているかわからないもんだ。後先も考えずに行動して、結局こういう形で身を滅ぼすことになる。しかもよりによって、こんなときに」

そうだ。あまりにもタイミングが悪すぎる。はたしてこれは偶然だろうか。自分はついさきほど、彼を謹慎処分にしたばかりだ。津久井がシグマテックと通じているという疑惑、彼がたずさわったシティ・エクスパンダー4による子供たちの異常事態に対する疑惑、それに今度は愛人疑惑。

桐生は重いものが肩にのしかかる気がしていた。令子はこのことをきいただろうか。まだ耳にしていなくても、明日になれば知ることになる。

察したかのように、守屋の声が告げた。「令子の携帯に電話したんだがでないんだ。もっとも、営業部や販売部の連中にゃ知れわたっちまってる。あそこらは女子社員が多いからな。令子の友達もいるだろうから、もうつたわってるかもしれない」

階下でどたばたと走りまわる音がきこえる。桐生の子供たちだ。しばらくほうっておくと、卓也と美里《みさと》はすぐ喧嘩《けんか》になる。花瓶かコップか、なにか倒さないかぎりやめようとしない。妻の裕美が生きていたころには、すぐ仲裁に入って穏やかにおさめてくれた。桐生直人は、その才能に欠けていた。父親としての権力を行使して怒鳴りちらさないかぎり、兄妹《きょうだい》喧嘩はやまなかった。

「桐生」守屋の声がした。「おい、桐生社長。きいてるか」

現実にひきもどされ、桐生はあわてていった。「ええ、きいてます。それで広報部としては、これについてどう対応していきますか?」

「たぶん津久井がシティ・エクスパンダー4の開発主任だったと知って、明朝のワイドショーのやつらがまた押しかけてくるだろうな。子供に夢をあたえるはずのゲームの作り手が、こんないかがわしいことをしてる。こりゃいよいよシティ・エクスパンダー4ってゲームもあやしくなってきた、ってとこだろうな」

「番組の予想をきいてるんじゃありません。広報部としてはその前に声明をだしておくべきだと思いますが」

「ああ、もちろんそうする。会社の倫理観と、社員ひとりひとりのプライバシーとは無縁のものだと主張しておくつもりだ」

「それでは責任転嫁と受けとめられかねない。格好のつく言い方じゃないが、社内調査を進めているのでわかりしだいおつたえします、というような話にしておいてください。津久井の実名もテレビ報道ではなるべく伏せてくれるよう、根まわししてくれませんか。まだ事実が確認できたわけじゃないといえば、報道機関も実名公表には慎重になるでしょう。むろん謹慎処分中だということも伏せておいてください」

　わかった、そうする。そういった守屋の声には内心は反対だという響きがこもっていた。桐生が津久井をかばうのが気にいらないのだろう。守屋にしてみれば、今回のすべての事態が津久井というひとりのトラブルメーカーによって引き起こされたのだから、さっさと彼ひとりに責任を押しつけて解雇してしまえばよいと感じられるのだろう。

「守屋部長、これだけはいっておきたい。僕は特定の社員をひいきにしたり、特別あつかいしたりはしない。だがいっぽうで、たまたま集団との適応がうまくいかなかったり、会社との意思の疎通に難があったりする性格の持ち主だからといって、差別の対象にする気もない。そんな性格の人間は開発にはごろごろしてますよ。とにかく、いまはまだなにも裏がとれていない。すべてがあきらかになるまで、彼はうちの社員です。代表取締役も広報部長も、彼の身を案じてしかるべきです」

「それはわかってる。ただ、だからこそ早急に裏をとるべきなんじゃないかな」

桐生が津久井を家に帰したことに、守屋は不満をいだいているらしい。すべてを吐かせるまで帰すべきではなかったと思っているのだろう。

「部長、広報部としては時間が経《た》つにつれ、対応が辛《つら》くなってきてるとは思います。厚生労働省やマスコミにせっつかれても、なんの情報もないというだけではね。でも、もうちょっと辛抱してください。深刻な事態だからこそ、軽率な行動はとるべきではないんです」

守屋は不満をあらわにした。「きみは津久井よりも令子をかばってるのだろう。その気持ちはよくわかる。彼女が傷つくのは私としてもしのびないよ。ただ結論は急がなきゃいけないんだ。のんびりかまえてたんでは会社の信用が……」

「そのへんの心配は無用です。決定はこちらにまかせてください。とにかく広報部には、世間が必要以上にフォレストに対して疑心暗鬼になるのを防いでもらわねば」

「それについちゃ、全力をあげてる」守屋のため息がきこえた。「対応しきれない問題も増えてきたけどな」

「どんな問題ですか」

「シティ・エクスパンダー4に関する疑惑だけならまだよかった。あまりに突拍子もない話なんで、だれもが半信半疑だったからな。ところが今度は愛人疑惑だろ、ＡＶ女優との。おかげでマーチャンダイジング関係が降りるっていいだしてるんだ」

そうだった。広報部がマスコミ以上に気を遣うのがマーチャンダイジング関係だ。

当初、ゲームのなかに特定のキャラクターがいるわけでもない、たんなるパズルゲームのマーチャンダイジングに期待する役員はひとりもいなかったが、結果は成功をおさめた。それは広報部長の守屋の功績だった。特定のキャラクターがいないからこそ、世代を超えて大勢の人に受けいれられる可能性がある、それもシティ・エクスパンダーのような知的な香りのするゲームソフトなら、自分がファンであることをみなに証明したくなるだろう、そう守屋は主張した。その読みはあたった。シティ・エクスパンダーのロゴをプリントしただけで、商品の売り上げが飛躍的に伸びた。

フォレストはシティ・エクスパンダー・シリーズだけでも、二百種類以上の商品タイアップにライセンスをあたえている。それらの収益はシティ・エクスパンダー・シリーズ過去三本のソフトの売り上げをはるかに上まわっていた。とりわけシティ・エクスパンダー・シリーズの発売によって未成年者の喫煙や飲酒などの非行の件数が低下したという世論調査がマスコミによって公表されて以降、シティ・エクスパンダーの名はマーチャンダイジングの一大ブランドとなっていた。それだけ、現状におけるマイナスイメージは大きい。

「どのあたりの企業が降りるっていいだしたんですか」

「おもに幼児向けの商品をだしてる企業だ。ランチボックスや水筒をつくってるニムラだとか、シティ・エクスパンダー・チョコレートを販売してる朝霧食品がまっさきに申しいれてきた。明日からテレビCMについてはべつの製品にさしかえて、一週間後には店頭からも回収するそうだ。これらはタイアップの契約事項に従って、費用の一部をフォレストが負担しなきゃいけなくなる。それと、炭酸飲料にシティ・エクスパンダーのトレーディングカードが当たるサービスをつけてたキーサイダー株式会社が、そのサービスを中止するとさ。大人向けの商品をだしてる企業は、それほどナーバスにはなってないな。化粧品、かみそり、スポーツバッグのメーカーからはまだなにもいってきていない」

それも時間の問題だろう。一プログラマーの不倫疑惑だけではこんな騒動にはならない。事件と同時に起きたからこそ、人々にインパクトをあたえている。やはり偶然にしてはタイミングが悪すぎる。すべてが会社を窮地に追いこむために動いている、桐生にはそんな気がしてならなかった。

「すると、食品関係についてはほぼ全滅なわけですね」桐生は唸《うな》った。「わかりました、部長。たしかにわが社にとってマーチャンダイジングは大きな収益比率を占めている。このまま主要な企業に手をひかれたんでは財政が苦しくなるだけだ。だから、各企業に説明会をひらくと通知してください。遅くても三日以内にはすべての事実を調べあげ、お知らせするとつたえるんです」

「だいじょうぶなのか。三日で決着がつくかどうか、保証はないんだろ」

「できるかぎりのことはします。時間もあまりないですし、シグマテックの神崎に直接あたってみることにします」

「あいつにか」守屋は嫌悪のこもった声でいった。「あいつがきみとの面会に応じるかな。あいつはきみを相当きらってるはずだろ」

「そりゃおたがいさまですよ。いまは是が非でも会わなきゃなりません。夕方ごろに総務部のほうに、連絡をとらせたんですが」桐生はデスクの上の時計を見た。午後七時十一分。

「まだ報告がきてないんです」

「じゃ、私からも急《せ》かしておくよ。今夜は会社に泊まりこみになりそうだしな」

「すみません、お願いします。まだシグマテックの返答がないにしても、現時点での報告がききたいので」

わかった、すぐ電話をいれさせる。守屋がそういって、電話は切れた。

桐生は椅子から立ちあがり、デスクに腰かけてぼんやりと室内をながめわたした。

天井までとどく書棚に囲まれた、六畳ほどの書斎。一日のほとんどを会社ですごす桐生がひとりで使うには、不相応に広い空間。この代々木上原《よよぎうえはら》の一戸建て住宅を購入するとき、妻の裕美がぜったいに必要だと主張した。桐生直人は無駄だと反対したが、裕美はゆずらなかった。本の虫のあなたが、子供たちが走りまわる居間で読書して、怒りださないわけがないじゃない。この書斎は、家庭の平和のためにも必要なの。裕美はそういった。その裕美の提案が当たっていたかどうか、よくわからない。裕美はこの家が完成する前にこの世を去った。裕美を失ったことで、家庭の環境はさまがわりした。本を読むからといって、ここにひきこもってばかりはいられない。子供の面倒をみるのも桐生直人の仕事になっていた。

ふいに美里の泣き声がきこえた。家をゆるがすほどの大泣きだった。いつものことだ。桐生はため息をついて、ドアへ向かった。

書斎をでると、階段を一階へ降りていった。父親の足音をききつけて、美里の泣き声はいっそう激しさを増し、卓也の声は消えいるように静かになっていく。関数で表わせるのではないかと思うぐらい、毎度正確にくりかえされるパターンだった。

廊下を歩いていき、居間をのぞきこんだ。子供たちはそこにいなかった。泣き声はそのさきの応接室からきこえていた。接客用の部屋にばかり入りたがるのは、子供も社員も変わらない。フォレストでもときおり、応接室で勝手にくつろいでいる社員が上司に叱《しか》り飛ばされている。桐生は廊下に戻り、食堂でティッシュの箱を手にとって、応接室へ向かった。

応接室のソファの上で、美里は泣きじゃくっていた。ずいぶん暴れたらしく、ソファのカバーが床にずり落ちている。テーブルの上の花瓶は倒れていたが、割れていないのはさいわいだった。部屋の隅には、とまどいながら立っている卓也がいた。

「どうしたんだ」桐生直人はふたりをかわるがわる見ながらいった。「きょうはなんだ」

美里はベージュ色のワンピースの袖《そで》で鼻水をぬぐいながらいった。「お兄ちゃんがかえしてくれない」

直人が見やると、卓也はばつが悪そうに下を向いた。

「さ、服がよごれるから」直人は美里にティッシュの箱を渡した。美里はいつもこうやって、新品の服を台なしにしてしまう。

卓也の不満そうな声が飛んだ。「いまかえそうと思ってたんだよ」

直人はふりかえった。歩みよると、卓也は両手のなかに持っているものを隠すようにちぢこまった。

「美里からなにをとりあげたんだ」直人はきいた。

卓也は困惑のいろを浮かべながら、上目づかいに直人を見た。いつも思うことだが、卓也は母親に似ている。大きくて誠実そうな瞳《ひとみ》、小さな口もと、細い顎《あご》。小学五年のわりには童顔だった。髪を伸ばしたら女の子にみえるかもしれない。

卓也はおずおずと手のなかのものをさしだした。

直人はうんざりしながら、それを手にとった。「これか」

ＡＲＭ９とＡＲＭ７のＣＰＵを内蔵した、全長五センチほどのキーホルダー型の玩具《がんぐ》。

小さなモニター画面は、256×192ピクセルの微細な解像度を誇る半透過反射型TFTカラー液晶を採用している。このサイズに高性能のモニターを入れこむとはあなどれない技術だったが、商品が売れている理由はハード面ではない。人気の源は、いま画面に映しだされているアヒルに似た動物のキャラクターだった。シグマテック・アミューズメント・コーポレーションのヒット商品、ポーポリンだ。

「なんでとりあげたんだ。これは美里のだろう」

卓也が口をひらいた。最近では声だけは男の子っぽくなっていた。「ずっと寝てるから起こしてあげようと思ったんだよ。寝っぱなしだと死んじゃうし」

美里がヒステリックに大声をあげた。「無理に起こそうとするんだもん！　ひどい！」

卓也は反論した。「寝てるかどうか叩《たた》いてみないとわかんないじゃないか！」

「やめろ」直人はぴしゃりといってから、ポーポリンに視線を落とした。

桐生直人はこの玩具が好きではなかった。むろんライバル会社の製品だというせいもある。だがそれ以上に、この玩具のコンセプトが嫌いだった。

ポーポリンは本体の形状も丸みを帯びていて、液晶板に映っているキャラクターも親しみやすいデザインがなされている。一見、たんなる携帯飼育ゲームと大差ないように思える。だが、このポーポリンにはスイッチがない。直接、液晶に表示されているキャラクターに指で触れると、内蔵されたタッチセンサーによってキャラクターが反応するしくみだ。

本物の小鳥をかごで飼うように、適度に触れて運動させ、かわいがるというのが表向きの趣旨だった。しかし桐生は、この玩具に潜んでいるもうひとつの悪魔的なセールスポイントに気づいていた。

このポーポリンのタッチセンサーは振動と共鳴して、どれくらいの強さで指が液晶に触れたかをCPUが感知するようになっている。強く叩きすぎると、液晶のなかのキャラクターは横たわって失神してしまう。さらに何度も強く叩くと、天使の輪がでて死亡したことになる。そういうプログラムになっていた。また、ポーポリンには寿命がある。行き着くところは死以外にない。しかもほかの携帯飼育ゲームとちがい、キャラクターが死んでしまった場合はリセットがきかず、シグマテックの直営店に持っていって新品の商品を新たに買いなおさなければならない。死んでしまったほうのポーポリンを店に引きとってもらうと、新品が半値で買える。むろん引きとられたポーポリンはシグマテックの工場で蘇《そ》生《せい》処置されて、また新品として出荷されるのだが。

ポーポリンはある意味では非常にリアルな飼育ゲームだといえる。しかし、それゆえに子供たちは、一撃でキャラクターを死なせてしまおうとする残酷な衝動を自制しなければならなくなる。子供たちは創造も好めば破壊も好む。だから、子供向けの玩具はあるていど、子供の倫理観を正常なほうへ向かわせるような規制がとられていなければならない。桐生はそう思っていた。この玩具は、じつは子供に潜む凶悪な衝動を起こさせることで人気を高めているという暗い側面がある。たとえまっとうに用いたとしても、失われやすい生を懸命に守ろうとした結果、かならず訪れる死に相当なショックを受ける。

「お兄ちゃんが殺した！」美里が大声でさけんだ。

卓也が首を振った。「最初からこうなってたんだってば。もう死んでたんだよ」

「お兄ちゃんがわざと殺した！」

「美里、落ち着け」直人はなだめた。「近所にきかれたら誤解されるよ」

やれやれだ。桐生直人は液晶をじっと見つめた。いまキャラクターは横たわったままぴくりとも動かない。だが、死んでいれば天使の輪が表示されるはずだ。眠っているか失神しているのだろう。直人は指でそっとキャラクターの頭をつついた。これでＺＺＺ……と表示されれば寝ていることになる。しかしいまは、なにも表示されない。

「気を失ってるみたいだ」

「ほらみろ」卓也が美里のほうを見ていった。「おまえが気絶させたんだぞ」

「ちがうもん！」美里がわめいた。「寝てただけなのに、お兄ちゃんが……」

「まあ、まて。ふたりとも」失神状態のキャラクターを起こすには、半日ほど放置しなければならない。そのあいだに振動をあたえすぎると死んでしまう。それが通説だった。しかし、ほかにも目を覚まさせる方法がある。

直人はゆっくり、あおむけに寝ているキャラクターの腹部をなぞるようにさすった。ここを三十秒から一分間ほどさすると、マッサージで息を吹きかえすプログラムになっているはずだ。これはまだシグマテックの広報が許諾していないらしく、攻略本には発表されていない裏技だった。しかしフォレストではポーポリンの発売当初にこのプログラムを解析し、そうなっていることをつかんでいた。そういえば、このプログラムを的確に解析したのも津久井智男だった。ふつうなら一週間かかるところを、わずか三日で解析してしまった。彼はやはり優秀な社員だった。ぼんやり、そんなことを考えた。

卓也がふしぎそうな顔をして直人の手もとをのぞきこんでいる。美里も父親がなにをしているのか気になったらしく、ソファから立ちあがって駆けよってきた。

やがて、液晶のなかのキャラクターはぴょこんと起きあがり、うろうろと歩きまわりだした。卓也と美里がおどろいて声を発した。

「すごい！」卓也がいった。「どうして起こすことができたの！」

「マッサージだ。でも注意しろ。これは一回きりしかつかえないんだ」

卓也がポーポリンを手にとった。大事にいたらずほっとしたようすだった。ところが、美里が「貸して」と手をだした。卓也はもっとよく見ようとして美里の手をはらいのけた。美里が意地になってポーポリンを奪いとろうとした。

直人が制止するひまもなく、ポーポリンはふたりの手から弾《はじ》け飛んだ。壁にぶつかって硬い音をたて、床のカーペットの上を転がった。

美里が悲鳴と絶叫のいりまじったような声をあげた。卓也があわててポーポリンを追いかけ、ひろいあげた。その液晶を見つめて、表情を凍りつかせた。美里が駆けよった。

直人は子供たちの手もとをのぞいた。キャラクターの頭上には天使の輪があった。しばしの沈黙のあと、美里が家をゆるがすような泣き声をあげた。顔をくしゃくしゃにして、真っ赤にして大泣きした。

直人は一瞬にして不快な気分になった。美里がこれほどの泣き声をあげたのは裕美の葬儀のとき以来だった。そのときのようすがふいに脳裏をよぎった。気づいたときには、卓也に向かって怒鳴っていた。

「どうしてもっと注意ぶかくあつかわないんだ！」

怒鳴った直後に後悔した。卓也はうつむき、涙をこらえるようにしていた。だが、美里の泣き声がいっそう激しさを増したために、直人はいらだちをつのらせた。こんなことに時間を割《さ》いている場合ではない。

「たかがおもちゃじゃないか、ふたりとも！　また買えばすむことだ！」

「買えないもん！」美里がわめいた。「売ってないもん！」

直人は額に手をやった。そうだ。ポーポリンはいま品薄で売り切れがつづいている。どうにかして手にいれる方法はないのか。シグマテックに知り合いでもいれば……。

頭に津久井の顔が浮かんだ。その瞬間、桐生直人は我にかえった。なにをばかな。たかが子供のための玩具に職権を乱用できるか。それに、こんなときに津久井の顔を思い浮かべるなんて。

電話が鳴る音がきこえた気がした。耳をすますと、たしかに書斎の電話が鳴っていた。

美里が泣き声をあげていたせいで気づかなかった。

「とにかく、お父さんがなんとかするよ。さあ、ふたりとも手を洗っておいで。美里も顔を洗わなきゃだめだぞ。晩ごはんにしよう」

卓也は気まずそうに美里のほうを見た。美里はようやく泣き声をおさめて、しゃくりあげながらドアへ向かいだした。卓也は自分だけさきに洗面所へ向かうのはさすがに薄情だと思ったのだろう。美里の後ろにゆっくりつづいていった。

子供たちが廊下にでてから、直人も応接室をでた。少なくとも、これはいつものわが家の風景だった。特別不幸なわけではない。いつもとおなじことだ。桐生直人は自分にそういいきかせた。


階段を駆けあがり、書斎に戻った。電話をとると、きまじめな男性の声がきこえた。

「総務部の岩崎《いわさき》です」

なじみの声だった。会社では一日に何度もインターホンでこの男と話している。もっとも、直接会うことは少ないので顔は浮かんでこない。

「桐生だ。シグマテックのほうはどうだった?」

「それが予想どおりで困ってます。けんもほろろというやつです。社長室に連絡をいれたところ、広報を通せといってきて、広報に電話すると上につたえておきますといって、たらいまわしにされていますシグマテックはいままでも大手ゲーム会社どうしの社長会議とか、いろんな面会の約束を断りつづけていましたからね。今回もおなじってわけです」

「今回はいつものようなべたべたした社交辞令とはちがう。急を要する事態なんだ」

「そうつたえましたが、明日は社長のスケジュールがあかないといってきかないんです」

「どんなスケジュールなんだ」

「NHKの将棋番組の出演だそうです」

「将棋番組だと。ふざけるなといってやれ」

岩崎の声がしばらく沈黙し、やがて静かにたずねてきた。「いいんですか?」

「いや、それはまずいな。撤回する」桐生は深呼吸して、気持ちを抑えようと努力した。

将棋番組なら桐生も出演を依頼されたことがある。桐生は大学時代、アマ四段の棋士だった。そのころのなごりで毎月送られてくる将棋雑誌の記事で、シグマテックの神崎元康社長が最近になって将棋の世界にデビューしたことは知っていた。だがそれはあくまで趣味の領域のはずだ。こちらの面会を断ってまで将棋を優先させるとはどういう神経をしているのか。

「わかった。ではNHKの制作局に電話をいれて、収録の場所と時刻をききだしてくれ。そこへ押しかけて神崎社長をつかまえたほうが早い。あとでEメールで送信してくれないか」

「わかりました、そうします。そうだ、Eメールで思いだしました。ご指示のとおり、津久井部長のコンピュータを調べてみたんですが」

「なにかあったか」

「送受信されたEメールの記録が残ってました。アクセス記録では合計八通のメールを送受信していたはずですが、半分しか残ってませんでした。四通は削除したんでしょう」

「削除されても、発信者のデータはわが社のサーバに残っているはずだ」

「そのとおりです。受信後に削除されたうち二通は海外からのものです。発信者はプロバイダ契約ではなく独自のサーバを持っていたので、インターネットですぐつきとめることができました。フランツ・ハーマイン。スイスの企業です。事業内容は医療用薬品の製造とのことです。津久井部長もこれに対し二通の返事を送信しているのですが、それらも削除されており記録に残っていません」

　薬品製造。悪い予感が桐生の頭のなかに浮かんだ。子供たちの身に起きている幻覚症状が薬品によるものだとしたら。だが、たとえ津久井がかかわっていたとしても、どうやってゲームソフトを通じてその薬品の効力を発揮できたのか、さっぱり見当がつかなかった。

津久井はプログラマーなのでディスクの物理的な制作工程には関与できなかったはずだ。それらは社内ではなく、外注の工場が担当している。それに、オンラインゲームではユーザーに薬物の効力など及ぼすことはできない。彼が手を加えられるとしたら、プログラム以外にない。

「わかった」桐生はいった。「それで、残っていた四通のメールのほうは？」

「それが、どうも奇妙なんです。先方の正体が不明で、しかも内容も意味不明で」

「私のメールサーバに転送できるか？」

「ええ、いますぐにできます」

では頼む。そういって、電話を切った。デスクのひきだしからノートパソコンをだした。電源を入れ、メールソフトを起動させる。

メール1／4を受信中。画面にそう表示された。転送されてくるメールは四通ということだ。2／4、3／4、4／4となって表示は消えた。異様に早かった。つまり、それぞれのメールの文章が短く、データ量が小さいことがわかる。はやる気持ちを抑えながら、その四通の文面を見た。二通は津久井のコンピュータに送信されてきたもので、二通はそれらに対し津久井が返信したものだった。

最初のメールはけさ九時十一分に送られてきた。差し出し人の名はなく、メールアドレスだけが記載されていた。ひらいてみると、メールの中身は短い一文だけだった。

「水のはいった袋。わかりますか」

六分後、九時十七分に津久井がこのメールに返信している。

「わかる」

十六分後の九時三十三分、先方からふたたび送信があった。

「水の通う回路にサージ」

そして二分後、九時三十五分に津久井の返信。

「わからない」

たったこれだけだった。

この禅問答のようなやりとりはなんなのだろう。水のはいった袋とはなにを意味しているのか。先方が何者かもわからない。

桐生はフォレストの総務部にダイヤルした。電話にでた社員に岩崎を呼びださせた。岩崎は電話にでるや、たずねてきた。どう思われますか。

「さっぱりわからない。ただ、Eメールのやりとりというのは、このような断片的なものになりがちだ。親しい仲なら、こんな会話で通じ合ったりすることもある。それにEメールの会話は電話とおなじで、一部だけとりだしてみてもさして意味のない言葉の応酬にしか思えないものだ」

「そうです。ただ、津久井部長のパソコンに残っている送受信記録をさかのぼって調べてみても、この相手とは前に接触したことはないらしいんです」

「記録を削除した可能性もあるだろう」

「いえ、社内LANからインターネットへのアクセス記録もチェックしてみましたが、この相手とは送受信したデータがありません。もっとも、この相手がべつの端末をつかっていたり、べつのリモートホストを経由してアクセスしていた場合には、チェックできないのですが」

「相手が何者だかわからないのか」

「夕方ごろ、ためしに先方のメールアドレスへ送信してみましたが、なんの音沙汰《おとさた》もありません。ただ、津久井部長のメールアドレスは、フォレスト・ファミリークラブの会員に公開されてますからね。知っている人はおおぜいいます」

そのとおりだ。フォレスト・ファミリークラブの会報には、制作スタッフのプロフィールが掲載されていて、そこにそれぞれのスタッフのメールアドレスも添えられている。それを見れば、だれでも津久井に送信できる。だがこの津久井の応対内容を見るかぎり、はじめてコミュニケーションをとった相手とは思えなかった。

桐生は画面を見た。津久井に送信してきた何者かのメールアドレスが表示されている。

Dil5435@de3.vornsnet.or.jp

「このメールアドレスによると、先方はボーンズネットというプロバイダと契約してるようだが」

「はい、わりと有名なプロバイダです。広告によるとブロードバンド専用で、ほとんどの加入者がNTTの光ファイバー経由で接続している新進の企業らしいです。さっき電話で問い合わせてみたんですが、退社時刻をすぎているらしくだれもでませんでした」

退社時刻の前に電話したとしても、すぐにメールアドレスの持ち主を教えてくれるとは思えない。桐生はそう思った。NTTが顧客名簿を明かさないのとおなじだ。ブロードバンド専用ということは、加入者はほぼ全員が常時接続によって利用するだろうし、そうしたプロバイダはリモートホストを個人ごとに固定していることが多い。つまりプロバイダ側からすればすぐに個人は特定できるのだが、外部からの問い合わせに対しては契約者名をそうやすやすと明かすはずもなかった。裁判所からの強制執行でもないかぎり、たとえ警察が申しいれても契約者名簿を見せる義務はない。国会議員の中溝に根まわししてもらっても何日もかかるだろう。それに、役人をたよりにするのなら津久井を容疑者のごとくつたえて、捜査の必要性を申し立てることになる。それだけは避けたかった。

岩崎に礼をいって、電話を切った。

階下はすっかり静かになっている。卓也も美里も、食卓について待っているのだろう。

きょうの夕食は冷蔵庫のなかのスパゲティを温めるだけでいい。つくろうと思えばすぐにつくれる。ただ、いまはほんの一分でも長く考えていたかった。

ノートパソコンの画面に目をやる。岩崎の話では、津久井はこの相手の人物とはじめてメールのやりとりをした可能性が高いことになる。だが納得できない。津久井は最初のメールに「わかる」と答えている。ふたりは以前からの知り合いで、いままでは電話やそのほかの通信で会話していただけにすぎないとも考えられる。あるいは暗号か。

桐生は、このメールの相手はおそらくシグマテックの人間だろうと察しをつけていた。しかし意味は皆目見当がつかない。とにかくいまは、このメールを送りつけてきた相手が何者なのかを知りたい。どういう意図なのかを考えるのは、何者なのかがわかってからだ。

ボーンズネットに事情を打ち明けて、特例としておしえてもらうことも不可能ではないだろう。だがそれにしてもすぐには実現しないはずだ。桐生はいますぐ知りたかった。このメール送信者の正体と、津久井とのかかわりを。

桐生はしばらく、考えにふけった。ふと、思いついた可能性があった。おもむろに立ちあがり、書棚のファイルをながめた。商用ネットワークサービスプロバイダ接続マップ。背表紙にそう書かれたファイルをとって、デスクの上でひらいた。なかに入っているマップはひろげると一メートル四方もあった。星図のような無数の小さな円が、おびただしい数の直線で相互に結ばれている。ずっと昔にこのマップをはじめて見たときには、複雑な旅客機の航路図に似ていると感じたものだった。いまではそうは思わない。記してあるすべての意味が手にとるようにわかる。自分がなにをさがしているのかも、しっかりと把握できている。

ボーンズネットと書かれた小さな円から放射状に伸びた線を追っていき、やがて桐生は求めていたものを見つけた。やはり、思ったとおりだ。

どんな理由があるにせよ、これは犯罪に手を染めることを意味している。しかし、臆病《おくびょう》風に吹かれていては真実にたどり着くことはできない。どんな可能性にも飛びこんでいくべきだ。少なくとも自分の人生は、たえずそうした挑戦のくりかえしだったのだから。

椅子の背から上着をとった。マップをたたんで上着のポケットにいれた。そのあいだにも、頭のなかではあらゆる方法を検討しつづけていた。これにはすぐれた技術者の協力が必要だ。津久井智男なら最適だが、もちろんそれはありえない。だとするなら……。

ふりかえると、半開きのドアから卓也が顔をのぞかせていた。

卓也はぼそりといった。「ねえ、お父さん」

「ん？」

「きょう学校でみんなが話してたよ。シティ・エクスパンダー4をやると……黒いコートの男に襲われるって」

「そうか」桐生はネクタイをしめなおした。「卓也の友達にも、襲われた子がいるのか？」

　卓也は首を振って、しばらくしてからいった。「でも、みんな怖がってる。それに先生にもいろいろきかれた」

「どんなことを?」

「お父さんはどういってるのかとか、話し合いたいことがあるとか」

「心配するな。本当に黒いコートの男が現われるわけじゃない。きっと幻を見てるんだよ。それに、あのゲームが原因だったかどうかもはっきりしていない。だから、一刻も早く解決しようとしてるんだ。そう先生にもつたえておけばいい」

「でかけるの?」

「ああ。卓也、スパゲティの温め方は知っていたか」

　うん、と卓也は答えた。

「じゃあ、悪いがおまえと美里のぶんをつくって食べてくれ。食べたら後片づけしておくんだぞ」

　わかった。卓也は消えいりそうな声でいった。

　桐生直人はすべてを事務的にこなそうと思った。卓也が父親の外出を不満に思っているのはわかっていた。美里も、父親がでかけることをきいたら悲しそうな顔をするだろう。後ろ髪をひかれる思いだった。しかし、いまはそれにかまってはいられない。

　上着をはおってドアをでた。ふりかえりもせず、遅くなるから先に寝てろと卓也に告げた。返事はなかった。うなずいたかもしれないが、直人は息子の顔を見なかった。見るのが怖かったのかもしれない。足ばやに階段を降りた。足音をききつけた美里が廊下を追いかけてくる前に外へでたかった。靴をはくと、急いで玄関の扉をでた。辺りはもう夜の闇《やみ》につつまれていた。付近の家には明かりがともり、夕食のにおいがどこからともなくただよってくる。

ガレージにとめてあるメルセデスに乗りこんで、エンジンをかけた。玄関から美里が顔をのぞかせると辛い。桐生は急いで発進させた。まるで逃げだすかのようだった。いや、ある意味では、それは真実だ。桐生はそう思った。自分は家庭から逃げだしたかったのだ。

ハッキング

津久井令子は壁の時計を見あげた。午後十時をまわっている。

食卓についてもう二時間も過ぎていた。まだ夕食の支度はしていなかった。さきに帰宅しているはずの夫の姿はなかった。連絡も入っていなかった。

しかし、令子はひとりきりではなかった。向かいの椅子には糸織美穂が座っていた。

糸織は夕刊をながめながら、ぼそりといった。「ねえ、令子さん」

「なに?」

「強引にあがりこんで、やっぱりまずかったですか?」

「そんなことないわよ。お夕食の手伝いしてくれるなんて、すごくうれしいし」

「でも、まだなにも手をつけてませんよ。部長が帰ってくるのをまってたら、もうこんな時間だし。それに……」

糸織が口をつぐんだ。令子は気になってたずねた。「それに?」

「いえ、なんでもないです」

「話してよ。静かにしてると退屈だから」

本当は、沈黙は退屈というより耐えきれなかった。家に帰ってまっさきにしたことはテレビをつけることだった。しかし気はまぎれなかった。どのチャンネルも特別番組を組んで一連の事件を報道していた。

全国で異常な行動を起こした子供は二百人に達し、うち自殺未遂は七十人近くにのぼった。ただ重体とつたえられた六人がいずれもきょう夕方までに意識を回復したというのが、唯一の明るい知らせだった。いっぽうで、世田谷区の小学校で校舎のなかを走りまわる黒いコート姿の男を、生徒ばかりでなく教師たちもが目撃するという事態が起きたが、これは近所の無職の男が、世間を騒がせようとコートを着用して小学校に侵入し、駆けまわったものだった。男は不法侵入の疑いで現行犯逮捕されたが、今後はこうしたいたずらによる二次的被害の発生も懸念された。

つづいて桐生社長の記者会見のもようが流された。どのチャンネルのキャスターも、すべての騒動の責任がフォレストにあるかのような口ぶりだった。フォレストは利潤ばかりを追求し、子供たちを食いものにしてきたと決めつけている女性コメンテイターもいた。そのコメンテイターがフォレストをシグマテックやほかのゲーム企業と混同しているのはあきらかだったが、いずれにしても見ていて心地よいものではなかった。

テレビを切ってからは、家のなかは静寂につつまれた。糸織もずっと口をきかなかった。ようやく会話ができて、令子は内心ほっとしていた。

糸織が夕刊から顔をあげていった。「この記事にでてくる専門家のコメント、読みました？　シティ・エクスパンダー4ってゲームは都市開発、つまりは環境破壊が裏テーマになっているゲームなので、間接的に人を傷つけていくことを推奨しているんですって。だから無意識のうちに子供たちが恐怖にかられて、京都の殺人事件の犯人像として印象深かった、黒いコートの男の幻覚を見たんですって。ばかばかしい」

「でも当たってるかもよ。原因はだれにもわからないんだから」

「少なくとも、こんなばかげた原因じゃないはずですよ。この専門家さんとやらはシティ・エクスパンダー・シリーズがずっとおなじ形のゲームだってことを知らないんでしょうね。なぜ過去三作でそういう現象が起きなかったか、なんの説明もないですし。心理学とかやってる連中は楽そうですね。コンピュータみたいにデータひとつまちがってたら動かないってもんでもないし。それらしい理屈さえつくりあげてしまえばいいんだから」

「そうばっかりでもないと思うけど」令子はぼんやりと応じた。「でも、そういえば智男さんも前にそんなこといってたわ。人間の思考もデジタル化されてたら、もっと理路整然と会話ができるのにって。夫婦喧嘩《げんか》になるたびに、そんなこといいだすのよ」

「そう呼ぶんですね」

「え？」

「部長のことです。智男さんと呼んでらっしゃるんですね、家では。結婚前から、ずっとそうなんですか」

「ええ、そうね」令子はなにか思い出話を語ろうとして記憶をさぐったが、だんだん気分が重くなってきた。結局なにもいわず、テーブルの上に視線を落とした。

糸織は新聞をたたんで投げだし、いやに陽気な声でいった。「心配ありませんよ、令子さん。あんなのは誤解です」

「なにが？」

「さっきの写真週刊誌ですよ。部長が令子さんをほっといて女に手をだすはずがありません。水商売を毛嫌いして、飲みに行くのさえいやがってたじゃないですか。それがAV女優なんかと……」

「どうかしら。部下のあなたから見たらそうかもしれないけど」

「ちがうっていうんですか？」

「あのひとだって性欲はあるのよ。それもかなりね。でも最近、家では淡白だったから」

令子の発言に糸織はとまどったようすで黙りこんだ。

糸織が令子の身を案じてわざわざ家に来てくれたことを、令子はよくわかっていた。糸織は悩んでいる人間をほうっておけないたちだ。若い部下の面倒もよくみている。しかし、気を遣われれば遣われるほど、令子のほうは気が滅入《めい》ってくる。一連の事件とシティ・エクスパンダー4についての疑惑やシグマテックとのかかわりについての疑惑には、令子はどこまでも夫を信じ、味方するつもりでいた。しかし浮気は夫婦の問題だ。時期が時期だけに世間はほかの疑惑と結びつけて騒ぎたてるだろうが、令子にとってこれはほかの疑惑とは関係なく、ごく私的な問題だった。

津久井智男が最近、令子に対して冷淡な態度をとっていたことはたしかだった。ひょっとしたら、家庭とはべつの場所に心のよりどころを見つけたのかもしれない。いまの家庭に、津久井智男が不満をいだいていることを令子は知っていた。そして、その理由も。

それにしても、夫はどこでAV女優なんかと接点を持ったのだろう。美樹原唯という名も、雑誌の写真にうつっている彼女の顔も、令子はまったく知らなかった。

気まずい沈黙をやぶって、糸織がいった。「それにしても、この記事に載ってる男は間抜けですよね。黒のコート着て小学校のなかを走りまわるなんて、どこからそんな発想がでてくるのかしら」

「さあ。目立ちたがりなんじゃないの」

「職がみつからずにいらいらしていたので、鬱憤《うっぷん》晴らしにやったたって書いてありますけどね」

令子はため息をついた。「そんなので気が晴れるのなら、わたしもやってみたい心境だわ。黒のコートなら何着か持ってるし」

糸織は笑った。「まさか子供を襲う気じゃないでしょう」

「とんでもない。子供を傷つけるなんて」令子はしばらく黙りこくった。いうべきかどうか迷ったが、結局話したい衝動のほうが自制心を上まわった。

「智男さんとはこのところ、うまくいってなかったの」

「どうしてですか」

「子供ができなかったから」

糸織はとまどったようだった。ふいにこんな深刻な話をきかされてはむりもない。妙に早口にいった。「でも、そんな夫婦はたくさんいますよ。最初の子ができるまでしばらくかかることもあるだろうし」

「子供ができない理由があるの」

「病気とか、ですか？　それは……」

「わたしの側。赤ちゃんができないのは、わたしのせいなの。イスタルマトー症候群っていう、ウイルス性疾患の不妊症でね。赤血球やホルモンのバランスがたえず不安定になる、めずらしい病気なの」

「それって、治療とかは……」

令子は首を横に振った。「病院に相談したんだけど、無駄だったわ。手術でどうなるものでもないし。治療薬はあるにはあるんだけど、すごく高いうえに薬事法で日本では禁止されているの。だから、あきらめるしかなかったわ」

「それで、部長が冷たくなったんですか」

「しかたないの。あのひと、子供ができることをすごく楽しみにしてたんだし」

糸織はうつむいた。

そのようすを見て、令子はいたたまれない気持ちになった。自分は辛《つら》い気分のはけ口ばかりを求めていた。糸織が居心地の悪さを感じるであろう話をしてでも、自分の心がいくらかでも浄化されることを願った。そんな自分がいやになった。

「ごめんなさい」令子はいった。「こんな話、するべきじゃなかった」

「いいんですよ」と糸織は微笑《ほほえ》んだ。「いわないと辛くなるいっぽうです。でも、お子さんのことは令子さんのせいじゃないですよ。そんなんでへそを曲げてる部長ってのはちょっと幻滅しちゃうね。それこそ子供みたい」

糸織の軽快な口調に、令子は思わずつられて笑った。子供みたい、か。たしかにそうだ。津久井智男は、ある特定の分野にかぎって卓越した才能を持っているが、性格は子供そのものだ。気にいらないことがあるとすねる。自分が無視されると怒る。隠しごともたくさん持っているらしい。孤独を愛するようでいて、じつはにぎやかなところへでるのが嫌いではない。彼はそんな身勝手な、子供のような性格の持ち主だった。そんな津久井智男の外見に似つかわしくない内面を垣間《かいま》見たときから、令子は自分が魅《ひ》かれていったように記憶している。理屈で説明がつくことではなかった。しかし、彼をまだ愛していることを認めざるをえなかった。夫が自分を裏切ったとは、信じたくなかった。

玄関のチャイムが鳴った。

糸織が顔を輝かせた。「ほら。うわさをすれば、ですね」

「へんね。智男さんは鍵《かぎ》を持ってでてるはずだけど」

令子は立ちあがった。食堂をでて玄関に向かった。目黒区のこの住宅街では、近隣の住民どうしの結びつきが強いせいか、セールスや勧誘がやってくることは少なかった。ましてこんな夜遅くにたずねてくる知り合いはいないはずだ。

錠をはずしたがチェーンはかけたまま、玄関の扉をそろそろと開けた。

「こんばんは」扉の向こうで声をかけてきたのは桐生直人だった。

「あ、社長。どうしたんですか。こんな時間に」

「ちょっと話があるんだ。開けてくれないか」

「はい、すぐに」令子はいったん扉を閉めてチェーンをはずした。背後に、糸織が近づいてくる気配がした。

「なにごとですか」糸織がそういったとき、扉から桐生が入ってきた。

「夜分遅くすまない」桐生はそういってから、糸織のほうを見た。「ああ、やっぱりここにいたか。さっき、きみのマンションへ行ってみたが留守だったんでね。会社の人間が、令子と一緒にでるのを見たといっていたから」

糸織はめんくらったようすできいた。「わたしになにかご用ですか、社長?」

「手伝ってほしいことがあるんだ。技術がいる仕事なんで、きみが適任だと思ってね」

「というと?」

「まずはコンピュータがある部屋へ行こう。話はそれからだ」


夫の留守中に、彼の部屋に足を踏みいれるのは令子にとってはじめてだった。彼はふだんから自分の所有物に触れられることを嫌っていた。この部屋に関しては、掃除も彼が自分でしていた。とくに最近は、津久井智男は帰ってくるなりこの部屋にこもりっきりになることが多かった。

四畳半ほどのスペースにはインテリアとなるものはいっさいなく、無機的なコンピュータ機材だけが並んでいる。パソコンとワークステーションがLANで接続されていて、ほかに外付けハードディスクが壁ぎわにずらりと並んでいる。ちょっとした小規模プロバイダのサーバ並みの設備だった。

桐生は室内をざっとながめわたしてから、令子にいった。「ここにあるものを、ちょっと借りてもいいかな」

「ええ、わたしはかまわないけど、智男さんがなんていうか」

「彼を救うためだと知れば、喜んでつかわせてくれるはずだ」桐生は糸織に向きなおった。

「ボーンズネットというインターネットプロバイダを知ってるか?」

「きいたことはあります」糸織はいった。「でも詳しいことはなにも。プロバイダなんて無数にありますから」

桐生はうなずいて、懐《ふところ》から折りたたまれた紙をだしてひろげた。地図のように大きな図面だった。

「これは商用ネットのマップだ。ここがボーンズネット。ブロードバンド専用としてまずのバックボーンがあるんだが、それでも二次プロバイダだ。この線を追っていくと、ボーンズネットの関東地方のサーバはいずれもWQR《ウィクル》ネットを一次プロバイダとしていることがわかる」

「ボーンズネットはWQRネットを介して、インターネット全体につながっているっていうわけですね。WQRネットは大手ですから、そういう中小のプロバイダの面倒ならたくさんみてるはずです。それがなにか?」

「知ってのとおりWQRネットにはわが社が資本参加してる。いま技術部の責任者とかけあって詳細をきいてきた。WQRネットとボーンズネットのあいだは光ファイバーの専用線で接続され、それをバリア・セグメントとしている。すなわち、外部のネットとLANを結ぶ唯一の架け橋だ。ようするにボーンズネットは外部からアクセスされないよう、アンチハッキングにあらゆる手段を講じているが、WQRネットからは懐に飛びこむことができるってわけだ」

「でもむろん、バリア・セグメントにアクセス制限はされてるでしょう」

桐生はにやりとした。「そのとおり」

「まさか、それを突破して侵入するってことですか」

「そのまさかだよ」

「犯罪ですよ」

「そうだな。なにか問題あるか？」

「いいえ」糸織は満面に笑みを浮かべた。「腕がウズウズします」

「ちょっとまって」令子はあわててきいた。「いったいなにをやろうとしてるの？」

あとで説明する、桐生はそういってから糸織に指示をだした。「WQRネットのホストコンピュータはボーンズネットと共通のファイアーウォールで守られてる。サーキットレベルゲートウェイ型だそうだ。セキュリティホールの修復もWQRネットが率先しておこない、ボーンズネットの技術陣に必要な情報を提供するシステムだ。つまりWQRネットの内部で問題になっている脆弱《ぜいじゃく》性は、そのままボーンズネットの弱点に当てはまる」

糸織は唸《うな》った。「システムステータスや情報がリアルタイムでモニタリングされているのでは？　サーバのCPU、ネットワーク、メモリ使用量がチェックされてると厳しいんですけど」

「WQRネットのエンジニアによると、このネットワークはリームについては未知のものも検知し遮断できるが、ハッキングに関してはあるていどパターンのアップデータを必要とするらしい。フォーマット・ストリングとルート・シェルの複合技でセキュリティホールを見つけることが可能だときいたが」

「ああ……なるほどね。レジストリ名をいじるってことかな……うん、たぶんそう」糸織はいかにもうれしそうな顔をした。「それにしても、社長がこんなことを命じてくださるなんて」

「意外だったかな」

「そりゃあもう。でも、れっきとした理由があるんでしょう。ボーンズネットに侵入して、なにをするんですか?」

桐生は糸織にメモ用紙を渡した。「契約者名簿を検索して、このメールアドレスの持ち主を調べだしてくれればいい」

おやすい御用です。糸織はそういってメモ用紙を受けとり、つかつかとデスクに歩みよった。椅子《いす》に座ってコンピュータの電源をいれ、マウスに手を伸ばした。

令子は桐生にきいた。「いったいどういうことなんですか」

「津久井智男が残していった手がかりだ」桐生は糸織の作業をながめながらいった。「彼のコンピュータに記録されていた、あやしいEメールの送信者をつきとめたいんだよ」

「あやしいって、どんな?」

「まだたしかなことはいえない。とにかく正体を知りたいんだ。令子、水のはいった袋という言葉に心あたりは?」

「さあ。全然」

「津久井智男はその言葉の意味を理解した。そして交信をつづけた。あきらかに、なにかがある」

「あれ?」コンピュータを見つめながら、糸織がいった。「音声認識アプリケーションがインストールしてあるじゃないですか」

「それが、どうかしたのか」桐生がきいた。

「だって、会社の開発部では部長みずからこのアプリケーションの使用を禁止したんですよ。細かい見落としやミスが増えるからって」

「へんね」令子はつぶやいた。「彼は音声認識をつかっていないわよ。少なくとも、この部屋ではいちどもつかっているようすがなかったわ」

桐生がつぶやいた。「令子に知られては困るような作業をしていたんだろう。音声認識アプリケーションを使ったのでは、操作している内容が聞こえてしまうからな。開発部での音声認識を禁じたのも、そういう理由だったのかもしれないな」

糸織が眉《まゆ》をひそめて桐生をふりかえった。「わたしたちに知られちゃまずい内容の作業をしてたっていうんですか？　津久井部長が？」

「いや。あくまで憶測にすぎない。さあ、やってくれ」

糸織は令子にたずねるような視線を投げかけたが、令子はなにもいわなかった。糸織は肩をすくめると、コンピュータに向きなおり、すさまじい速さでキーを叩《たた》きはじめた。

このところ、津久井智男は毎晩のように部屋にこもって、この音をたてていた。呼びかけても、ふりかえりもしなかった。そのようすが令子の脳裏をよぎった。背すじを伸ばし、コンピュータだけを見つめている津久井智男の横顔。

令子は表情をこわばらせていたのか、桐生が心配そうにいった。「令子、だいじょうぶか」

「ええ、なんでもありません。でもいいんですか。智男さんのコンピュータからそんなことをしたら……」

「ああ、ふつうならリモートホストからここを割りだされて御用になる。最近ではプロキシサーバを通しても安心できないようになっている。だが今回はＷＱＲネットに事情を話して協力してもらってるからな。ばれることはないよ。いずれにしても、僕が責任を持つ」

令子はため息をついた。落胆の気持ちが襲った。「やはり智男さんにはあやしまれるようなところがあったんですね」

「そうだ。でも、まだなにもわかってはいない。彼が一連の不審な出来事に関与している可能性が否定できないというだけだ」

令子は辛い気分になった。壁にもたれかかり、うつむいた。疲れを感じている自分に気づいた。夫があらゆるものを裏切っている可能性がある。会社も、妻である自分も。

「令子」桐生はいった。「津久井智男の預金は、きみの口座と一緒になっているのか」

「いいえ。別々にしています。おたがいに給料はもらっているわけだし」

「すると彼の預金残高は知らないのか」

「いちいち見せてもらってるわけじゃないから。でも彼は、この家のローンの返済とコンピュータ機材にほとんどつぎこんでいるから、残高はあまりないはずだけど」

「通帳はどこに置いてあるかな」

令子はスチール製の棚のひきだしに目をやった。彼はいつもそこに自分用の印鑑や通帳をしまいこんでいるはずだ。

桐生はその視線を追って、棚のほうへ歩いていった。

「まって」令子は呼びとめた。「なぜ通帳を気にするんですか」

「津久井智男が犯罪に関与しているのなら、金の動きがあるはずだ。どこかの企業が彼の背後で糸を引いていれば、そこから謝礼金を受けとっていることもありえる」

「そんな。社長はまるでさっきから、智男さんが犯人だと決めつけていらっしゃるみたいですが、どこにその根拠があるんです。子供たちの身に起きていることと、シティ・エクスパンダー4とのかかわりもまだはっきりしていないとおっしゃったのは社長じゃないですか。智男さんがいったい、どうやって子供たちに黒いコートの男の幻を見せることができたというんです。なぜ、そんなことをしなきゃならないんですか」

桐生は大声でいった。「だから、それを確かめようとしてるんだ！」

糸織がびくっとして手をとめ、不安そうにふりかえった。

ふと我にかえったのか、桐生はため息をついた。糸織のほうを見て、つづけてくれ、といった。

「すまない」桐生はぼそりといった。「とりみだして悪かった」

令子は桐生の胸中を察した。彼はフォレストという、みずから興した巨大な企業の未来を背負っている。小さなソフトウェア会社の社長だったころから、桐生直人は内外の敵から会社を守るために戦ってきた。令子にとってただひとりの夫である津久井智男も、彼にとっては大勢の社員のうちのひとりにすぎない。

夫への忠誠の証《あかし》として、いま桐生にさからってみせることが、なんになるのだろう。令子は自問自答した。そんなものは、夫への愛情のいじらしさに酔いしれたいという自分の愚かな願望にすぎないかもしれない。それに、もうひとつ重要なことがある。わたしもフォレストの社員なのだ。わたしは桐生を、上司と部下の関係のみならず、親しい友人だと思っていた。阿佐谷にいたころはそうだったかもしれない。しかし、急激な変化がそれぞれの立場にも影響をおよぼしていく。わたしにも、会社を覆う暗雲の正体をつきとめる責任がある。妻が夫に信頼を寄せるのは勝手だ。しかしネット犯罪に手を染めても真相を究明しようとする桐生直人の意向は、どうしようもなく正しいのではないか。

令子はいった。「上から二番目のひきだしです。彼はいつもそこに入れています」

桐生はなにもいわず、棚へ歩みよった。

自分の決心をどんなに正当化しようとしても、背信の意識をぬぐいさることはできなかった。令子は床に目を落とした。

桐生はひきだしに手をかけた。引いたが、開かないようすだった。鍵《かぎ》がかかっているらしい。桐生はためらうようすもみせず、右手をひきだしの取っ手にかけ、左手で棚を押さえこむようにして保持し、乱暴にこじ開けようとした。棚が背面の壁に当たって激しい音をたてた。

糸織はなにもきこえないようなそぶりで黙々とキーボードを叩きつづけている。

鍵といってもしょせん棚についている小さなものにすぎない。満身の力をこめれば、いともたやすく壊れる。そんな小さな存在。いま、それが壊されるのを、令子は黙って見つめるしかなかった。

大きな音をたててひきだしは開いた。開いたというより、破損した。手前の板だけが外れて落ちた。桐生は手をつっこんで、中身をかきだした。保険証やさまざまな書類にまじって、通帳があった。桐生はそれをひらいた。しばらくページを繰り、手をとめた。そのまま穴があくほど見つめてから、桐生はきいた。「令子、この金は？」

令子はさしだされた通帳を受けとり、見つめた。問題の箇所はすぐにわかった。フォレストからの給料以外に振り込まれた金があった。日付はちょうど一週間前。金額は百万円。振り込み人は「(カ) ビスタレーン」とあった。

桐生は無表情でたずねた。「株式会社ビスタレーンという名前に心あたりはあるか」

令子は首を横に振った。まったく聞きおぼえのない社名だった。すべては桐生の推測を裏づけているように思えた。少なくとも、津久井智男が令子の知らない会社から金を受けとり、それを黙っていたことがあきらかになった。

振り込みはいちどきりではなかった。この半年間、ほぼ毎週のように百万円ずつの振り込みがあった。津久井智男の預金はふくれあがっていた。現在、二千万円もの貯蓄がある。彼はビスタレーンという会社から受けとった金には手をつけず、フォレストからの給料だけで暮らしていたことになる。

「あとで会社名を検索してみよう」桐生はいった。「もっとも、どんな会社なのかはだいたい想像がつくけどね」

「というと？」

「シグマテック傘下の小さな下請け会社のうちのひとつだろう。いや、こういう金の取りあつかいのためだけに設立されてる幽霊会社かもしれない。とにかく黒幕はシグマテックにちがいない。わが社にダメージをあたえるために、津久井智男を抱きこんだんだ」

令子は腑《ふ》に落ちなかった。すべては憶測だ。可能性は高くても憶測にすぎない。しかも令子には、桐生がいささか冷静さを欠いているようにも思えた。いつも冷静沈着で公平な判断をくだす桐生が、きょうは憶測に走りすぎている。シグマテックというライバル会社の名が浮上しているせいだろうか。まだわからないことだらけなのに、すべてはシグマテックのせいだといわんばかりだ。

桐生はさらにつづけた。「あのメールの送信者もシグマテックの人間にちがいない。暗号めいたやりとりで津久井に指示をつたえていたんだろう」

「そう決めつけるにはまだ早いと思います」令子はたまりかねていった。「智男さんはわたしの知らない業者からお金を受けとり、あやしいEメールを受けとった。現状ではそれだけのことじゃないですか」

「まだある。重要なことだ。津久井智男は以前からシグマテックと裏でつながっているといううわさがあった」

「あれはあくまでうわさです。社長もそうおっしゃってたじゃないですか」

「いまではたんなるうわさではない。彼はシグマテックの社内ＬＡＮに接続していた。直接情報をやりとりしていた」

令子は自分の胸のなかで、桐生に対する敵意のようなものが芽生えはじめているのを感じた。桐生のいうとおりなのかもしれない。だが、まだ自分は納得できなかった。社長はシグマテックの陰謀説にとらわれすぎている。たとえ小さくても、そのほかの可能性があることをわすれてしまっている。そう思えてならなかった。

夫を信じたい。令子はそう思った。

だが、デスクの上をながめているうちに、令子の頭のなかにもやがひろがった。散乱したひきだしのなかに、航空会社のロゴが入った封筒があった。それを手にとってひらいた。国際便を予約した領収証だった。日付は三日後。人数は二名。行き先はフランスだった。

令子は愕然《がくぜん》とした。彼は逃亡するつもりだ。それも、あと三日しかない。同行者はむろん美樹原唯にちがいなかった。

「それはなんだ」桐生がきいた。

令子は震える手でそれをさしだした。桐生はそれを受けとり、見つめた。険しい表情で小さくうなずき、懐におさめた。令子のほうへは視線を向けず、なにかじっと考えこんでいた。

「社長」糸織が声をかけた。「ボーンズネットのサーバ管理用コンピュータに侵入しました」

桐生は足ばやに糸織に近づいた。「よし。契約者のEメールアドレス検索を実行できるファイルをさがしてくれ」

令子はゆっくり歩みよった。画面には複雑な乱数の列が現われては消えた。やがて画面の中央にウィンドウがひらき「Eメールアドレス入力」と表示された。

糸織は桐生から渡されたメモ用紙を一瞥《いちべつ》すると、すばやくメールアドレスを打ちこんだ。検索中、という文字がしばらく表示されたあと、メッセージが現われた。該当するメールアドレスはありません。

「なぜだ」桐生がつぶやいた。「ボーンズネットの契約者のなかにいるはずなのに」

糸織がいった。「これは個人契約者のメールアドレス検索でしたから、団体や法人向けのほうに入っているのかも」

糸織がキーを叩くと、ウィンドウが閉じてすぐまたべつのウィンドウがひらいた。そこへふたたびアドレスを打ちこむ。検索中、という表示。

今度は該当のアドレスがあった。画面に契約団体名が現われた。

「なに……」桐生はつぶやいた。

表示は桐生が主張していたものとはまったく異なっていた。

Dil5435@de3.vornsnet.or.jp　東州医大付属佐倉病院

「そんなばかな」桐生はいった。「なにかのまちがいじゃないのか？」

糸織は首を振った。「いいえ、まちがいありません」

「そんなはずはない。津久井はシグマテックと連絡をとっていたはずだ。なにかからくりがあるんだ。相手はべつにいる」

画面を見つめながら、表情に落胆のいろをただよわせた桐生の横顔を見るうちに、令子は悲しくなった。夫への信頼が裏切られ、社長が憶測ばかりにもとづいて夫を攻撃した。自分のこれまでの人生が否定され、崩壊していくような気さえした。

令子が人生のなかで桐生に寄せていた信頼は、津久井智男に対するそれよりはるかに大きかった。男性としての魅力も感じていた。桐生には、子供ができない身体《からだ》だという苦悩さえも打ち明けていた。桐生はそれに対して、いつも優しく気づかう言葉をかけてくれていた。いまの桐生にはそんな優しさが微塵《みじん》も感じられない。焦燥し、いらだってばかりいる管理職の人間と変わりがない。

「社長」令子は言葉を選びながら、慎重にいった。「お気持ちはお察しします。でも、どうか冷静に対処してください。社員を最後まで信じることをおわすれなく」

自分の口からでた言葉が本心かどうかは疑わしかった。桐生に対する反抗心が、そう語らせただけかもしれなかった。

桐生は令子のほうを見ることなく、ゆっくりと身体を起こし、ドアへと向かっていった。なにを信じていいのかわからなくなる。そんな狂気の渦中に自分たちが巻きこまれている。廊下へ歩きさる桐生の背中を見ながら、令子はそう思った。もうだれも頼ることはできない。社長でさえも。

「令子さん」糸織が小さな声でいった。「この病院の所在地……千葉県佐倉市って、新聞のニュースに載ってませんでした？」

「え？」令子は糸織を見おろした。混乱するばかりで、思考が働いていないせいか、糸織の言葉にぴんとこなかった。

糸織は硬い顔をして、画面を見つめながらいった。「まちがいありませんよ。男の子がバスのなかで自分を刺したところ。全国でいちばん最初に事件が起きたところです」

シグマテック

黒い革張りのソファは、スタジオの待合室のわりには上等なものだった。深々と身をしずめていれば、さぞくつろげることだろう。しかし桐生直人はそんな気にはなれなかった。昨夜の津久井の家での失敗が、まだ自責の念となって頭のなかに響きつづけていた。

きのう帰宅したのは午前二時すぎだった。卓也も美里も眠っていた。空腹だったがなにも食べる気にはなれなかった。熱いシャワーをあびて寝室にこもったが、寝つけなかった。頭をとろけさせようとブランデーを飲んでいるうちに、夜が白々とあけはじめた。結局、一睡もできなかった。

「桐生。おい」

桐生は顔をあげた。となりに座っている守屋が眉間《みけん》に皺《しわ》を寄せて、こちらを見ていた。

「ええ、なんですか」

「かなり疲れてるみたいだな」

「そうでもありません」桐生は両手で顔をこすった。「考えごとをしてただけです」

「きのうのEメールについてのことか」

「知ってたんですか」

「けさ令子にきいた。気にするな。まちがいはだれにでもある」

「たしかだと思ったんですけどね。追跡すればシグマテックの尻尾《しっぽ》をつかめるにちがいないと思ってた。それが令子や糸織美穂の前で恥をかいたあげく、WQRネットのほうに精神的な借りをつくっただけでした」

守屋は白髪頭をかきながら、セブンスターを一本だして口にくわえた。ライターで火をつけ、煙をくゆらせた。テーブルの上の灰皿に灰を落とそうとしたが、灰皿は吸い殻で満杯になっていた。

「ったく」守屋は灰皿を手にして腰を浮かせた。「テレビのスタジオってのはいつもこうなのか。タバコの灰を片づけるやつさえいないらしい」

部屋の隅にあるごみ箱へ向かう守屋を、桐生はぼんやりと目で追った。たしかに人手が足りないらしい。半開きになったドアの向こうには、廊下を右往左往するスタッフたちの姿が見えている。駆け抜けていくか、疲れたようすで重い足をひきずっているかどちらかだった。民放にくらべると、このところのＮＨＫの番組の予算はかなり厳しい。不祥事から受信料未払いなどの国民的なバッシングを受けて、節約を余儀なくされている。昼間に放送される将棋番組ともなればなおさらだ。

「でも」桐生はいった。「おかげで、すんなり入ることができたのはさいわいでした。入り口でのチェックもいい加減でしたからね」

「だまして入ったわけだ。ある意味じゃ不法侵入だぞ」

「そんなことはありません。私たちはゲーム会社の者ですがといっただけです。嘘《うそ》をついたわけじゃありません。シグマテックの関係者と勘違いしたのはここのスタッフの責任ですよ」

守屋は苦笑しながら、またソファに身をしずめた。「消防署のほうからきました、とかいいながら消火器を売りつける悪徳セールスマンの話を思いだした」

桐生も笑った。「消防署のほうからきた、というのは、その方角からきたという意味だったわけです。まあ、拡大解釈は違法じゃありませんから。とくに日本人にはね」

「自衛隊から金融問題まで拡大解釈は戦後日本の特質みたいなもんだからな。欧米的合理主義の権化であるシグマテックの連中が、そんな解釈を認めてくれるかどうかはあやしいが」

「それは彼らが来ればわかることです」そういいながら、桐生は腕時計を見た。午後一時十分。生放送は一時半からだ。本番まであと二十分しかない。

「時間にルーズな社長だな」桐生はつぶやいてから、守屋を見た。「部長、きのう電話でいってたマーチャンダイジング関係の反応はどうでしたか」

守屋は表情を曇らせた。「あまりよくないな。いちおう事情は説明したが納得してくれた企業はごくわずかだ。フォレストの株価にも影響が出はじめている。これまでの業績だけを担保に引きとめておくのは至難のわざだぞ」

首の皮一枚でつながって、なんとか生き長らえている。シティ・エクスパンダー・シリーズのマーチャンダイジングはそんな状況だった。その状況とて、いつまでもつづくわけではないだろう。けさのワイドショーはシティ・エクスパンダー4の開発者の愛人疑惑でもちきりだった。津久井智男の疑惑は、子供たちの異常をシティ・エクスパンダー4のせいにしたがっているマスコミには歓迎された。一連の報道がもたらすものはフォレストおよびシティ・エクスパンダー・シリーズのイメージダウン以外のなにものでもなかった。世間の目の仇《かたき》にされるような商品ロゴをすすんで自社の商品名に冠する企業など、あるはずがない。

守屋もおなじことを考えていたらしく、タバコの火を灰皿でもみ消しながらいった。「津久井はまるで疫病神だよ。さっさと切っちまったほうがいいんじゃないのか」

「クビにしたところで、シティ・エクスパンダー4という商品が問題視されている以上、企業としての責任は回避できない。とにかく原因をつきとめなきゃならないんです」

「ところが」守屋は苦々しくいった。「渦中の津久井智男部長はどこ吹く風だ」

津久井智男は昨日以来、行方をくらましていた。自宅にも帰らず、会社にも令子にも一本の電話もよこさなかった。

桐生は首をひねった。「いったい彼はどこへ行ったんでしょう。あの外泊ぎらいの男が、自宅に帰らないなんて。いままでなかったことです」

「それも芝居だったんだろう。愛人つくって外泊しないわけがないさ。いまごろ女とよろしくやってるんだろう」

けさ出勤した令子は、いささかやつれたようすで、桐生に対してほとんど口をきかなかった。朝の会議で儀礼上の言葉をいくつか交わしただけだった。そして桐生はようやく、彼女が自分以上に苦悩をいだいていることに気づいた。桐生は社長として苦境に立たされている。しかしそれ以上に、令子はあらゆることに絶望せざるをえない状況にあった。仕事と、家庭の両面で。

彼女を救うためにも、早く問題を解決したい。だがどうすればいいだろう。肝心の津久井智男は姿を消してしまった。残る頼みの綱は、このスタジオに現われるひとりの男だけだ。

廊下に数人の足音がきこえた。

「こちらでおまちください」若い男の声がする。「社員のかたが、さきにおまちです」

少し沈黙があった。低く、押し殺したような男の声がたずねる。「だれだって？」

守屋が姿勢を正した。「どうやら、おいでなすったようだ」

半開きのドアが、大きく開け放たれた。インカムをつけた若いアシスタントディレクターが、当惑ぎみに桐生のほうを見る。その後ろから、背の高い男がひとり姿を現わした。淡いブルーのダブルのスーツを着こなしている。茶色がかった髪を短く刈りあげていた。薄い褐色のサングラスをかけ、鼻は鷲《わし》のように高く、頬《ほお》がこけ、大きな口が固く結ばれている。色白で端正な顔だちは北欧のロックアーティストあたりを連想させる。

シグマテック・アミューズメント・コーポレーション代表取締役、神崎元康は百九十センチを超える長身を少しかがめて戸口をくぐり抜け、一歩部屋に入ったところで足をとめた。サングラスをとおしてかすかに見える両目が守屋を、ついで桐生をとらえた。

「おや。意外なところで意外なおひとに会うものだ」神崎は無表情でいった。「あなたはいつからわが社の社員になったんです。合併してうちの傘下に入りたいというお話なら喜んでうかがいますが、いまちょっと時間がないのでね」

桐生は立ちあがった。「申しわけないが、おたくの社員を装ったつもりはありません。ただあなたにお会いしたくて、ここでまたせていただいた。それだけのことです」

神崎はＡＤのほうに視線を投げかけた。ＡＤは困惑のいろを浮かべ、桐生と神崎をかわるがわる見た。

神崎につづいて、ひとりの女が入ってきた。一見して、派手な女だった。年齢は三十すぎ、派手なベージュ色のスーツに身をつつみ、ウェーブがかかった長い黒髪が顔の半分を覆いかくしている。アイラインを強調した化粧のせいか目つきは豹《ひょう》のように鋭く、口もとは男のようにりりしかった。部屋に入ってきただけで、かなりきつい香水のにおいがただよった。美人にはちがいないが、キャリアウーマンというよりはファッションモデルのようだった。神崎と並んで立つと、娼婦《しょうふ》といったほうが適切に思える。

「はて」神崎は女のほうを見た。「面会の申し入れはきいてなかったが。きみはどうだ?」

女は肩をすくめた。「さあ。なにもきいてませんが」

「そんなはずはありません」守屋が立ちあがり、厳しくいった。「きのうの午後から何度となく面会をお願いしたのに、返事ひとつくださらなかったじゃありませんか。故意に無視されてたんじゃないのですか」

そのとき、戸口からもうひとりの男が入ってきた。髪をオールバックに固め、黒々とした口ひげをはやしている。年齢は五十をすぎているようだが、肩幅が広く、淡いグレーのスーツの下に屈強な身体《からだ》が隠されているようだった。酒を飲みすぎた人間のように顔が黒ずんでいて、左右に垂れた目は焦点が合わず虚空をさまよっていた。

守屋は黒ひげの男に怖《お》じけづいたらしく、凍りついたように押し黙った。

桐生は歩みよった。「神崎社長、失礼をお許しください。ただ、どうしてもおききしたいことがあったんです。ほんの数分だけでもいただけませんか。ご迷惑はおかけしません」

「さあ。そういわれてもね」神崎は口もとをゆがめた。「これからすぐ生放送の本番なんでね。それが終わったらすぐ社に戻って、午後の会議にでなければならないし」

神崎のふてぶてしい態度は予想どおりだった。きのう総務部から受けとった資料の文面が桐生の脳裏をよぎった。ゲーム会社の社長であっても、神崎は桐生とはまったく異なる価値観を身につけている。

神崎元康は今年四十五になる二代目社長だった。シグマテックは先代の神崎廣一《こういち》が昭和四十四年に興した娯楽遊技機器用品製造販売の有限会社シグマを前身とし、創立当初は遊園地の乗り物から自動両替機まであらゆる業務用製品の開発と販売で評判を呼び、一躍業界トップに躍りでた。昭和五十年代のインベーダーブームでは一時的に遊技機器メーカーの王座を他社に奪われた形になったが、後を継いだ長男の神崎元康が会社の路線を変更、アメリカのコンピュータ企業と提携して立て直しに成功し、平成元年までに西日本を中心にゴルフ場、高級マンションなどの不動産経営もおこない東証一部上場を果たす。バブル崩壊後も、香港資本との密接なつながりを持ち、香港の企業との共同出資で大型ゲームセンターやカラオケルームのチェーン店を全国展開して成功をおさめる。会社全体の規模はフォレストを優に上まわるが、ゲーム産業部門のみにかぎるとフォレストがシグマテックを若干リードしている。とりわけフォレストの家庭用ゲーム機プロシードの発売によって決定的な差がひらいた。そこでシグマテックもプロシードに対抗すべく次世代マシン「ドミネーター」を緊急発売。あまりに発売の時期を急ぎすぎたために一部香港製の不良CPUを搭載している商品があり、消費者からの苦情が寄せられているが、神崎はかまわず量産をつづけているとうわさされている。また、プロシードの大きな売りだったヒューマンズスキン・エレメンツ・アニメーションシステムとまったくおなじ技術がなぜかドミネーターにも適用されていたため、フォレスト側は抗議を申し入れたが、シグマテック側は独自に開発したと主張した。結局は桐生がフォレストの内紛を避けるべく、シグマテックに対するそれ以上のクレームを断念した形になったが、そのために津久井智男に対する疑惑は解消しないまま、現在のような状況になってしまった。

桐生の方針により、フォレストでは商品が子供におよぼす影響を最優先に考慮しているが、シグマテックはそういう点を意に介さない。桐生はドライブとウォータースポーツが趣味だが、神崎はピアノと油絵をたしなむ。桐生は代々木上原に質素な一軒家を持っているだけだが、神崎は本邸が銀座にあるほか、渋谷や調布など都内に四カ所、全国に十四カ所の別邸を持っている。ふたりのあいだに共通点はなかった。だからこそ両社は経営理念から営業内容、商品の方向性にいたるまで対立し、市場の奪い合いでたえず火花を散らしつづけてきた。そして、たがいに直接会うことを避け合ってきた。そんななかで、いまは強引に押しかけたぶんだけ桐生のほうが分が悪かった。しかし、そうせざるをえない状況にあったのだ。

桐生はいった。「それなら、移動中の数分間だけでも割いていただけるとありがたいのですが」

神崎は表情を硬くした。「くどいですね。いそがしいのでまたにしていただきたい。それにあなたも、こんなところで油を売っていられる状況ではないはずだが。早急に会社へ戻ってトラブルの解消に全力を費やされたらどうですか。子供に夢と希望をあたえる企業を自負しておられるのなら、いま全国で起きている混乱を鎮めることがなにより急務だと思いますがね」

背を向けて立ちさりかけた神崎に、桐生は声をかけた。「きょううかがったのは、まさにその件についてなんです。それに津久井智男の件についても」

神崎は足をとめた。ゆっくりとふりかえる。「あなたの会社の社員でしょう。私に相談されるのはおかどちがいだと思いますが」

「彼が週刊誌やワイドショーで騒がれてるのはご存じですね」

「ええ、小耳にはさんだぐらいですが」

「なぜか行方をくらましているんです。それで、あなたにきけばご存じかもしれないと思いましてね」

「なぜ私が知ってるというんです」

「津久井があなたの会社とデータのやりとりをしていた事実をつかんでいるんです」

「データのやりとり?」神崎は眉《まゆ》をひそめた。「そいつは初耳だな」

「津久井はまちがいなくおたくの会社の上層部と通信しています。それも、シティ・エクスパンダー4が子供たちに異常を引き起こす原因かもしれないと騒がれた日にです」

「あなたの会社で発売されたゲームがどうなろうが、私には知ったことではないがね。ただ、それが本当だとしたらこちらとしても問題だな。きっとクラッキングでファイアーウォールを突破し、侵入したにちがいない。早急に調査させることにしよう」

「へんですね。シグマテックではハッカーに侵入されても、だれも気づかないんですか。ネットワークセキュリティが警告を発するでしょうし、ログを調べればすぐわかることだと思いますが。神崎社長がおいそがしいにしても、だれもチェックしていないというのは、妙な話です」

神崎は女のほうへ視線を向けた。女の表情に一瞬、とまどいがかすめた。

「まあ」神崎はいった。「うちのシステムはあなたの会社のものとは異なっているので、一概におかしいとはいえませんな。あなたと私の会社はライバル企業なのだから、たがいになにをしているのか、まったくあずかり知らないわけです。そういう不可侵の原則をこれまでも守ってきたわけだし、今後もそうしていきたいものですな」

「不可侵の原則ですか。しかしシグマテックのほうでは、フォレストの内部事情が手にとるようにわかっているんじゃないんですか」

「どういうことかな」

「黒いコートの男を見たといって異常な行為を起こした子供たちが、みんなシティ・エクスパンダー4をプレイしているという事実は、きのうの朝の時点ではまだ極秘だったんです。ところがあなたの会社ではそのことを知っていた。知っていたから、シグマテックが提供している8チャンネルのワイドショーだけがスクープとして報じた。あとの各局はそれに追随しただけです」

「たまたまでしょう」女が口をさしはさんだ。嘲《あざけ》るような笑みを浮かべている。「最初に報じた番組のスポンサーのなかに、偶然うちの会社の名前があった。それだけのことです」

「そうかな」桐生はあえて静かにいった。「フォレストも民放局には多くのコネがあります。スクープの出どころを調べるのは、それほどむずかしいことではありません」

「まちたまえ」神崎がいった。表情は変わらなかったが、声はいくぶんやわらかくなっていた。「たしかに少々、失礼があったかもしれん。フォレスト・コンピュータ・エンターテイメントの社長をお迎えして、きちんと応対しないようではうちの名がすたる。どうだろう、明日の夜にでも食事にいらしては」

もうひと押しだと桐生は感じた。「それでは遅いんです。神崎社長、全国で起きてる事件の早期解決のためにも、シティ・エクスパンダー4にどんな秘密が隠されているのかつきとめなければなりません。これだけいえばおわかりでしょう。津久井智男について、ご存じのことを教えてください。どんなことでもいいんです」

神崎はため息をついて、顎《あご》を指先でかいた。しばらく考えているようすだったが、やがて真顔でいった。「ちょっとふたりだけで話したいんだがね」

そうきいただけで、女は足ばやに戸口へ向かっていった。黒ひげの男は身じろぎもせずに立っていたが、神崎の「きみもだ」という声に従って、廊下へでていった。

桐生は守屋に目くばせした。立ちさりぎわに守屋は不満そうな顔をしたが、桐生は目をそらして気づかないふりをした。

「あの、すいません」ADが当惑していった。「本番まであとわずか七分です。もうスタジオに入っていただかないと」

「そうだ、きみにも話がある。ここにいてくれ」神崎はまるで自分の部下に話しかけるような口調でいった。

桐生は急《せ》かした。「時間もないので単刀直入におたずねしたい。いままで津久井智男とはどんなやりとりがあったのですか」

「なにもなかった、といったら信用するかね」

「しません」

「そうだろうな」神崎はにやりとした。「教えてやってもいいが、いまからしばらくの時間、おつきあいいただきたいね」

「ええ。番組が終わるまでまってますよ」

「いやいや、そうじゃない。きみも番組に出るんだ。私の対局相手として」

「なんですって?」桐生がたずねかえしたと同時に、ADが目を丸くして神崎を見た。

神崎は笑い声をあげた。「そうびっくりすることでもないだろう。きみはアマチュアで段持ちの腕だそうじゃないか。これは運命のめぐりあわせだよ。ぜひお手合わせ願いたいね」

桐生は黙って神崎を見つめた。この男はどこまで本気なのだろう。それともただ、こういえば桐生が身をひくと思ったのだろうか。

「手合わせなら、喜んでお受けしますよ」桐生は答えた。「しかし、いまやる必要はないでしょう。番組での対局相手は決まっているでしょうし、こんな本番直前に変更はきかないはずです。いずれ、もっとふさわしい対局の席をもうけますよ。いまはそれより……」

神崎はADにきいた。「きょうの対戦相手はだれだったかな」

「美東石鹸《せっけん》の社長さんです」ADはそわそわしながら応じた。「番組のエキシビション的な企画として、アマチュア棋士の方をお招きして対局していただくコーナーですから。今週は企業経営者の方々をゲストでお集めする企画で……」

「そうだった。だがそれなら、こちらも社長さんだよ。それも吹けば飛ぶような洗剤会社などではなく、日本を代表するゲームメーカーの代表取締役だ。むろんわが社に次いでだが」

ADがあわてていった。「しかしすでに相手のかたはスタジオ入りなさってますし、ディレクターも上でスタンバイしてますし……」

「なら、それで話せばいいだろ」神崎はＡＤのインカムを指さした。「とにかく、私はどうしても彼と対局したいんだ。それが実現しないのなら、私は帰る」

ＡＤはいまにも泣きだしそうな顔で神崎と桐生の顔を見たが、少々おまちくださいといって部屋の隅へ飛んでいき、インカムに小声で話しはじめた。

桐生は神崎にきいた。「酔狂がすぎませんか」

「そうは思わんね」神崎はつぶやいた。「そもそもゲーム会社の経営なんて仕事自体、酔狂なものなのさ」

「私はまだ、対局をお受けするといったおぼえはありませんが」

「そのとおり。だがきみは拒絶しないだろう。この対局できみが勝てば、津久井という男についての情報を教えてやってもいい」

桐生は背すじに電気が走るように感じた。「どんな情報ですか」

「そうだな。さしあたり、いま現在の彼の居場所ってのはどうかな」

「悪くない」桐生は動揺を抑えながらいった。「できれば、もうすこし付録をつけていただけますか」

「どんな付録かね」

「津久井があなたの会社とどんなデータのやりとりをしていたか。津久井およびあなたの会社がシティ・エクスパンダー4にまつわる一連の事件に関与しているかどうか。関与しているとすれば、そのからくりも知りたい」

「それは付録にしてはあまりにも豪華すぎるな」神崎は少し考えてからいった。「こうしよう。津久井がどこにいるか教えるから、あとは本人にきいたらどうかね」

「ということは、彼が知ってるってことですか。なにもかも」

「さあね。私はただ、彼にきいたらどうかといってるだけだ。で、そちらはなにを賭《か》けてくれるのかな」

「どういうことですか」

神崎はふっと笑った。「勝負は公平じゃなきゃいけない。そうだろう?」

一方的に対局をもちかけてきておきながら、公平もなにもあったものではない。だが、拒否することはできない。これは現時点でただ一本だけ残された頼みの綱だった。なにがあっても手放すわけにはいかない。たとえ手が血にまみれても。

桐生はいった。「そちらが勝ったときには、そちらの望む情報を提供します」

「ほう」神崎は鼻をうごめかせた。「すると、たとえば今年のクリスマス商戦に発売するプロシード用ソフトのラインナップとか、開発中のデータなども含まれるのかね」

「お好きなように」桐生はためらわなかった。もう不毛な議論に時間を費やしているひまはなかった。ここで手がかりをつかめないようでは、社長の座を追われるのは時間の問題だった。なんとしても勝たねばならない。勝って、津久井の居場所をききださねばならない。

ＡＤが駆け戻ってきた。さっきとはうってかわって、顔を輝かせていた。「ディレクターのＯＫがでました」

「そらみろ」神崎はにやりとした。「受信料未払いが深刻化してる現状では、将棋番組とはいえ視聴率を稼ぎたくて仕方ないだろう。二大ゲームメーカーの頂上対決に注目しないようなディレクターはただの能なしだよ」

「でも急いでください」ＡＤが早口にいった。「もう三分をきってます。すみませんがもうメイクの時間はありません。スタジオは二階です、ご案内します」

「けっこう」神崎は満足そうな笑いを浮かべて、ネクタイをしめなおした。「ではよろしくお願いするよ、桐牛アマ四段」

保留

副都心のオフィス街に停車したBMWの車内から、糸織美穂は空を見あげた。さっきまでは青空も見えていたのに、急に雲が多くなってきていた。いまにも小雨がぱらついてきそうだ。天候が変わるほど、長い時間が経《た》っているのだろう。耳にあてた携帯電話からは、保留のメロディーが何度となくくりかえされている。八十日間世界一周。そういう映画のテーマ曲だった。衛星放送で見たことがある。

八十日といえば、一本のゲームソフトのグラフィック関連を仕上げるまでの全工程が、ほぼそれくらいだった。わずか三カ月弱。蒸気機関と気球しかない時代に世界一周するには不可能に近い日数だったのだろう。だが、それはコンピュータのなかにゼロからひとつの世界を創造するについても同様だった。ゆとりがあるとは到底いえない。いまの仕事も追いこみで、本当ならコンピュータにしがみついている時期なのだが、結局は昼間かられをさぼって、令子とともに会社を抜けだしてきていた。

なぜだかはわからない。ただ、どうしても仕事をつづける気にはなれなかった。令子がでかけるというのなら、一緒についていきたかった。

糸織はとなりの運転席にいる令子を見た。令子はステアリングの上に置いたモバイル用のノートパソコンを、無線ＬＡＮにつないでインターネットを検索していた。かすかに疲れは感じられるものの、さすがに社長秘書だけあって横顔はキャリアウーマンそのものだった。ただ、いまは秘書としての仕事をつとめているわけではない。ゆくゆくは会社のためという大義名分は立つかもしれないが、実際には私用だった。令子個人にとって、解決しなければならない問題に立ち向かっているのだ。

そのとき、ふいに保留のメロディーがとだえ、年配の男の声が応じた。「もしもし」

「あ、もしもし」糸織はいった。

「お電話かわりましたが」そういって、男の声は黙りこんだ。

糸織はため息をついた。またイチから説明しろというわけだ。

「さきほどの看護婦さんにも説明したんですけどね」糸織はいらだちを抑えながらいった。「うちの会社のある部署に、そちらからＥメールがとどいてまして、その差し出し人のかたと話したいんですが」

「ええと」男の声がしばしとだえ、やがて当惑ぎみにいった。「その差し出し人というかたの名前はわかりますか」

それがわかっていれば電話などしない。糸織はぶっきらぼうにいった。「わかりません」

「はあ、それではさがしようがないですねえ」声からすると、男は初老に近い年齢のようだった。

「ちょっとまってください。メールアドレスはわかってるんです。そちらの東州医大付属佐倉病院のパソコンなんですよ。おたずねしますが、そちらにはパソコンは複数あるんですか？　もしそうなら、いまから申しあげるメールアドレスのパソコンの担当者を、調べていただくことはできますか？」

ちょっとおまちください。そういって、電話からまた保留のメロディーが流れだした。

「くそ！」糸織は悪態をついた。「それこそ八十日間もまたせるつもりかよ」

令子がノートパソコンに目を落としたまま、たずねた。「どうなったの」

「まだなんの収穫もありません。佐倉市の病院に電話してるんですが、なんか田舎の役所みたいなところで、ちっとも要領を得ないんです」

そう。令子はつぶやいて、ノートパソコンのキーを叩《たた》いた。

「令子さんのほうはどうですか。見つかりました？」

「まだね」令子は髪をかきあげた。「ディレクトリ系の検索ページには登録されてないわ。キーワードでひっかかってくれることを祈るしかないわね」

さきほどはスティール誌の編集部に電話をいれて、記事の担当者に事情をきこうとしたが、進展はなかった。記事を担当しているのは外部のプロダクションなので、内容についてこちらではわかりません。そういってつっぱねられた。それが本当かどうかはわからない。だが、令子はべつの方法で真相に行き着く道をさがしてみるといった。その作業も長びいている。令子のそぶりに、しだいに焦りが表われてきていた。

また保留のメロディーがとだえ、さきほどの年配の男の声が応じた。「もしもし」

「はい」

「ええと、さっきなんかいわれてましたね、メールとか」

「そう。メールです」

「はあ」唸《うな》るような声を数秒発してから、男の声がきいた。「メールって、携帯のですか？　それともパソコンの……」

糸織は顔を手で押さえ、後頭部をシートに押しつけた。一日のほとんどをコンピュータに囲まれて過ごす糸織にとって、最も会話を交わしたくないタイプの相手だった。

「おたくの病院にはパソコンがありますよね？　複数あると思いますけど、そのなかでボーンズネットというプロバイダと契約しているひとを電話にだしてもらえますか？」

「はあ、少々おまちを」

腹立ちまぎれに、糸織は八十日間世界一周を口ずさんだ。ほどなく、おなじメロディーが電話から流れだした。

「かんべんしてよ。電池を消費するいっぽうじゃない。それに電話代も」

令子がいった。「その電話、糸織さんのプライベートのでしょう？　電話代どうするの?」

「いいんですよ。乗りかかった船だし。まあ、こんなに長電話になるとは思ってなかったですけど」

またメロディーがやんだ。おなじ男の声が応じた。「おまたせしました」

「ボーンズネットと契約してる人は?」

「それがですねえ、ひとりいるみたいなんですが、ずっと大阪のほうに出張してて留守なんですよ」

「出張? いつごろから?」

「ひと月前からです。医療関連の研修会がありまして、どの病院もひとりずつ若い職員を派遣することになってまして……」

糸織は相手の言葉をさえぎった。「では、そのパソコンを使えるほかの人をお願いします」

「いえ、ほかにはいないんです。使ってるのはその職員だけ……」

「そんなわけはないです。Eメールはきのう送信されてきたんです。それとも、モバイルで持ちだしているとか?」

「いえ、パソコンは院内に置きっぱなしですよ」

「でもほかのパソコンのメールソフトで同じ設定にしておけば、送受信は可能ですよね。

その職員さんはもう一台、パソコンを持ってませんでしたか?」

「さあ。そこまではなんとも」また唸り声を発したあと、おずおずときいてきた。「そのメールというものの中身というか、内容はどんなものだったんですか」

糸織は返答をためらった。内容は桐生社長にきかされているが、意味不明なものばかりだ。

「それがよくわからないから電話をさしあげているんです。おたずねしますが、おたくの病院ってのは、たしか例の自殺をはかった少年が入院してるんでしたよね。その担当医のかたはおられますか」

「ええと、なぜですか」

「それは」糸織は言葉に詰まったが、思いつくままにいった。「メールの送信が、そのことに関係があるような気がするもんで」

しばらく沈黙があったあと、相手の声がきいた。「失礼ですが、あなたはどちらさまでしょうか」

すぐに会社名をだすのはためらわれた。シティ・エクスパンダー4の製造元だと告げれば、相手の関心をひくことになるかもしれない。だが、できればおおごとにならないようにして、こちらの必要な情報だけを得たかった。

糸織はその場しのぎに答えた。「メールを送られてきた会社のものです」

次は会社名をたずねてくると糸織は思ったが、相手の言葉は冷ややかなものだった。「申しわけないですが、患者に関することに触れるわけにはいかないので」

「ちょっとまってください。そのメールを受信したのは……」

電話の切れる音がした。保留のメロディーではなく、プー、プー……という無機質な音がくりかえされるだけだった。

携帯を切って、ダッシュボードの上に投げだした。「急に無愛想になって拒絶。むかつく」

「しかたないわよ。事件のことで連日問い合わせがあるでしょうから、病院のひともナーバスになってるのよ」

糸織はため息をついた。シートに浅く座って両手を前方に伸ばし、伸びをした。「それにしても、だれなんでしょうね、メール送ったの。ボーンズネットの契約者は留守してるっていうし。だれかひとりでもパソコンに詳しい人間がいたら、すぐ調べてもらえるのに。まったくこういうとき、中年以上しかいない職場だと機械に極端に弱いから……」

「糸織さん」令子が手をとめて、つぶやくようにいった。

糸織は口をつぐんで、令子のほうを見た。

令子はノートパソコンのモニターを見たまま、手をとめていた。「きょうはもういいわ。会社まで送るから」

「え？」と糸織はきいた。令子は黙って、うつむいていた。

「あのう」糸織は当惑していった。「すいません、愚痴っぽくなっちゃって。病院のほうには、またあとで電話しますから。それにどうせ千葉ですから、総武線の終点からバスで二時間も行けば現地に着けますからね。直接押しかけていっても……」

「そうじゃないの」と令子。「あなたには仕事があるじゃない。すぐ会社に戻って、仕事をつづけて」

「でも、それは令子さんもおなじでしょう？　せっかくだから、最後までつきあいますよ」

令子は首を振った。「これはわたしの個人的なことなの」

「だけど、それ以外にもいろいろ大きな問題につながってる可能性があるじゃないですか。シティ・エクスパンダー4についての疑惑が解明できれば、うちの会社のためになることですから」

「あなたは開発部の人間でしょう」令子はふいに糸織をにらみつけた。「会社運営についての仕事はわたしたちにまかせて、自分の仕事をやるべきじゃない。そうでしょう？」

糸織は反発をおぼえた。「わたしはきのう、桐生社長に頼まれてメールアドレスを調べたんです。すでに協力しているんです。これは仕事だとは思ってません。自分がやりたいことをやってるんです」

「社長にいわれたからって、やるべきじゃなかったのよ」令子は厳しい口調でいった。「あれはネット犯罪以外のなにものでもないわ。要請された時点できっぱり断わるべきだったのよ」

「そんな。社長からの要請を、そんなに簡単につっぱねられると思うんですか？」

「従う必要はないわよ。正規の仕事じゃないんだし。そんなことでクビにでもなったら、逆に訴えればいいじゃない」

「社長をですか？　いやですよ、そんなの」

「どうして」

「どうしてって、社長はあれが必要なことだと思っておやりになったんじゃないですか。津久井部長を助けるためにも、会社の危機を乗りこえるためにも、手がかりが必要だったから……」

「そんなの言い訳にならないわ」令子は大声でまくしたてた。「社長の判断はまるっきりまちがってたじゃない。メールをだしたのはシグマテックの人間だって決めつけてた。智男さんがシグマテックとつながりがあるって断言してた。そんな勝手な憶測にもとづいてあんなに軽率な行為にふみきるなんて。開発部のひとたちがふだんから遊び半分にハッキングの腕を競ってるのは知ってるわ。でも、社長の指示でハッカー行為をしたことが明るみにでたらどうするの。社長はそれでいいかもしれないけど、社員のわたしたちはどうなるの。あんなことはするべきじゃ……」

「令子さん」糸織は身を乗りだした。「それならなぜ、きのう令子さんはとめなかったんですか。令子さんの家なんだから、拒否して社長もわたしも閉めだしちゃえばよかったじゃない」

令子は一瞬言葉に詰まったが、顔を赤らめていった。「あれは、あなたが勝手に進めてしまったから、とめるひまがなかったのよ」

「うそ。そんなことないですよ。いつでもとめられたじゃないですか」

「とめられなかったわよ、あんな状態じゃ！」令子は声をはりあげた。「あなたは大喜びでパソコンにかじりついてた。ひとの家に来て、不幸な状況を楽しんでるだけだったのよ。もうたくさん。あんな真似《まね》は二度としないで！」

糸織はなにもいえず、黙りこんだ。

そんなつもりはなかった。ひとの家庭に首をつっこんで見物をきめこむなんて、そんな低俗な行為をしているつもりはなかった。令子の身を案じて行動しているのだと、自分自身でも思っていた。

だが、いわれてみればそうかもしれない。糸織は津久井智男と令子の関係にずっと興味をしめしてきた。ふたりとも尊敬できる上司だったし、糸織にとって仲のいい先輩でもあった。それでいて、ふたりの性格には水と油ほどのちがいがあった。そこに夫婦の情愛が存在することに、糸織は関心をおぼえた。それがあったから、令子につきっきりになったのかもしれない。令子のことが心配だったのは確かだ。しかし、いうなればそれは、たんにおせっかいなだけかもしれない。

かなりの時間が流れた。糸織は車外に目をやった。歩道を、制服姿の女子高生たちが談笑しながら歩いていく。昼どきを迎えたファーストフードの前には長い列ができている。銀座方面からの下りのバスが停留所にとまり、買い物袋をさげた子供づれの主婦が降り立った。

令子がノートパソコンに手をかけた。電源を切るつもりらしい。糸織は令子がクルマを発進させるのをまった。

だが、令子は手をとめ、ささやくようにいった。「ごめんなさい」

「え?」糸織は令子の横顔を見た。

令子はうつむいたままいった。「あなたに八つあたりなんかして」

糸織はどう答えていいかわからず、視線をまた車外へと向けた。

令子が肩を震わせているのを感じた。その小刻みな震えがだんだん大きくなり、すすり泣く声がきこえてきた。

糸織は令子に向きなおった。令子は顔を伏せていた。その頬《ほお》を、涙がひとすじつたった。

「ごめんなさい」令子はくりかえした。「どうしたらいいかわからないの」

「令子さん」糸織は小声でいった。「ひとりで悩まないでください。わたしも、ぜったい力になりますから」

令子は両手で顔を覆った。耳もとまで真っ赤になり、子供のように泣きじゃくった。

糸織はひどく悲しくなった。自分も涙がにじみそうになってきた。その気持ちをふりはらって、ハンドバッグを開けてハンカチをだした。令子さん、と声をかけてハンカチを手に持たせた。

そのとき、ノートパソコンの画面が糸織の視界に入った。

すぐに、なぜ令子がふいに激情にみまわれたのか、その理由をさとった。キーワード検索で目当てのホームページが見つかったのだ。

そのホームページには、低俗なビデオパッケージの写真が掲載されていた。写真を凝視する気にはなれない。それより、写真の横に表示されたテキスト部分が目をひいた。例によって悪趣味以外のなにものでもないビデオソフトの題名の下に、出演者のAV女優の名があった。美樹原唯。しかも「所属／ビスタレーン」とあった。

津久井智男に現金を振り込んだ謎《なぞ》の会社の名だった。アダルトビデオの女優の所属事務所だったのだ。

令子はずっと、写真週刊誌の記事がデマであってほしいと信じつづけていたにちがいない。そんなときに、こんな事実があきらかになったのでは失望するのも無理はない。

だが糸織は腑《ふ》に落ちなかった。津久井智男がAV女優とつきあっていたとしても、なぜその女優の事務所から金が支払われるのか。

糸織はノートパソコンを折りたたんだ。令子さん、と声をかける。「会社に戻りませんか。いまはとにかく、まつしかないでしょう」

令子は顔をあげた。ハンカチで涙をぬぐった。「いいえ。まだ会社には帰らないわ」

意外な返答だった。糸織はきいた。「どうするつもりですか」

「事実を確かめに行くの」令子はハンカチで頬を押さえながらいった。「ビスタレーンっていうのがどんな会社かわかった以上、そこへ行って話をきくしかないわ」

決意は固そうだった。糸織は無言で令子のほうを見ていた。

「糸織さん」令子はいった。「一緒に来てくれる?」

予期せぬ言葉に、糸織の胸は躍った。はい、と答えた。

令子が糸織をどう思っているか、本心はわからない。それでも糸織は喜びがこみあげてくるのを感じた。いまは令子と一緒にいられるだけでいい、そんな気がしていた。

「これ、ありがとう」令子はハンカチをかえしてきた。「それに、本当にいろいろ気づかってくれて。とてもうれしい」

なにかをいうのは野暮に思えた。糸織は小さくうなずいた。

「さあ」令子はノートパソコンを後部座席に投げだし、キーに手を伸ばした。「そうと決まれば出発しましょう」

「その会社、どこだかわかりますか?」

「調べる方法はいくらでもあるわ。メーカーサイドに問い合わせてもいいし。いざとなったら、どこかのデータバンクから情報を盗むことだってできるし」令子は糸織のほうを見て、微笑を浮かべた。

「そのときはよろしくね」

「ええ、もちろん」糸織は笑った。「まかせてください」

「正気か、桐生」スタジオの廊下を足ばやに移動しながら、守屋が話しかけてきた。「やめといたほうがいい。社長ともあろうものが、こんな軽率な行動をとるべきじゃないだろう」

桐生は小走りに先導するADの背中から目をそらさず、歩をゆるめることもなくいった。「神崎は津久井の居どころを知っているんです。みすみす見逃すことはできません」

「これはあいつらの罠《わな》だよ。こんな時期にきみがテレビにでて、しかものんきに将棋なんか指してる映像が流れてみろ、世間の評価は急落だ。あいつらは、それをねらっているんだよ」

「事態の解決が遅れれば、評価がどうのといっている場合じゃなくなります」

角を折れると、廊下はひとつの大きな観音開きの扉に突きあたっていた。ADが扉に駆けよって押し開けた。

扉のなかはスタジオだった。桐生が想像していたよりもひろかった。しかし、セットがつくりこんであるのは中央だけで、あとはがらんとしている。照明にあかあかと照らしだされたセットは四畳半ほどの和室を模していた。将棋盤が置かれ、向かい合わせに二枚の座布団が敷いてある。フロアのカメラは三台で、スタッフの数は少なかったが、さすがに本番直前だけにだれもがいそがしく立ち働いている。

桐生はセットに歩みより、将棋盤を見つめた。盤上にはすでに駒《こま》がきちんと並べられている。本来なら駒は棋士によって置かれるはずだが、アマチュアのエキシビションなだけにそうした儀礼は無視されているのだろう。番組の作り手が、将棋そのものよりも企画を優先させていることがわかる。むろん、そういう場でないかぎり、急に桐生が対局にひっぱりだされるはずがなかった。

「桐生社長」神崎の声がした。「心がまえは万全かな」

ふりかえると、神崎がにやつきながら歩みよってきた。サングラスはかけたままだった。ほんの数分のあいだに、短い髪をジェルできれいに整えていた。

さきほど待合室にいた連れの女はヘアメイクのアーティストだろうか。桐生はそう思いながら、ぶっきらぼうに応じた。「ええ、まあ」

「美東石鹸の社長はずいぶんご立腹だったらしい」神崎はふんと鼻を鳴らした。「だが、スターが飛び入りしたときは無名のタレントは犠牲になるもんだよ。そう思わないかね？」

「私はべつにスターでもタレントでもありませんから」

「おや、そうかな。まあいい。肩の力を抜いて楽にしてくれ。いつもとおなじように対局を楽しんでくれればいいんだ。テレビカメラがねらってるからって緊張する必要はないよ」

「おかまいなく。テレビの撮《と》りはこれがはじめてじゃないので」

「そうだったな」神崎は白い歯を見せた。「きのうの釈明会見は全国ネットで生放送だったからな。こんな昼間の将棋番組とはくらべものにならないぐらい、おおぜいの視聴者が見ていただろうし」

「きのうのは釈明会見じゃありません。たんに調査中という事実を報告しただけです。ほかの番組にも出てますし」

「そうそう。フォレスト提供の子供向けゲーム番組に、ずいぶんたくさん出演していた。私にはああいうディズニーみたいな真似《まね》はできないね。子供たちに囲まれて、さも親しげな表情を浮かべるなんて、考えただけでも背すじが寒くなる」

「神崎社長」桐生はつとめて冷静にいった。「対局前に相手の心理をかきみだす作戦は、よほどの初心者か、さもなくばベテランにかぎって功を奏するものです。私はどんな気分だろうが、指す手にはあまりちがいはありません。アマの段持ちというのはそんなものです」

「これは失礼した。いや、そんなつもりはまったくなかったよ。ただ、きみとの対局があまりにうれしいんで、ちょっとはしゃいでしまってね」

神崎はそういって、靴を脱いでセットの畳の上にあがった。

ディズニーみたいな真似。神崎のその言葉が、桐生の頭のなかで何度もくりかえされていた。きのう津久井は桐生にきいた。ウォルト・ディズニーをどう思われますか。桐生は津久井のたびかさなる謎《なぞ》かけにうんざりし、真剣にとりあわなかった。しかし、二日連続でその名をきくと、いやでも意識せざるをえなくなる。なぜ、ディズニーなのだろう。桐生はいままで自分とディズニーの立場を比較したことも同一視したこともなかった。だが、ひとから見れば重なるところがあるのだろうか。

ふと神崎と目があい、我にかえった。神崎は将棋盤の前に正座し、こっちに顔を向けていた。口もとがかすかにゆがんでいる。サングラスがスタジオの無数のライトを反射して光り輝いていた。

桐生は無性に腹が立った。神崎にではなく、自分自身に対してだった。いましがた、相手の心理戦には乗らないといっておきながら、もう気持ちを乱されてしまっている。津久井に対する疑念、シティ・エクスパンダー4についての謎、フォレストに関する危惧《きぐ》。桐生はそれらすべてを頭から追いはらわねばならなかった。対局に集中すべきだ。勝つことができれば、津久井の居どころもおのずとあきらかになる。この神崎という男が約束を守ってくれればの話だが。

桐生は靴を脱いで畳の上にあがった。盤をはさんで、神崎と向かい合わせに座る。

学生のころ、アマチュアの棋士として将棋番組で対局する自分の姿を夢見なかったわけではない。こんな企画ものにひきずりだされるのではなく、正式にＮＨＫ杯のトーナメントに出場することがあったなら、棋士として至上の幸福を味わうことができただろう。しかし、いまの桐生はいささかの喜びも感じていなかった。あるのはただ、不条理で無分別なギャンブルに参加を余儀なくされ、とまどいながら応じる自分の姿だけだ。

本番一分前。フロアのスタッフが大声でそういった。

神崎がきいた。「マイクはどうしたんだ。私と桐生社長はまだピンマイクをつけてもらってないぞ」

ＡＤがセットのへりから身を乗りだしてきた。「ピンマイクはありません。この番組では司会者たちがべつのスタジオで進行し、このスタジオからの中継映像を見ながら、対戦中の棋譜を解説していきます。ですからこちらの音声は放送には流れませんし、司会者たちの会話もこちらにはきこえません」

「なるほど」神崎は肩をすくめた。「ではわれわれはただ黙々と、番組終了まで将棋を指していればいいってわけだな」

そうです、とＡＤはいった。「三十分番組ですから、時間内にやれるところまでやってください。あとは翌日へ持ち越しです」

「翌日？」桐生はたずねた。「翌日とはどういうことですか」

「明日もおなじ時間につづきを放送するってことさ」と神崎。「この番組は月曜から金曜まで放送されてる帯番組だからな」

「明日も生放送なんですか」

神崎はにやりとして、うなずいた。

これが神崎のねらいだったのか。桐生は打ちのめされたような気がした。桐牛が神崎に詰めよったとき、神崎が即座に対局を申しでたのは、決して酔狂ではなく、周到に計算された反撃の一手だったのだ。

神崎は桐生がこのスタジオまで押しかけてくることを予測していたのだろうか。いずれにしても、神崎はつい数分前にその事実に直面するや、最も自分にとってメリットがある方法をもって、危機を回避したことになる。神崎が一手一手をゆっくり指して時間かせぎをすれば、一週間経《た》っても決着がつかないこともありえる。それ以前に、桐生が番組に出演できなくなる可能性のほうが高い。世論や社員の反発も買うだろう。そして、一回でも番組にでられなかったら、神崎はその時点で自分の勝利を主張するにきまっている。たとえずっと対局をつづけたとしても、桐生の側はそのあいだ沈黙を守らねばならない。津久井の情報を賭《か》けて神崎と対局したことを世間に知られたのでは、立場が悪くなるだけだ。

ばかげたゲーム。まるで子供が、友達と遊んでいるうちに敵対心を抱き、たがいにいやがらせをし合う、そんな大人げない光景に似ている。だが、桐生はいまその土俵にあがってしまっているのだ。

「顔色が悪いな」神崎がいった。「メイク係にいえば、額のてかりぐらいは抑えてくれるぞ」

桐生は首を振った。いや、結構。そう答えた。

スタッフの声が告げる。本番三十秒前。

スタジオのなかを眺めわたす。守屋はカメラの向こうでこちらを心配そうな顔で見ている。神崎が連れてきた女と黒ひげの男は、壁ぎわに立ってなにか話しあっている。ほかには、まばらにスタッフの姿があるだけだった。

桐生はいった。「対局だけをおこなうスタジオにしては、いやに広いですね」

ＡＤがうなずいた。「この1スタは、建物のなかでいちばん広いスタジオです。ふつう、対局を中継しているのは地下の4スタなんですが……」

神崎が口をさしはさんだ。「下見したところ、ひどく狭くるしかったんでね。あまり狭すぎると気が散る。だからこっちにしてもらった」

「スタジオにまでけちをつけるんですか」桐生はあきれていった。「ゲストで呼ばれただけにしては、権力を行使しすぎじゃないですか」

「いいや。権力なんかないよ、ここは私の会社じゃないんだから。私はただ、こうしてほしい、ああしてほしいと希望をつたえているだけだ。従うかどうかはここの人間の勝手さ」

神崎の言葉が真実だとは思えなかった。彼はあきらかに、この番組のスタッフに対する強い権力を有している。ＮＨＫを牛耳っているとはさすがに思えないが、現場のスタッフのほとんどは外部の制作会社から出向で来ている人間だ。シグマテックがそうした制作会社の株でも買っていれば、十分に影響力を持つことができるだろう。

本番十秒前。その声がかかると、ＡＤがぺこりと頭をさげて走りさっていった。
九、八、七……。秒読みが響きわたるなか、桐生は神崎の顔をじっと見つめていた。
神崎の口もとには、依然としてかすかな笑いがあった。桐生は思った。対局でこういう表情をする人間には二通りある。余裕、あるいは虚勢。神崎が後者である可能性はきわめて低かった。そう思わざるをえなかった。すべては神崎の手中にあった。桐生をも巻きこんだすべてが、神崎の指す将棋の一部なのかもしれない。こんなことをしている時間があるだろうか。桐生は疑念にとらわれた。たとえ非難をあびても、この場からさっさと立ちさって別の切り口をさがすべきではないのか。それが自分の選択の過ちを最小限にとどめる策ではないのか。

いや。桐生は自分の考えを否定した。まだ過ちときまったわけではない。

番組が始まった。静かなスタートだった。スタジオのなかは、なにも変わらなかった。ただ、桐生からも見える位置に置かれたモニターにタイトル画面が映しだされ、つづいて司会の女性アナウンサーと、解説の男性が笑顔でおじぎした。音声はなかった。

ＡＤが遠くからいった。「キューをだしたら、開始してください」

桐生は神崎にきいた。「どちらが先手なんですか」

「きみでいいよ」と神崎。「招待したのは私のほうだからね」

モニターを見た。女性アナウンサーと解説者が談笑している。

神崎がつぶやくようにいった。「対局者の紹介をしてるんだろう」

女性アナが解説者になにかしゃべりながら、手もとで家庭用ゲームのコントロール・パッドをあやつるようなしぐさをした。神崎のいうとおりなのだろう、桐生はそう思った。

「どうやら」神崎が告げた。「この女性アナは、きみの会社のゲーム機を持ってるみたいだな。あれはプロシードのパッドの持ち方だ。うちのドミネーターなら、中指の位置に気をつけなきゃならない。パッドの裏面にもボタンがあるのでね」

「おかげで指がつる人が多いとかいう話ですが」

神崎は笑いとばした。「持ち方を工夫しないからだ。チンパンジーじゃないんだからゲームをするときも頭を使うべきさ。そう思わんかね」

「ゲームの内容についてはそうですが、ツールはつかいやすくデザインしたほうがいいんじゃないですか」

「そうともかぎらんよ。商品の見てくれや製造コストとの折り合いで決定するべきだ。ほんのわずかなつかい勝手のよさのために、デザインを格好悪くしたり余分な金をかけたりするなんてまちがってる。老人介護用品じゃないんだから、そこまで至れり尽くせりにする必要なんかない」そういうと神崎はふいに口をつぐんで、モニターを見つめた。

桐生もモニターを見た。女性アナが今度は、右手の親指と人差し指で楕円《だえん》形をつくってなにか話している。

「これはあなたの会社の話題ですね」桐生はいった。「ポーポリンについて説明してるみたいだ」

神崎はため息をついた。「たいして宣伝にはならんよ。ＮＨＫだけに商品名は告げてくれないからな。携帯飼育ゲームとでも表現してるんだろう」

「そうだ。いま思いだしたんですが、じつは対局に賭けるものを一品増やしていただきたい」

「なんだね」神崎は渋い顔できいた。

「ポーポリンの新品をひとつ、ゆずってもらいたいんです。小売店では、どこへ行っても売り切れなので」

神崎は眉《まゆ》をひそめ、それから高らかに笑った。静まりかえったスタジオに、その笑い声が響きわたった。「いいとも。対局の勝敗に関係なく、進呈させていただくよ。でも、ちゃんと商品の使用目的に添った使い方をしてくれるのならね。分解してアルゴリズムを解析するとか、そんなつもりならお断りだよ」

それならもうとっくに解析しつくしている。桐生は答えた。「ご心配なく。うちの子がほしがってるので」

神崎は小さくうなずいた。「すると、下の娘さんのほうだね」

桐生は黙っていた。桐生の家族構成を同業者が知っているのはふしぎではない。代表取締役の家族についてのうわさは、社交の場で交わされる他愛《たわい》のない会話によく登場する。桐生も、神崎が二度の離婚を経ていることや、三人いる子供をいずれも妻のほうにあずけて彼がひとり暮らししていることを知っていた。しかしここでは、そんな話はしたくなかった。自分の子供について、神崎にあれこれといわれたくはなかった。

ＡＤがいった。「では対局をお願いします」

モニターにはしばらく女性アナと解説者の会話のようすが映り、それからふいに画像が切り替わった。そこに映っているのが、自分の姿であると気づくのに数秒かかった。桐生は盤上に目をやった。飛車道の歩の駒を突いた。モニターに視線を走らせると、早くも画像は頭上からの俯瞰《ふかん》カメラに切り替わっていた。いま、桐生が最初の一手を指した将棋盤がはっきりと映しだされている。この映像は全国に生中継されている。フォレストの社員にも、この映像を見ている人間がいるだろう。いまどう思っているのだろうか。桐生は考えた。フォレストと全国の子供たちの危機を救おうとして戦っているとは、おそらく想像することさえないだろう。

神崎はぴくりとも動かず、盤上を見つめている。さっそく一手めから制限時間をフルに活用するつもりだろう。

そう桐生が思ったとき、すかさず神崎が歩の駒を突いた。桐生はおどろいて、顔をあげた。

　サングラスの向こうに見える神崎の両目が、桐生をとらえていた。神崎は笑いを浮かべていった。

「時間かせぎをするつもりなんかないよ。私としても、決着は早くつけたいのでね」

教師

昼下がりの渋谷のセンター街を、国会議員の中溝隅弘はいらだちを抑えながら渋谷駅方面へ歩いていた。この一帯はまさに戦後教育の過ちが集結したような場所だった。平日の昼間から制服姿で外をぶらつく女子高生と、ひものように彼女たちにまとわりつく長い茶髪の少年たち。耳たぶばかりか鼻にまでピアスをし、薄汚いTシャツにずり落ちそうなズボンをはいてねり歩く、年齢不詳の男女。携帯電話を手に声高《こわだか》にしゃべっている女の子はどう見ても中学生以下だった。ファーストフードの食べ物を頬張《ほおば》りながら群れをなす一団から、突如として弾《はじ》けるような笑い声が沸きあがる。未成年者らしき若者がタバコをふかしている姿はもう当たり前のように周囲に溶けこんでいた。まるで森に木があるように。

中溝は後ろをふりかえった。織部義範がハンカチで額の汗をぬぐいながらついてくる。教育委員会の総本部長をつとめるこの男は、こういう光景をなんとも思わないのだろうか。

「ここにいる若者たちに、シティ・エクスパンダー4をプレイしたかどうかたずねなくてもいいのかね」中溝は当てこすりぎみにいった。「私には全員が異常に見えるよ」

織部は周囲を一瞥《いちべつ》してからいった。「いつの時代でも大人たちにとって、若者文化は理解しづらいものです。でも接してみれば、案外すなおなところもありますよ」

中溝の脇《わき》をスケボーに乗った少年が駆け抜けていった。かなりの速度だった。それでも人にぶつかることなく、わずかな隙間《すきま》をたくみにすり抜けていく。

「ふん」中溝は鼻を鳴らした。「どうやって接するか、それが問題だ」

混《こ》み合っているせいもあってひどく蒸し暑かった。本来なら、事件が起きた渋谷の小学校からまっすぐクルマで厚生労働省に帰るはずだった。ところが十台近くのパトカーが狭い路地に集中したせいで身動きがとれなくなった。そこでタクシーをつかまえて帰ろうということになったが、付近の通りではつかまらず、駅前まで歩こうということになった。

腹が減っていた。けさは朝食もとっていない。それどころか、腰を落ち着けてコーヒーをすするひまさえなかった。

「中溝さん」織部がおなじことを感じたのか、声をかけてきた。「腹がすきませんか」

「ああ、ちょうどそう思っていた」

「その辺りで軽く食べていきましょうか」

中溝は辺りを見まわした。喫茶店やファーストフード店、ゲームセンターばかりが目につく。「食べられるところなんかあるのか?」

織部はうなずいた。「このへんにきたときに昼食をすませるところがあります」

カラオケ店とブティックにはさまれた細い路地を入っていくと、小さな引き戸があった。

その向こうにはカウンターしかないラーメン屋があった。くたびれた中年男の客がひとり、スープをすすっているだけだった。織部と並んで席につくと、でっぷりと太った身体《からだ》を白い服につつんだ主人が、水の入ったコップをふたつ手にして近づいてきた。

織部がいった。「私はラーメンを。あなたは？」

中溝は目の前に置かれたコップに不審な気配を感じとった。ビール用のグラスだった。冷えているようすはまったくない。氷も入っていない。ただの水道水だろう。

注文は、と店の主人がうながした。おなじものを、と中溝はいった。

主人が立ちさると、中溝はコップを手にとってながめた。

織部は金属製の灰皿をひとつ引き寄せ、タバコをとりだして火をつけた。中溝の手もとに視線を落として、無表情にいった。「心配ありませんよ。病原性大腸菌にやられたって話は、ここではきいたことがありません」

中溝は首を振り、コップを置いた。「うちはずっとミネラルウォーターだ。匡子がうるさいんでな」

「娘さんとは、どうでしたか。昨晩は話されましたか」

「いや。ひとことも口をきかなかったよ。あれがまだ小さかったころの反抗期を思いだした」

「親と子というのは、いくつになってもそんなものです」

中溝は店の隅にある十四インチのテレビに目をやった。昼のトーク番組だった。ゲストは俳優のようだが、有名人なのかどうかは知らない。このところ、家に帰ってもテレビをつけもしない。匡子はいまの流行《はや》りをよく知っている。この俳優の名前も、たぶん知っているだろう。そんなことを考えていると、目の前に煙がただよってきた。

中溝は織部のほうを見た。「最近は禁煙ばやりだときくが、教育委員会のほうではそうでもないのかね」

「どうですかね」織部は首をかしげた。「私の周りにもタバコをやめたいという人は多いですよ。でも青少年の教育のためというよりは、自分の健康のためですがね。私はどうしても、これがないと落ち着きません。あなたは吸われないんですか」

「やめて二年になる」

「よくもちますね」

中溝は、織部の吐きだす煙になにも感じない自分に気づいた。あれだけ好きだったタバコをやめてしばらくは、ひとの吐く煙に我慢がならなかった。いまは平気だった。ひとは変わるものだ。

主人がラーメンをふたつカウンターの上に置いた。織部はタバコをもみ消し、コショウの瓶をとってふりかけた。それを置くと、わりばしをとった。

中溝はなにもせず、ただラーメンをながめていた。雑なつくりだった。しなちくの切り方もばらばらだ。それに汁が多すぎる。匡子ならそういうにちがいない。

織部がラーメンをすすりながらいった。「中溝さん、さっきの小学校の件はどう思います？」

中溝は我にかえった。「そうだな。前日にシティ・エクスパンダー4で遊んでいた児童のひとりが、授業中にぼうっとしていたところを教師に注意された。その直後に突然大声をあげて教室を飛びだし、階段を転げ落ちて頭に二針縫う怪我《けが》をした。だが、ほかで起きてるケースよりは理解できるんじゃないか」

「といわれますと？」

「ほかの先生がたの証言だよ」中溝はゆっくりとわりばしを手にした。「怪我をした児童の担任教師は熱血教師として子供たちに人気があった。みんなそういっていたな。同僚からは金八《きんぱち》先生と呼ばれていたとか」

「ええ、そうでしたね」

「しかし、職場でそう呼ばれている人間は、えてして現実の厳しさに気づいてなかったりするものさ。自分が熱血漢だと思ってる教師は自信満々だ。それをうとましく思う児童もいるだろう。思うんだが、仮にシティ・エクスパンダー4に黒いコートの男の幻覚を発生させる原因があったにしてもだ、そこに生じる衝動というものは、その人間の潜在的な願望の表われなんじゃないのか。あの児童はふだんから教師に反感をおぼえていたんじゃないのか。ほかのケースよりは理解できるっていうのは、そういう意味だよ」

「よくわかります。そういう教育側の思いちがいも問題になることが多いんです」織部はわりばしで麺《めん》を上げ下げしながらいった。「鋭い分析だと思いますよ」

　この男は本気でそう思っているのだろうか。中溝は織部を見た。表情はいつもどおり淡々としたものだった。文部科学省の人間もそうだが、教育をなりわいにしている人間を中溝はいまひとつ信用できないところがあった。自分の親としての経験がそう思わせているのかもしれない。

　娘の匡子が中学生のころ、頬にあざをつくって帰ってきたことがあった。理由をたずねても、転んだとしかいわなかった。ふさぎこんでいるようすに不審感を抱き、中溝は学校をたずねた。担任の教師にも面会したが、知らないといっていた。ところがあとになって、その教師が匡子を殴ったことが発覚した。それも匡子が授業中に髪をかきあげたという、ただそれだけの理由で教師が逆上し、暴力をふるったという。

　ふだんから匡子は反抗的な態度をとることが多かったらしい。だから髪をかきあげただけという一点をとらえて批判することはできないのかもしれない。それでも中溝は、娘に味方することを当然と考えた。親が子供を信じなくてどうするというのだ。

　携帯電話が鳴った。自分の電話だと中溝は気づいた。電話にでると、匡子の声がきこえた。「もしもし」

「匡子か」中溝は内心驚いたが、つとめて平然とした口調でいった。「どうした」

「べつに。きょうも外でお仕事？」

「ああ。状況が状況だからな。なぜだ」

「べつに」匡子の声はくりかえした。「ただ、ちゃんと食事とかとれてるかなあと思って」

中溝はラーメンに目を向けた。麺はすでにのびていた。「ちゃんととれてる。心配するな」

「そう。それならよかった」匡子は少し言葉を切って、つづけた。「隆志がきいてくれっていうもんだから」

中溝はほんの一瞬だけ、時間がとまったように感じた。それからゆっくりと周囲が動きだした。のびていくラーメンをながめた。「心配ないとつたえてくれ」

「そう。お夕食までには帰れるんでしょう？」

どう答えるべきか迷った。店の主人がテレビのチャンネルを替えるのを、ぼんやりとながめていた。

「どうかな」中溝はいった。「できるだけそうするつもりだ」

「じゃあ、いちおう作っとくね。それじゃ」

電話は切れた。中溝は胸にぽっかりとあいた空白を残して、携帯電話を懐《ふところ》にしまった。

「娘さんですか」織部がきいた。

中溝はうなずいた。「ちゃんと食べているかって、孫が心配してるとか」

織部は笑った。「お孫さん、いくつでしたっけ」

「四歳だが」

「そんなに小さな子が、食事の心配まではしないですよ。心配してるのは娘さんです。お孫さんにかこつけて、そういっただけです」

「そうかな」

「ええ」織部は早くも、ラーメンをほとんどたいらげていた。「そうですよ」

中溝は心のもやが晴れていくような気がした。ふしぎなことだ。電話でほんの少しの会話を交わしただけで、さっきとはうってかわって気が楽になった。

「よし。厚生労働省に戻るとしよう」

織部は中溝のラーメンをながめた。「まだ口もつけておられないのでは?」

「いいんだ」中溝は椅子《いす》から腰を浮かした。せっかく、いくばくか気分がよくなったのだ。こんな店のラーメンをすすりながら大腸菌の拡大映像を思い浮かべていたくはない。

勘定は私が。織部がそういったとき、中溝の耳にきいたことのある名前が飛びこんできた。

桐生社長、ここは防御の一手で苦しい選択ですね……。

中溝は織部の顔を見た。織部はテレビを見て表情を凍りつかせていた。テレビに視線を向けた。将棋の対局をしている桐生直人の姿が映っていた。生放送対局中、という字幕が画面の隅に表示されていた。

「なにやってんだ、あいつ……」中溝はつぶやいた。

偽善者

テレビ局のスタジオは、かなり蒸し暑いにちがいない。子供のころ桐生はそう信じこんでいた。テレビに映るタレントは、みな一様に額に汗を光らせていた。桐生はそのことについて両親にたずねた。そして両親が、スタジオの温度は照明のせいで高くなっているのだと教えてくれた。桐生はその言葉をうのみにしていた。しかし考えてみれば、桐生の両親は岐阜の田舎町で学校給食の仕出しをしている、つましい自営業者にすぎなかった。テレビ番組の制作現場など知るはずがない。あれは想像でいったのだろう。

いまではスタジオの温度はさほど高くないことを、桐生はよくわかっていた。だとするなら、あの子供のころに見た番組の出演者たちは、なぜあんなに汗をかいていたのか。当時のスタジオはもっと暑かったのか。それとも、まだテレビに慣れていないタレントが多く、たんに緊張していただけなのか。

額ににじんだ汗をぬぐいながら、桐生はなぜかそんなことを考えていた。いやに暑かった。上着を脱いでネクタイもゆるめてしまいたいところだが、そうもいかない。この映像は全国に中継されている。かたわらに扇子《せんす》が置いてあるが、まだ触ってもいなかった。桐生はアマチュア棋士として鳴らした学生時代から、いちども対局相手より先に扇子を手にしたことがなかった。相手より劣っていることを認めるような気がして、いやだったからだ。

神崎はずっと扇子の存在を無視しつづけている。顔に手をやるしぐさはいちどもしていない。汗もかいていない。あるのは氷のように冷ややかな態度と、冷静な棋士としての顔だけだ。

盤上の展開は信じられないものだった。桐生は押されていた。序盤から神崎は、桐生につけいる隙《すき》をまったくあたえなかった。後手の強みを存分に発揮し、先手の攻撃のすべてを巧みに封じこめてしまっていた。気づいたときには、角、銀、それに歩二枚をとられていた。これほど正確な手を指すことができる棋士は、プロの世界にも多くはない。舌を巻かざるをえなかった。アマ四段の桐生を、神崎は赤子同然にあつかっている。だれの目にもそれはあきらかなはずだった。

正確さと同時に桐生をおどろかせたのは、神崎の指す手の早さだった。桐生の予測ははずれた。神崎は時間かせぎなど念頭にない。自信と勝利への確信を持って、即座に一手を返してくるのだ。時間をかせがねばならないのは、むしろ桐生のほうだった。神崎があまりにも迅速《じんそく》に指すために、桐生の考える時間はふつうの対局よりずっと制限されていた。桐生は腕時計に目を走らせた。番組開始から、まだ十分しか経《た》っていない。しかし、神崎の「と金」がもう桐生の陣営に飛びこんできている。桐生は必死になって、王を逃げまわらせねばならない。いつも七、八手は先読みして余裕を持っているはずの桐生が、まるで初心者のように予測不可能な展開を強いられていた。

　神崎はいったいどういう思考の持ち主なのか。棋士なら当然なんらかの「定石」を頼りにするはずだが、神崎の棋譜にはそれが感じられない。でたらめなようで正確、ボクシングのジャブの連打のように、あとからじわじわと効いてくる攻撃。なんとも不思議な棋士だった。

　桐生は神崎の王手を封じるべく銀をはさんだ。神崎の右手が即座に応じた。遠いところにあった飛車がふいに銀をとった。「と金」がきいているので飛車がとられることはない。いや、この飛車を飛びこませるために、「と金」が露払いの役割を果たしていたのだ。

「もったいないな」神崎はぼそりといった。「社員はもっとたいせつにあつかわないと」

「社員？」桐生はきいた。

「そう。社員だよ。この駒《こま》はフォレストおよびシグマテックの社員たちだ。ふたりの将のために、戦場で火花を散らしているわけだ」

　桐生は自分の持ち駒に目をやった。歩が四枚。「そちらの社員も四人ほど犠牲になってるみたいですが」

「いずれも小者だ。それも、戦術に有効活用され殉職したんだ。重要な役職の人間はぜったいに死なせんよ。飛車も角もね」

「役員ばかり優遇する企業は先が見えているといわれますが」

「うちはちがうよ。たとえばご存じかもしれないが、うちには役員専用のヘリがある。それも三十人が乗れる大型のものだ。ボーイング社製でね。ローターを二基そなえていて、内装は応接室のようなつくりになっていて……」

「ええ、ホームページに写真が載っていますね」桐生はうんざりしていった。「おかげでうちの役員がおなじものをほしがって困ります。屋上にヘリポートがあるのだから、ヘリもほしいというんです」

「買ってやればいいじゃないか。きみのところは優秀な人材を粗末にしすぎているよ」神崎は自分の持ち駒を指さした。「銀が二枚。それに角。この角などさしずめ……」

「津久井智男ですか」

桐生の言葉に、神崎は口をつぐんで見かえした。しばらくはじっと見つめていたが、やがて静かにいった。「さあ、どうかな。きみはなにか勘違いしてるみたいだ。津久井は私の持ち駒ではなく、きみのだろう」

「前はね。いまはとられてあなたの手中にある」

神崎は首を振った。「私は居場所を知ってるといっただけだよ。持ち駒になったわけじゃないさ」

「するとまだ津久井は私の駒ですか」桐生は神崎の「と金」を桂馬でとった。

「そう。自分の駒が盤上でどんな働きをしているか、ちゃんと隅々まで気を配ることだな。そうでないと」神崎は角で桂馬をとった。王手。「こうなる」

桐生は思わずため息をついた。神崎の陣営は一分の隙もつくらず、着実に桐生の陣営を侵しつつある。これほどみごとな攻め方はめったにない。神崎側の駒の配置には美しささえ感じられた。

「桂馬を無駄死にさせたことは、認めざるをえないようだ」桐生は王を移動させ王手をかわした。

「それはいい心がけだと思うね。死から目をそむけてばかりいては、生を得ることもできない。きみにはいい教訓だと思うが」

「どういうことですか」

「フォレストのゲームは死から目をそむけている」

桐生は一瞬めんくらったが、すぐに神崎がなにをいっているのかを理解し、苦笑した。

「社の方針のことですか」

「そう。フォレストは二〇〇一年の秋以降、自社発売のゲームソフトについて生命が失われるという表現を禁止するようになった。ちょうど9・11の同時多発テロが世界を震撼《しんかん》させた時期だけに、きみの英断は教育者たちに歓迎されたな。シューティングゲームでも、敵も味方も戦闘機が爆発する前にカプセルやパラシュートで脱出する。ロールプレイング・ゲームでも、味方やモンスターが気絶することはあっても死ぬということはない。下請けのソフト会社泣かせの布令だな。あれはきみの方針だろう？」

「ゲームとは本来、子供たちのためのものです。残虐な表現があってはいけません」

「カトリック教徒が多いヨーロッパでプロシードの売り上げが伸びたわけだな。うちのゲームはスペインあたりの教会では目の仇《かたき》にされているらしいからな」

「日本でもおなじです。家庭用ゲーム機が浸透するにつれて、モラルが求められるようになるのは当然のなりゆきです。十八歳未満への販売が規制されるのも必然のことでした」

「文部科学省がきいたら涙を流すような話だ。実際、世論にフォレストのゲームは小さな子供に遊ばせても安全だというイメージを植えつけることに成功したんだからな。たいしたもんだよ」

「そうおっしゃるのなら、シグマテックのほうでもおなじ方針を打ちだしたらどうですか」

神崎は首を振りながら、はじめて香車に手を伸ばした。「ご免こうむるよ。偽善者にはなりたくないんでね」

「偽善者？」桐生はいらだちを抑えながらいった。神崎の香車はじつにうまいタイミングで桐生の反撃を阻止していた。「うちの会社の方針が、偽善だとおっしゃるんですか」

「そうだよ。巷《ちまた》にあふれてる漫画やアニメを見たまえ。子供たちは毎日のように飛び散る血しぶきや惨殺される人間の絵を見せられている。きみの会社だけが聖人君子ぶったところで世の中は変わらない、そのことは百も承知のはずだ。ようするに、きみの会社は責任逃れをしているだけのことさ。未成年者の非行や犯罪がメディアのせいにされがちな昨今、フォレストだけはちがいますという免罪符を手にいれようとしたんだ。当初は運もきみたちに味方していた。シティ・エクスパンダー・シリーズの新作発売時には未成年者の非行が減少するとか、信じがたいデータがマスコミに取り沙汰《ざた》されるようになった。ところが皮肉なことに、毒がないはずのフォレストのゲームをやった子供たちが原因不明の狂乱状態におちいってしまったんだからな。天の配剤とはこのことだ」

「ちがいますよ」

「ほう。そうかな」神崎はサングラスの眉間《みけん》を指で押した。「どうちがうというんだね」

桐生は口をつぐんだ。こんな言い争いのために自分の持ち時間を削ってはいけない。局面に集中しようと盤上を見つめた。すべての駒の可能性を目で追った。しかし、希望はひとかけらさえ存在してはいなかった。あらゆる駒の動きは神崎によって阻止されている。それでいて、千日手にはならぬよう、かならず桐生の逃げ道は用意されていた。それはつまり着実に、神崎に追いつめられていることを意味していた。どうすれば形勢を逆転できるのか。

これしかない。桐生は持ち駒の歩を神崎の飛車の前に指した。桂馬がきいているのでこの歩が飛車にとられることはない。いまの神崎の陣営において飛車は不可欠な存在のはずだ。いったんは後退せざるをえないだろう。

「うちの方針は偽善ではなく、純粋に私がやりたいようにやったというだけです。フォレスト・ソフトウェアを設立した時点で、すでに私はいまの方針をつらぬく覚悟でした」

「すると、市場を横目でにらんでそうしたのではなく、自分の信念に従ったということかな」

桐生はうなずいた。「私が子供のころ、テレビでやっていた子供向け番組には残酷表現が多用されてました。怪獣が吹く泡で人が溶けて死ぬとか、火炎にまみれて焼け死ぬとか、ばらばらに切り刻まれるとか、そんな場面がよくでてきました」

「いかすじゃないか」神崎は盤に目をやりながらいった。「カルトなファンが大喜びでDVDを買いあさりそうな内容だ」

「あとになってそれは、当時テレビ映画を制作していたのが映画畑から転向した人たちで、子供向け番組といっても手加減せずに場ちがいなほどの創作意欲をそそぎこんだ結果、そういう過激な表現が増える傾向にあったという、流行《はや》りのようなものだったことがわかりました。しかもその時期は安保闘争の挫折《ざせつ》や映画産業の衰退などが重なり、作り手の退廃的な意識が作品を殺伐《さつばつ》としたものにする傾向もあったようです」

「一九七〇年前後だな。闘争のあと、挫折と敗北のムードのなかでニヒリズムに支配された連中も多かった。ものをつくろうなんて野心を持ってる輩《やから》は、みんなそういう病に毒されてしまっただろうな」

「だから子供向け番組も決して愉快に楽しめるものではなかった。うちの両親は共働きだったので、そろって仕事にでかけてしまい、私は家でひとりでテレビを見ていることが多かった。そしてとても憂鬱《ゆううつ》な気分になったものです。怪物がでてくるたびに、罪もない市民が悲鳴を残してその犠牲になるんです。むろん当時のことですから、映像表現もちゃちなものにすぎず、リアリティは皆無でしたが、それでも小さな子供にはショッキングなものです」

「それがきみの幼少のころのトラウマにでもなって、情緒に障害でも起きたのかな?」

「さあ。自分のことはわかりません。しかし、世間一般でみれば……」

神崎はやけに甲高《かんだか》い笑い声をあげ、桐生の言葉を制した。「世間一般でみればその傾向があるというんだろう?　劇物でテロを働いたカルト教団の幹部連中や、連続幼女誘拐殺人の犯人が、みんなきみとおなじ世代だといいたいんだろう?　連中が子供のころテレビで見たとおり、人を燃やしたり切り刻んだりしていると。いや、きみの話はおもしろいよ。じつにおもしろい。音声がカットされているのが残念だよ。さぞかし視聴者の興味をかきたてただろうに」

いい終えないうちに、神崎の右手が端の歩を突いた。

桐生は頭を殴られたような気がした。神崎は飛車の喉《のど》もとに突きつけられた歩を完全に無視している。なぜだろう。これでは飛車は無駄死に同然だ。それとも、その一手とひきかえに得るなにかがあるのか。わからない。いまの局面では、そうまでして一手を惜しむ戦術があるようには思えない。

こんなに先読みがきかず、暗中模索の一手を指さねばならないのは子供のころ以来だ。苦々しくそう思いながら、桐生は飛車をとった。それ以外には考えられない。

神崎は沈黙していた。

桐生はいった。「最近の子供向け番組では、玩具《がんぐ》メーカー系のスポンサーがうるさく企画内容に口をはさむので、あるていどドラマにおける倫理が守られています。それとおなじ責務を、家庭用ゲームソフトも求められているんです」

「惜しいな。じつに惜しい」神崎はにやりとした。「いい線いってるんだが、肝心なところに気づいていない」

「それは将棋の話ですか、それともいまの話題についてですか」

「両方だ、とくに後者だがね。きみがさっきいっていたのはテレビ番組の話だろう。私たちがつくっているのはゲームだ。ゲームとはすなわち、遊びそのものだよ。子供たちに遊びを提供しているんだ。この将棋盤と、駒をセットでくれてやるようなものさ。将棋は戦争、すなわち殺し合いを連想させるのでけしからんとか、そんなことまでいうつもりはないだろ？　それとおなじくビデオゲームはたんに遊技機器にすぎない。作り手の心情がどうとか、イデオロギーがどうとか、そんなことは関係ないんだ」

「将棋というゲームは戦《いくさ》を素材としていても、ボードゲームの宿命上、表現は抽象化されています。しかしヴィデオゲームにはプレイヤーに疑似体験を味わわせる具体的な表現力があります。たとえばシューティングゲームの場合は敵機を撃ち落としたり破壊したりするわけでしょう。グラフィック技術の発達によって、その映像も昔よりはるかにリアルに表現されるようになりました。画面上に、さも生命があるように動きまわっていたキャラクターを、自分の発射した弾丸で撃ち殺せるとしたら？　それは錯覚にすぎないのですが、きわめてリアリティのある疑似体験として経験することになります」

「そうすると無意識のうちにゲームと現実の区別がつかなくなり、現実の世界でも平気で人殺しをしでかす人間になる。そんな話かね。だとしたら、うちで制作中のイングラム・ウォーなどは極悪のソフトということになるな。そうじゃないか？」

「イングラム・ウォー？　そんなソフト名ははじめてききましたが」

「とぼけなさんな。うちの年末発売の超目玉商品だ。よくご存じだろう？」

「いや、まったくきいたことがありません」

神崎は眉《まゆ》をひそめて桐生を見つめた。「そうか、ならいい」

ひと呼吸おいて、神崎は桐生が思いもよらぬところへ手を伸ばした。盤のほぼ中央に銀の駒を置いた。

桐生は言葉を失った。ここまでの棋譜もみごとだったが、これほどの衝撃は名人級の棋士と対局しないかぎりありえないはずだ。この一手で、神崎側は桂馬、香車、銀、角などによる桐生の王の包囲網が完成したことになる。まさに理想の攻めの図だった。ここまで予測して飛車を、さらにその前の「と金」を投じていたのだろうか。できすぎている。あまりにも、完成されすぎている。

どんなにすばらしい腕の持ち主でも、好手や妙手の前には熟考を要するはずだ。名人が初心者相手に対局するにしても、思考なしに指すことはできない。しかし神崎は、まるでなにも考えずに指しているかのようだ。それでいて、一手たりとも無駄がなく、見落としも失敗もない。こんなことがありうるだろうか。

神崎は微笑を浮かべつづけていた。「きみは心理学者の連中と気があいそうだな。殺人事件が起きるたびにプロファイラーをきどってワイドショーにしゃしゃり出てきては、見当ちがいもいいところの犯人像をでっちあげてひとりで悦に入ってる、へ理屈ばかりでなにもわかっていない連中と。いや、いまはもう敵対関係だな。そういう連中がシティ・エクスパンダー4を悪者あつかいしてるわけだから」

「私はそういう人たちとはちがいます。ただ、わが社のゲームでは生命を奪うという行為を、たとえ疑似体験であってもプレイヤーにおこなわせることがないようにしているんです」

「それで腑抜《ふぬ》けた対戦格闘ゲームしかリリースしていないわけか。決着がついたあとで、倒れたほうがむっくり起きあがって、死んでいないところを見せる。あれじゃまるで八百長《やおちょう》プロレスだよ」

「対戦のたびに、やられたほうが全身ばらばらになって飛び散るどこかのゲームソフトよりは健全だと思いますがね」

「ナンセンスだ。あれはゲームなんだよ。相手を派手にやっつけてこそカタルシスを得られるんだ。うちのゲームはその迫力を追求しているんだよ」

間をおかずにしゃべりつづける神崎に、桐生は内心いらだちをつのらせた。これでは手を考える時間がない。もっとも、それは神崎のほうもおなじのはずだが。

こうした包囲網に抵抗するには持ち駒を投じるしかない。桐生は歩で神崎の角道をふさいだ。

「私は中国武術を学びました。津久井智男もそうです。本物の武術に接すると、いろいろおもしろいことが学べるんです。日本人の習慣にない特異な精神。うちの対戦格闘ゲームにはそういう要素をとりいれたつもりです」

神崎は顔色ひとつ変えず、香車を進めてきた。「たしかに間合いのとり方や駆け引きなんかのシステムはよくできてるゲームだった。まあゲームソフトもしょせん商品だ、売れたものが勝ちだからな。うちのより、きみの会社の格闘ゲームのほうが百万本近くリードしてる。だが、ギミックメイドがだしてるコピーソフトのほうが、さらに十万本多く出荷している事実を知っているか」

「ええ、知ってはいます。うちの格闘ゲームのプログラムに手を加えて、東南アジア向けに輸出している製品のことですね」

「そうだ。あれはほとんどフォレストの対戦格闘ゲームのコピーだが、決着がつく瞬間のグラフィックだけが異なっている。オリジナルのフォレスト版のように負けたほうが立ち上がって握手したりしない。盛大に血しぶきをあげて飛び散るんだ。これが香港を中心に大ヒットしてる」

「いまにはじまったことじゃありませんよ。コピーしたプログラムに手を加えて、べつの製品としてアジア向けに輸出するというのは、インベーダーの時代からあったことです」

「私の目から見ると、ギミックメイドはフォレストのオリジナル版に足りなかった要素をみごとにつけ加えて改善してくれた、そういうふうに見えるけどな」

「あれが改善のはずがありません。それにプログラムのコピーは立派な犯罪です」

「ネットのハッキングも立派な犯罪だと思うがね」

桐生は顔をあげて神崎を見た。神崎は依然として笑いを浮かべていた。

神崎は昨夜、桐生がハッキングしたことを知っている。だがなぜだ。津久井の家のコンピュータから、WQRネットを通じてボーンズネットに侵入した。どこにもシグマテックが介入する余地はないはずだ。にもかかわらず、彼はそんなことまで知っている。

すべては神崎の見越した棋譜どおりに進んでいるにすぎないのだろうか。現状を打破する方法はないのだろうか。

桐生は局面全体に意識を集中しようとした。部分にとらわれては全体を見失ってしまう。それは将棋の世界では即、敗北につながる。

なぜか十年以上前のことを思い出した。裕美に結婚を申しこんださい、裕美の父親は桐生がアマチュアの棋士であることに関心を示した。桐生は裕美の父と対局し、死力を尽くしたが、結果は負けた。しかし、裕美の父はいった。きみの真剣さ、執念深さはよくわかった。そういった。あれが婚約の許しにつながったかどうかはわからない。だがあのとき、いい加減な勝負をしていたら、裕美の父は結婚に反対したかもしれない。将棋はそれだけ棋士の心を映す。臆病《おくびょう》風に吹かれたら、それはかならず盤上に表われてしまう。

桐生は神崎の玉の周辺に目をとめた。防御が手薄になっている。いま陣営をかきまわせば、攻撃にでている駒を呼びもどさざるをえなくなるはずだ。

桐生は飛車を進めて王手をかけた。「いまは事態の解明が先決です。すべてが終わったら、私は責任をとるつもりです」

「むろんとらざるをえないだろうな。この対局にきみは負ける。約束どおり、フォレストのさまざまな情報をこちらに提供していただく。そして結末は」神崎は桂馬に手を伸ばした。「火を見るより明らかだ」

神崎が指したのは信じられない手だった。桂馬は王手を封じたばかりか、局面をがらりと変えてしまった。桐生の飛車か金のいずれかが、次にはただ同然にとられてしまう。そのうえ、どんな手をつかってもその次の一手で王手がかかる。包囲網はさらに狭まるのだ。「心配ないよ」神崎は淡々とした口調でいった。「約束どおり、きみが負けてもポーポリンは一品、ちゃんと進呈する」

桐生は神崎の言葉をきいていなかった。ただ鈍い警戒心が、桐生の頭のなかで警鐘を鳴らしていた。

こんなにすばらしい一手はありえない。常識的な発想では、ぜったいに思いつかない手だ。たしかに名人級の棋士ならこれぐらいは指すだろう。しかしそれにしても、熟考の時間を要することに変わりはない。

この対局におぼえる感覚を、桐生は以前に感じたことがある。どうにも手がでない将棋。一手一手すべてが裏目に出る将棋。非の打ちどころのない相手側の攻撃と防御、氷のように冷たい思考、そしてなにより、どんな手でも即答する速さ。

まちがいない。これはコンピュータの手だ。将棋のゲームソフトのプログラムだ。

将棋のゲームソフトは各社がだしている。そのコンピュータ側の強さは、処理速度や演算能力によってちがいがある。ＩＣチップを内蔵した携帯用の将棋ゲームもあるにはあるが、そんなしろものでは、これほどの棋譜を計算できないはずだ。フォレストのプロシードやシグマテックのドミネーター用の将棋ソフトは、その演算性能を生かしてかなりの強さを実現している。プロの棋士とも互角に渡り合える強さであることは実証されている。さらに最先端のパソコン用ソフトともなれば、その計算力は絶大なものになる。名人級の棋士でさえ、楽勝とはいかない強さを誇っている。コンピュータに見落としや、ミスはない。それが強さの最大の秘密だ。

桐生は神崎を見すえた。「ポーポリンはいらないから津久井についての情報を教えてくれといったら、受けていただけますか」

「そんなお子さんを悲しませるようなことはいうべきじゃないだろう。娘さんはきみがポーポリンを持ち帰ってくれるのを首を長くしてまっているだろうに」

桐生は考えをめぐらせていた。この番組は生放送だ。だからこの局面は全国どこでも見ることができる。どこかでテレビを見ながら、桐生の指した手をゲームに入力しているやつがいるにちがいない。だが、それに対してコンピュータ側がかえしてくる手を、どうやって神崎につたえているのだろう。もし長髪で耳を隠していたのなら、イヤホンをつけていることも考えられる。昨今では携帯電話にもイヤホンをつなぐことができる。だが神崎は髪を短く刈りあげ、耳をだしている。携帯電話の液晶表示板に文字表示でつたえることも考えられるが、そういったものをカンニングしているようすもない。サングラスをかけているが、現在のテクノロジーではレンズの部分になにかを表示するとか、フレームに小型受信機を埋めこむなどは絶対に不可能だ。

だがまちがいない。神崎は外部の情報を得ている。

「情報のほうが重要です」桐生は金を見捨てて飛車を逃がした。「それに本音をいえば、うちの子にポーポリンを持たせたくはありません。あんな残酷なゲームを……」

「それがちがうというんだよ！」神崎がすかさず金をとった。「いいかね、きみの会社のゲームでは生命が失われることがないという鉄則が守られている。しかし現実の世界はそうじゃないんだ。友人や肉親の死に直面することもあるし、いずれはみずからも死ぬ運命にある。そこから目をそむけて、きみの会社のゲームで不老不死や不死身を疑似体験するのもいい。だが、死という概念がない世界では、人間はどうなると思うかね？　釣り人が釣った魚をまた川に逃がすことでヒューマニストをきどったりするが、私にいわせればそのほうが残酷趣味だよ。逃がされた魚はまた釣られる運命にある。一生、人間さまにもてあそばれる。フォレストのゲームもそれとおなじだ。撃っても破壊してもだれも死なないことが保証されてる。いうなれば、なんの罪悪感も覚えずに破壊をおこなうことが保証されている。子供たちはより強い刺激を求める。しかし罪の意識はまったく感じない。そんな世界では、子供たちはどんどん凶悪になるんじゃないのかね？」

桐生は周囲に目を走らせた。守屋が不安げにこちらを見ている。しかし、神崎の連れの女と黒ひげの男の姿はない。いつのまにかスタジオから姿を消している。ほかに、神崎に合図を送ることのできそうな人間はいない。

「そう」神崎は得意げにしゃべりつづけた。「きみのいうようにゲームに情操教育的な要素があるというのなら、なおさらのこと、死を表現することは必要なのさ。死に直面することで、人は現実に戻ることができる。まともになることができるんだ」

桐生はゆっくりと後ろをふりかえった。なにもない。ただの壁だった。それから天井に目をやった。どこかのライトが点滅してサインを送っていることもありうる。だが、あやしいところは見当たらなかった。

「どうかしたかね」神崎がきいた。

いいえ。桐生はそう答えた。神崎といえどこの番組そのものにからくりを仕込むことはできないだろう。スタッフを抱きこんだり、ここの機材に仕掛けをつくったりしたのでは、いかさまを働いていることが外部の人間に知られてしまう。制作会社の人間はいざ知らず、NHKのプロデューサーやディレクターがそれを許すとは思えなかった。スタッフの連中は知らないのだ。神崎が本物の棋士ではないことを。

ふいに怒りがこみあげてきた。神崎が堂々と桐生に対局を申しでたわけが、これでわかった。神崎が将棋番組に出演しつづけているのも、たんに名声を得たいという単純な欲望に根ざしたものにちがいない。じっさい、企業の社長が趣味の分野で名を馳《は》せた場合、その企業の株価が上昇することはよくある。これは学歴詐称やカンニングに類する詐欺行為だ。

しかし、いったいどういう方法を用いているのだろう。見たところ、神崎はまったく外からの情報を受けているようすはない。腕時計もなければ、いっさいのアクセサリーも身につけていない。これだけ静かなスタジオのなかで音声の受信をしていれば、すぐ近くにいる桐生の耳にもとどくはずだ。

「まだ指さないのかね」神崎はいった。「そろそろ持ち時間がなくなってきてるぞ」

桐生は盤上に目を戻した。まずい状況だった。桐生の王は確実に追いつめられつつある。神崎の、というよりはコンピュータの飛車と香車、それに桂馬がじわじわと王の包囲を狭めてきている。ここで指せる手はふたつしかない。王を移動させるか、金で香車をとるかだ。どちらも可能性としては五分五分に思える。これが人間相手の将棋なら、ままよとばかりにどちらかの手を実行すればよいだろう。しかしこれはコンピュータが相手だ。コンピュータの将棋は、プログラムで何十手ものさきまで解析し、最短で詰める方法を優先的に実行してくる。この場合、桐生の動かす手は二通りある。コンピュータはずっとさきまでの棋譜を予測し、わずかでも早く詰めるほうを計算して駒を動かしている。五分五分という考え方はしない。だからこの局面では不利になるような手であっても、コンピュータが期待していないほうの駒を動かせば、コンピュータの予測している棋譜はがらりと変わってしまうはずだ。もちろん、ほんの一瞬で計算しなおされてしまうが、それでも数手はかせげるときがある。カーナビゲーションで案内ルートをはずれたとき、再計算される道のりが遠回りになるのと同じように。

「早くしたまえ」神崎がくりかえした。

ふしぎなことに、桐生はもはや神崎の言動にはまったく動じなくなっていた。すべてがコンピュータのしわざであるとわかった以上、戦うべき相手はコンピュータだ。神崎ではない。この目の前にいる、露骨に不愉快きわまりない態度をとる男は関係ない。

桐生は迷った。コンピュータほどの先読みは人間には不可能だ。最後は勘を信じて指すしかない。そう、勘を信じて……。

桐生の手が金に伸びた。

「終了です！」だしぬけに、ＡＤの声が響きわたった。「お疲れさまでした！」

桐生はおどろいてモニターを見た。すでに天気予報に変わっていた。番組は終了したらしい。

「命びろいしたな」神崎はにやついていた。「というより、きみにはしんどいことになったな。これで明日もつづきをする羽目になった」

神崎の笑いに、桐生はまた怒りをおぼえた。この場でぺてんが露見したことをわめき散らしてやりたかった。だが、そうはいかなかった。コンピュータのプログラムであることはあきらかだが、どうやって情報を得ていたかはわからない。その証拠もない。

「だいじょうぶですよ」桐生は平静をよそおっていた。「明日もまた来ます」

桐生の返事は神崎にとって意外だったらしい。神崎は凍りついたように静止した。しばらくじっと桐生を見かえしていたが、やがて口をひらいた。「いいのかね、二日も連続してテレビで将棋を指していたのでは、社員から苦情がでるんじゃないか」

「かまいませんよ。ではまた明日」桐生はそういって、顔をそむけた。モニターの天気図に見いる。高気圧が張りだしてきている。明日は全般に青空がひろがるようだ。

神崎はゆっくり立ちあがり、セットのへりで靴をはくと、スタジオの出口へと立ちさっていった。

神崎は態度の変化に気づいただろうか。いかさまに気づかれたと感じただろうか。どちらでもいい、と桐生は思った。エゴの固まりのような神崎が対局を放棄するとは思えない。神崎とは明日、またここで対局する。またいかさまを使う気なら、こっちにも考えがある。

「桐生」守屋が声をかけてきた。

桐生は顔をあげた。守屋が心配そうな顔で見おろしていた。

「あぶなかったな」守屋がいった。「あんなにあいつの腕がたつなんて、思ってもみなかった」

桐生はふっと笑った。「まあそうですね。それも超人的なはどに」

「明日はどうする?」

「もちろん、やります」桐生は立ちあがった。「部長、ソフト管理部の連中と協力して、将棋用のソフトを早急に集めていただけますか」

「ソフト?　将棋のゲームソフトをか?」

そうです、といいながら桐生は靴をはいた。「現在販売されてる、家庭用ゲーム機とパソコン用のものをすべて収集してください。遅くても夕方までには必要です。もちろん、それらのソフトを動かせるハードも用立ててください」

とまどいがちにうなずく守屋に笑いかけ、桐生はスタジオの出口へと歩きだした。まだなにもあきらかになっていない。だが、桐生は妙な自信が心の奥底に芽生えたのを感じていた。神崎という男の、知られざる一面を垣間《かいま》見たからだった。はったりの仮面をまとった、ぺてん師にすぎない一面を。

力強い足どりで、桐生は出口へ向かった。背後から、まったく見当はずれな守屋の声が追いかけてきた。「将棋ソフトで練習するつもりか?」

ビスタレーン

ひどく居心地の悪い空間だった。吐き気さえもよおしそうだ。しかし令子は、できるだけ平静をよそおって椅子《いす》に腰かけていた。

六畳ほどの広さのワンルーム。小さなキッチンは令子のすぐ後ろにある。ガスコンロはなく、かわりに電気コンロが申しわけていどに備えつけてある。天井からは、どこの家庭にもあるような丸型の蛍光灯がおさまった電灯がぶらさがっている。部屋の隅にあるデスクの上にはいかがわしい雑誌が何十冊も積んである。パソコンも置いてあるが、かなり古い型のものだ。秋葉原に行けば二束三文で手に入るだろう。

このおよそ事務所らしからぬ部屋が、AV女優の所属事務所ビスタレーンのすべてだと知っても、令子はさほど驚かなかった。そもそも、そういう事務所がどんな体裁をとっているのが普通なのかわからなかった。これがそうだといわれれば、そうなのだろう。

部屋の狭さや汚さはなんとか我慢できた。ただ、目のやり場だけはどうしても落ち着かなかった。四方の壁は裸の女のポスターやカレンダーで埋めつくされていた。唯一それらが貼《は》られていないのは窓だけだ。しかし、外の景色も美しくはなかった。路地のぶんだけの距離をおいて向かいのマンションのバルコニーが見えている。そのバルコニーでは、主婦が洗濯物を干していた。

令子はとなりに座っている糸織美穂を見た。糸織は露骨に不快そうな表情をして、タバコを吹かしている。この部屋でつかいものになるのはテーブルの上の灰皿だけだといわんばかりだ。

部屋の真ん中に置かれた、食卓のようなテーブルと折りたたみ椅子が四脚。それがこの事務所の唯一の接客設備だった。令子は向かいに座った男に視線を戻した。年齢は四十代半ばから後半ぐらい。やせ細った小柄な男だった。さきほどからずっとおどおどした態度をとっている。来客に慣れていないのだろう。いや、来客があったことさえはじめてなのかもしれない。電話を受けられるスペースさえあれば事務所は運営できる。そういう方針にちがいなかった。

もらった名刺には「株式会社ビスタレーン代表取締役　深山恒吉《ふかやまつねきち》」とあった。代表取締役。こんな会社に複数の取締役が存在するというのだろうか。察するに、この深山という男は社長であると同時に、唯一の社員でもあるのだろう。つまりこの名刺は虚偽の記載の可能性がある。

令子は深山に名刺を渡さなかった。旧姓の宮園を名乗った。写真週刊誌に津久井の名がでている以上、そうしておくのが適切に思えた。これはあくまでビジネス上の訪問ということにしておきたかった。

「もういちど、おたずねしますけど」令子は深山にいった。「美樹原唯さんというかたと、直接お話しすることはできないんですか」

深山は身をちぢこまらせながら、ぼそぼそといった。「そういわれましても、事務所はそういうタレントのプライバシーにかかわることには干渉できませんのでね」

「タレント?」令子はきいた。「美樹原唯さんというかたはタレントさんなのですか?」

「ええ、まあ……」

「令子さん」糸織がとがめるようにいった。「事務所に所属してるってことはタレントなの」

そういう意味か。令子はめんくらった。ここには自分とは異なる世界の常識がある。ふつうタレントときけばテレビ番組にでている人間を思い浮かべる。しかし、ここではちがった。アダルトビデオにでている女優もタレントとしてあつかわれている。

「では、マネージャーを通してしか話ができないとか、そういうことですか」令子はきいた。

「そうですね」深山はテーブルの上に視線を落としたまま、愛想笑いを浮かべていった。

「まあ、そういうことになります」

「そのマネージャーさんはどこです」

「ええと、いまちょっと連絡がつかないんですよ。テレビ局のほうに行ってるので」

「そのマネージャーさんのお名前は?」

「えー、田中。田中です」

令子はため息をついた。以前、週刊誌で読んだことがある。芸能事務所とは名ばかりで、個人営業のブッキング屋の法則。第一に、社員がほかにもいるように見せかけたがる。第二に、やたらとテレビ関係の仕事やコネがあるように吹聴したがる。そして第三に、それらの嘘《うそ》は常識人にはすぐ看破できる。まったくそのとおりだった。

「失礼ですが、深山さんはこちらの社長であられるわけでしょう。社員の田中さんと連絡がつかないとは、どういうことなんです」

「それは、そのう、なにかあったら向こうから連絡が入ることになってるのでね。私は、細かい現場の仕事には口をはさまないんですよ」

大手のプロダクションがよく使う言い訳をまねているつもりなのだろう。令子は厳しくいった。「その田中さんというかたは、こちらの社員なのですか?」

「ええ、そうです」

「では雇用しておられるわけですね。そのかたに関する書類かなにか、あります?」

「書類といわれても」深山は困りはてて、デスクのほうに目をやった。「ぜんぶコンピュータに入ってるんですが、あいにく操作の仕方を知っているのは社員だけで……」

「てつだいましょう。あれはウィンドウズXPじゃないですか。操作なんか簡単です」

「いえ、そういうわけにはいかないので」

「なぜですか」

「これはプライバシーにかかわることですから」深山は芝居っぽいしぐさで腕時計を見ていった。「もうよろしいでしょうか」

「なにか予定があるんですか」

「ええ、ちょっと……。これからテレビ局のほうへ行かなきゃいけないので」

いらだちを抑えようと努力してきたが、もう限界だった。令子は一気にまくしたてた。「深山さん、時間を無駄にしたくないのなら正直に答えてください。だいたい、このビスタレーンという事務所は会社として登記してないじゃありませんか。調べればすぐわかることです。法人をよそおうこと自体、立派な詐欺ですよ。それがまかりとおるのは、ひとえに社員というか、働き手があなたひとりしかいないからでしょう。ようするにこれはあなたの自営業にすぎないんです。ちがいますか?」

深山の表情が硬くなった。あいかわらず視線は下に向けたまま、ふてくされたようすでいった。「うちを侮辱しないでもらいたい。訴えますよ」

「どうぞ」令子はいった。「いつでも訴えてください。そちらがちゃんと法的な手続きをとることができるお立場にあるなら」

深山は顔を横に向けていった。「ではいずれ、そうします」

令子は怒りをおぼえた。この男はどこまで子供じみているのだろう。もともとひとりでやっている事業なのだから、ぼろがでにくいという自負があるのだろう。だれにも裏切られる心配がないのだから。それに、はったりで塗り固めた仕事のやり方を当然のごとくりかえすうちに、他人もはったりしかしないものだと決めこんでいるのだろう。

たしかに、令子は本気で裁判沙汰《ざた》にするつもりはなかった。こういうブラフは相手があるていどの社会的地位や常識を持っているときのみ有効なのだ。こんなつかみどころのない、世間から逸脱した男には通用しない。

「あなたは責任を感じないんですか」令子は怒りにまかせていった。「あなたの事務所に所属している女の子が問題を起こしているんですよ」

「なにが問題なんでしょうか」深山は悪びれるようすもなく、たずねかえした。

「美樹原唯さんというかたの浮気の相手とされているのは、うちの会社の社員です」

「それがどうしたんですか。よくあることです」

「あなたがたの生きてる世界とはちがうんです。今回のことはフォレストの企業イメージを著しく傷つけるものです。わが社では早急に原因を究明しなければならないんです」

「企業イメージといわれると、いま騒がれてる事件のほうが重要なんじゃないですか。子供たちが自殺をはかったり事故を引き起こしたりするっていう」

「それもありますが、これも無視できない問題なんです。美樹原さん本人にお会いできないのなら、あなたの口からちゃんと説明してください。あの写真週刊誌の記事はいったいどういうことなんですか。美樹原さんはいつからうちの……」一瞬言葉に詰まったが、令子は勢いにまかせていった。「うちの津久井部長とつきあっていたんですか」

「私はなにも知りません。本人のプライバシーに関することですので」

「なら本人と話させてください」

「そうもいかないんですよ」深山は顔をしかめた。「そちら同様、こちらの事情もあるんです。美樹原唯にとっても、今回のことはイメージダウンなんですよ」

「どうしてですか」

「彼女が男性とつきあっていたことが明るみにでたことで、彼女のファンが離れてしまいます。それにメーカーサイドも、売り上げが減るということで苦言を呈してます。有名な二枚目俳優がスキャンダルの相手なら、彼女の芸能人としての地位も確立できるでしょうが、一介のゲームプログラマーではね……。だから、あまりこの問題を大きくしたくないんですよ」

一介のゲームプログラマー。その言葉に令子は激しく憤った。事実にはちがいないが、こんな男にはいわれたくない。「ファンが減るとか売り上げが減るとかおっしゃいますけど、それはアダルトビデオの話でしょう？　アダルトビデオのファンが、彼女の色恋沙汰を気にするというんですか？」

「彼女は清純派で売ってましたから」

しばらく沈黙が流れた。令子は深山を見つめた。深山も令子を見つめかえした。

やがて令子は噴きだした。なぜかはわからない。妙におかしいと感じて、笑っていた。

アダルトビデオの女優に、清純派なんて。「その美樹原さんというひとのビデオは、ほかのビデオとは異なる内容なんですか。ベッドシーンがないとか、そういう特殊な存在なんですか」

「いえ、そういうわけじゃありません。ＡＶですから、そういうことは、ちゃんと……」

「だからこそわが社にとってはかなりのダメージなんです。うちは子供相手に健全なイメージ戦略で売ってきたんです。今回のことは白黒をはっきりさせなきゃいけません。うちの社長もそれを望んでおります」

糸織が妙な顔をして令子を見たが、令子は気づかないふりをした。

深山が困惑した表情で口をひらきかけた。そのとき、デスクの電話が鳴った。深山は立ちあがり、コードレスの受話器をとった。

「はい」深山はいった。「ああ、涼子《りようこ》ちゃん。ええと、明日の撮影は二時から。……内容？　３Ｐだったかな。セーラー服もので……」

令子たちの冷ややかな視線を感じたのか、深山は口をつぐんだ。ちょっとまって、と受話器に告げると、足ばやに玄関のドアのほうへ向かった。内々に話をするには、この狭い部屋をでるしかない。深山はドアをでて閉めた。廊下から話し声がきこえる。

令子はすぐさま立ちあがり、デスクの前に歩みよった。「糸織さん。このパソコン、ネットに接続されてるのかしら?」

「いや、つながってないでしょう」糸織がそばに近づいてきた。「ケーブルがないし、無線LANとも思えない。こんな古い型ではウィンドウズも動くのがやっとのはずです。せいぜい表計算と、ワープロぐらいにしかつかってないんじゃないですか」

「名簿は? ここに所属してる女の子たちの名簿とか、データに入ってないかしら」

「可能性はありますね」

「調べられる?」令子はきいた。

糸織は表情にとまどいのいろを浮かべた。「でも……」

「いいから」令子は糸織の反論を制した。「あのひとと話しててもらちがあかないわ。それより、調べちゃったほうが早いわよ」

「戻ってきませんかね」

令子は耳をそばだてた。廊下で深山がしゃべっている声がする。

「まだだいじょうぶ。さ、早くやって」

糸織はためらうようすをみせたが、意を決したように椅子に座った。コンピュータの電源をいれ、キーを叩《たた》いた。

「ああ、エクセルで一覧表が作ってありますね」糸織はいった。「住所氏名のリストが入力されてるはずだけど……」

ずいぶん昔のコンピュータだけに、マウスをクリックしてから反応までのタイムラグがある。令子はデスクの上にある、電話の親機を見やった。まだ外線のランプが点灯している。通話中ということだ。

「ねえ、令子さん」コンピュータを操作しながら、糸織がいった。「まったくおなじですね」

「なにが?」

「きのう、社長がおやりになったこととおなじことですよ」

令子は糸織の横顔を見た。糸織はなんの表情も浮かべず、淡々とキーを叩いていた。たしかにそうだ。情報を盗むために糸織にてつだわせている。その点において、きのう桐生がやったこととおなじだった。だが、糸織がいわんとしているのはべつの意味だろう。

昨夜の桐生はシグマテックが犯人だと決めてかかっていた。令子は桐生のそういう偏見に失望した。しかし、いま令子もおなじ道をたどっているのかもしれない。美樹原というAV女優、そしてこの事務所を敵視し、手段を選ばないことに躊躇《ちゅうちょ》しない。

マキャベリスト。そんな言葉が令子の頭に浮かんだ。きのうの桐生社長はマキャベリストに思えた。令子は反感を持った。そしていま、自分もそうなりつつある。

いや、わたしの場合はちがう。令子は首を振って、その思いを振りきった。桐生は、津久井智男がシグマテックと裏で通じているといううわさに惑わされてしまった。自分のほうは、どんなうわさがあろうと最後まで津久井智男を信じようとしている。彼はぜったいに、こんな浮いた世界に愛人などつくるはずがない。きっとなにか理由がある。

「ありました」糸織がいった。

令子はモニターを見た。住所録一覧が表示されていた。すべて女の名で、括弧《かっこ》のなかにもうひとつの名前が書いてある。所属している女の子の芸名と本名だろう。美樹原唯の名前があった。住所は新宿区曙橋《あけぼのばし》北原四‐八‐十六、レジデンス北原五〇八。

ふいにピッという電子音がして、電話機の点灯が消えた。

「消して！」令子は鋭くいった。

操作性は最近のOSとはくらべものにならないが、終了の過程が短いことだけはさいわいだった。糸織がすばやくマウスを操作し、電源を切った。立ちあがるとほぼ同時に、玄関のドアが開いた。

部屋に戻ってきた深山が、怪訝《けげん》そうな顔で令子を見やった。椅子から立ちあがっていることに違和感をおぼえたのだろう。

この動作を正当化するせりふはひとつしかなかった。令子はいった。「お話はよくわかりました。べつのところをあたってみるつもりですので、そろそろ失礼させていただきます」

深山は眉《まゆ》をひそめながらも、安堵《あんど》のいろをただよわせながらいった。「そうですか。あまりお役に立てませんで」

いえ、といいながら令子は玄関のドアのほうへ向かった。頭のなかでは、おぼえた美樹原の住所を忘れないように何度もくりかえしていた。そのいっぽうで、なんとなく気になることがある。そんなふうに感じていた。それがどんなことなのか、しだいにわかってきた。令子は足をとめ、ふりかえった。

「美樹原唯さんというかたの写真は、ここにありますか？」令子は深山にたずねた。

深山は、美樹原唯は清純派だといっていた。メーカーの売り上げが減ることを懸念していた。令子はさっき一笑に付したが、もしかしたら本当かもしれない。これは令子にとってまったくなじみのない世界だ。もし深山がいうように、今回の写真週刊誌のスクープでビスタレーン側がダメージを受けた被害者だとしたら、一方的に情報を盗んで立ちさるという行為に後ろめたさをおぼえる。

深山は無言で壁の一部を指さした。

令子はそのポスターを見た。新作という文字が躍っている、ビデオソフトの宣伝用のポスターだった。大きくコラージュされている美樹原唯の写真は、高校生を思わせるブレザーの制服を着て、机の上で頬《ほお》づえをついて微笑《ほほえ》んでいるというものだった。ふつうのモデルのピンナップとしても通用する、きれいな写真だった。目もとが優しく、子供っぽい顔だちの美樹原唯の姿は、本物の女子高生に見えた。しかし、ポスターの下部にはまったく対照的な写真が並んでいた。ビデオの撮影現場で撮《と》られたと思われる写真だった。全裸で、ふたりの男にもてあそばれている美樹原唯。男のペニスをしゃぶっている美樹原唯。ねっとりとした精液を顔にかけられた美樹原唯。

令子は心が冷えきるのを感じた。見ているだけでも怒りと吐き気がこみあげてきそうだった。なにより、こんなところでこんな写真を見なければならない自分に腹が立った。これは一生かかわりあいたくない、目をそむけてやりすごしたい世界にほかならない。そんな世界にかかわりを持たざるを得なかった自分がいた。いまできることといえば、ひたすら軽蔑《けいべつ》することだけだった。

「なるほど」令子は皮肉っぽい口調でいった。「清純派ですね」

うつむいたまま黙りこくっている深山を一瞥《いちべつ》して、令子は足ばやにドアへ向かった。もう一秒も、こんなところにいたくはなかった。

廊下にでた。あとから部屋をでた糸織が「どうもお邪魔しました」と告げて、ドアを閉めた。

令子はハンドバッグからボールペンと手帳をだした。記憶にとどめておいた美樹原唯の住所を書きなぐった。新宿区曙橋北原四 - 八 - 十六、レジデンス北原五〇八。書き終えると、ようやくほっと胸をなでおろす気になった。

さ、行きましょう。令子はそういって、廊下を歩きだした。

糸織がついてくる気配がないので、令子はふりかえった。糸織は立ちどまったままだった。

「どうかしたの」令子はきいた。

「いえ」糸織は微笑を浮かべた。「なんでもありません」

そういいながら、糸織の顔に浮かんだ笑みがすぐにまたとまどいのいろのなかに消えていくことに、令子は気づかないふりをした。背を向けて、また歩きだした。かなりの間をおいて、糸織がついてくる足音がした。

香水

スタジオの建物をでると、空はかなり曇っていた。桐生直人は一瞬、時刻の感覚を喪失した。腕時計を見る。午後二時十三分。あの将棋番組が午後一時半からの三十分番組なのだから、当然それぐらいの時刻だ。

守屋がいった。「会社に戻るのが怖くなるな。テレビを見てた連中に総スカンを食いそうだ」

「れっきとした事情があるんです」桐生はつぶやいた。「後ろめたく感じる必要はないでしょう」

駐車場のほうから駆けてくる足音がした。桐生のクルマの運転手が走ってくる。年齢は二十代半ば、募集で面接を受けて採用された実直な男だった。

運転手は桐生の前まで来て立ちどまった。息をきらせている。

「どうかしたのか」桐生はきいた。

「すぐ会社に戻ってください」運転手はいった。「三十分ほど前から、自動車電話に呼びだしが殺到してるんです。役員や株主のほか、社内のいろいろなセクションの部長や課長からです。それに地方の支社からもひっきりなしに社長と連絡がとりたいという申し出がありまして」

「ほらみろ」守屋が顔をしかめた。「社員に動揺がひろがった。無理もない話だがな。どう落し前をつけるつもりだ？」

桐生は困惑していった。「連絡が殺到するのはしかたないことだが、どうして社長室のほうで応対しない？　なんで自動車電話のほうに直接かかってくるんだ？」

「それが、秘書のかたが社内においでにならないようですので」

「令子が？」桐生は守屋の顔を見た。

守屋が運転手にたずねた。「どういうことなんだ。いったいどこへ行った？」

「わかりません」運転手は頼りない声でいった。「伝言をいれておいたんですが、社長室へお戻りになったようすはありません。ずっと外出されてるようです」

令子はけさ出社していた。とすると、桐生が会社をでてこのスタジオへ向かったあと、なんの連絡もなくでかけたことになる。

「まずい」守屋が首を振った。「令子が会社にいないってことは、外部から入った電話にだれも応対できていないことになる。こんな状況だ、ほんの一時間でもマスコミ関係からの電話が百本以上はかかってきてるはずだ。どこかの部署に電話がまわされて、社長は留守です、どこへ行ったか皆目見当がつきませんなんて返事してみろ。またしても会社のイメージは大幅ダウンだ」

イメージダウンだけならまだいい。それより桐生が心配しているのは社内の混乱だった。会社のトップが適切な対応をとれていないという印象をあたえたのでは、組織のまとまりにひびが入る。ただでさえ、いまフォレストの社員はいきなり社会から糾弾の矢面に立たされ、孤独感や閉塞《へいそく》感にさいなまれているはずだ。それゆえ、いまは組織の中核が一枚岩であることを信じさせねばならない。そんなときに、令子が持ち場を離れている。きのうの失敗がまた桐生の頭にうかんだ。彼女はあきらかに失望の念をあらわにしていた。彼女は自分の職務を放棄するほどに落胆していたのだろうか。もしそうなら、すべては桐生の責任だった。

あるいは、自分は令子の職務への熱心さや、自分に対する信頼というものが不変であるかのごとく錯覚していたのかもしれない。桐生はそう思った。彼女が自分に信頼を寄せていたのは、阿佐谷のソフトウェア会社時代からずっと、桐生が社長として正確な判断力をしめすことに努力をそそいできたからだろう。津久井智男の身を案じずにはいられない状況で、彼女は是が非でも桐生の判断力に賭《か》けたいと思っていたにちがいない。そして、結論を急ぎすぎた桐生の勇み足が、彼女を傷つけてしまったのかもしれない。だとするなら……。

ふいに、女の声が呼んだ。「桐生社長」

ふりかえると、スタジオの建物からひとりの女がでてくるところだった。シグマテックの神崎が連れていた、あのモデルのように派手ないでたちの女だった。曇り空の下、殺風景な駐車場を背景にすると、その過剰なファッションがひどく異質に見えた。

女は笑みをたたえながら歩みよってきた。「さきほどはどうも」

こちらこそ。桐牛はそういって、軽く頭をさげた。

「社に戻るまえに、ひとことごあいさつをと思いまして」女はいった。営業用のしゃべり方を完璧《かんぺき》に身につけた女の声だった。

「それはわざわざ、ごていねいに」

女は守屋と運転手のほうには目もくれなかった。大きな瞳《ひとみ》が桐生の顔をとらえていた。アイラインがきれいに整えられ、口紅も燃えるように赤かった。化粧をした直後のように見える。

「ごあいさつが遅れまして、もうしわけありません」女はそういって、名刺をさしだした。「三國奈緒子《みくになおこ》ともうします。お見知りおきを」

桐生は受けとった名刺に目を落とした。肩書きは常務取締役となっている。

「これはどうも」桐生はつぶやいた。「重役のかたとは存じあげませんで」

「社長室長を兼任しております。意外に思われましたか」

「それほどでも。ゲーム業界に風変わりなトップはつきものですから」

そういいながら、桐生は三國奈緒子の肩ごしに見える人物に目をやった。黒ひげの男がスタジオの建物の前にたたずんでいる。十メートルほど離れたその位置で、きちんと背すじを伸ばして、こちらに目を向けている。口もとを固く結んだまま、ぴくりとも動こうとしない。

桐生の視線に気づいたらしく、三國は後ろをふりかえった。黒ひげの男を一瞥《いちべつ》して、すぐにまた桐生のほうに顔を向けた。「ああ、あのひともうちの役員ですのよ。事業管理局長をつとめている野呂瀬三郎《のろせさぶろう》です」

あの用心棒のような風体で役員とは正直なところ意外だったが、役職をきけばうなずける。事業管理局。シグマテックはゲーム産業のほかに不動産や株などの資産運営を手広くおこなっている。あの男はそちらのほうの責任者ということだ。あの外見なら、総会屋につけこまれる隙《すき》もあたえないだろう。いかにも神崎らしい人選だった。

守屋が笑って、口をはさんだ。「私はまた運転手のかたかと思いましたよ」

三國は守屋のほうに視線を向けなかった。桐生のほうを見たまま、一瞬だけ表情を凍りつかせ、また営業用の笑みに転じた。

露骨に無視された守屋は眉《まゆ》をひそめた。

桐生は三國にきいた。「神崎社長はどちらに?」

「もうクルマのほうに乗っております。わたしたちもいまからすぐ向かうところです」

「そうですか。ではこれで」

「おまちください」三國は呼びとめた。「じつは、内々にお話が」

桐生は黙って見かえした。神崎同様、この女も微笑の仮面をまとって本心を隠すすべに長《た》けている。グラビアか新車のカタログにでも載っていそうな形ばかりのスマイルからは、なにも読みとることができない。

桐生は守屋にいった。「さきにクルマへ戻っていてください」

守屋が抗議した。「おいおい。一刻も早く会社に帰らなきゃならないってときに」

「ほんの数分だけです。頼みます」

守屋は不平そうな顔をした。無理もなかった。きょう、彼にとって追いはらわれるのはこれが二度めだ。それも神崎が相手ならまだいい。この銀座か六本木のクラブから抜けだしてきたような女にとことん無視されるのは、我慢ならなくて当然だろう。

桐生は守屋の心中を察して、穏やかにいった。「おそらく神崎社長からの伝言でしょう。おたがい連絡がつきにくい立場ですから、きいておかないと」

守屋はなおも不満そうにしていたが、やがてため息をつくと、運転手をうながして一緒に立ちさっていった。

三國はしばらく守屋たちの背を見送っていた。十分に距離がひらいてから、視線を桐生に戻した。やはり口もとには微笑があった。だが、さっきよりはいくらか自然さがあった。

「せっかちなひとですね」三國はいった。

「場合が場合ですから」

三國は同情するようにうなずいた。「いま会社のほうはたいへんなのでしょう?」

桐生は野呂瀬という男のほうを見た。野呂瀬は依然として、三國の後方にかしこまってたたずんでいる。顔をこちらに向けているが、視線は桐生と三國をとらえているようでもあり、虚空をさまよっているようでもあった。

「用件はなんです」桐生は三國にきいた。

「じつはおききしたいことがあって」三國はちらと野呂瀬をふりかえってから、声をひそめていった。「さきほどの将棋の対局では、うちの社長とどんな取り引きをされたんですか?」

「取り引き?」

「ええ。なにかをお賭けになったんでしょう? そうでなければ、うちの社長があなたに対局を申しこむはずがありませんわ」

桐生は口をつぐんだ。この三國奈緒子という女は、神崎からなにもきかされていないのだろうか。いや、そんなはずはない。常務取締役で社長室長、いわば神崎の側近だ。すべてを把握していないほうがふしぎというものだ。

「賭け将棋などしていませんよ」桐生はあえて平然といった。「おたがいフェアプレイを心がけているので」

三國の顔を一瞬、とまどいがかすめた。「そうですか。それならいいんですけど」

「なぜそんなことをおききになるんですか」

三國はふいに顔を近づけてきた。香水のにおいが桐生の鼻をついた。

「きょう、のちほどお時間はありませんでしょうか」三國はささやいた。「どうしても話し合いたいことがありまして」

「いまおっしゃられたらどうです。わざわざ人払いまでしたことですし」

「いえ、そういうわけには……。よろしければ今夜、夕食をご一緒していただけるとありがたいのですが」

桐生はめんくらったが、平静をよそおって三國を見つめかえした。「夕食をですか?」

「ええ」

思わず桐生は笑った。たずねかえされても、三國の瞳には不安のいろひとつ現われなかった。よほど自信があるのだろう。察するに、おなじ手で何度も男を誘ったことがあるにちがいない。たしかに、男にとって悪い気がするものではない。三國奈緒子は、そういう意味では手慣れている。守屋や運転手を追いはらったのもそのひとつだ。ほかの男が眼中にないところを見せて、こちらの虚栄心を満足させようという寸法だ。バブル期の水商売ではよく流行《はや》った手らしいが、桐生が貧困から抜けだしたのは世が不況を迎えてからだった。そのせいか、こういう誘惑にはかなりの耐性があった。

「申しわけないが、いきなり今夜といわれましてもね。あなたがさっきご指摘になったとおり、うちの会社はいまたいへんなので」

「おそらくその問題と関係の深い事柄なんです。きっと相互利益につながると思いますけど」そういって、三國はうつむきかげんになり、上目づかいに桐生を見た。

理性の防壁にゆがみが生じるほどではなかったが、桐生はかすかにとまどった。視線をそらして、早口にいった。「いまはなかなかスケジュールどおりに動けないことが多くて。午後七時ぐらいにこちらから連絡をいれるということで、いかがですか」

三國は微笑を浮かべた。シグマテックの重役でなければ、かなり魅力的な笑顔であることは否定できない。

「じゃ、その時間に」三國はいった。「名刺の裏に、携帯の番号が書いてありますから」

桐生がうなずくと、三國はもういちど微笑《ほほえ》みかけてから、ゆっくりと背を向け、野呂瀬という男のほうへ歩きさっていった。彼女が野呂瀬にどんな表情を向けたかはわからない。野呂瀬のほうもなんの表情も浮かべなかった。ただ、三國が脇《わき》を通りすぎると、野呂瀬もその後につづいて歩きだした。神崎のクルマはこの駐車場にはないのか、敷地の正門から表通りへとでていく。

桐生はしばらくその場に立ちどまっていた。かすかに香水のかおりが残っている。妻の裕美がつけていたものよりずっと強烈だった。値段のほうもずっと高価なのだろう。

しばらくは目の前に、三國の顔が浮かんでいるかのようだった。ふっと我にかえって、自分の置かれた立場を再認識しようと試みる。約束を交わしたことに、奇妙な罪悪感があった。あるいは、男にそういう感覚を残すことも、三國奈緒子の手慣れたわざのひとつかもしれなかった。

顔に降りかかる小雨を感じた。ネクタイをしめなおし、守屋のまつクルマのほうへ歩きだした。

俺も中年かな。桐生はぼそりと、そうこぼした。

生命

東州医大付属佐倉病院の四階の一室で、精神科医の田辺は椅子《いす》に腰かけながら、埃《ほこり》をかぶった医療用の機材をながめわたした。心電計、サーモグラフィー、CTスキャン。いずれも機種としてはさほど古いものではない。だが、患者数のかぎられている田舎の病院にはこれらの機材は各部署に一台ずつあれば十分だ。市が工面する予算をつかい果すために予備の機材を買っては、いちども電源をいれることもなくこうして空き部屋に詰めこんでしまう。

だが、あながち無駄とはいいきれなかった。患者の多くはこうした機材を見せられるだけで安心するものだ。しょせんは心拍数や体温をはかるだけのものにすぎないのに、その仰々しい外観のおかげで、ハイテク機器を完備した頼りがいのある病院という印象をあたえられる。実際、連日この病院を訪れるマスコミ関係者の多くは、やたら機械の表示をカメラにおさめることに執着していた。すでに回復にむかっている少年の心拍数や体温をニュース番組で流すことにどんな意味があるのかしらないが、おそらくテレビの絵づくりとしてはもっともらしいものになる、そういうことだろう。彼らはまた、脳波というものにもこだわった。脳波を測定する機械はありませんか、そのデータはありませんか。そればかりきいてくる。田辺が、精神科医には脳波のデータは必要不可欠なものではなく、最終的には心理学的な見地にもとづいて判断をくだすものだと説明すると、みな一様に不満そうな顔をする。彼らは、人間の精神状態が正常か異常かを測定できる機械があると勝手にきめつけている。むろん、そんなものは存在しない。たとえ脳波測定器が通常の意識状態とは異なる数値をしめしていたとしても、セックスや飲酒の直後ならふつうの人間でも十分にありえることだ。なにが正常でなにが異常か、その線引きさえもむずかしい。それが現実だった。

機械信奉者が多いぶんだけ、知識と経験則だけを頼りに診察する精神科医の立場は弱かった。さらに、田辺は演説が得意なほうではなかった。知人や親類から結婚式のスピーチを頼まれるたびに、顔が真っ赤になってしまう。精神科医にみてもらったほうがいいんじゃないの、そんなふうに茶化されることもしばしばあった。田辺はそれだけ、根拠や自信のないことをもっともらしく論ずる手腕にかけていた。演技力と説得力の欠如だった。そしてそれは、この部屋にあるような機材の威光にすがることのできない精神科医という職業には致命傷に近かった。

田辺は立ちあがった。窓の外を見やる。空は曇っていた。小雨がぱらぱらとガラスに降りかかっている。天気は不安定だが、大雨の心配はない。そう天気予報が告げていた。

　腹部を刺した少年はまだ絶対安静の状態がつづき、田辺は面会できずにいた。かわりに、不審な行動を起こした母親のほうの精神分析を依頼された。あの母親は、手術室からできた少年と会話を交わしたあと、この部屋に立てこもった。この部屋は職員たちの貴重品置き場にもなっていたが、それらに手をつけた形跡はなかった。理由をたずねたが、母親はなにも話せませんというばかりだった。この部屋にこもるという行為にどういう意味があったのか、皆目見当がつかない。

　ドアをノックする音がした。どうぞと告げると、ドアが開いた。須藤が頭をかきながら部屋に入ってきた。

「なにかあったんですか」田辺はきいた。

「いや」須藤はため息をついた。「いま上の階の病室にいる署長と会ってきました」

「どんなご様子でした」

「ずいぶん衰弱してますよ。流動食しか受けつけなくなってる。まるで急激に歳《とし》をとったみたいです。耳も遠くなっているみたいだし。それより署長の奥さんが気の毒でね。報道陣にも顔をおぼえられちまった。病院に出入りするたびにマイクを突きつけられるんです。署長が入院しているせいで捜査が遅れてるんじゃないのか、奥さんにそんなことをきく輩《やから》もいたし」

「ひどいですね」

「長いこと刑事をやってて、こんなに無力感にさいなまれたことははじめてです。凶悪犯罪は未然にふせげ、署長はいつも俺たちにそういってきた。署長の就任以来、所轄内では窃盗も殺人もなかった。今回も少年の自殺未遂にすぎないのに、世間の勝手な憶測によって署長の誇りがやぶられようとしてる」須藤は言葉を切った。愚痴をいう自分に嫌気がさしたのか、首を振っていった。「捜査に全力をあげるべきだな。田辺さん、あの母親の精神分析の結果は？」

田辺はためらいながらいった。「彼女はまったく正常でした」

須藤の顔に不満のいろが浮かんだ。「そんなはずはないでしょう。彼女は意味もなくこの部屋に閉じこもった。自分の腹にナイフを突き立てた少年の母親が、急にそんな行動をしでかした。正常なわけはないでしょう」

「須藤さん」田辺は言葉を選びながらいった。「私の言葉に説得力がないのはよく承知しています。もっと強い口調できっぱりと断言できれば、あなたやほかの警察関係の人々も納得してくれるでしょう。でもそれは、私のパーソナリティーじゃありません。それを前提として、根気よくきいていただきたいのです」

須藤は黙ってじっと田辺を見つめた。やがて小さくうなずき、静かにいった。「わかりました。俺はあなたの精神科医としての知識や経験には敬意をはらっているつもりです。そのうえで、ぜひ意見をきかせてもらいたい。あの母親はなぜ、この部屋に閉じこもったんですか」

「彼女はどんな質問にもきちんと受け答えができるうえに、責任能力もあれば認知力もあります。まちがいなく、彼女は正常です」口をひらきかけた須藤を制して、田辺はつづけた。

「だとするなら、彼女の行動には理由があったはずです。この部屋に閉じこもって、しかもなにをしていたかを私たちに話すことができない、れっきとした理由があるはずです」

須藤はうんざりしたようすでいった。「またですか。田辺さん、あなたは精神科医なんです。刑事の真似《まね》ごとはやめてくださいといったでしょう。現場検証は俺たちの仕事です。あなたに求められていることは、あなたの専門分野における判断ですよ」

「だから、それを申しあげているんです。彼女は正常でした。だからあの行為には理由があります」

田辺がきっぱりというと、須藤はあきれ顔で壁ぎわの機材のほうへ歩いていった。

警察以外の人間が推理に参加することを、須藤が忌み嫌っているのは田辺も知っていた。心理学者や精神分析医が事件を解決したというアメリカの報道を見るたび、須藤は難癖をつけていた。だがときには、専門分野の垣根を越えなければ事実が見えないこともある、田辺はそう思っていた。そして、いまがそういうときではないのか。

「わかった」須藤はため息まじりにいった。「理由があったとしましょう。彼女はこの部屋に用があった。保管してあった職員の貴重品には手をつけていなかったから、盗み目的ではない。すると、このへんにある機材でもつかいたかったとか、そんなことですかね。たとえば、みんなに黙ってこっそり心電図をとりたかったとか」

須藤は笑いながら肩をすくめた。その笑いが、しだいに消えていった。部屋の隅を見つめて押し黙った。

田辺はその視線を追った。デスクの上に置かれた一台のパソコンが、そこにあった。

須藤はパソコンに歩みよった。「ひょっとして、これかな」

「パソコンで、なにをしていたというんです」田辺はきいた。

「さあ。ただ、映画とかでよくやっているでしょう。データを盗むとかなんとか」

「病院のデータを、あの母親がですか?」田辺は困惑した。「まさか。だいたい、この院内にはそんな大規模なネットワークはないですよ。このパソコンもインターネットにつながっているだけでしょう」

「誰のパソコンなんだね?」

「さて、ね。ああ、大阪に出張中の職員がいるけど、彼のものだったと思います」

ふうん、と須藤は顎《あご》をしきりに撫《な》でまわしていたが、やがて関心を失ったように背を向けた。「医者のあなたにパソコンのことを聞いても、なにも出てきやしないな。専門分野に立ち返りましょう。黒いコートの男なんだが、あれが幻覚という可能性はどれくらいあるかな?」

「それはもう、充分にありますす」と田辺は答えた。「原因は不明でも、幻覚としてはありうる話です」

「充分に? そんなにはっきりと幻覚を見ることがありうると?」

「ええ。人は毎晩、睡眠に入っては夢という幻覚を見ている。発熱すると白昼の幻覚を見ることもありうる。幻覚はだれにでも起こりえることです」

恐怖心があると、柳の木を幽霊のように錯覚したりする。そういう場合、ふしぎなことにたいていの日本人は全身ずぶ濡《ぬ》れの、髪が長くて白の浴衣《ゆかた》を着た女の姿を見たという。幼少のころからきかされた怪談が無意識のうちに影響をあたえているのか、それともなにかそういう共通の幻覚を見る日本人特有の心理のメカニズムがあるのかはわからない。だがそのように、おおぜいの人間がそろっておなじ幻覚を見ることはありうる。だとするなら、子供たちが黒いコートの男という共通の幻覚を見たこと自体は、さほど重く考えることはないのかもしれない。異常を引き起こすきっかけがおなじだったから、見る幻もみなおなじになった。ただそれだけのことなのかもしれない。問題は異常を引き起こした原因だけだ。

「須藤さん」田辺はきいた。「あのシティ・エクスパンダー4というゲームについてはどう思いますか」

「あれですか」須藤は肩をすくめた。「署の鑑識が少年の持っていたゲームソフトを調べてますが、さっぱりです。俺は、あまりあのゲームにとらわれるべきじゃないと思いますがね。マスコミが騒いでいるみたいに、ほかの地域の事件と一緒にして考えると、かえって解決が遅れるかもしれない。うちの所轄のなかで一件の自殺未遂が起きた、それだけに注目して捜査すべきです。俺たちは、地元の警察の人間ですからね。署長もそれを望んでましたよ」

「しかし、ゲームが共通項なのはあきらかです。それに、ニュースでみたんですが、自殺と思われるような行為をしでかしたり、事故を起こして傷ついた子供たちは、ゲームを買った日からみんなそれぞれに異常な生活態度がみられたというんですよ。しきりに手をこすったり、顔をなでたりして、ひどく落ちつかないようすだったり……」

「ああ。そいつは、どこかの本で読んだことがある。最近の子供たちの特徴みたいなものなんでしょう？　ええと、なんていったか、注意欠陥とか……」

「注意欠陥性多動性障害ですね。でも、そういう症状はほとんど先天的なものではないかとみられています。シティ・エクスパンダーをプレイした子供たちは以前はそうした兆候をしめさなかったのに、いきなりそうなったんですよ。それから、目つきがとろんとしたり、息が荒くなっている子供も多いと報じられています。これらは、われわれの事件の少年と共通してますね。でもほかの地域の少年少女には、さらに異なる異常性もみられるんです。たとえば埼玉でシティ・エクスパンダーをプレイした小学三年生の子は、事故の寸前、いやにひとりごとが多くなっていたといいます。また石川県で自転車の転倒事故を起こした子は、前日から両親にやたら不平をいったり、大声でがなりたてていたそうです。ほかにも、やけにあくびを連発したり、ちょっとしたことで腹を立てたり、よろめいたり、叫んだり、泣き出したり、あるいは嘔吐《おうと》したり……」

「それらはぜんぶ、ニュースで聞きましたよ。ぜんぶ原因不明。共通点はシティ・エクスパンダーってゲームだけ。そうでしょう?」

「そうなんですけどね」田辺は頭をかいた。報道の情報だけで憶測を述べるのは気が引ける。それでも、とりあえずこの長いつきあいの刑事に話してみることにした。「興味深いのは、それらの症状に最も近いのは、やはり薬物中毒だということです」

「薬物中毒?」須藤の目が田辺をとらえた。

「ええ。それも市販の風邪薬の過剰摂取です。年少児が抗ヒスタミン剤をいちどに大量にとると、幻覚やけいれんを引き起こすことが確認されています。二〇〇三年のドイツ、フランクフルトの小学校で、子供が冗談半分に錠剤を大量に飲み、そのような事態に陥りました。そして、ここがきわめて重要なんですが……当時、ドイツで子供殺しで有名だった殺人犯の顔を、幻覚で見たというんです。さらに、体内の抗ヒスタミンの成分が異常につながっていると認識したとたん、身体《からだ》を切りきざんで血を噴きださせてでも、それらの成分を身体から外にだしたい衝動に駆られたと記録されています」

「ほう」須藤は腕組みをした。「それが自傷行為になった可能性もあるな。死刑囚の幻覚も含めて、今回のケースに近いわけだ」

「そうです。ただし……今回は子供たちが薬の摂取ではなく、ゲームをしたことに端を発した。まさか、ゲームをプレイしたことで抗ヒスタミンと同じ成分が体内に自然生成されるとは、とても思えません」

「その抗ヒスタミンというのは……風邪薬の主要成分ですね？」

田辺はうなずいた。「副作用としては注意力が散漫になったり、眠気をもよおしたりしますが、フランクフルトの少年のような興奮作用につながるとなると、よほど大量に摂取せねばなりません。本来は鎮静作用なのですからね。とにかく、抗ヒスタミン薬の反応ときわめて近い状態が、あのゲームによって生じた。そう考えてみるだけの価値はあると思います」

「で、なぜそんなことが起きたと？」

「さあ。それはさっぱりわかりません。ただ、異常という概念だけではなにもみえてきませんが、なんとなくそういう種類の異常性に区分されるというだけで……」

須藤はあからさまにがっかりしたそぶりをみせた。「ま、それぐらいのことなら、そこらの素人でもいえることですよ。われわれは目の前にある事件を追いましょう。ゲームがどうこうとか、そんなことに興味はない」

田辺は困惑した。たしかに自分の思いついたことを口にしただけでしかない。だが、それをきっかけに議論していけばなんらかの糸口がみつかるかもしれない。全国を覆い尽くす異常事態の謎《なぞ》を解く糸口が。

だが須藤は、それほど大きな規模で物事を考えてはいないようだった。田辺の仮説を掘りさげようとする素振りはみせず、またパソコンに向き直る。電源をいれると、その前に座った。

須藤は頭をかきむしった。「あの母親、パソコンを使えたかな」

「使えてもふしぎはないでしょう。ただのウィンドウズＸＰですからね。家庭か職場でインターネットをやっていれば、楽勝でしょう」

「そうだったとして、あのときなぜ彼女は、ここでこっそりパソコンを操作する気になったか」

「少年と小声で話した直後にそうしたのですから、少年にいわれてやった可能性が高いと思いますが」

「そうだな。では少年はなにを指示したのか。母親に、このパソコンでどうしろといったのか」

須藤はしばらく画面を見つめていたが、ふと思いたったようにマウスに手を伸ばした。

メールソフトのアイコンをクリックする。

「どうかしたんですか」田辺はきいた。

「ちょっと気になるんです。メールってことは連絡をとりあう手段でしょう。仮にパソコンってものを考えずに、純粋に少年が母親になにかを頼んだと考えた場合、どこかへ連絡をつけてくれとか、そんなことをいった可能性が高いんじゃないかと思ったんです」

画面が切り替わった。送信済みのメール一覧が表示されている。そのなかで、いくつかの奇妙な文面が目についた。

須藤はつぶやくように読みあげた。「水のはいった袋……？」

データベース

夕方六時、退社時刻を告げるチャイムの音がきこえる。

守屋春樹《はるき》はひとりでフォレスト本社ビル六階の資料室にいた。図書館のようなこのフロアには、国内で発売されたパソコンソフト、家庭用ゲームソフト、アーケード用ゲーム基板がすべて棚におさめられている。

守屋は棚を右往左往しながら、将棋ゲームのソフトを引き抜いては中央のデスクに集めていた。将棋のソフトは思ったよりも少なかった。いま見つけたもので十二本目。データベースの検索結果をプリントアウトしたリストには、全部で二十一本のソフト名がある。あと九本というわけだ。

オセロやチェスにくらべて、将棋は複雑だ。オセロは盤上に駒《こま》が増えていくだけだし、チェスは減りつづけるいっぽうだ。しかし、将棋はそう単純ではない。とった駒をふたたび指すことで、盤上はいかようにも展開を変えていく。それだけに、あるていどコンピュータが賢くなければ成立しない。だからおのずから本数は少なめになるのだろう。

コンピュータが賢くなければ、か。守屋は自分の心のなかで用いたあいまいな表現にため息をついた。桐生ならもっと詳しい数値をあげるだろう。ＣＰＵが何メガ以上でないといけないとか、容量が何ギガ以上でないといけないとか、くどくど説明するだろう。だが、守屋にとってはどうでもよかった。いちどパッケージに印刷する文章の原稿をチェックしたさい、ＧＰＵと表記すべきところがＣＰＵとなっていて、そのまちがいに気づかず印刷へまわしそうになったことがある。開発部の連中がゲラ刷りを見て大騒ぎしたので発覚したが、守屋はいまでもあのていどのまちがいに目くじらをたてる必要があるのかといぶかしがっていた。一冊の雑誌には無数の誤字脱字がある。ゲームソフトの宣伝文句にも、頻繁にミスがある。それが印刷物というものだ。それなのにコンピュータにかじりついている連中は、数値や単位のまちがいとなるとたんに蔑《さげす》むような目をする。そのくせ、連中の書く文章は寒けを感じるほど表現力に乏しく、文法もまるでなっていない。守屋にとって、これほど頭にくることはなかった。そんなわけのわからない単位より、日本語をしっかり勉強しろというんだ。

守屋はマッキントッシュ用ソフト棚の前に歩みよった。リストには「名人将棋・二〇〇六年度版」とある。「め」のひきだしを開けてなかをさがす。すぐに見つかった。ディスクの入ったケースをとりだし、デスクのほうへ歩く。

部下に手つだってくれるように頼んだが、手があいている者はひとりもいなかった。きょうのフォレストは欠勤者が多かった。一連の騒動のせいだろう。おかげで社員はひとりにつき三人分の労働を強いられていた。広報部も新製品パッケージや宣材の締め切りが迫っている時期だけに、パニックさながらだった。色校のチェックや印刷所への発注については毎度のことだったが、問題は事件にまつわる広告媒体との調整や、問屋との商品キャンペーンについての話し合いだった。シティ・エクスパンダー4のせいで、外部の反応は急にひえこんでしまった。ほとんどの企業が返事を保留にしたままだった。こちらとしては納期が迫っているので一刻も早く返事をもらわねば困る。そんななかで、広報部の人間は相手にしてくれる媒体や問屋をさがしてあちこちに電話をかけまくっているのだ。

　ソフトをデスクの上に置き、またリストを見やる。次はシグマテックのドミネーター用ソフトだ。「王道将棋／覇王への挑戦」というタイトルだった。

　ふいに昼間の将棋番組のスタジオが脳裏によみがえった。ホストのようないでたちの神崎元康、ホステスのような見てくれの三國奈緒子。あんな連中が大企業のトップとは、まったくもって理解しがたい。シグマテックという会社はヤクザそのものだと業界ではささやかれていたが、さもありなんだと守屋は思った。ライバル会社のフォレストをおとしめるためには手段を選ばないだろう。事実、シグマテックは過去にも、フォレストのゲーム市場参入をはばもうと画策し、新製品の発売を同じ日にぶつけてみたり、発表展示会のブースを買収してフォレストを締めだそうとしたり、手を替え品を替え妨害工作を働いてきた。今度もその延長線上にあるものだろう。フォレストをつぶすべく、津久井智男を抱きこむぐらいのことはやるだろう。あのホストとホステスのコンビなら。

　それにしても津久井智男は、いったいどんな手をつかってシティ・エクスパンダー4で遊んだ子供たちに、黒いコートの男の幻影を見せたというのか。わからない。津久井という男は謎めいていた。不気味で、なにを考えているのか定かでないところがあった。守屋はことあるごとに、津久井智男という男は危険だ、なにをしでかすかわからないと桐生直人に進言していた。だが桐生は心配しすぎだと笑うばかりだった。令子があの津久井智男と結婚するにいたっては、守屋の理解力をはるかに超越した事態だといわざるをえなかった。結婚は恋愛とはちがうんだ。男選びに奇をてらうなんて、ろくなことがないぞ。守屋は令子にそういった。令子は怒っていいかえした。大きなお世話です。そう、たしかに大きなお世話だ。それはわかっている。しかし現状はどうだ。危惧《きぐ》したとおりではないか。

　令子が気の毒に思えた。あんなやつと結婚なんかするからだ。父親なら、そう叱《しか》ってやるところだ。だが、守屋は父親ではない。叱ってもなだめても、彼女の心を癒《いや》すことはできないだろう。

　ドミネーター用ソフトの棚の前に来た。ひきだしのなかをさがしてみたが、見当たらなかった。守屋は棚の上を見あげた。棚に入りきらないソフトが天井まで積みあげられている。シグマテックはリリースするソフトの数が半端ではない。ひと月のあいだに、フォレストの七倍から八倍もの数のソフトを市場に送りだしている。もっとも、そのほとんどは過去の作品に手を加えた焼き直しばかりで、たちまち小売店から返品の憂き目に遭っているというが、シグマテックは質より量をモットーとしているらしく、発売本数を減らすことなく強気に商売をつづけている。おかげでこういう保管場所は、いつもシグマテックのソフトであふれかえってしまうのだ。

椅子《いす》を棚の前に置き、その上に立った。棚の上に積まれたソフトに手を伸ばす。順不同のなかから目当てのソフトをさがすのは至難のわざだったが、やがて見つけることができた。しかし、そのソフトを引き抜いたとき、積みあげられたソフトの山が音をたてて崩れ落ちた。

なんてこった。守屋は思わず声をあげた。椅子から降り、床に散乱するシグマテックのソフトをかき集めた。

「守屋部長」女の声がした。

見あげると、糸織美穂が立っていた。

「ああ、きみか」

「手つだいましょうか」

「ありがとう。すまんね」

糸織は歩みよってきて、ソフトを拾いはじめた。「これ、シグマテックのやつですね」

「そう」守屋は苦々しくいった。「やっかいなしろものさ。まさにクソゲーの宝庫だ。アタリショックでも引き起こすつもりか」

「アタリショック？」

「クソゲーの乱発で市場がつぶれることだ。アメリカのアタリ社がそういう状況を引き起こしたことがある」

「へえ、そんなことありうるんですか」

「ああ、あるとも」守屋は拾ったソフトを椅子の上に積みあげた。「ゲームの世界じゃまだめずらしいことかもしれんが、出版界じゃよくあることだ」

「そうなんですか」

「私のつとめていた出版社がそうだった。中堅どころで、まずまず売れる本をだしてはいたんだが、写真集やゲームの攻略本ばかりを乱造しすぎた。結局、おりからの不況で倒産しちまった。ま、それでも攻略本をやってたおかげで再就職のコネが見つかったわけだが」

　糸織は笑った。「フォレストってことですね」

「編集者を二十年つとめた経験を桐生社長が買ってくれたんだ。まだ阿佐谷のソフトウェア会社時代にな。もともと私は正統派の活字本より、少し毛色の変わった企画本が得意だった。宣伝や広告にも興味があったしな。だから広報に入れてもらった。私の持ってるノウハウで、フォレストのパッケージはかなり洗練されたものになったと思うぞ。見ろ、このシグマテックのごちゃごちゃしたパッケージを。最低だよ」

糸織はこくりとうなずいた。内心どう思っているか、守屋にはわからない。糸織は守屋の手にしたシグマテックのソフトを見やっただけで、またソフトを拾いはじめた。

この糸織という女の子も開発部の人間だ。文系ではなく理系というわけだ。広報の仕事のすばらしさを説いたところで理解できないだろう。守屋はそう思った。

館内にアナウンスが流れた。「お客さまおよび社員のみなさまにご連絡申しあげます。本日ただいまより、桐生直人社長による緊急説明会が十階Bホールにてひらかれます。ご希望のかたはご出席ください。以上」

説明会。社員にひろがった動揺を少しでも鎮めるためには、それぐらいしか方法がないだろう。桐生は追いつめられつつあった。今回の事態を、役員たちは桐生を社長の座からひきずりおろす絶好の機会とみているだろう。説明会は吊《つる》しあげの様相を呈するにちがいない。桐生を弁護する立場の人間も必要になるだろう。もちろん、それは自分しかいないと守屋は思った。

まだ床のソフトを拾っている糸織に、守屋はいった。「どうもありがとう。助かったよ。あとは私がやっておくから」

糸織は上目づかいにきいた。「いいんですか?」

「ああ。いまから説明会へ行かなきゃならないし」

「それでしたら、わたしがここをやっておきますから」

「いいのか?」

「ええ」糸織は微笑《ほほえ》んだ。「わたしは説明会にでても、なにもきくことはありませんし」

守屋は額を指先でかいた。「それなら、お言葉に甘えさせてもらうよ。そうだ。ついでに、もうひとつお願いしてもいいかな。これが片づいてからでいいんだが」

「なんですか」

「このリストにある将棋ソフトを集めてほしいんだ。桐生社長の要望でね」

糸織はリストを受けとり、紙面に見いった。

守屋はふと思いなおして告げた。「いいんだ、すまない。やはりあとで私がやるよ」

「いいえ、やらせてください」糸織はリストを見つめたままいった。「どうせきょうは、もう仕事はないですし」

「開発部のほうはいそがしくないのかね」

「追いこみの時期ですから、いそがしくないわけはないですよ。でもわたしは、ちょっとさぼっちゃったもんですから」

「ほう」妙な感触が守屋のなかを走りぬけた。「きみは仕事熱心だときいていたが、さぼることもあるのか」

「ええ、ちょっとね」

「そうだ、きみは令子と仲がよかったな。きょう、彼女に会ったかね」

糸織は顔をあげた。厳しい顔つきだった。「なぜですか」

「きょう、昼間から姿を見せていないんでね。桐生社長もさがしていた」

「そうですか。わたしもよく知りませんけど」糸織はそういって、そそくさと立ちあがり、リストを片手にべつの棚のほうへ歩いていった。

守屋はその後ろにつづいた。「本当になにも知らないのかね」

「知らないですよ」糸織はあっさりと答え、ウィンドウズ用ソフトの棚の前で立ちどまった。「ウィンドウズXP専用ソフトがありますね。玄田《げんだ》九段の必勝将棋か。ええと、け、け……」

ひきだしのなかをさがす糸織の横顔を、守屋はじっと見ていた。表情を押し殺して仕事に従事するそらぞらしさが、かえって守屋の神経を逆なでした。

「きみ」守屋は厳しい口調でいった。「令子は社長室で待機しているはずなのに、勝手に社外に出て、まだ帰ってこない。きみはきのう、退社時間以降は令子と行動をともにしていたんだろう？　ひょっとしてきょうも……」

「知らないですって！」糸織は顔をしかめていった。

気まずい沈黙が辺りをつつんだ。

「そうか」守屋はぼそりといった。「ならいい」

しばらく間をおいて、糸織がなにごともなかったかのように明るい声でいった。「ああ、ありましたよ。ありました。玄田九段の必勝将棋」

守屋は迷った。ここで問い詰めるべきだろうか。自分にはそんな資格はない。自分は広報部長にすぎない。もちろん会社のためなら、どんな行為も辞さないつもりだ。だが、彼女を問い詰めてなんになるだろう。糸織は令子と親しくしていた。そして津久井智男の部下でもあった。だから事情をきく。それだけで十分かもしれない。しかし、そんなことはしたくなかった。お人よしかもしれないが、守屋はもうこれ以上、社内に信用できない人間がいるとは思いたくなかった。

「そうだな。なにかわかるかもしれないな」守屋はそういって、背を向けた。

「部長」糸織が呼びとめた。

守屋はふりかえった。

糸織は無表情だった。最近の若い子は、感情を表にだしたがらない。あるいは本当に、なにも感じていないのかもしれない。守屋にはわからなかった。五十代半ばの中年男としては、若い女の子と面と向かって話す機会さえほとんどないのだ。

「令子さんを責めないでください」糸織は静かにいった。「令子さんは、悪くないんです」

守屋は黙って糸織を見かえした。一瞬だけ、糸織の顔に悲しみのような気配がかすめた。

「わかってる」それだけいって、守屋はまた歩きだした。

ドアをでるまで、背中に糸織の視線を感じていた。本当は、糸織が口にしたことがどういう意味なのかたずねたかった。だが、きかなくてもだいたいのことはわかっている。令子はいま、ひたすら辛《つら》い状況にある。糸織がなにもいわなくても、それだけはよくわかった。そして守屋は、そのことをききたくはなかった。

四十八時間

壇上から見える座席は半分以上があいていた。このホールには五百人が収容できるはずだ。桐生直人は状況の厳しさをまのあたりにした。自分が築きあげてきたすべてのものが崩壊を目前にしているかのように思えた。

このたびはみなさまに不安をあたえるような事態になりまして、誠に心苦しく思っております。そんなお決まりの常套句《じょうとうく》を並べたてる演説をはじめて、すでに何分かが過ぎた。午後六時、退社時間きっかりに社員は本社ビルの十階にあるこのホールに集まった。もっとも、集まった社員はほんの一部にすぎなかった。

桐生は背すじを伸ばし、演壇の上のマイクにあまり口を近づけないようにしていた。前かがみになって犬のように吠《ほ》え立てても、威厳は生まれない。この場はできるだけゆとりのある話し方を心がけねばならない。そう思っていた。

「現状は」桐生はいった。「社員のみなさんがご承知のとおりです。シティ・エクスパンダー4を小売店から回収し、全国各地におけるパニックの原因が究明されるまで、保管することになりました。ただ、これは決してシティ・エクスパンダー4に原因があることを認めたがゆえの処置ではありません。わが社は規模を拡大するにつれ、一企業として社会的、道義的責任を負う必要にせまられ、それを果たすべく努力してきました」

話しているあいだに、ぱらぱらと席を立つ社員の姿が目に入った。ほとんどは管理職クラスのようだったが、なかには若い社員の顔もあった。

「今回もそれと同様に、原因は不明であっても社会的混乱を防止し、原因を究明するにあたって必要な措置をとるべく、しかるべき判断に踏み切ったものです」

桐生はそこで言葉を切った。社員をながめわたした。うなだれている者、腕や脚を組んでいる者の姿が目につく。頭をかかえている者もいた。最近のサラリーマンは不安にさいなまれる毎日を送っている。どんな大企業も安泰ではなく、たえず倒産やリストラの危機にさらされている。そんな不景気のなかで安定した財務体質を誇る数少ない企業がフォレストだった。しかしいま、その神話も崩れようとしている。

「社員のみなさんはくれぐれも、不安をおいだきにならないようお願いします。わが社がこれまで遵守《じゅんしゅ》しつづけた商品管理の徹底という面においては、今回もぬかりはなかったと信じております。えー……」

桐生は言葉に詰まった。気にせずにおこうとしても、席を立って出口へ流れていく社員の姿に注意を奪われてしまう。おとなしく席についている人間にしても、ただ無表情に、ぼんやりとした目をこちらに向けているにすぎなかった。

あるいは正直なぶんだけ、彼らのほうが自分にとっては心を許せる存在かもしれない。桐生はそう思った。一部の社員たちは、ことさらに身を固くして座り、目を輝かせ、桐生の言葉にたえずうなずいている。桐生にとっては、そういう彼らのゼスチャーのほうが苦痛に感じられた。彼らが心の底から自分を信頼し、話に耳を傾けているとはとても思えない。社長の形ばかりの演説には、形ばかりの真剣さをもってのぞむということなのだろう。結婚式で仲人の退屈なスピーチを聴く時間に似ている。双方が役割を演じる、ロールプレイング・ゲームだ。

最前列で額に手をやっている人物もいた。広報部長の守屋だった。そのとなりには役員たちの姿があった。彼らの表情は社員よりもはっきりしていた。口をへの字に曲げ、こちらをにらみつけるか、もしくは露骨に顔をそむけている。頭のなかでは会社の再編についてのプランを着々と練りあげているにちがいない。ゲームに関心のない役員たちにとって居心地のいい新生フォレストの姿に思いを馳《は》せているのだろう。まずはシグマテックにならって、屋上へリポートを生かすための役員用ヘリコプターの購入。つづいて、不動産やファーストフード・チェーンの全国展開。彼らはそういうこれまで桐生に拒絶された数々の提案を成立させられる空気を感じとっている。敵にまわらないはずはなかった。

さらに何人かが席を立った。遠慮するそぶりもみせず、すたすたと出口へ歩きさっていく。

会社の代表取締役を演じるロールプレイング・ゲーム。それが桐生にとって、最も苦手なゲームだった。すでに身に沁《し》みていた。ソフトウェア会社時代から、窮屈なスーツに身をつつみ、喉《のど》を痛めるほどに声をはりあげて檄《げき》を飛ばし、資金調達のために駆けずりまわった。そのどれもが、うまくいってはいなかった。なりふりかまわず企業を成長させようとするには、桐生の態度は物静かすぎた。口八丁手八丁で資金をかき集めるには、桐生の性格は正直すぎた。桐生が自分で会社をはじめたいといったとき、裕美は暗い表情で見つめかえした。あなたの性格は社長向きじゃないわ。裕美はそういった。会社が軌道に乗りだしても、裕美は考えを変えなかった。守屋さんや令子さんみたいな、いいひとたちに恵まれなかったら、あなたは終わってたわ。辛辣《しんらつ》な口調でそういった。フォレスト・コンピュータ・エンターテイメントと社名変更して、本格的にゲーム市場に参入することになったとき、桐生直人は妻が降参するせりふを吐くことを夢見た。しかし、新たな企業としての第一歩をしるす直前になって、裕美は病に倒れた。

死の床の裕美は高熱にうなされる日々を送っていた。桐生は一日の仕事を終えると病院に直行した。桐生は妻に、仕事が順調だと告げた。裕美は力なく笑って、うなずくだけだった。

本当は否定してほしかった。以前のように忌憚《きたん》のない意見を口にしてほしかった。だが、裕美はすでに弱っていた。意識も朦朧《もうろう》としていた。桐生がなんの仕事をしているのかさえ、思いだせなくなっていたかもしれない。

それからひと月も経《た》たないうちに、裕美は他界した。

桐生は我にかえった。出口をぞろぞろとでていく社員の背が見えた。壇上から見える社員の数は、さっきよりまた少なくなっていた。

なぜいま、裕美のことを思いだしたのか。桐生は考えた。おそらくは単純なことだ。裕美を失ったことに匹敵する辛《つら》さを、いまこの場で嚙《か》み締めているからだ。

「社員のみなさん」桐生は背を丸め、マイクに口を近づけた。「なにかおっしゃりたいことがあれば、いまこの場で発言してください。ご意見でもご質問でも、なんでも結構です。ただし、どういう形にせよ建設的な方向で話し合いたいと思いますが。なにかありますでしょうか」

だれもなにもいわなかった。だが、意見は社員たちの顔に書いてあった。早くこの集会を終了してもらいたい。帰宅したい。表情がそう告げていた。

やがて、ひとりの社員がおずおずと手をあげた。どうぞ、と桐生がいうと、社員は遠慮がちに立ちあがった。

「社長、今回子供たちの身に起きたことの原因として……シティ・エクスパンダー4になにか仕掛けがしてあったといううわさは本当でしょうか?」

桐生は社員を見かえした。「どこから、そんなうわさが?」

「テレビではそう報じられてました」社員は咳《せき》ばらいをした。「そのう、他社の依頼を受けた開発スタッフの方が、データになんらかの細工をしたと……」

「そんなことはありえません」べつのところから声が飛んだ。柄物のシャツにジーパン姿の男が立ちあがった。一見してプログラマーとわかる風体だった。「ゲームソフトは津久井部長ひとりが作っていたわけじゃありません。プログラムは、開発スタッフ全員の管理下にありました。そんな特殊な細工を勝手にほどこせるわけがありません」

場内が静まりかえった。やがて、最前列のいちばん端に腰かけていた、年配の男が手をあげた。

「よろしいかな」男はいった。「ここにいるだれもが、おなじ疑問をいだいていると私は思う。これはあきらかに、津久井氏という個人に事情をきかなければならない問題だ。ところが、その津久井氏がこちらにおいでにならない。これはどういうことかな」

役員のひとりが男にきいた。「失礼ですが、あなたはどちらさまでしょうか」

「朝霧食品宣伝部の者です」男はむっとした表情でいった。「タイアップ商品としてシティ・エクスパンダー・チョコレートを販売していました。もう生産中止をきめましたがね」

役員たちは一様に暗い顔をして口をつぐんだ。

桐生は告げた。「どうぞおかけください。津久井智男部長について、さまざまな憶測が乱れ飛んでいることは私も知っております。ただ、まだそれは憶測にすぎません。彼が他社と裏でつながりがあるというわさは以前からありましたが、彼が開発主任として手がけたシティ・エクスパンダー4がこんな事態を引き起こしたという、具体的な証拠はなにもないのです。一連の事実があきらかにならないかぎり、わが社の社員である津久井部長に対して偏見を持つようなことがあってはならないと思います」

朝霧食品が声を荒らげた。「だから、それをはっきりさせるために話をききたいというんだ。彼はどこにいるんだね。いますぐ呼びだしてもらいたい」

役員たちの視線がいっせいに桐生のほうにそそがれた。彼らも朝霧食品と同意見だという目つきだった。

事実を隠すことはできない。桐生はいった。「津久井部長とは連絡がつかない状況がつづいています。目下、所在の確認に全力をあげています」

場内がざわついた。さきほど津久井を弁護したプログラマーも、打ちのめされたような表情でうつむいた。

「逃げられたわけだ」朝霧食品が呆《あき》れたような声をあげた。「いっそのこと警察に連絡するべきじゃないのか。海外にでも逃亡されたらやっかいなことになる」

桐生はため息をついた。「おまちください。いまの時点では警察に捜査を依頼するのは筋ちがいというものです。彼を犯罪者あつかいする前に、メーカーとして社会的責任を果たし、事実の究明に全力をあげることが先決です」

自分が建前を論じているにすぎないことを、桐生はよくわかっていた。本当はどんな手をつかってでも、津久井の居どころをつきとめたい。シグマテックと津久井の関係が深いものであったことも、否定できない。シグマテックに殴りこみをかけて、神崎の首を絞めてでも真相を吐かせたいとさえ思う。だがそれは、子供じみた夢想にほかならない。

朝霧食品は不満をあらわにした。「これは他社の妨害工作であることはあきらかなのに、社長はお認めになろうとしないようだ」

「子供たちのパニックの原因はまったく不明なのです。仮に何者かの妨害工作だったとしても、その手段があきらかにならないことには、糾弾することはできません」

「そうだろう」朝霧食品は苦笑した。「そのあやしむべき会社の社長と仲良く将棋を指しているようじゃ、喧嘩《けんか》にはならないだろうな」

場内はいっそうざわめいた。守屋が立ちあがり、朝霧食品に向かっていった。「あれはシグマテックの神崎社長の要望によるものです。拒否したのでは桐生社長は神崎社長と面会できなかった。神崎社長の真意をさぐるうえで、必要なことだったんです」

「ほう」と朝霧食品。「それでなにか進展はありましたか、桐生社長」

「いえ、まだなにもはっきりしたことはわかりません。それに、この場で憶測めいたことを申しあげることはできないでしょう」

朝霧食品はひと息ついていった。「それで社長、どう責任をとるおつもりですか」

役員たちの冷ややかな視線を感じた。やはりそうきたか。マーチャンダイジング関連の企業は役員会と利害が一致するところがある。興味の対象がゲームの開発でも販売でもなく、あくまでそこからあがってくる金だけであることが最大の共通点だ。この朝霧食品から来た男に追随して、役員たちも桐生を非難するにちがいない。

役員のひとりが発言した。「たしかにこのままでは会社は憂慮すべき事態を迎える。社長としては、なにか具体的な考えがおありなんでしょうな」

「ちょっとまってください」守屋が嚙みつくようにいった。『いまは社長の不信任案を議論するときじゃないでしょう。こんな状況でお家騒動にまで火がついたのでは、いよいよ会社の存続にかかわってきますよ」

べつの役員が断固たる口調で告げた。「会社の存続にかかわることだからこそ、決議する必要がある」

ほかの役員たちがうなずいた。社員たちは困惑の表情を浮かべている。

桐生はきっぱりとした口調でいった。「すべての問題を解決するまで、私はいまの職を退くつもりはありません。みなさんご存じのとおり、わが社は商品の安全管理に心血をそそいできました。ゲームソフトの中心的な購買層である子供たちに、わずかな悪影響もあたえることがあってはならない、そういう理念をつらぬいてきました。今回の事態はあまりにも予測不可能な現象だったため、事前に防ぐことができなかった点につきましては深くお詫《わ》びいたします。しかし、だからといってこの件を放置することはできません。すでに私はこの件について調査を進めています。いま他人の手に委《ゆだ》ねたのでは、解明しつつある事実の糸口をまた手放すことになってしまうのです。だからこそ、私はいま辞めるわけにはいかないんです」

役員のひとりが皮肉っぽくつぶやいた。「手放したくないのは事実の糸口じゃなく、地位と年俸じゃないんですかね」

役員たちに笑いがひろがった。社員にも何人か、笑い声をあげている者がいる。

桐生は急速に自信が失われていくのを感じていた。いまの自分は、彼らをまとめあげるリーダーとしての力量をかけらも発揮していない。会社をつくりあげたのも、維持してきたのも、まぎれもなく自分のはずだった。そんな業績はいま、無に等しかった。彼らはみな、予期せぬ不安にみまわれ、とまどっている。一日でも早く、安堵《あんど》が訪れてほしいと願っている。頼れるリーダーを欲している。自分にはその資格がない。そんな裁定がくだされようとしている。

昨夜、令子を失望させた失敗が脳裏をよぎった。

やはり自分には無理なのだろうか。フォレストは自分の手を離れ、大きくなりすぎていた。裕美のいったように、自分は社長をつとめるだけの器ではないのだろうか。

桐生が黙っていたせいか、役員のひとりがいらだったようすでいった。「問題を解決するまで辞めないとおっしゃられたが、それではらちがあかない。具体的に期限を設けるべきだと思いますが」

「期限だなんて悠長なことはいってられない」六十すぎの役員が声を響かせる。「わが社の株価はきのうから下降に転じて、底値が見えない状態になっている。本日一日だけでも億単位の赤字になっているんだ。シティ・エクスパンダー4ばかりか、わが社の商品すべてを業界から締めだす動きもある。小売店がフォレストのゲームを扱わなくなったらすべては終わりだ。このままでは現状維持どころか、数日中にわが社のすべての業務は停止を余儀なくされるだろう」

場内がまたざわついた。こんどはどよめきに近かった。立ちあがって大声をあげたり、あわてて携帯電話をかける者も目についた。彼らがなにを話しているのか、桐生にはききとれなかった。すべての声がまざりあって怒りと絶望の渦となり、場内に反響していた。役員のひとりが跳ね起きるように立ちあがった。「社長にはいますぐ辞任していただきたい！」

場内はさらにどよめいた。だれもが興奮ぎみになんらかの言葉を発していた。

桐生はそれを壇上から見つめていた。通路を走ってだれかのもとへ駆けよる人々、何人かで輪になって議論を交わす人々、桐生のほうを指さしてなにか怒鳴っている人々。すべてがスローモーションの映像のように思えた。

あなたの性格は社長向きじゃないわ。裕美はそういっていた。

これが運命かもしれない。それならば、運命を受けいれざるをえない。

決心が揺らいだ。このままではいたずらに混乱を引き起こすばかりだ。自分が退くことで、その混乱をおさめることができるのなら……。

だが。桐生は思いなおした。ここで責任を放棄することなど、自分にはできない。

桐生はマイクに口をよせた。「それでしたら、ぜひとも提案をさせてください。私は一定期間内に、このシティ・エクスパンダー4にかかるすべての問題を解決するつもりでいます。その期間を過ぎたら、私の処遇については役員会の決定にしたがいます。その期間内だけは、どうか私を信じて、これまでどおりの職務を果たしてください。どうか、よろしくお願い申しあげます」

「というと、解決の目星がついているのかね」朝霧食品がきいた。

まだなにもない。あるのは、シグマテックの神崎がちらつかせているあやしげな情報だけだ。それでもいまは、自信たっぷりに「はい」と答えるしかなかった。

解決の目星がついている。そう告げたことで、社員たちの顔色はあきらかに変化した。役員たちは逆に苦い顔になった。

「でも、そんなに長くまつことはできません」と役員のひとり。「業務停止に追いこまれるまで二、三日しかない。それを回避するには、名目だけでも新しい社長が就任してリニューアルをはかったことを世間に公表する必要がある」

どこからきこえたのか判然としない声がいった。「それなら、期限はせいぜい明後日までということになるな」

場内に沈黙が訪れた。全員の視線が、桐生にそそがれていた。

桐生はきっぱりといった。「わかりました」

役員たちの顔を困惑がかすめた。桐生の真意をつかみかねているのだろう。

真意などない。この場で要求できる妥協案がそれしかないだけだ。桐生はそう思った。これで、みずから運命のカウントダウンを開始したことになる。自分が育てあげた一兆円企業を手放すことになるかもしれない。ただその前に、全国の子供たちを救う手立ては、是が非でも見つけださねばならない。

役員たちはしばらく身をよせあって話していたが、やがてひとりが桐生を見ていった。

「わかりました。明後日の午後七時までの四十八時間を期限とします。明後日の午後七時、緊急の役員会を招集します。その時点で諸問題の解決をみなかった場合は、覚悟を決めていただきます。よろしいですか」

桐生は応じた。「感謝します」

役員の何人かが足ばやに出口へ向かった。社員たちもざわめきながら席を立った。

朝霧食品は桐生と守屋に疑わしげな一瞥《いちべつ》をくれると、社員たちにまざって出口へと歩いていった。

守屋が演壇の下へ歩みよってきた。「冷や汗をかいたぞ」

「心配させてすみません」

「でもだいじょうぶか。たった四十八時間だなんて」

「なんとかします。頼んでおいた将棋のソフトは？」

「ああ、いまさがしてるよ。あと少しで全部そろう」

「頼みます。あとで私も行きますから」

ああ、といって守屋は踵《きびす》をかえした。守屋が出口に達するころには、ホールからはほとんどの人間が立ちさっていた。

夜景

桐生直人は腕時計に目をやった。午後七時十二分。

ホテルニューオータニのロビーをながめわたしたが、三國奈緒子の姿はなかった。二分の遅刻も許さないほどせっかちなのか、まだ来ていないのかどちらかだろう。おそらく後者だろうと桐生は思った。外見に自信のある女は人をまたせることを当然と考える。自信の度合いが遅れてくる時間に比例する。つまり美貌《びぼう》に自信のある女ほど遅れてくる。桐生の経験からいえば、女にはそういう傾向があった。

ソファに座って脚を組んだ。眠気を誘うほど薄暗いロビーには宿泊客の姿があった。スーツ姿の中年の紳士や、身なりのいい老夫婦だった。若者の姿はなかった。赤坂のホテルのなかでもここは老舗《しにせ》だった。若い世代は赤坂プリンスやキャピトル東急へ行きたがるだろう。

目の前を通りすぎていく男性が手にした新聞の見出しが目に入った。夕刊だろう。小中学生被害三百人超す。そうあった。日本のディズニー、地に落ちる。小見出しにはそう記されていた。

さっき見たニュースによると、三重の小学二年の男の子がシティ・エクスパンダー4で遊んだ直後、風呂《ふろ》の鏡のなかに黒いコートの男の姿を見たといい、栃木の中学一年の女の子が、自宅の台所に出現した黒いコートの男におどろいて、コップをとり落として割ってしまったという。被害の内容は徐々に規模の小さなものになってきているが、件数の増加には歯止めがかからないという。桐生はため息をついた。すでに一時間が経過した。タイムリミットまで、あと四十七時間。案じているのは自分の運命ばかりではない。全国の子供たち、それもフォレストのゲームソフトを慕ってくれていた罪のない子供たちが身を危険にさらしている。なんとしてもすべての謎《なぞ》を解き、事態を収束させねばならない。

腕時計に目をやる。七時十三分。まだ一分しか経《た》っていなかった。はやる気持ちを抑えてまつ一分の長さを痛感した。

そのとき、玄関の回転ドアを入ってくる三國の姿が目にとまった。薄いブルーのドレス調のスーツを着て、髪をアップにまとめあげている。昼間よりも化粧が濃くなっているのが遠くからでもわかる。三國はファッションショーのように片手を腰にあて、きどった足どりで歩いてきた。ほかの場所なら噴きだす人もいるかもしれない。だが、ここはホテルニューオータニだった。彼女はここの豪華な内装にみごとなまでに溶けこんでいた。ある意味ではそれだけ、人間よりはインテリアに近い存在のようにも見える。

三國は桐生に気づき、歩みよってきた。「こんばんは。少々遅くなりまして」

「いいえ、かまいませんよ」桐生は立ちあがった。「さっそくですが、食事にしましょう。お気に入りの食事や、ごひいきのレストランはありますか?」

三國は微笑《ほほえ》んで、首をかしげた。「そうねえ。ここはあまり来たことがないから。なんだか薄暗くて、ちょっと陰気で……」

「年齢の高いひと向きですからね」

「あ、ごめんなさい」三國は口に手をやった。「悪くいうつもりはなかったんです。桐生社長は、こういうところがお好みなのね」

「そうでもありません。私もにぎやかで明るいところのほうが好きです。ただ、ここはあまり業界関係者がいないので最適かと思ったまでです」

「なるほど」三國は桐生をじっと見つめた。あいかわらずきれいな瞳《ひとみ》だった。「よく気がつくかたなんですね。わたしもきょうはお忍びで来ていますから、目立たないほうがいいです」

「野呂瀬さんというかたは?」

「彼にも、ここへ来ることは話してません。わたしがあなたにお会いすることは知ってますけど、時間や場所までは知らせてないので」

「なぜです。彼はあなたの仲間じゃないんですか」

「いちおうは仲間です。でも、いつお金に釣られて神崎社長に寝返るかわかりませんからね」

「どういうことです。神崎社長とは敵対なさってるんですか」

三國は顔を近づけてきた。昼間とはちがう香水のかおりがただよう。「その話はあとで。さきに食事にしましょう」

どうも三國にペースを奪われがちになる。桐生は咳《せき》ばらいして、エレベーターのほうへ歩きだした。

「では上にあがりましょう。レストランはそれからきめればいい」


レストランの窓から見える都心の夜景は美しかった。無数のイルミネーションが織り成す夜景はある意味で、おびただしい数の人々がいつの間にかつくりあげたグラフィックだった。ひとつひとつの光は、猥雑《わいざつ》なネオンのつくりものにすぎない。それらが結集すると、思わず見とれてしまうような光景を現出する。

ゲームソフトも共同作業で成り立っている。ひとりの社員は、さしずめこの夜景のひとつの光だ。

自分がどう周囲とかかわりあっているのか、どう貢献できているのかみずからは知るよしもない。彼らは夜景全体をながめわたす時間がない。だが、彼らにはまぎれもなく存在意義がある。それをうまくさとらせるのが経営者の手腕だ。自分にその手腕があるのかどうか、それをいま試されている。桐生はそう感じていた。

「桐生社長」三國が声をかけてきた。

桐生は向かいに座った三國に目を戻した。すでに彼女はメインディッシュをほぼたいらげていた。

「なんですか」桐生はきいた。

「さきほどからずっと窓の外ばかり見ているんで、どうしたのかなと思って」

「いえ、べつになんでもないです」

桐生は自分の皿に目を落とした。極上の鴨《かも》料理だが、いまは喉《のど》をとおらない。フォークとナイフを一緒にして、皿の上に置いた。

ウェイターがそれに気づいて、歩みよってきた。「お口にあいませんか」

「そういうわけじゃないんだが、満腹になってしまってね。すまないが、さげてくれ」

「わたしも」三國がいった。

まだほとんど手つかずの桐生の皿を、なにも残っていない三國の皿の上にかさねて持ち、ウェイターは立ちさっていった。とまどったり、蔑《さげす》んだりするようすはまったく見せなかった。

「せっかくのお食事なのに、もったいないですわね」三國がいった。

「まあね。でもいまは、食事より話のほうに興味がある」

三國はワイングラスに手を伸ばし、ひと口すすった。桐生のほうはほとんど飲んでいなかった。いまは酔いたくはなかった。三國はすでに何杯もワインを飲み干しているが、顔色ひとつ変わらなかった。

「じつは、うちの会社のほうで妙なうわさが流れてるんです」三國がささやいた。「うちの社長が、フォレストと裏取り引きをしている可能性があると」

「神崎社長がですか」桐生は苦笑して首を振った。「それはありえないな。たとえ中東諸国が統一国家になっても、それだけは絶対にありえない」

「でも確信があるんです。津久井智男というのは、あなたの会社の社員でしょう?」

ウェイターがデザートを持ってきた。品よく小さな球形に固められたアイスクリームと、フルーツだった。

桐生は三國に視線を戻した。大きく見開かれた両目が桐生を見つめていた。魅力的な顔だちだった。それだけに、桐生は警戒心を持った。やはり美人は自分の影響力を熟知しているものだ。美人が男に視線を向けるのは、その影響力を行使したいときと相場がきまっている。

「たしかにうちの社員に、そういう名前の人間はいますが」

「プログラマーですよね、有名な。きょうのスティールにも載ってましたけど」

「それがどうかしたんですか」

三國は真顔になった。「いいですか、あなたがご存じかどうか知りませんが、津久井智男さんというかたは、何度も神崎社長のところへ面会に来ています。なんの話をしているのかはわかりませんが、神崎社長はそのことをわたしたち役員にも明かそうとしないんです」

「あなたがたは、どうやって津久井と神崎社長が会っているという事実を知ったんですか」

「ときどき男性の声で社長室のほうに電話があって、名前を名乗らずに取りついでくれというんです。そして神崎社長がでて、しばらくこそこそと会話したあと、きまって予定にない外出をするんです。それがどうも不審に思えて」

「シグマテックでは名前も明かさない人間の電話を、社長に取りつぐんですか」

「電話がかかってくる日の朝には、きまって神崎社長から指示があるんです。きょう何時ごろに匿名の電話がかかってくるから、自分のほうへ取りつげと。すると、その時刻どおりに電話があるんです」

「その匿名の電話が津久井だというんですか」

三國はうなずいた。「ある日、電話のあとで外出した神崎社長を、わたしと野呂瀬とで尾けてみたんです。神崎社長は赤坂プリンスホテルの一階のラウンジである人物と密会してました。津久井さんというプログラマーのかたは業界誌にもよく顔写真がでてますからね、それでわかったんです」

「どんな話をしていたか、わからないんですか」

「ええ、そこまでは」

「どうにも、突飛な話ですね」桐生は椅子《いす》の背に身をあずけて、三國との距離を置いた。

「あなたがたは自分の会社の社長を不審がっているわけですか？　側近の立場にありながら」

「申しあげにくいことなんですが、これはいまにはじまったことではないんです。神崎社長は以前にも、独断で取り引きを進めていたり、役員会の承認なしに会社の資産をほかの企業に投資していたり、スタンド・プレーが目立つところがありました。ですから今回も、フォレストとの取り引きを勝手に進めているのではないかと……」

「いや、それはない」桐生はいった。「私は神崎社長とは過去三回お会いしただけだ。平成十一年のゲーム企業各社共催のイベントパーティー、平成十五年の東京ゲームショウ、それにきょうの昼、あのスタジオで。むろん、いちども相互ビジネスの話はでていない」

そうですか。三國はそうつぶやいて、ほっとしたようにため息をついた。「ごめんなさい。あなたを疑ってしまいまして。急に対局に応じられたので、てっきりなにか取り引きされているのかと思いまして」

三國はそういって、当惑のいろを浮かべた。いっそう魅力的な表情に見えた。そして、彼女自身それを承知していることもまちがいあるまい。

「いいえ。ただ、取り引きといえるほどのことではないが」桐生はひと息ついていった。「じつは神崎氏と賭《か》けているものがあったんです。津久井の居場所です」

三國は驚いたように目を見はった。「すると、津久井さんはいま行方不明なんですか」

「ええ。しかし、神崎社長はどこにいるか知っているというんです。それで、その情報に釣られて対局に応じてしまいましてね」

「曙橋のご自宅のほうへは、お戻りになってないんですか」

「曙橋？」桐生はきいた。「津久井智男の家は曙橋ではありませんよ」

「本当ですか、それは？」

「ええ。なぜ彼が曙橋に住んでいると思ったんですか」

「津久井さんがそこへ向かったからです」三國はハンドバッグを開け、手帳をとりだした。ページを繰り、やがて一カ所に目をとめた。「新宿区曙橋北原四‐八‐十六、レジデンス北原五〇八。赤坂プリンスのラウンジで神崎社長とわかれたあと、そこへお帰りになりました」

「そこまで尾けまわしたわけか」桐生は窓の外に目をやった。「シグマテックの多角経営は知っているが、今度は探偵事務所でもはじめるつもりなのかな」

三國は厳しい口調でいった。「わたしは会社の未来を心配しているだけです。社長が重役に隠しだてをして、なんらかの陰謀を働いているのなら、重役であるわたしたちにはそれを阻止する義務があります」

桐生は三國を見た。三國は眉《まゆ》ひとつ動かさず、桐生をじっと見かえした。

「よくわかりました」桐生はいった。「それで、いったいどうすべきだと思いますか」

「仮にわが社の神崎社長が、津久井さんに命じてシティ・エクスパンダー4になんらかの細工をし、今回のような騒動を引き起こしたのだとしましょう。そうすれば神崎社長と津久井さんが密会していたことも筋がとおります」

「まあ、そうだな」

「そして、すべてが神崎社長の意図したことなら、子供たちが黒いコートの男を見たといってパニックにおちいっている原因を、神崎社長はよく知っていることになります。そして、パニックを鎮める方法も」

「彼に真相を吐かせるというわけか」桐生は唸《うな》った。「はたして、そんなにうまくいくかな」

三國は笑みをうかべた。「おまかせください。早急に社内調査を実施するつもりです。ただ、津久井さんはシグマテックの社員ではないので、わたしたちが無理に事情をきくことはできません。ですから、それはあなたにお願いしたいのです」

「曙橋の住所に津久井がいるとわかった以上、こちらもすぐそうするつもりです」

三國は笑顔でうなずいた。そのとき、携帯電話が鳴った。わたしのですね、とつぶやいて、三國はハンドバッグを開けた。ウェイターがこちらをとがめるような目で見た。三國は携帯電話に「もしもし、少しおまちを」と告げて、保留ボタンを押した。

「どこからの電話ですか」

「会社からですの」三國は立ちあがった。「では、そろそろ」

「まだコーヒーがありますよ」

「いえ、今夜はまた会社に戻らなければならないので」

「残業ですか」

「ええ、こちらの支払いは、おまかせください」

いや、それは私が、桐生はそういった。いえ、いいんですのよ。誘ったのはわたしですから。三國がそういった。桐生はそれ以上、儀礼の応酬はしなかった。ご馳走《ちそう》さまでした、そういって軽くおじぎをした。

「ではここで。支払いはすませておきますので、ゆっくりコーヒーを召しあがってください」三國はそういうと、電話の相手をまたせているせいか、急いで歩きさっていった。

レストランの出口に三國の姿が消えると、桐生は携帯電話をとりだした。周囲に視線をくばる。ウェイターは近くにはいない。付近の席もあいている。マナー違反は承知のうえで、携帯電話をかけることにした。一秒も無駄にしたくなかったのだ。

糸織美穂の携帯電話の番号をダイヤルした。数回の呼びだし音のあと「はい」と応じる声がした。

「桐生だが」

あ、社長。そういう糸織の声はどこかそらぞらしかった。昨夜の見当違いで威信を貶《おとし》めたことが、まだ響いているのかもしれない。

「いま、どこにいる？」桐生はきいた。

「まだ会社です」

「残業してるのか」

「ええ、さっきまで、資料室にいました。守屋部長が将棋ソフトを集めるというんで、それをてつだってました」

「そうか、すまない。それは私が頼んだんだ。でもきみがまだ居残りしててくれて助かったよ。もし手があいているのなら、またひとつ頼みたいことがあるんだが」

「いいですよ」糸織がため息をつくのがきこえた。「今度は、どこへ侵入すればいいんですか？」


ホテルニューオータニ前のロータリーに、黒のリムジンが一台停車している。三國奈緒子はそれに目をとめると、足ばやに駆けよった。助手席のドアを開け、乗りこむ寸前にホテルの玄関をふりかえった。桐生直人がでてくるようすはない。三國はすばやく助手席に滑りこんで、ドアを閉めた。

「だして」三國はいった。

シグマテックの事業管理局長、野呂瀬三郎がゆっくりとクルマを発進させた。この時間になると、ロータリーは夜の街へ繰りだす宿泊客めあてのタクシーでいっぱいになっていた。野呂瀬はクラクションを鳴らし、ステアリングを切った。タクシーの列をあけさせ、正門から公道へと抜けていく。

三國は野呂瀬を横目で見た。いつもどおり、愛想のかけらもない男だ。黒々としたひげに囲まれた口もとがゆがむのも、ほとんど見たことがない。

「携帯を鳴らすもんだから、あわてたじゃない」三國はいった。「デザートを食べそこなったわ。それにコーヒーも」

ステアリングを切りながら、野呂瀬がつぶやくような声でいった。「あまりに遅かったんでね。社長が心配して電話をいれろといってきた」

三國はふんと鼻を鳴らし、ハンドバッグからバージニア・スリムをとりだした。「心配しなくても浮気なんかしないわよ」

神崎は嫉妬《しっと》ぶかいところがある。きょうもでかける前に、だいじょうぶかと何度もきいてきた。わたしが桐生とくっつくとでも思っているのかしら。もっとも、ことと次第によってはそれも悪くない。あまり女々しい男は好きになれないから。

三國は苦笑しながら、タバコに火をつけた。

「首尾は？」野呂瀬がきいた。

三國はタバコの煙を吐きだした。「上々。津久井の隠れ家を教えてきたわ」

「疑われなかったか」

「平気よ」三國は髪をかきあげた。「手筈《てはず》どおりに説明しといたから。桐生社長、さっそく津久井のもとへ飛んでいって、フォレストは大混乱になるでしょうね」

オートロック

午後八時すぎ。

新宿区曙橋のひっそりとした商店街を、令子はひとりで歩いていた。

この商店街はかつてフジテレビ通りと呼ばれていた。テレビ局が台場《だいば》へ引っ越してから、この付近一帯は静けさのただよう下町にさまがわりしたという。夜になって明かりがついている商店はほとんどない。地下鉄の駅へ向かうサラリーマンの姿もあまりみかけない。

風がすこし強かった。路上を新聞紙が舞っていた。並木が枝葉をすりあわせ、ざわめくように音をたてる。令子は並木を見あげた。ひとけのない道路に不相応な、立派なケヤキの木だった。この町がにぎわっていたころのなごりだ。明かりの消えたスナックやパブの看板。がらあきの駐車場。ねじ曲がったタクシー乗り場の標識。いずれも、かつてここの夜にはおおぜいの人がくりだしていたことを物語っている。

令子は路地に入った。アパートやマンションが建ち並ぶ、どこにでもある狭い路地だった。

まだ時間が早いせいもあって、民家の窓明かりが目立つ。テレビの音や、談笑する声もきこえる。換気扇の音と、ほのかな夜食のにおいがする。

ほどなく、目的の場所にたどり着いた。電柱に記載された番地を見やる。ここだ。まちがいない。

この路地沿いのなかでは、一軒だけ浮いているように見えるマンションだった。新築で、デザインもこじゃれている。単身者用ではなく、家族向けのようだった。五階建てだった。五階のすべての部屋に明かりがともっていた。どれが美樹原唯の五〇八号室なのだろう。

アーチ型の玄関をくぐりぬけると、短い廊下があって、自動ドアに突きあたった。右手には各部屋の郵便受けがあり、左手にはプッシュホンのような数字のボタンが埋めこまれている。オートロックだった。

令子はため息をついた。これではなかへ入ることができない。だが、部屋のドアの前まで行っても、結局はチャイムを鳴らしてインターホンごしにあいさつすることになる。ここで会話を交わしてもおなじことだ。
5、0、8とボタンを押してから、「呼」のボタンを押した。
しばらくまったが、応答はなかった。もういちど押した。やはりなんの反応もかえってこなかった。返事はむろんのこと、インターホンの受話器をあげる音もしない。いるはずなのに。あるいは、防犯カメラで顔を確認して、居留守をきめこんだのかもしれない。

焦燥感がつのった。だが、ここにいてもどうすることもできない。令子は玄関をでた。路地へ戻り、五階の窓が見える位置に立った。

ふいに背後から自転車のベルが鳴った。あわててふりかえると、老人の乗った自転車がふらふらとやってきた。令子が脇《わき》へどくと、老人は鼻歌まじりに通りすぎていった。

マンションの向かいの家の壁にもたれかかり、空を見あげた。雲が速かった。月の光が、荒波の向こうに浮き沈みする灯台の光のように、しきりに明滅をくりかえしていた。

いつまでこうしていればよいのだろう。令子は途方に暮れた。しかし、早く帰りたいとは思わなかった。帰宅をまつ者はだれもいない。暗く、冷えきった部屋が自分を迎えるだけだ。そればかりではなかった。令子はきょう、仕事を放棄して一日じゅう外出をした。会社とは、いっさい連絡をとっていない。もしかしたら、職さえも失ってしまうかもしれない。そうなったら、自分にはなにも残らない。

なんのためにここにいるのか、それもさだかではなかった。ここに夫がいたとして、どうするのが適切かもわからなかった。ただ、じっとしていられないだけだった。真実から遠ざかってまつのは、もう飽きた。

そのまま三十分ほどが過ぎた。そのあいだ、路地に通行人はなかった。一匹の野良猫が頭をもたげ、令子をふしぎそうな顔で見ながら通りすぎていった。

腕時計を見た。八時半。夜更かしを決めこむには、まだあまりにも早かった。やはり帰ろうか。ベッドに入っても眠れそうにないが、ここにいたのではあまりにも時間の流れが遅すぎる。

そう思ったとき、商店街のほうからだれかが路地を歩いてくる気配がした。

買い物袋をいくつかさげている。薄いピンク色のカーディガンと、エンジ色のロングスカートを身につけている。写真で見たより髪を長くしているが、まちがいない。美樹原唯だった。

令子は足を踏みだすのをためらった。別人かもしれないという疑念が頭をかすめたわけではない。暗い街路灯のもとでも、本人であることははっきりわかった。それよりも、令子を躊躇《ちゅうちょ》させたのは彼女の雰囲気だった。彼女は違和感なく、この下町の路地の風景に溶けこんでいた。たしかにふつうの若い娘よりは化粧が濃かったり、服の色が派手だったりはしている。しかし、まぎれもなく彼女はこの土地に暮らしているひとりの女だった。事務所で見た、ポーズをとった写真から感じた、着飾った人形のような印象はなかった。ベッドシーンの写真のイメージのように、常識知らずで擦れた感じがする女でもなかった。買い物袋をさげて路地を歩く女。それ以上でも、それ以下でもなかった。赤の他人に声をかけづらいのと同様に、令子も美樹原に声をかけにくいと感じた。

美樹原はちらと令子のほうを見た。こんなところに立っている女性はめずらしいだろう。しかし、美樹原はなにもいわず、玄関へと歩いていった。

「あの」令子は声をかけた。「すみません」

美樹原は足をとめ、ふりかえった。たずねるような顔で、はいと応じた。

「こんな時間に、突然すみません。美樹原唯さんですよね？」

美樹原は表情を硬くした。ふいに芸名で呼ばれたせいだろう。あるいは彼女にとって美樹原という名は、芸名というより風俗店での源氏名に近いものかもしれなかった。だとすると、外で呼ばれてうれしい名前ではないのだろう。

「津久井智男さんていうひと、知ってるわよね」令子はきいた。

美樹原はゆっくりと後ずさった。「あなた、だれですか」

職場の友達、そう答えるつもりだった。だがいざとなると、言葉がでなかった。どう話せばいいのかわからない。

令子が黙っていると、美樹原はさばさばした口調でいった。「申しわけないですが、なにもお話しすることはありません。失礼します」

写真週刊誌の記者かなにかとまちがえているらしい。令子はむっとした。赤の他人の私生活をのぞく趣味など持っていない。身内がかかわっていなければ、こんなところへは来ない。

「まって。話をきいて」

「事務所をとおしてください」美樹原はそういって背を向けた。

令子はこみあげてくる怒りを感じた。一人前のタレントのようなせりふだ。自分を何様だと思っているのだろう。

「事務所ならもう行ってきたわよ」令子はいった。「ビスタレーンってとこでしょ、あなたの所属。もっとも、会社というよりは個人事業みたいなところだったけど」

美樹原は足をとめ、ふりかえった。こわばった顔に恐怖のいろが浮かんでいた。

令子は一瞬、とまどった。美樹原は事務所に裏切られたと感じたのかもしれない。プライバシーを守ってもらえなかったと解釈したのかもしれない。

「わたしがここに来たのは、事務所に住所を教えてもらったからじゃないの。住所は自分で調べたわ」

「帰ってください」美樹原はいった。「わたし、疲れてるんです」

「どうしてもあなたに話をきかなきゃいけないの。五分だけ時間をちょうだい」

「いやです！」美樹原は小走りに駆けだすと、玄関を入っていった。

まって。そういおうとしたとき、ふいにだれかが令子の腕をつかんだ。

令子ははっとしてふりかえった。

桐生直人が、息をはずませながら令子の顔をじっと見ていた。

「社長……」令子はつぶやいた。

「よすんだ」桐生は静かにいった。「彼女にむりやり干渉してはいけない」

「でも、智男さんが……」

桐生は首を振り、令子の言葉を制した。「ここにいるという確証はないんだろう？」

「あるわよ！」令子はいった。「あの買い物袋を見たでしょう。女の子のひとり暮らしなら、あんなにたくさんの食料品が必要なわけがないわ。それに部屋の窓明かりもついてた。ここにいるのよ！」

桐生はなだめるように小さな声でささやいた。「そうだとしても、いまきみがたずねていくのはまずい。状況をややこしくするだけだ」

令子は自分の感情が昂揚《こうよう》していることに気づいていたが、どうにもならなかった。涙声がまじっていることを知りながら、令子はいった。「これはわたしたち夫婦の問題なんです。ほうっておいてください」

「そうはいかない」桐生の声はやや厳しさを帯びたものになった。「津久井智男もきみも、わが社の社員だ。勝手な真似《まね》をさせるわけにはいかない」

「仕事じゃなく私生活にかかわることです。社長にも口だしする権限はないはずです」

「いや。これは会社の存続に深くかかわっている問題だ。シティ・エクスパンダー4のことも考え合わせれば、全国規模での問題につながっているともいえる。勝手な行動をさせるわけにはいかない」

令子は桐生を見つめかえした。怒りと同時に、深い悲しみが襲ってきた。社長にとってはいまここにいるわたしより、会社のほうが大事なのだろう。

「そんな言い方はひどいと思います」令子はいった。「社長はきのうから会社のことばかり心配してますけど、わたしだって智男さんの身を案じているんです」

「身を案じるのなら、このまま立ちさるほうが賢明だ。彼が命の危険にさらされているわけじゃないだろう。きみが出向いていって混乱をまねくより、そっとしておいたほうが彼のためだ」

「なんですって」令子は怒りをこらえようと努力してきた。だがもう限界だった。桐生の頑固な表情を見るうち、自制がきかなくなった。

気づいたときには、桐生の頰《ほお》に平手打ちをあびせていた。

「なにもわかってないくせに!」令子は怒鳴った。「わたしは智男さんを信頼しているのよ! それなのに社長は智男さんがシグマテックとつながっていると勝手にきめつけて、すべての責任を押しつけようとして! そうまでして会社を守りたいの? そうまでしてディズニーをきどりたいの? あんな会社つぶれちゃえばいいのよ!」


路地に静寂が戻った。

近所の家にはきこえただろう。美樹原の部屋にもとどいたかもしれない。だが、だれも窓から顔をのぞかせるようすはなかった。遠くからかすかに犬の吠《ほ》える声がきこえるだけだった。

桐生は頰を打たれたときのまま、顔を横に向けていた。表情はなにも浮かんではいなかった。

どれだけの時間が流れただろう。桐生がぼそりといった。

「ディズニーか」

桐生のいっていることがよくわからなかった。自分でも意外なほど力が抜けた声で、「え?」ときいた。

桐生は令子を見た。静かな口調でいった。「みんな、僕のことをディズニーだという。そう見えるのか?」

どう答えるべきかわからず、令子は口をつぐんだ。

桐生がゲームソフトから殺生の表現をなくして以来、フォレストは子供たちの味方だと世間に評されるようになっていた。新聞や雑誌には、子供たちに囲まれて笑顔でたたずむ桐生直人の写真がさかんに掲載された。だれもが桐生を、日本のディズニーだと感じるようになっていた。ずっと苦労をともにしてきた令子でさえも。

だが桐生もはじまりは小さなソフトウェア会社の社長だったのだ。自社のソフトが社会にどんな影響をあたえるとか、そんなことまで頭がまわらず、売り上げが伸びるかどうかも予測できず、ただひたすら赤字にならないように懸命に商品をつくりつづける、ひとりのビジネスマンだった。成功もあれば失敗もした。酒を飲んでは守屋と三人で愚痴をいいあい、口論を交わし、それでもなんとか妥協しながらひとつひとつの商品を世に送りだしてきた。桐生直人はそのころと変わっていない。

うつむく桐生の表情に、悲しみのいろがかすめた。

桐生も完璧《かんぺき》な人間ではない。いつのまにかそのことを、令子もわすれていた。いつのまにか、桐生はフォレストという巨大な企業の社長となり、令子にとって遠く離れた存在であるかのように感じていた。たとえ毎日、社長室で顔をあわせていても。

津久井智男を理解し、信頼しつづけているのは自分だけだと令子は思っていた。だが、それは思いちがいだったかもしれない。桐生はずっと彼を雇いつづけ、結婚を祝福し、最後まで彼を信じつづけようとしていた。

令子が津久井智男に対して感じた失望の念を、桐生も感じていてふしぎはなかった。涙で視界がぼやけた。思わず、桐生の胸にとびこんだ。桐生の胸に顔をうずめて、あふれる涙をこらえようとつとめた。

桐生の手がそっと髪をなでるのを感じた。

倒錯した気分だった。このマンションの五階には、ほかの女とともに夫がいる。そして自分は、桐生直人という男に抱かれている。しかし、そうするよりほかになかった。ほかに、激しい感情を解き放つ方法がなかった。

「令子」桐生がいった。「昨夜はすまなかった」

令子は顔をあげて、桐生を見た。

桐生は遠くを見るような目で見つめてきた。「きみをがっかりさせて、本当に悪かったと思ってる。僕はフォレストの社長だ。最後まで、社員である津久井智男を信じなければならなかったはずだ。それなのに、憶測に走って彼を追いつめようとした」

令子の肩を気づかうように手でささえながら、桐生はわずかに距離を置いて向かいあった。「僕は疲れていたのかもしれない。大きな会社を維持していくこと、子供たちや世間の信頼を得ること、社員の期待に応《こた》えること、それに、敵対関係にある会社との対立にね。シグマテックの影がちらついていたせいで、僕は津久井智男を神崎と同一視してしまうところがあったのかもしれない」

「社長」令子はいった。だが、そのあとにいうべき言葉は思いつかなかった。桐生を勇気づけるようなことをいっても、それはあまりにも薄っぺらなせりふにきこえてしまうだろう。いまさっき、令子は桐生を非難したばかりなのだ。

「もうおなじ過ちは犯さない」桐生は告げた。「だから、きみをとめたんだ」

令子は桐生の顔を見つめた。「どういうことですか」

「僕はシグマテックの人間に津久井の居どころをきかされて、ここへ来た。ところが、さっきのは写真週刊誌に載ってた美樹原という子だね？　ここは彼女の家だった。そしてきみに会った」

「彼女の部屋に……智男さんが同棲《どうせい》しているんでしょう」

「そうだとしても、シグマテックの態度が腑《ふ》に落ちない。津久井が愛人とかけおちした場所を僕に教えたら、いたずらに混乱をまねくことになるのは必至だ。そうじゃないか？」

「シグマテックはそれを望んでいるのでは？　フォレストに混乱が起きるのは彼らにとって願ったりでしょう」

「そうだ。だがこのことは、重役の三國という女が、社長の裏取り引きを告発するという名目で私に通知してきたんだ。神崎がこっそり津久井智男と密会しているとね」

「それは事実なんですか？」

「いや」桐生はきっぱりと否定した。「三國は席を立つ直前に携帯電話にでた。例によって糸織くんに電話会社の課金センターにクラッキングで侵入してもらったよ。まず三國の電話番号を調べ、つぎにその番号にその時間にかけた相手を調べさせた。最近ではナンバーディスプレイや発信者番号通知のシステムが充実しているので、課金センターのデータバンクにアクセスすれば着信側の番号からも発信者番号を特定できるんだ」

「それで？」

「三國はそれが会社からの電話だといっていた。その場所へもお忍びで来たといっていた。だが電話の発信者はシグマテックが所有するリムジンの自動車電話だったよ。それも基地局から察するに、すぐ近くにクルマをとめていたようだ」

令子はとまどった。「つまり、どういうことなんですか」

「三國は僕に嘘《うそ》をついているということさ。そんな彼女が、僕にこの住所を教えた。僕がすっ飛んでいくことは百も承知のはずだ。すなわち、いまこのマンションの五〇八号室をたずねたら、彼らの思うつぼだ。もっとも、彼らがなにをたくらんでいるかはわからないがね。だが僕をだまして、ここへ来させるよう仕向けたのはまちがいない」

令子はマンションを見あげた。いくつかの窓はもう明かりが消えていた。

「わたしに、このまま帰れとおっしゃるんですね」令子はつぶやいた。

しばらく沈黙が流れたのち、桐生はいった。「令子、すまないがあと一回だけ、僕を信じてくれ。なにか裏があるんだ。証拠はないが、まちがいないと確信している。僕は明日また神崎社長と会うことになっている。尻尾《しっぽ》をつかむチャンスはまだあるはずだ」

令子は桐生をじっと見つめた。桐生も、令子を見つめかえした。

社長は、津久井智男を最後まで信頼すると誓ってくれた。勝手な解釈かもしれないが、令子はそう思いたかった。そして、社長がそういうのなら、わたしも社長を信じないわけにはいかない。

自分にまかせてくれ、そういう桐生のせりふは職場で何度も耳にした。うまくいったことも、いかなかったこともあった。だがいまは桐生を信じたい。敗北よりも勝利の数が圧倒的に多かったからこそ、桐生はフォレストを巨大企業に成長させることができた。桐生の勘は高い勝率を誇っているのだ。

「わかりました」令子はいった。「社長を信じます」

桐生の表情がやわらいだ。小さくため息をつき、笑いを浮かべた。「それともうひとつ。ここで僕ときみがなにをしてたか、それはだれにも内緒だよ」

令子はめんくらったが、ふいにおかしくなって笑った。「そうですね」

風がまた強くなった。庭先に植えられた木がざわめいた。

帰ろう、と桐生がうながした。

令子は帰りぎわにもういちど、マンションの五階を見あげた。

あそこに夫がいるのはわかっている。でもわたしは、夫を信じる。

蘇生

午後十時。

桐生は自宅の玄関の扉を開けた。ひどく疲れていた。靴を脱ぐのもやっとだった。

肉体はさほど酷使していないが、精神的な疲労が大きかった。役員会に辞職をせまられるまでの、いわば執行猶予で生き長らえている時間。その時間もあと四十五時間となった。だが、きょうはもうやるべきことはない。朝まで休むしかない。とても寝つけそうにはなかったが、起きていてもなにも進展しない。それに明日、肝心なところで頭がまわらなくなっていては困る。

明日のためにすませられることは、もうすませた。令子を送ってから、桐生はクルマのなかから携帯電話でフォレストのエンターテイメント事業部に電話をかけた。フォレストがスポンサーとして独占提供するレギュラーの子供向け番組は民放に四本ある。桐生は明日、スタジオ収録が予定されている番組があるかどうかたずねた。ゲームの新製品と攻略法を紹介する三十分番組の撮《と》りがあった。桐生は収録時刻と場所に大幅な変更を命じた。説明担当者は困惑したようすだったが、桐生は強引に押しきった。理由は話さなかった。説明したところで、どうなるものでもない。

ただいま、と玄関で告げたが、子供たちの返事はなかった。明かりがついているから、まだ眠ってはいないだろう。もっとも、子供たちの出迎えはこのところずっととだえていた。それがふつうになっていた。

靴ひもをほどいていると、ふいに美里が大泣きする声がきこえてきた。桐生は手をとめ、ため息をついた。またか。帰ったとたんにこれだ。

桐生直人は靴を脱ぎすてると、廊下を足ばやに歩いた。美里の泣き声は食堂からきこえていた。ドアを開けると、テーブルに座って泣きじゃくる美里が目に入った。卓也は例によって、壁ぎわに当惑しながらたたずんでいる。

卓也が顔を向けるまで、直人は黙っていた。卓也はばつの悪そうな顔で直人を見た。

「それで、きょうはどうした」直人はきいた。

卓也はなにもいわず、テーブルの上の小さな物体を指さした。またしても、ポーポリンだった。

直人は歩みよって、それを手にとった。妙だ。このポーポリンはきのう死んでしまったはずだ。ところが液晶板には、動きまわるキャラクターの姿が映っている。

「どうしたんだ、これ」直人はきいた。「新しく買ったのか?」

卓也が首を振った。「ちがうよ。いま売り切れだもん」

「お兄ちゃんが」美里が泣きながらいった。「お兄ちゃんが生きかえらせた」

桐生直人はめんくらった。「なんだって？」

「お兄ちゃんが生きかえらせた！」美里がくりかえしさけんで、大声で泣いた。

フォレストが解析したほかにも、蘇生《そせい》のための裏技があったのだろうか。直人はいった。

「そうか。よかったじゃないか。なぜ泣いてるんだ」

「へんなふうになった！」美里がわめいた。「気持ち悪いの！」

桐生は液晶板を見た。一瞥《いちべつ》しただけではわからなかったが、なるほどたしかにへんだ。キャラクターの頭部の形がいびつだった。しかも小刻みに首を振ったりして、異常な行動をとっている。

このキャラクターはカラー液晶のドットで表示されている。そのアウトラインが変化したり、動きが正常に表現されないということは、プログラムの一部になんらかの支障があるということだ。このような携帯ゲーム機に内蔵されているチップは壊れやすく、バグを発生しやすい。ただ、ポーポリンにこのようなバグが発生するといううわさはきいたことがなかった。本体に強いショックをあたえたら、チップが壊れるより前にキャラクターが死んでしまうプログラムになっているからだ。

「卓也。いったいなにをしたんだ？」

卓也はしばらくうつむいていたが、やがてためらいがちにズボンのポケットをまさぐると、タバコの箱ぐらいの大きさの物体をとりだした。

「それはなんだ」直人はポーポリンをテーブルの上に置くと、卓也が手にしたものを受けとった。外殻は透明なプラスチック製で、中身の基板が透けて見える。電池も内蔵されていた。外殻の一カ所から針のようにとがった金属片が一センチほど飛びだしている。なにかと接続する端子のようだ。しばらく見つめていると、透明プラスチックに商品名が浮き彫りされていることに気づいた。リフレッシュパワー。そう記されていた。

桐生直人はうんざりした。これがリフレッシュパワーか。ポーポリンを蘇生させるというオプションメカだという。フォレストの開発部ではすでに入手し分析済みのようだが、桐生は報告書を読んだだけなので、実物を見たのはこれがはじめてだった。この端子をポーポリンの電池の隙間《すきま》に挿入してスイッチを入れると、一定の電圧が加わってプログラムがリセットされ、出荷されたときとおなじ状態になるという仕組みだ。これさえあれば、永遠にポーポリンを買いなおす必要はなくなる。

もちろん、死亡率の高いポーポリンを回転させることで収益を伸ばしているシグマテックが、こんなものを発売するはずはない。メーカー名はイードウと記載されているが、実際にはそんな会社は存在しない。フォレストの開発部によると、このリフレッシュパワーを制作するには米トリビュート社製のコンピュータが必要だという。そして、トリビュート社のコンピュータを導入している日本のゲーム企業はフォレストとギミックメイドしかない。これはギミックメイドがシグマテックに無断で製造販売しているのだ。値段は九百八十円。玩具屋《おもちゃ》の正規のルートには乗せられないので、秋葉原の電気街のごくかぎられた店舗でしか販売されていない。おそらく製造もその周辺でおこなっているのだろう。だが、漫画雑誌に通販広告がでているために、全国の目ざとい小中学生のあいだでかなりの数が流通している。シグマテックはイードウという架空の会社の正体を知らないらしく、いまのところギミックメイドを告訴する動きはないときく。

このポーポリンはきのう、壁にぶつけたものだ。それで回路が壊れたので、無理に蘇生させてもこのような表示になってしまうのだろう。

直人は卓也にきいた。「こんなものを買ったのか。どこにそんなお金があった」

「借りたんだよ、友達に」卓也は不平そうにいった。「きのう美里が泣くもんだから、それで……」

「卓也」直人はしゃがんで卓也の顔をのぞきこんだ。「この商品はな、まともに販売されているものじゃないんだ。買っちゃいけないものなんだよ。もちろん借りても、つかってもいけない」

「でも、ちゃんと売ってるものだよ。秋葉原のお店に」

「たしかに堂々と売られているが、それでも買ってはいけないものなんだ。考えればわかるだろ。ポーポリンは死んだらとりかえしがつかない。だから真剣に育てようとするんだ。

この機械はそういうコンセプトを台なしにしてしまうんだ」

「コンセプトって？」

「それは、つまり、作っているひとたちの考えていることだ。この機械を使うことは、ポーポリンを作っているひとたちの考えに背《そむ》くことになるんだよ」

妙な気分だった。わが子を相手に、シグマテックの弁護をすることになるとは。だがこの場は、正しいことから順に教えていく必要がある。

「それが、悪いことなの？」卓也がきいた。

「ああ。こんなものをつかってポーポリンを生きかえらせるなんて、試験でカンニングするのとおなじだ」

桐生は立ちあがり、美里に向きなおった。美里はまだ泣いていた。ティッシュの箱をとり、美里にさしだした。さあ、これで顔をふいて。そういった。美里はいつも三日たらずでティッシュの箱をからにしてしまう。

「お兄ちゃんが悪いんだよ」美里は顔をふきながらいった。「せっかく、大事に育てようと思ったのに」

直人はいった。「そうだな。大事に育てようとしたのはいいことだ」

「なんで？」卓也がいった。「ただの機械じゃん、ポーポリンなんて」

「そういう考え方がいけないんだ」直人は卓也をふりかえった。「これはゲームにすぎないけど、それをわかっているうえで、ちゃんと使うべきものなんだよ」

「でもゲームなんでしょ？　きのうお父さんもいってた。また買ってくればいいって」

直人は返答に困ったが、ここでひきさがるわけにはいかなかった。「ああ、そういったよ。だけど、いちど買ったものは大事にしなきゃいけないんだ」

「なんでさ。ほんとに生きてるわけじゃないじゃん。死んだからって、べつにいいじゃん」

「よくない！」美里が大声をあげた。ほとんど絶叫だった。「よくないってば！」

「そう。よくないぞ、卓也」直人は疲労を感じてきた。そろそろおさめる潮時だ。「さあ、美里にあやまれ」

卓也は表情を硬くした。「なにをあやまるのさ！」

「ポーポリンを死なせちゃったことだよ」と直人。

「それはきのうのことじゃん！」

たしかにそうだ。直人はとまどいがちにいった。「そうだな、ポーポリンを生きかえらせたことだ。そのリフレッシュパワーをつかって」

「なんでだよ！　死なせたのが悪いっていうから、生きかえらせたのに。死んだままのほうがいいっての？」

「いいの！」美里がまた泣きわめく。「これだったら、死んだままのほうがよかった！」

困った。ここはどういったらよいだろう。美里に、いびつな形のポーポリンでも生きているかぎり、大事にあつかえというか。しかしそれは酷というものだ。かといって、すべては機械にすぎないのだからといったのでは、いままでの理論がすべて成立しなくなる。

そのとき、ふいに美里が身を乗りだしてポーポリンをとりあげると、壁に向かって投げつけた。

「こんなもの、いらない！」

ポーポリンは壁にぶつかって大きな音をたて、床を転がり、卓也の足もとでとまった。

卓也はゆっくりとした動作でそれを拾いあげ、液晶板をひと目みてから、黙ってそれを直人にさしだした。

直人はそれを手にとった。キャラクターはいびつな形のままで横たわっていた。頭上には天使の輪があった。

直人は美里にいった。「なんでこんな乱暴なことをするんだ」

「いいじゃん」美里はぷいと横を向いた。

テーブルに歩みより、ポーポリンを置いた。「死んだよ」

美里はふくれっ面をしていた。「生きかえらせたのが悪いんだから、べつにいいもん」

直人はまた言葉に詰まった。どう答えるべきか悩んでいると、卓也がつぶやくようにいった。

「もういいよ」

ふりかえると、卓也は目に涙を浮かべていた。

もういい。卓也はくりかえした。そして、いきなり走りだして食堂をでていった。階段を駆けあがる音がきこえ、卓也の勉強部屋のドアが、ばたんと閉じる音がした。

直人はしばらくその場で立ちつくしていた。何分ぐらい経《た》ったろう。ふと気づくと、美里はもう泣きやんでいた。兄に思いしらせたので溜飲《りゅういん》がさがったのだろうか。なにごともなかったような顔で椅子《いす》に座り、足をぶらぶらさせていた。

「美里」直人は声をかけた「洗面所で顔を洗っておいで」

はぁい、といって美里は椅子をおり、駆けだしていった。

静寂が訪れた。

桐生直人は椅子に腰をおろした。テーブルの上のポーポリンを手にとる。

美里のさけんだ声が、耳にこびりついているようだった。

これだったら、死んだままのほうがよかった。美里はそういった。

いまはもう、望んだとおりになったわけだ。天使の輪を浮かべたキャラクターを見ながら、直人は思った。

スタジオ

翌日、午後一時。

神崎元康はリムジンのリアシートにおさまって、けさの朝刊をながめていた。六紙のほかにスポーツ紙が七紙あった。そのすべてが、あいもかわらず黒いコートの男関連の記事を一面のトップに置いていた。

シティ・エクスパンダー4の販売が中止されたせいか、被害の発生率は減少傾向にあった。昨晩はわずか五人の被害が認められたにすぎない。それも、玄関先に黒いコートの男の姿を見たので、あわてて逃げだそうとして転んで怪我《けが》をした小学一年生や、通学中に黒いコートの男を見ておびえ、登校拒否になってしまったという小学三年生など、事件の規模もきわめて小さなものにとどまっている。

事件報道が減少したと同時に、シティ・エクスパンダーによる異常事態を分析しようとする特集記事が面積を増やしてきた。神崎の興味をひいたのはどこかの脳外科医長のコメントで、シティ・エクスパンダーが引き起こした吐き気や前後不覚、混乱などの症状は、抗ヒスタミン剤の過剰摂取によるものとうりふたつだということだった。風邪薬やアレルギー治療薬に用いられている抗ヒスタミン剤は、副作用として眠気をもよおすが、さらに大量に摂取すると逆に興奮作用を生み、発熱にともなう幻覚を生じさせるという。

　この幻覚は潜在的恐怖が表層化することが多く、黒いコートの男の犯人像がつたえられた京都の児童殺傷事件の衝撃も癒えない現在、その姿が幻覚となって複数の児童に発生することは充分にありえると医師は発言していた。抗ヒスタミン剤のなかでもジフェンヒドラミンが最も強い幻覚を生む可能性があるとしている。そして、児童がこの状態に陥ると、それが薬物作用による混乱であることを自覚し、血液から成分を排出させようと自傷行為にでることもある。ドイツのフランクフルトや韓国の春川《チュンチョン》などで、過去に同じケースが報告されているらしい。

　問題は、シティ・エクスパンダーというゲームがどうやって抗ヒスタミン剤大量摂取と同じ作用を脳に及ぼしているかという点で、それを解き明かすことが今後の課題だろうとしめくくられていた。

　ゲームのプレイ中にある種の脳内麻薬が分泌《ぶんぴつ》されるという論文を読んだことがあるが、そこまで強烈な作用をあたえるシティ・エクスパンダーというゲームのプログラミングは、まさに津久井智男という男の放った最大の魔力だろう。津久井は世を震憾《しんかん》させた。まさに恐るべき影響力を持つプログラマーだった。

　おおいに結構。神崎はほくそ笑んで、窓の外を見やった。晴れわたった空に、東京タワーの姿がくっきりと見えている。あのパニックは、やはりシティ・エクスパンダー4に原因があった。原因が究明されないかぎり、再度リリースすることは不可能に近いだろう。

スポーツ紙には思わず声をあげて笑いたくなるような記事もあった。フォレスト桐生社長、将棋番組に生出演。緊張感が欠如との声も。見出しにはそうあったが、これはまだ控えめな表現だ。けさのワイドショーは桐生を徹底的にこきおろしていた。いますぐ社長を辞任すべきだ、そう声高《こわだか》にさけんだ評論家もいた。きのうの夕方から、神崎のもとにもインタビューの要請が殺到していた。渦中の人物、桐生直人氏と対局されたわけですが、どう思われますか。そういうたぐいの質問だった。神崎は直接インタビューを受けることはせず、コメントのみを発表した。

どんな状況にあっても棋士としてのつとめを果たそうとされたことに、おなじゲーム企業の経営者として深く感銘を受けた。時期がわざわいしたかもしれないが、彼を責めるのはまちがいだと思う。そう伝えさせた。

我ながらいいコメントだったと神崎は思った。シグマテックの余裕と、神崎の慈悲深さを印象づけることができただろう。将棋の対局内容が、神崎の圧倒的優勢だったこともおおいにPRに貢献した。もちろん、勝つことははじめからわかっていたが。

ファックスのベルが鳴った。このリムジンにはあらゆるものが完備されている。向かい合わせに座っている三國奈緒子が、ファックスの受信ボタンを押した。一枚の紙が印字されながらせり上がってくる。三國はそれを破りとり、ちらと見てから神崎に手渡した。

「株価です」三國はいった。

神崎は急な勾配《こうばい》をのぼっていく折れ線グラフをながめた。じつにいい。シグマテックのきょうの株価は急騰していた。フォレストの株を放棄してシグマテックに乗り換える個人投資家が続出している。

「追い風だな」神崎はいった。「この調子なら、シグマテック系列の大型ゲームセンターをいままで手薄だった東北地方へ展開させる資金繰りも円滑に進みそうだ。北海道のゴルフ場も新たにいくつか購入できるだろう。東南アジアやヨーロッパの支社も増やせるかもしれんな」

三國は笑った。「反対に、フォレストのほうは崩壊寸前ですわね」

「あと二、三日でフォレストの株は紙くず同然になるだろうな。もっとも、その前に社長の交代劇でもあれば多少は持ちなおすかもしれないが」

「でもそうなったら、いよいよフォレストもおしまいですね」三國は肩をすくめた。「桐生直人がいなけりゃ、あの会社はボンクラの集まりですからね」

「そのとおり」神崎はいった。まったくそのとおりだ。そして、おそらく役員会の決定におとなしく従って社長職を退いてしまうであろうことが、桐生という男の最大の弱点なのだ。

　彼はゲーム企業の経営者になくてはならない素質をそなえている。それは、主たる購買者層である子供たちの心をつかむまで執念深く会社の方針を維持する、根気と信念の強さだ。ふつうなら、もっと早い段階でターゲットの年齢層を上げ、アダルト向けのソフトを発売したほうがてっとり早く儲《もう》けられると考える。事実、多くのソフト会社はそれで財をなした。ところがフォレストは断固として子供向けの路線をゆずらず、表現の規制の徹底もあって、ついに子供に安全なゲームとして市民権を獲得するにいたった。桐生はいうだろう、自分はゲーム会社の社長として当然のことをしたまでだと。だが、それはちがう。経営者として当然の利潤の追求に走ったら、あのような業績はあげられない。あれは桐生の純粋無垢《むく》な性格の勝利だといえるだろう。

　しかしそれゆえに、桐生は自分の持つ影響力の強さを認識できていない。桐生が去ったあとのフォレストの顚末《てんまつ》など、火を見るよりあきらかだ。まずゲームに興味のない役員どもが、シグマテックを真似《まね》て役員用へリコプターを購入する。そのへリコプターによる出張を増やすために、リゾート開発などの多角経営に乗りだす。しかし資金は豊富でもしょせんはしろうとの集まり、一年かそこらで行きづまるだろう。経営が苦しくなったら役員たちは、まだ企業の名が通じるゲーム業界でふたたび華を咲かせようとする。ところがトップの厳しい品質管理の目がないうえ、予算の都合で開発を急がせたせいでクソゲーを連発、プロシード市場はアタリショック状態になる。過去の業績にすがろうにも、最大のヒット商品だったシティ・エクスパンダー・シリーズは再発売するわけにいかず、かといって新製品のアイディアを練る時間もないので、結局規制を緩和して殺生の表現もとれることにし、インパクトの強さで勝負しようとする。そこまで来るとアダルト向けソフトの発売も辞さなくなる。かつてのフォレストの栄光はどこへやら、ヌードモデルの画像をとりこんだパソコンソフトや、ゲームセンター向けの脱衣麻雀《マージャン》ソフトを開発して明日の糧《かて》とするだろう。日活や新東宝が歩んだ道とおなじだ。むろん、そうなる前にシグマテックが吸収合併するという手もあるだろう。なんといっても家庭用ゲーム機の市場を独占しているプロシードの存在は大きかった。あの販売権を手に入れれば、シグマテックは名実ともに日本のゲーム業界を牛耳ったことになる。

積年の恨みを晴らすときがきた。そんな言葉が神崎の頭に浮かんだ。

窓の外には六本木ヒルズが見えている。目的地のスタジオまで、もうあと数分だろう。

ふと思いついて、神崎は三國にきいた。「きのうの桐生とのディナーはどうだった」

三國はすました顔でたずねかえした。「どうって?」

「あいつの態度だよ。桐生のようすはどうだった」

「もちろん、情報に飛びつきましたよ。津久井をつかまえて、フォレストの社内は大混乱だったでしょうね」

「そうか。それはいいんだが」神崎はネクタイの結び目を整えながらいった。「きみに対する態度はどうだった？」

三國はいたずらっぽく微笑《ほほえ》んだ。「あら。どうしてそんなことをおたずねになるの？」

「べつに。ただ、あの男も妻に先立たれた独り身だからな。どういう話を交わしたかなと思って」

「そんな浮いた話はありませんでしたよ。おたがいビジネスライクに接してました」三國はなにかを思いだしたように、ふっと笑った。「まあ、随所に男性らしい反応は見受けられましたけどね」

そういって、三國はタバコをとりだして火をつけた。煙を吐きだしながら窓の外をながめている。それ以上、なにも話さなかった。

へんな女だ。神崎はいまさらながらそう思った。ベッドのなかとはまるで別人だ。状況にあわせてカメレオンのように変化することが日常になっている。まあ、それでいいだろう。神崎はそう思った。手もとに置いておきたくなる美人だから、そしてとくに男性相手の交渉術に長《た》けているから、神崎は彼女をアパレル業界からスカウトした。たがいをつなぎとめるのは金だけだ。いままでもそうだったし、これからもそうだ。きわめてフランクな関係。神崎はそれに不服はなかった。

リムジンがスタジオの敷地に入るまでに、神崎はきょうの将棋番組でアナウンサーと交わすであろうやりとりを、ほぼ頭のなかでリハーサルし終えていた。桐生直人氏の欠席により不戦勝となったわけですが、どう思われますか。そうですね、彼はいい将棋を指したと思います。ぜひ最後まで対局したかったですね……。

リムジンがスタジオの玄関前についた。運転席の野呂瀬が大きな車体を迂回《うかい》して、ドアを開けに来るのをまつ。

五十すぎの事業管理局長に運転手をつとめさせるのはどうかという役員もいたが、神崎は外出時にも必要なスタッフだけで固めたいといって異議を却下した。神崎が彼を連れてまわる真の理由はほかにあった。神崎には、シグマテックが不動産業やリゾート開発で赤字をだしたさい、下請け会社に責任を押しつけて計画倒産させた過去があるため、いくつかの関連企業や団体から訴訟を起こされている。ふだん居留守をつかっている神崎だが、外出先に押しかけてこられると弱い。そういうときに、担当の野呂瀬がいてくれると助かる。担当重役であるうえに、まさに泣く子も黙るような威圧感の持ち主だ。かって総会屋として名を馳《は》せた経験からにじみでるものだろう。それに、野呂瀬が本領を発揮する裏の世界とのつながりに、いつでもコンタクトがとれるという利点もあった。事業管理局は香港資本と共同で不動産業をいとなんでいる。香港から派遣されてくるスタッフの多くはヤクザまがいの連中だ。野呂瀬ならあの荒っぽい連中も統括できる。力の行使が必要なとき、野呂瀬をつうじて連中を動員することができる。

ドアが開いて、神崎は外に降り立った。妙ににぎやかだった。駐車場をふりかえると、バスが何台かとまっていて、小学生ぐらいの子供たちがおしゃべりをしながらぞろぞろと降りてくる。

「なんだ、あれは」神崎はつぶやいて、そのようすをながめた。

「神崎さん」若い男の声がした。玄関のほうを見ると、インカムをつけたＡＤが小走りに近づいてきた。ＡＤはぺこりと頭をさげ、きょうもよろしくお願いしますと告げた。

神崎はあいさつもせずにきいた。「あの団体はなんだね」

「ああ、あれですか。べつの番組の収録ですよ。ここはフリーの賃貸スタジオですからね。民放の番組の撮りもあるんです。心配いりません、スタジオは離れてますから」

「ほう」神崎はつとめておごそかな口調でいった。「きょうの対局がお流れでよかったよ。子供たちの騒ぐ声が響いてる建物じゃ、本番前に集中力をかき乱されてしまうからな」

「なんですって？」ＡＤはたずねるような顔で見かえした。

神崎はくりかえした。子供たちの騒ぐ声が……。

「いえ、その前です」ＡＤはいった。「きょうの対局がお流れとかなんとか」

「ああ、そういった。桐生社長は来られないんだろう？　そうすると、私の不戦勝じゃないのかね」

ＡＤは笑った。「とんでもない。桐生さんはすでにお越しですよ。なかでまってます」

神崎は頭を殴られたようなショックを感じた。桐生が来ているだと。こんな状況で、のこのことまたスタジオに現われるとは、いったいなにを考えているのか。二日連続で将棋番組に出演したら、世間からいっそうの批判をくらうのは目にみえている。

では、なかへどうぞ。そういってADは玄関のなかへ走っていった。

神崎は呆然《ぼうぜん》と立ちつくしていた。リムジンを降りた三國が、とまどったような顔でこちらを見ていた。

「桐生に津久井の居どころを教えたんじゃなかったのか」神崎はきいた。

「教えましたよ、ちゃんと」三國がいいかえした。

だとするなら、桐生には対局するメリットはなにもないはずだ。彼は津久井智男の居場所についての情報を得ようとして、神崎と対局した。桐生がここに現われる理由はなにもない。

どういうことなんだ。つぶやきながら、神崎は玄関を入っていった。

狭いロビーは子供たちでにぎわっていた。まるで学校の休み時間だ。平日にこれだけの子供たちが集まるとはどういうことだろう、神崎はいぶかしがった。見たところ仕出しのエキストラではないようだ。もしそうなら、こういう場所でももっと静かにしている。一般の観覧募集でこれだけの子供たちが集まる人気番組となると、数えるほどしかない。残念ながらシグマテックが提供する子供向け番組は除外される。視聴率においては惨澹《さんたん》たるありさまだ。

階段をあがろうとしたとき、ＡＤの声がきこえた。「神崎さん。そちらじゃありません。こちらへどうぞ」

ふりかえると、地下の階段にＡＤの姿があった。

「どういうことだ。二階のスタジオのはずだろう」

「それが、急に変更になりまして。でもご心配なく。地下二階の４スタですが、きのうとまったくおなじ形にセットを組んであるので、画面上は違和感がないはずです」

背すじに冷たいものが走るのを神崎は感じた。後ろをついてきた三國と野呂瀬の顔を見る。ふたりとも言葉を失っているようだった。

「だが、そんな、急に」思うように言葉がでない。神崎はなんとかとりつくろいながらいった。「狭いスタジオでは集中できないんだ。前もって念押しをしておいたはずだが」

ＡＤはぽかんとした顔で見かえした。「ええ、きいてます。いままでは両方のスタジオがあいていたから、おおせのとおり上の１スタを使ったまでです。きょうみたいにほかの番組の撮りが入った場合には、スタジオが変わることはめずらしくありません」

「ばかな。今週はずっと上のスタジオがあいているといっていたじゃないか」

そのとき、ききおぼえのある声が飛んだ。「どうされたんですか、神崎社長」

神崎は振り向いた。

二階から桐生直人がゆっくり降りてくるところだった。

「きみ」神崎は懸命に動揺を抑えながらいった。「ぶしつけで恐縮だが、きょうこんなところにいてていいのかね。会社のほうでいろいろやらなきゃならないことがあると思うが」

桐生は階段を降りきって、神崎のすぐ近くに立った。「ああ、それでしたら心配いりません。なにより、対局を途中でほうりだしたのでは、あなたに対して失礼ですからね」

神崎は呆気《あっけ》にとられて桐生を見つめた。桐生はいささかも物怖《ものお》じすることなく、余裕ある笑みをたたえている。どういうことなんだ。また将棋番組にでようとするなんて、よほどのばかなのか、それとも……。

「急いでください」ADがいった。「すぐ本番ですから」

その声で我にかえった。この場は逃れるほうが賢明だ。神崎はADにいった。「あんな狭いスタジオじゃ対局はできない。帰る!」

「おや」と桐生。「そうすると不戦勝で私の勝ちになりますが。お約束を果たしていただけるんでしょうか」

「約束だと?」

桐生はうなずいた。

神崎はめんくらった。この期におよんで津久井智男の居どころをいえというのか。それはきのう、三國からきいているはずだ。だが、それを口にするわけにはいかなかった。神崎はそのことをあずかり知らないということになっている。桐生には、神崎と三國が対立関係にあるかのごとく吹きこませたのだ。ここでそれが芝居だったことをさとられるわけにはいかない。

苛立《いらだ》ちが募る。しょせんは口約束だ。つっぱねてもさほど支障はない。「申しわけないが、なにも約束したおぼえはないね。これで失礼する」

歩きさろうとしたが、桐生がすばやく神崎の進路にまわりこんだ。

「いいんですか」桐生は懐《ふところ》から小さな機械をとりだした。ＩＣメモリーレコーダーだった。はったりだ。きのうの会話など録音しているものか。たとえ録音していたにせよ、そんなものを証拠品として法廷に提出して、告訴に踏みきることはできない。ふだんの神崎なら、そのように一笑に付すところだ。だが、きょうは足がとまった。

桐生の表情は意外なほど穏やかだった。澄んだ目で神崎の顔をじっと見つめている。すでに社長を解任される運命を回避できないとさとり、居直ったのだろうか。神崎のなかで警鐘が鳴った。こういう人間は危険だ。敵対関係にあった神崎を道づれにするために、あらゆる手段をこうじてくる可能性がある。もしＩＣチップに会話が録音されていたら、からめ手をつかってでも訴訟を起こそうとするだろう。そうなると裁判が長びくにつれて、シグマテックと津久井智男の関係についてあらゆることが掘り起こされてしまう。それはやっかいだ。

神崎は咳《せき》ばらいした。「こうしよう。対局はつづける。だがきょうではない。広いスタジオがあいている日にあらためておこなうことにする。それでどうかね」

桐生は首を振った。「それはスタッフが決めることでしょう。決着がつくまで毎日対局をつづけるというのは、この番組のルールであり趣旨です。それを変えさせる権限は、私たちにはないと思いますが」

いつのまにか、自分のほうが追いつめられている。神崎は手のひらに汗をかいていることに気づいた。両手をポケットにつっこんでそれをぬぐった。

仕方ない。対局を受けるしかない。できるだけ時間をひきのばして、決着を明日以降に持ち越すしかない。

「わかった」神崎はいった。

三國が口をはさもうとするそぶりを見せたが、神崎は手をあげてそれを制した。これ以上この場をこじらせても無意味だ。

ＡＤがほっとした顔でいった。「ではまいりましょう。こちらです」

神崎はため息をついて、下りの階段のほうへ歩きだした。そのとき「桐生社長」という声がきこえた。

桐生のもとにスタッフとおぼしき男が歩みよってきた。見かけない顔だ。たぶん将棋番組ではなく、子供向け番組のほうのスタッフだろう。

スタッフはいやにていねいな言葉づかいで桐生にいった。「うちの局のプロデューサーが、桐生社長がお越しだと知って、ぜひいちどごあいさつしたいと……」

桐生は笑っていった。「申しわけないが、いまから対局なんだ。それが終わってからでいいかな」

はい、お願いしますとスタッフは頭をさげ、歩きさっていった。

神崎のなかで、おぼろげにひとつの形が浮かびあがってきた。すぐにそれは、推測から確信に変わった。打ちのめされたような衝撃を感じた。そして直後に、激しい怒りが燃えあがるのを感じた。

「桐生社長」神崎はつかつかと歩みよった。「きみのしわざか」

「なにがですか」

「とぼけるな。この子供向け番組だ。いまのスタッフの態度から察するに、これはフォレストが出資し制作している番組だろう。きみはその収録場所をこのスタジオに変更させた。そうだろう？」

桐生は表情ひとつ変えなかった。「それが、どうかしたんですか」

神崎は言葉を呑《の》みこんだ。押し黙るしかなかった。

自分の鼓動が速くなるのを、神崎は感じた。まさか、この男は気づいていたのか。しかも、こんなに大胆な方法で反撃してくるとは。

桐生は依然としてすました表情をしている。だが、たんなる優男《やさおとこ》にすぎないと神崎がたかをくっていた桐生の目は、いまは豹《ひょう》のように鋭く光っていた。

決着

神崎は壁の時計に目を走らせた。もうとっくに番組が終わっていいころだ、そんなふうに神崎は感じていた。だがじっさいには、番組開始からまだ十分しか経《た》っていない。

上目づかいに桐生を見た。桐生は正座して、じっと盤上を見つめている。きのうのように会話に乗ってくる気配もない。話しかけてもなにも答えない。ただ無言で一手一手を指すだけだ。

ひどく暑い。こんなにスタジオが暑いと感じたのははじめてだ。神崎は額の汗をぬぐった。身体《からだ》を起こし、スタジオのなかを見渡した。狭いスタジオに圧迫感を覚える。フロアのカメラは、きのうにくらべてずいぶん近くにある。壁ぎわに立っている三國や野呂瀬の顔もはっきり見える。ふたりとも、困惑のいろを浮かべてたたずんでいる。

「神崎さん」ADがささやいた。「あと十秒です」

神崎は盤上に目を戻した。将棋の展開などよくわからない。正直なところ、駒《こま》の動かし方さえおぼつかない。だが、そんな神崎でも、いまの局面が不利だということぐらいはわかった。神崎の陣営にはすでに桐生の飛車、角、銀が成って飛びこんでいた。

いまはひたすら逃げまわるしかない。神崎は玉に手を伸ばした。だが、ひと息つくひまもなく、桐生の手が盤上に伸びた。また王手。

神崎は自分の持ち時間をフルに使って時間かせぎをしていたが、それでも桐牛の指す手が早く局面はみるみるうちに変わっていった。神崎の玉はもはや風前のともしびだった。

だが、焦るな。神崎は自分にそういいきかせた。なんとか時間切れに持ちこむのだ。あのＴＥＺ《テズ》12用将棋ゲームなら、どんなに押されていてもかならず逆転してくれるはずだ。

そのとき、ふいに桐生がいった。「強いですよね。ＴＥＺ12の将棋ゲームは」

神崎は心臓をわしづかみされたような衝撃を受けた。「なに」と思わず声をあげた。

「ＴＥＺ12ですよ」桐生は平然といった。「ご存じでしょう、いまのところ世界最高の演算能力を持つアメリカ製のパソコンです。あれにも将棋のゲームソフトがあるんですよ。日本のソフトメーカーが発売してるものですけどね」

神崎は黙って桐生を見た。この場はとぼけるしかない。「そうかね。それは知らなかった」

「それがすごく強いんですよ。名人でも負かすことがあるんです。いつだったか、チェスの世界チャンピオンとコンピュータ・ソフトが対決したっていうニュースがありましたね。三勝二敗でチャンピオンの勝ちだったんですが、彼によるとコンピュータの腕前は世界ランキング七位ぐらいという印象だったそうですよ。そうすると、八位以下のプレイヤーは勝てないわけですよね。おそろしい時代になったもんです。もっとも、将棋はチェスより複雑ですから、そんなに簡単にはいかないですけど」

「ふうん。まあそうだな。うちも将棋ゲームソフトはだしてるが、名人を打ち負かしたって話はきかないからね」

「あのドミネーター用ソフトですね」桐生は微笑を浮かべた。「あれはたしかに初心者向けですね。弱くはないですがプログラムがずいぶん単純です。あれなら、少々将棋をたしなむひとならだれでも勝てるでしょう。もちろん、家庭用ゲーム機にはああいうサービス精神は必要ですけどね」

この男でも嫌味をいうのか。神崎は怒りをおぼえた。「フォレストのプロシード用将棋ゲームは、もっと出来がいいのか」

桐生は肩をすくめた。「そうでもありません。いたずらに賢くしてもしょせんは家庭用ですからね。それよりグラフィックに重点を置いてますから、おたくのドミネーター用のソフトよりは、画面は見やすいですけど。ドミネーターのやつは、ちょっとドットが粗いですね。香車と桂馬の区別がつきにくいです」

「それは、どうも。開発の人間によくいっておくよ。将棋ソフトはやったことがないが、うちの麻雀《マージャン》ソフトもたしかに見づらいんでね」

「六《リュウ》ソーと九《チュウ》ソーの区別がつきにくいですね。でもあれは、ゲームの合間にでてくる女の子が服を脱いでいくグラフィックに容量を割《さ》きすぎたせいだと思いますよ」

「それがうちの売りなんでね」

　ADがまたささやいた。「神崎さん、あと十秒です」

　神崎は持ち駒《ごま》をすべてつかいはたしていた。また玉を逃がした。

「いや、しかしTEZ12用ソフトは強い」桐生はいった。「けさ会社でやりこんだんですが、なかなか勝てなくて。でもコンピュータにも弱点があるものです」

「どんな？」

「軽く考えることです。コンピュータが相手の場合は、人間同士の対局のように棋譜にとらわれたり、あまりさきを読みすぎたりしてはいけないんです。その場その場の、全体のバランスだけを考える。相手を追いつめようとしたり、ひっかけてやろうなんて考えてはいけません。ただ自分のテリトリーを維持することだけを考えて指す。そうすれば、負けることはないんです」

　桐生は飛車を進めてきた。またしても王手。

　神崎は時計を見た。あと十分。なんとかもたせなくては。

「神崎社長」桐生が穏やかな声でいった。「なぜ、将棋番組に出ることを思いたったんですか」

　一瞬、返答すべきか迷ったが、隠すべきことではない。神崎は答えた。「ウケねらいさ。

書道やら武道やら、なにか日本古来の文化に秀でているところを見せれば株もあがるからな。それだけだ」

「そうですか」少しの間をおいて、桐生はきいた。「私に対局を申しこんだのも、ウケねらいですか」

「ある意味では、そうだな。きみとの対局は視聴者の反響をよぶと考えたんだ」

「対局そのものではなく、あなたが勝つことが、でしょう」桐生は顔をあげ、厳しい目つきで神崎を見た。「きのうあなたに質問したことを、もういちどうかがいたい。酔狂がすぎませんか？」

神崎は身体が凍りつくのを感じた。寒けが襲った。

桐生の冷ややかな視線は、きのうとはまるで異なるものだった。フォレストの広告媒体や記事に掲載されている顔写真ともまったくちがう。

これだったのか、そう神崎は思った。これが桐生の秘めている力なのだ。どこまでも戦おうとする執念深さ。それによって桐生は、子供に安全なゲームをつくる会社という今日のフォレストのイメージを築きあげた。だがそのいっぽうで、しょせんボーイスカウトのような潔癖性の持ち主には、ビジネスの戦場で生き残るのは不可能だと神崎はあなどってきた。だが、それはまちがいだったかもしれない。この男は底知れぬ強さを持っている。ひたすら信念をつらぬこうとする勇気がある。

桐生の顔を見つめながら、神崎はいった。「どうやって真相をつきとめた?」

「あなたの指す手がコンピュータの思考だということは、きのう気づきました。それで発売されている将棋のソフトを片っぱしからプレイしたところ、TEZ12用ソフトの思考パターンだとわかった。それに昨晩、三國さんと会ったときに彼女の携帯電話が鳴りましてね。その発信源をつきとめようとしたところ、おまけにいくつかの事実が浮上してきまして」

それだけ聞けば充分だった。神崎はつぶやいた。「どうやら、私は負けを認めたほうがよさそうだな」

「当然です」桐生は厳しい口調でいった。「このままいけばあと二手で詰みです。というより、五手前にもう詰みにいたることは決定してました。いま、この番組の司会者と解説者がなにをしゃべってるか想像つきますか。なぜ神崎社長は投了しないんだ。そういって首をかしげているはずです。あるていど将棋がわかっている人なら、もうとっくに投了してます。あなたはいま、全国に自分の秘密をばらしてしまったんです。将棋の初心者だということを」

気が遠くなるような瞬間だった。神崎は頭がくらくらするのを感じた。マスコミを利用して売ってきた、将棋の達人としての名声は地に落ちた。悪くすれば明日のスポーツ紙の見出しを飾ることになるかもしれない。いかさまゲーム社長、生放送でぺてんが発覚。

「心配にはおよびません」桐生は小さな声でいった。「このことはだれにもいいません。ただ、ひとつ約束してください。これ以上あなたの会社にご迷惑をかけるつもりはありません。だからそちらも、うちの会社に干渉しないでください。うちの社員である津久井智男に対しても同様です。いいですね」

敗北だった。それも完全な敗北。神崎はうなずいた。そうせざるをえなかった。ＡＤのほうを見ていった。投了する。

ＡＤがインカムでつたえた。神崎さん投了です。

桐生は立ちあがり、畳から降りて靴をはいた。

ＡＤがあわてて制止した。「桐生さん、まだ本番中です。このあとインタビューが……」

「急ぎますので」桐生はそういい残し、スタジオの出口へ歩きさった。

屈辱で頭に血がのぼった。神崎は立ちあがり、将棋盤を蹴《け》りとばした。靴をはいて、いま桐生がでていった出口へ足ばやに向かった。

階段にはもう桐生の姿はなかった。怒りにまかせて駆けあがった。

ロビーは子供たちの姿もなく、がらんとしていた。収録に入っているのだろう。桐生もそちらへ顔をだしているにちがいない。

「社長、まってください」三國の声が背後からきこえた。

ふりかえると、三國と野呂瀬が階段をあがってくるところだった。神崎は思わず怒鳴った。

「どうして携帯電話なんか使ったんだ！」

三國は足をとめた。わけがわからないといったようすで、たずねかえした。「どういうことですか、いったい」

いちいち説明するだけむだだ。神崎は頭をかきむしった。桐生は三國の携帯電話を調べたといった。そのためには電話会社の課金センターにクラッキングで侵入し、シグマテック社員名義の通話記録を調べただろう。そして、神崎がポケットベルを九個も契約していることを不審に思っただろう。

正式には、ポケットベルの名称は二〇〇一年をもって廃止され、以後はクイックキャストと呼ばれている。だが名前が変わろうとも、携帯電話が普及した現代となってはポケベルは前時代的な遺物にすぎない。九個ものポケベルを契約するなど不自然きわまりないことだ。まして、神崎のような立場にある人間ならなおさらのことだった。

それらのポケットベルはいま、すべて神崎が身につけている。シャツの両腕と両脇《わき》、両肘《ひじ》、へそのあたりにひとつずつ縫いつけられていた。それにズボンの左右のポケットにひとつずつ入っている。それらすべてが無音のままバイブレーションで着信を知らせるように設定してあった。シグマテック本社では、テレビを見ながら先手の桐生が指した手どおりにＴＥＺ12の将棋ゲームに入力している秘書がいる。秘書の手もとには、九個のポケットベルの番号をすべて短縮ダイヤルに登録した電話がある。秘書は後手のコンピュータがかえした手を、座標で神崎につたえる。神崎の身につけたポケベルは左胸を一、右胸を二、左脇を三、右脇を四……の順で数えることにしてある。角を七3から四6へ動かすのなら、七、三、四、六の順にポケベルの呼びだしをかける。発信から着信までのタイムラグは、神崎がしゃべりでつなぐ。そういうことになっていた。

神崎は歯ぎしりした。これだから、市販のポケベルを使うのはいやだったんだ。だが、このトリックで将棋界に打ってでることを思いついたとき、シグマテックの技術者はポケベル以上に性能がいい無線機を開発できなかった。低出力の無線ではとどかないこともありえる。一回のサインがとぎれただけでも、棋譜はめちゃくちゃになってしまう。それにポケベルなら、テレビの生中継を見ながらどこからでも通信できる。そう考えての選択だった。だが、その選択は裏目にでた。

「桐生は気づいてたんだ」神崎はいった。「それで電波の入らない地下のスタジオへ追いこむべく、フォレスト提供の番組収録をここへねじこんだのだ」

三國がとまどいがちにいった。「でも、なぜそんな面倒を？　すべて見破ったのなら、そのことを口頭でつたえればすむじゃありませんか。身体検査すればわかってしまうことだし」

神崎は大声でいった。「そんなこと、俺が知るか」

野呂瀬がやけに静かな口調でいった。「それは神崎社長にお灸《きゅう》をすえるためかもしれませんね」

「なんだと！」神崎は怒った。こんな総会屋くずれの社員に侮辱されてたまるか。

野呂瀬に詰めよろうとしたとき、神崎は全身に奇妙な感覚を味わった。バイブレーションだ。九個すべてのポケベルが振動している。神崎はポケベルをひとつとりだした。その液晶板に、メッセージが表示されていた。

お疲れさまでした　桐生

「くそ！」神崎はポケベルを床へ投げつけた。ポケベルは床で何度か跳ねて、野呂瀬の足もとに転がった。

野呂瀬が身をかがめてそれをひろいあげ、つぶやいた。「壊れてない。ポーポリンよりはよくできてますね」

神崎は闘争心を燃えあがらせた。ついに桐生直人が本性を現わした。この屈辱はぜったいに晴らす。これ以上、フォレストの思いどおりにさせるものか。

「野呂瀬、至急手を打ってもらうことがある。行くぞ」神崎はそういって、出口へ足を向けた。

野呂瀬が三國を見ながら肩をすくめるのを視界の端にとらえた。だが、神崎はとがめなかった。そんなことをしているひまはない。敵は桐生だけだ。

中国人

午後二時三十分。

津久井智男は片手に紙袋をさげて曙橋のレジデンス北原の前に立った。辺りを見まわしたが、いつものように路地にはひとけはなかった。もしだれかの目にとまっても、それほど気にする必要はないだろう。写真週刊誌にいちど載ったぐらいで、人々の記憶にとどまるわけがない。

玄関を入り、自動ドアの前のオートロックを押した。5、0、8。しばらく間をおいて、女の声で「はい」という返事がかえってきた。

「津久井だが」

「あ、はい」しばし沈黙があり、自動ドアがスライドして開いた。「どうぞ」

ありがとう、と告げて津久井はなかに入った。こぎれいな一階の廊下を進んでいくと、突きあたりにエレベーターがある。ボタンを押すと、すぐに扉が開いた。それに乗って五階のボタンを押した。

五階に着いた。廊下をいちばん奥の扉の前まで歩いた。ひっそりと静かだ。この時間はまだだれも帰宅していないのだろう。

五〇八号室の表札にはネームプレートが入っていない。結婚していない男女が同居する部屋に表札を掲げても、いいことはなにもない。

チャイムを押した。錠が外れる音がして、すぐ扉が開いた。美樹原唯が顔をのぞかせた。化粧はしていない。黒のTシャツにジーパン、それにエプロンといういでたちだった。

「料理でもつくってたのか」津久井はきいた。

「お掃除」美樹原は無表情でいうと、津久井の手もとに視線を落とした。「それ、なに？」

津久井は紙袋をさしだした。「おみやげだよ。缶ビールの詰め合わせ」

「わあ、ありがとう」美樹原は笑みを浮かべた。「さ、あがって」

津久井は黙って応じた。扉のなかに入り、後ろ手に閉めた。

美樹原は紙袋を手に冷蔵庫のほうに歩いていった。美樹原のいったとおり、２ＤＫの室内は掃除中で雑然としていた。フローリングの床には掃除機とモップが横たわり、本や雑誌が積みあげられ、からになった書棚にはぞうきんがぶらさがっていた。セミダブルのベッドもシーツがとりはらわれている。洗濯中なのだろう。

津久井が靴を脱いでいるとき、チャイムが鳴った。美樹原がインターホンに駆けよって受話器をとった。小型のモニターに男の顔が映っているのが見えた。宅配便です、という声もはっきり津久井の耳にとどいた。はいと答えて、美樹原が自動ドアを開けるボタンを押した。

「いま足の踏み場もないけど、そのへんに座ってて」美樹原はそういって冷蔵庫の前へ戻った。

津久井は壁ぎわで腰をおろした。「仕事はどうだった？」

「うん」美樹原は缶ビールを冷蔵庫におさめながらいった。「きょう撮影だったの」

「無事に終わった？」

ふっと美樹原は笑った。「ええ、例のイヤな場面の撮影だったけど、おかげですぐ終わったし」

「そうか」津久井はため息をついた。「じゃ、これから僕のほうがひと仕事ってわけだ」

「やだあ」美樹原が嬌声《きようせい》をあげた。

そのとき、またチャイムが鳴った。今度は廊下からだろう。

「いまでます」美樹原は大声でそういって、台所のひきだしから印鑑をとりだし、扉のほうへ向かった。

津久井はぼんやりと室内をながめわたしていた。インターホンに目をとめた。そのとき、妙な気配を感じた。インターホンのモニターがまだ点灯している。自動ドアが閉まったら、モニターは消えるはずだ。おかしい。

美樹原が扉を開けた。とたんに、異様な事態が展開した。扉の向こうの男が滑りこむように入ってきた。作業着をきているが、宅配便業者ではない。色の浅黒い、目つきの険しい小柄な男だった。その後ろからもうひとり、百八十センチ以上の背丈の男が入ってきた。そちらのほうはスーツを着ているが、粗末なものだった。ネクタイはなく、シャツのボタンをあけて胸もとをはだけている。

美樹原がおびえた声でいった。「だれですか、あなたたち」

次の瞬間、大柄なほうの男が美樹原の腕をつかんでひねりあげた。美樹原が悲鳴をあげた。津久井は反射的に跳ね起きた。小柄な男が靴をはいたまま津久井のほうへ向かってきた。

「あんた、津久井さん?」小柄な男はやぶにらみの目で、そうきいた。

日本語だったが、広東語《カントン》のアクセントだとわかった。

津久井がうなずくと、小柄な男の顔がこわばった。ズボンのポケットに手をいれ、なにかを引き抜いた。それがナイフだと認識するより早く、津久井は左足を引いて組手の構えをとっていた。ひと呼吸まっても、小柄な男はナイフを握ったまま動かなかった。突いてくる可能性はない。ただの脅しだ。刺すつもりならもう攻撃に入っている。津久井は含胸《がんきょう》抜背《ばつぱい》の防御の姿勢から、一歩踏みこんで拍法がくりだせる攻撃の構えに移った。男は少しは心得があるらしく、交叉法で津久井の打撃を防ぐ動きを見せた。だが巻きこむにしろ受け流すにしろ、ナイフを持っていては満足にはおこなえない。津久井はすかさず男の手首を切掌で打った。派手な音がしてナイフが飛び、床に転がり落ちた。男は苦痛に顔をゆがめて、手首をかばった。津久井は男の肩に手刀を振りおろした。手ごたえを感じた。小柄な男は床につんのめった。

津久井は大柄な男に向きなおった。開け放たれた扉の前で、男は美樹原の首をかかえこむようにして引きよせた。津久井に向かって「動くな」といった。やはり言葉に中国語の響きがあった。

美樹原は恐怖のいろを浮かべながら、訴えるような目で津久井を見ていた。津久井は凍りつくような寒けを感じた。たとえ津久井が飛びかかっても、瞬時に男の太い二の腕が満身の力をこめたら、美樹原は首を折られてしまうかもしれない。

対峙《たいじ》はしばらくのあいだつづいた。津久井に動く意志がないことを見てとった大柄な男が、勝ち誇った顔で口をひらき、なにかしゃべろうとした。そのとき、男の背後から腕が伸び、首すじを手刀で打った。

ふいを突かれた男は激痛に顔をゆがめ、美樹原を放した。美樹原はとっさに駆けだし、津久井の背後に逃れた。

みごとな切掌だ。津久井がそう思ったとき、倒れた大柄な男の向こうに打撃を放った人物の姿が見えた。桐生直人だった。

桐生は津久井のほうに一瞥《いちべつ》をくれたが、また大柄な男が起きあがろうとしているのに気づき、身構えた。男が上半身を起こすのをまって、胸もとに蹴《け》りをあびせた。男は苦しげにむせて、うずくまった。

小柄な男がむくっと起きあがり、扉に向かって一目散に駆けだした。大柄な男の腕をつかんで、ひっぱった。大柄な男は這《は》うようにしながら、小柄な男にひかれて廊下へでていった。

桐生は扉を閉め、鍵《かぎ》をかけた。ゆがんだネクタイをなおしながら、津久井のほうを見た。

「いい反応でした」津久井はいった。「ただ前にもいったと思いますが、虎尾脚《こびきやく》というのは軸足を動かさずに腰の力で蹴らなきゃいけないんです。もっと踵《かかと》の部分で押しだすようにしないと……」

「津久井」桐生は息をはずませながらいった。「わかってるだろう。きょうは講習を受けに来たんじゃない」

津久井は桐生の顔を見つめた。いつにも増して、厳しい顔つきをしていた。無理もなかった。自分のしでかした行為を考えれば、社長が怒りをおぼえるのも当然だ。津久井は黙って、桐生のつぎの言葉をまった。

だが、桐生の口からは津久井を責めるような文句はでなかった。桐生は津久井の背後をのぞきこむようにして、静かにいった。「彼女、だいじょうぶか」

津久井はふりかえった。美樹原はおびえるように身をちぢこまらせていた。目には依然として恐怖のいろが浮かび、唇を震わせていた。

「心配ない」津久井は美樹原の肩にそっと手を置いた。「もう危険は去ったよ」

美樹原は不安そうに津久井の顔を見あげたが、やがて表情に安堵《あんど》のいろが戻ってきた。

美樹原は津久井に身を寄せた。津久井は肩を軽く抱いた。

桐生が咳《せき》ばらいをした。「津久井。もう説明を拒否したりはしないだろうな。話をきくまで、僕はここを動かないぞ」

もう隠しだてはできないだろう。津久井はそう思った。それに、連中がこんな荒っぽい手段をとってきたいま、美樹原を危険に巻きこむわけにはいかない。

「あがってください」津久井はいった。

桐生は靴を脱ぎ、近くに歩いてきた。

「下はオートロックなのに、よく入れましたね」津久井はいった。

「玄関にも見張りがひとりいたんだよ。そいつが自動ドアを押さえて開けっ放しにしていた。理由はよく知らないが、すぐ退散できるようにしておくためとか、なにかあったら上に知らせに来るとか、そんなところだろう。いい練習相手になったよ」

「なぜここへ来られたんですか」

「それより、まずこっちの質問に答えてもらいたい」桐生はいった。「いまの連中は何者なんだ」

「知りません。はじめて会いました。でも中国人のようでしたから、シグマテックがらみでしょう。あの会社は香港資本の事業も手がけてますから」

「それがなぜ、きみを襲うんだ」

津久井は返答をためらった。だが、いずれはあきらかにするつもりだったことだ。尻《しり》のポケットからサイフをだし、折りたたまれたメモをとりだした。

桐生はそのメモを受けとり、じっと見つめた。

かなり長い時間がすぎた。桐生は上目づかいに津久井を見た。「これは、シグマテックの企業秘密だろ?」

「ええ」話すべきときが来た。津久井はいった。「私が盗んだんです。シグマテックのコンピュータから」

データ

シグマテックの社長室からのぞむ港区台場の景色は絶景とはいいがたい。本来ならこの辺りはインテリジェントビルが建ち並ぶ近未来のような都市空間になるはずだった。ところが都市博中止によってすべての歯車が狂った。そこかしこに点在していた空き地は、ファミリーレストランやコンビニエンス・ストアに支配されつつある。雑然とした安っぽい街並みが形成されていく。フジサンケイグループの資本がレジャー施設を建てたりしてはいるが、美観とはいえなかった。とりわけ、レインボーブリッジの手前に建つしょぼい自由の女神像は最悪だった。これなら歌舞伎町の景観のほうがましだ。神崎は心のなかで悪態をついた。

神崎をいらだたせているのは窓の外のながめだけではなかった。当初買いつけてあったこの周辺の土地価格は一気に下落したうえ、交通網の不備から余計な出費がかさむようになった。移転を決めたのはバブル末期だったが、景気回復と思われた矢先にＩＴ系企業の相次ぐ失策で、依然として業界に追い風の吹かない昨今では、この台場の本社ビルは金食い虫以外のなにものでもなかった。ポーポリンやドミネーターの売り上げが好調でも、月々の維持費がこうも莫大《ばくだい》では焼け石に水だった。

神崎は窓の前から離れると、自分のデスクのほうへ歩いていった。「それで、例のシューティングゲームはその後どうなった?」

接客用のソファに腰をおろしているのは企画室長だった。禿《は》げあがった額と肥満しきった身体《からだ》の持ち主。ズボンのベルトが覆い隠れるほどの出っ腹はまるで妊婦のようだった。その腹を見るにつけ、神崎は神経を逆なでされるような気分になった。会社のために本気で働く意志があるのか。

「あまり芳《かんば》しくありませんな」企画室長はいった。「やはり以前のシューティングゲームのグラフィックやサウンドに手を加えただけでは新味にかけますよ。子供たちは敏感ですから、見てくれを変えてもそういう臭みを嗅《か》ぎとってしまうもんです」

「いちいちソフトごとに開発の費用などかけられん。内容でだめならパッケージを変更しろ」

「といいますと?」

「ソフトはパッケージで八割がた、売れ行きが決まる。いま小売店にでまわっている売れ残り分をすべて回収して、新しいパッケージに変えるんだ」

企画室長はとまどいのいろを浮かべた。「新しいパッケージをデザインするには一カ月はかかります。それも、印刷用の原版をすべてとりかえるとなると、余計な出費が……」

「きみは何年この仕事をやってるんだ。もっと頭をつかえ」神崎はデスクの上の葉巻をとり、ライターで火をつけた。「デザインそのものは変更しなくていい。そうだな、金文字でエキストラ・バージョンとか印刷しておくんだ。特別限定版という文字も添えてな」

「というと、なにか特典でもつけるんですか」

「いや、なにもなくていい。エキストラ・バージョンという文字だけだ。そうすればまた新製品として流通させられる。子供の食いつきもよくなるだろう」

「それはちょっとまずくありませんか。なんの変更もないのにエキストラ・バージョンとしたのでは、公正取引委員会にクレームをつけられる恐れがあります」

頭の悪い男だ。神崎は煙を吐きだした。「どうしてだ。嘘《うそ》を書くわけじゃないんだ。エキストラという言葉には、余分なとか、余ったという意味もあるんだぞ。まさにそのとおりじゃないか。さあ、わかったら企画室に戻ってさっさと手を打ちたまえ」

企画室長はため息をつきながら立ちあがったが、ふとなにかを思いだしたように静止して、神崎の顔を見た。「その手をつかってもまだ、売れ行きが伸びなかったらどうしますか」

「どうしてそんなことをいう。不安材料でもあるのか」

「ええ」企画室長はうなずいた。「先月発売されたフォレストのプロシード用シューティングゲームが、依然として爆発的な人気を呼んでいるんです。ゲームの趣旨も似てますし、向こうが売れつづけているあいだはこちらにとっては不利かと……」

怒りが電気のように全身に走った。神崎は大声をはりあげて企画室長の言葉を制した。

「もし来月のソフト売り上げでフォレストに負けるようなことがあったら、きみはクビだ！」

企画室長はたじろぎ、顔面蒼白《そうはく》になった。身体をぶるぶると震わせている。そのまま放置しておけば肥満した身体ごと、床にごろりと転がってしまいそうだ。

こういう脅しのかけ方は利口ではない。神崎は自分の衝動を悔やんだ。デスクを迂回《うかい》して企画室長の近くに歩みより、なだめるようにいった。「心配するな。シティ・エクスパンダー4の騒動が日本じゅうにひろがったいま、フォレストのほかのゲームも店頭から姿を消すさ。私のいったとおりにしてみろ。かならず売り上げは伸びる。ああ、それから、回収して再出荷した分は、前に出荷した分の出荷総数に上乗せして計算しろ。回収があったことは無視するんだ。そのほうが株価に都合がいい。わかったな」

はあ、わかりました。企画室長は頼りなげにそう答えると、頭をさげてドアのほうへ向かっていった。よほどショックだったのか、まだ足もとがおぼつかなかった。

あんな小心者では遅かれ早かれ、企画室長の任を解かれることになるだろう。後任の人間を検討したほうがよさそうだ。人事部のほうから、早急に資料をまわしてもらわねばなるまい。神崎はデスクに戻り、葉巻を吹かしながら思案した。

人事といえば、シグマテックの本業であるところのゲームセンター経営の売り上げも、このところかんばしくない。主たる原因は各店舗の経営責任者の怠慢にある、神崎はそうみていた。直営店のスタッフはあきらかに認識が不足している。インターネットによれば、シグマテック系列のゲームセンターは閉店後も店内からゲームをプレイする音がきこえつづけているというが、それはつまり店員が閉店後に無料プレイに興じていることを意味している。連中は、それが法的には業務上横領にあたるということをしらない。近いうち、みせしめのためにどこかの店舗で抜き打ち検査をおこない、無料でプレイしたぶんを給料から差し引くという懲罰を課さねばならないだろう。

優秀な人材は多くない。ＩＴ関連企業で雇用を増やしているために、ゲームメーカーにとってそんな社員はいっそう希少価値となった。もっと馬車馬のように働くような人間はいないのか。社に尽くすことに人生の価値をみいだせるような人間は。

しばらく時間が過ぎた。デスクの上の内線電話が鳴った。ボタンを押すと、秘書の声が告げた。社長室長と事業管理局長がお戻りです。

入れろ、と告げた。すぐに三國奈緒子と野呂瀬三郎が入室してきた。

「やったか、野呂瀬」神崎はきいた。

ふたりはデスクの前で立ちつくした。神崎はその顔を見あげた。野呂瀬はいつもどおり無表情だった。だが三國の顔には困惑のいろがひろがっていた。

神崎は立ちあがった。「しくじったってのか」

野呂瀬は咳《せき》ばらいした。「ふたりほど津久井の居場所に送ったんですが、データを消去させることはできませんでした」

「なぜだ。津久井はその場にいたんだろう」

「ええ。ところが桐生直人もそこに現われまして、小競り合いになったそうです」

「それで退散したというのか」神崎は葉巻の先を灰皿に押しつけた。思わず力をこめたせいで、葉巻はふたつに折れて葉のかすがデスクの上に散らばった。「中国人を使ったが、いつもの借金のとりたてのようにはいかなかった。そういうことか」

野呂瀬は無言でうなずいた。反省のいろひとつ見せない。神崎は苦々しく思った。

桐生め。対局が終わったあと、すぐに津久井のもとに駆けつけたわけだ。

「社長」三國がとまどいがちにいった。「津久井が盗んだデータをすべて消去させるといっても、ディスクに無限にコピーできますし、一枚でもプリントアウトした紙が残っていたらすべては徒労に終わってしまいます。たとえ持ち物のすべてを没収できたとしても、データをサーバにアップデートしておくことも考えられます。すべて消去というのは事実上、不可能なんじゃありませんか?」

「そうはいっても放置しておくことはできない」神崎はいった。「だからあのAV女優の件で精神面から攻めようとしたんだ。ところが脅迫には応じなかった。しかも、より重要なデータを盗んで逆に脅してくる始末だ」

「とんでもないやつですね」三國がいった。

「ああ」神崎はため息をついた。「とんでもなく、したたかだ」

津久井と愛人の密会写真がスティール誌に掲載されるという情報を得た神崎は、さっそくそれを脅しのネタに使った。盗んだデータをシグマテックの人間の立ち会いのもとで消去すれば、発売前に雑誌を買い占めて世間の目に触れないようにしてやる。そういう趣旨の手紙を愛人のマンションの郵便受けに投げこんだ。もっとも、津久井が従ったとしてもスキャンダルは公表される運命にあった。大枚をはたいて雑誌を買い占める気などさらさらなかった。しかし、発売されるより前に津久井がいうとおりにすると神崎は確信していた。

ところが、その読みははずれた。津久井は新たに経理関係の重大なデータをシグマテックのコンピュータから盗み、週刊誌を買い占めなければそのデータを公表すると逆に脅してきた。

翌日、津久井が行方をくらまし、フォレストの桐生も津久井の居どころをさがしているという情報が入った。将棋番組のスタジオで桐生にでくわしたとき、神崎はとっさに津久井の居どころを賭《か》けて勝負しないかと持ちかけ、情報の真偽をさぐった。桐生は血相を変えて賭けに乗ってきた。情報は正しかった。津久井はフォレストにも追われる立場になっていたのだ。

津久井が愛人のマンションにいることはまちがいなかったが、フォレストの連中はそれを知らない。そこで神崎側はふたたび津久井に通告した。二時間以内にデータを消去しなければその住所を桐生に知らせる。愛人宅の郵便受けにそういう手紙を投げこんだ。ところが、津久井はまたも無視した。

その報復として、桐生に津久井の居どころを知らせることにした。だが、将棋の対局にその情報を賭けてしまっている以上、神崎がふいに教えるのは不自然に思われた。とはいえ匿名のタレコミではフォレストの人間が本気にしない可能性もある。そこで三國に芝居を打たせ、三國が神崎に反目して桐生に情報を漏らしたということにした。

ところが、なぜか桐生は津久井の居どころを知ったにもかかわらず、きょうも将棋の対局に現われて神崎に恥をかかせ、さらにいまの野呂瀬の報告によると、津久井に手を貸して中国人を撃退したという。いまさらなぜ、桐生は津久井をかばうのか。津久井はフォレストにとって裏切り者のはずだ。

「桐生と津久井は敵対関係にならなければならない」神崎はいった。「だが、桐生は津久井に味方してる。どういうことなんだ。津久井がシティ・エクスパンダー4になんらかの細工をして、子供たちが黒いコートの男の幻を見る狂乱状態を引き起こそうと画策した。これはシティ・エクスパンダー4発売前にもたらされた情報だ。事実、そのとおりになった。情報は正しかったはずだ」

野呂瀬がいった。「ひょっとしてすべて桐生がたくらんだことではないですか。桐生が津久井にデータを盗ませた。こっちには、津久井がひとりでやったように見せかけた」

「まさか」三國が顔をしかめた。「そんなことをして桐生にメリットがあって？　データを盗むことはともかく、シティ・エクスパンダー4のパニックや津久井の愛人スキャンダルはフォレストに大きなダメージをあたえているのよ」

「三國のいうとおりだ。桐生がそんなことを考えるとは思えない。それに、対局中に話したところ、あいつはイングラム・ウォーについてはなにも知らないようすだった。すべてのデータは津久井ひとりが握っているんだ」そうにちがいないと神崎は思った。それにあのゲームひとすじの若社長が、ゲーム以外のデータに目をつけるとは考えにくい。

三國は苦々しげな表情を浮かべた。「どうせ中国人が荒っぽく津久井を脅そうとしたんでしょう。敵対関係にあっても、そういう場合なら助けに入ると思いますよ」

野呂瀬がつぶやいた。「そんなに勇気がある男なのか、桐生というのは」

「たぶんね」三國は肩をすくめた。「会って話したときの印象からすると、そうかも」

神崎は怒りをおぼえた。「あいつを称賛する気か」

三國は眉《まゆ》をひそめた。「称賛？　そんな、とんでもない。ただ、勇気がありそうだといっただけです」

神崎の脳裏に、将棋番組での屈辱がよみがえった。あんなまわりくどい方法をわざわざつかってまで、神崎をからかおうとするとは。桐生の嘲笑《ちょうしょう》がきこえるような気がした。

「そんなにあいつがいいのか」神崎は声をはりあげた。「それなら、すぐうちを辞めてフォレストへ飛んでいけ。いっておくが、泥棒猫のようにこっちで得た企業秘密をみやげにフォレストへ鞍替《くらが》えしても、私は痛くもかゆくもないからな。フォレストはもう解体寸前だ。わが社の敵ではない」

三國も野呂瀬も黙りこんだ。しらけているといったほうが的確かもしれなかった。三國は、あきらかに軽蔑《けいべつ》のこもったまなざしで神崎を見つめた。

「そんなつもりはありませんよ」三國はいった。「それより社長、だいじょうぶなんですか。ちょっとナーバスになりすぎだと思いますが」

「なんだと!」神崎は怒鳴った。「ふざけるな。私をだしぬこうとしてもそうはいかないからな。おまえたちはシグマテックの社員なんだ、それをよくおぼえておけ!」

ふたりはなにも答えなかった。また沈黙の時間が流れた。

神崎は三國を見かえした。ふいに、不安がこみあげてきた。三國の顔を悲しみのいろがかすめた。瞳《ひとみ》をうるませたようにも見える。だが、それは一瞬のことで、すぐにまた気丈な女の表情に戻った。

「よくおぼえておきます。では、またなにかありましたら」三國はそういって頭をさげ、ドアのほうへ歩きさった。

神崎は立ちつくした。急に冷ややかな空気を感じた。思考はまったくといっていいほど働いてはいなかった。ただ三國がでていったドアを見つめ、立ちつくしているだけだった。

どれくらい時間が過ぎたろう。ふと、まだ野呂瀬がいるのに気づいた。野呂瀬と視線があった。野呂瀬はやはりなんの表情も浮かべていなかった。なにもいわず、ただ神崎のほうを見つめていた。やがて軽くおじぎをして、神崎に背を向け、ドアへ向かっていった。

津久井

午後三時すぎ。

桐生直人は一枚の紙片に見いっていた。ひどく細かい文字でびっしりと印字されている。フォントのサイズを最小にしてプリントアウトしたのだろう。一枚の紙におさまる以上、データ量としてはたいしたことはない。せいぜい二十キロバイトもあれば記録できるだろう。だがその内容は、数値では表わせないほど大きな意味を持っていた。

これはシグマテックの収支報告の一部だった。二〇〇五年九月期決算で、シグマテックは実質的に同社の傘下にある七つの企業の利益を、シグマテック本社の利益に付け替えていた。その金額はじつに百七十億円。まぎれもなくあのライブドア商法と同じ類に属する粉飾決算、それも金額的には十倍以上の規模だった。およそ十四億円ていどの経常黒字に粉飾したライブドアでさえ、証券取引法違反で家宅捜索を受けたうえに社長逮捕の憂き目にあっている。神崎が中国人やくざを送りこむという乱暴な手を使ってまで奪回したかったわけだ。この紙切れはまさに彼にとって死の宣告に等しいものなのだろう。

桐生は重苦しい気分になった。紙片から顔をあげた。津久井は壁ぎわにあぐらをかいて座っていた。うつむき、なにもいわずにフローリングの床の一カ所を見つめている。

美樹原唯の六畳ほどのリビングルームには、彼女を含めて五人もの人間がひしめいていた。それでもダイニングルームとつづきになっているせいで、さほど狭さは感じられない。

守屋は眉間《みけん》に皺《しわ》を寄せながら、椅子《いす》に座って腕を組んでいる。そのとなりには糸織がいかにも手持ちぶさたな表情で床に腰をおろしている。ふたりは社内で、それぞれの部署で仕事をしていたが、桐生が呼びよせた。ふたりは津久井との再会に、あいさつひとつ交わさなかった。正直なところ、どう反応していいのかわからなかったのだろう。まさか、このメンバーで香水のにおいがただようこぎれいなマンションの一室に集うことになるとは、予想もつかなかったにちがいない。

美樹原唯は部屋の隅に座っていた。ずっと黙りこんでいるが、中国人たちに襲われたショックはひきずっていないようだった。顔は幼そうに見えるが、年齢は二十を超えている。親元を離れて、男に囲まれる業界で仕事をしている。度胸はすわっているのだろう。

チャイムが鳴った。美樹原が立ちあがり、となりのダイニングルームにあるインターホンに歩みよった。受話器をとり、はいと答える。すこし間をおいて、ボタンを押した。受話器を戻しながら、津久井のほうを見ていった。「奥さんが来たわよ」

津久井は眉《まゆ》ひとつ動かさなかった。守屋は顔をあげ、桐生のほうを見た。逆に糸織はうつむき、額に手をやった。

かなりの時間がすぎたように思えた。だが、エレベーターが五階まであがってくるだけの時間しか経《た》っていないはずだった。ふたたびチャイムが鳴った。美樹原が玄関のほうへ向かうのを、桐生はながめた。美樹原は玄関の鍵《かぎ》をはずし、ゆっくりと開けた。

背中を向けた美樹原の向こうに、令子の顔が見えた。令子は冷ややかな顔で、こんにちはと告げた。そして視線を室内に向けた。桐生と目が合った。

「あがってくれ、令子」桐生はいった。

令子が靴を脱いでいるあいだに、美樹原はさっきの場所へ戻って腰をおろした。なんの表情も浮かべてはいなかった。

リビングルームに入ってきた令子は、守屋、糸織のほうを見て、最後に津久井智男に視線を投げかけた。

津久井は顔をあげ、令子を見た。そして、また床に視線を落とした。

「座って」桐生がいうと、令子はためらうようすを見せた。室内に腰をおろせそうなところは、津久井のとなりしかなかった。結局、そこに正座をした。

「さて」桐生は咳《せき》ばらいした。「僕もまだ状況がつかめていない。たしかなことは、この紙片からわかる事実だけだ。津久井はシグマテックのコンピュータから、粉飾決算の証拠となるデータを盗みだした」

令子の表情に悲しみがひろがった。津久井のほうを見ることもなく、焦点のさだまらない目を虚空に向けていた。

「社長」令子がつぶやくようにいった。「わかっている事実はそれだけではありません。とくにわたしにとっては、その紙片よりも重要なことが、はっきりしたんです」

桐生が令子のいっていることの意味を把握するまで、数秒かかった。

そのあいだに、守屋が口をひらいた。「令子、それはちがうぞ」

「そう」桐生はうなずいた。「僕たちが見ていたのは事実ではなく、ゴシップ好きの週刊誌の記事にすぎなかったんだ」

令子は眉をひそめた。わけがわからないというようすで、桐生の顔を見かえした。

「美樹原さん」桐生は声をかけた。「すまないが、もういちど彼を呼んでくれるか」

美樹原はなにもいわずに立ちあがり、となりの部屋のドアをノックした。はい、と男の声が応じた。ちょっといい、と美樹原がたずねた。しばらくして、ドアが開いた。緑のポロシャツに紺のスラックス姿の男性が現われた。令子がはっと息を呑《の》んだ。

桐生は令子を見つめた。「ビスタレーンの深山さんとは、もう面識があるんだろ」

深山はとまどいがちに令子に頭をさげた。

「令子さん」糸織がいった。「津久井部長はこの二日間、都内のあるＣＧ制作会社に缶詰になっていたそうです。そして、ここで美樹原さんと同棲《どうせい》してたのは津久井部長じゃなく、深山さんだったんです」

令子は驚きのいろを浮かべ、目を見はっていた。深山と美樹原の顔をかわるがわる見て、そして津久井智男に顔を向けた。津久井は黙って床を見つめるばかりだった。

桐生は深山にいった。「お手数をかけます。事務所からお呼びたてしたうえに、お願いごとばかりで恐縮ですが、少しのあいだ私たちにつきあっていただけますか」

深山はこくりとうなずき、美樹原とともに部屋の隅に腰をおろした。

令子の瞳《ひとみ》に輝きが戻りつつあった。桐生を見つめかえし、震える声でいった。「どういうことなんですか、いったい」

「それを」桐生が身体《からだ》を起こした。「これからはっきりさせようと思う。津久井、まっさきにきかねばならないことがある。きみはシティ・エクスパンダー4になんらかの細工をしたのか？　子供たちに心理的な作用をおよぼすからくりをほどこしたのか？」

津久井はなにも答えなかった。

「黙っていちゃわからん」守屋が急《せ》かした。「社長の問いに答えろ。このあいだみたいな、はぐらかしはなしだぞ。単刀直入に答えるんだ」

「いや、無理にとはいわない」桐生は穏やかにいった。

津久井の特異な性格には目をつぶって、理解をしめさなければならない。それもうわべだけではだめだ。理解しようとつとめなければならない。津久井の態度は子供じみているという解釈もできるが、じっさいには彼は同年齢の社会人よりも高い知能をそなえている。

それを理解する必要があるのだ。本音で接することがなければ、相手とわかりあうことなど、到底不可能ではないか。

桐生は告げた。「きみは好きこのんで論点をずらすようなしゃべり方をするわけではない。ただ、観念的なことのほうが重要だという考え方の持ち主なんだ。それが理解できない人間とは、理詰めで話そうとしても意味がない。そう思っているんだろう？　たとえばきみについてだが、どんなにきみが正直に話そうとしても、相手が偏見を持ってきみを見ている以上、真実はつたわらないと思っている。だから、話すのを拒む。そうじゃないか？」

しばらく間をおいてから、津久井が小さくうなずいた。

守屋が不服そうにいった。「私は偏見を持って接したつもりはないぞ」

ふいに津久井が口をきいた。「それは偽善です。だからいやなんです」

いいかえそうとする守屋を、桐生は手をあげて制した。「わかった。偽善という言葉があたっているかどうかはわからないが、ようするにそういう社会的なたてまえで人と接しようとする態度が気にいらないし、受けいれがたいと思うわけだな」

またしばらくしてから、津久井が小さくうなずいた。守屋はいっそう不満そうな顔をしたが、成立しつつある桐生と津久井のコミュニケーションのほうを重要と考えたらしく、異論はさしはさまなかった。

「よくわかった。では、僕が憶測を含めて話すから、当たっているかまちがっているかだけを答えてくれ。僕も人間なだけに、きみの嫌いな偏見にとらわれることがあるかもしれないが、そんなときは遠慮なく……」

桐生は言葉を切った。津久井がかすかに、顔をこわばらせたように見えたからだった。どこが気にいらなかったのか。桐生は分析した。僕も人間なだけに、偏見にとらわれることがあるかもしれないが。そのあたりで、津久井は顔をこわばらせた。そう、たしかに、考えようによっては嫌味のある言葉だ。相手との共通点を逆手にとり、さきんじて自分が過ちを犯す可能性を示唆し、なおかつそれを許してくれるように頼んでいることになる。それが津久井にとっては気にいらないのだ。

「すまない」桐生はいった。「では、僕の憶測にすぎないことを話してみよう。まず、きみはシティ・エクスパンダー4をプレイした子供たちがなぜ黒いコートの男の幻覚を見たのか、その理由についてまったくわからないし、そんな影響をプレイヤーにあたえるようなプログラムを作る方法も知らない。そうじゃないか?」

桐生はまっさきに津久井の容疑を晴らすことで、彼に安心感をあたえようとした。ところが、津久井の表情はまたも硬くなったように見えた。

言い方がまずかったのか。わからない、知らないというのは、クリエイターを自負する彼にとってはプライドが傷つくことなのかもしれない。「いいなおそう。きみはシティ・エクスパンダー4が子供たちに悪影響をあたえたとは思わない。そんなことは科学的にありえないと思っている。そうだろう?」

津久井はこくりとうなずいた。

「シグマテックと協力関係だったわけでもない。そうだな?」

津久井はうなずいた。

「そう。いずれも、わが社の社員として、ゲームづくりにたずさわっていたきみにとっては当然のことだ。だが、そのきみがシグマテックから粉飾決算のデータを盗みだした。ここからまた推測になるが、きみがデータを盗んだのはシティ・エクスパンダー4が発売された翌日、つまり朝から日本じゅうで子供たちの事故や自殺未遂が起きた日だな?」

津久井はまた表情をこわばらせた。どうやら、シティ・エクスパンダー4と関連づけていたのがまずかったようだ。「いまの質問は、あくまでその日にそういう事実があったことを確認したかっただけなんだ。子供たちの件と、きみがデータを盗んだことを関連づけるつもりはない」

津久井はいっそう表情を険しくした。

たまりかねたように、守屋が口を開いた。「津久井、きみは細かいことを気にしすぎてる。事実は事実として堂々といえばいいだろう」

「部長」桐生はとがめた。「しばらくお静かに」

守屋はすねたように顔をそむけた。質はちがうが、子供っぽさという面では守屋にも津久井に共通するものがある。桐生はそう思った。

津久井はまだ険しい顔をしていた。令子が心配そうに、その顔を見つめている。

桐生はまた言い方を変えた。「きいてくれ。シティ・エクスパンダー4や子供たちの身に起きた事件には関係ないが、きみはその日にシグマテックからデータを盗んだ。そうだな？」

津久井の表情がやわらいだ。少なくともそう見えた。やがて、小さくうなずいた。

こつがつかめてきた。桐生はそう思った。さっきのたずね方は、桐生自身の主観が入っている。あくまでその日にそういう事実があったことを確認したかっただけなんだ。自分はそういう言い方をした。ふつうの大人どうしの会話なら、まず問題はない。相手に安心をあたえようとする話術にすぎないからだ。

話術。津久井にとっては、それが嫌悪の対象なのだ。それを大人の知恵とし、武器とする人間を軽蔑《けいべつ》するのだ。話術によって相手を巻きこみ、思った方向へ仕向けようとする。そんな話し方をされることに、いいしれない窮屈さを味わうのだ。

理由はよくわかる。津久井は口べたな人間だ。ロジックを語るときにはおそろしく弁がたったりもするが、ふつうの会話になるとまったくだめだ。ハーフで、日本語を十分に学ばなかったことにも起因しているだろう。そのため、豊富な語彙《ごい》をつかいこなす周囲の人間たちにいつも翻弄《ほんろう》されてきた。相手が偏見を持っているとき、その偏見を払拭《ふっしょく》するために議論しようとしても、いつも相手にいいくるめられてしまった。そんな、ふつうに言葉をつかいこなす人間たちが、津久井にとっては偽善者なのだろう。そういう日々を送りつづけ、やがてふさぎこんで、コミュニケーションの努力を放棄した。例外は、話術でごまかされる心配のない技術の話。テクノロジーや中国武術については理路整然と話す。そのほかに津久井にとって認められる唯一のものは、やはり話術のごまかしが意味をなさない自分ひとりだけの観念の世界。だから津久井はいつも、観念もしくはロジックを語ることに終始するのだ。

「よし、わかった。では、僕の憶測をつづける。きみが自分の利益のために盗みを働くとは、僕には思えない。きみがデータを盗んだのは、シグマテックのほうがきみになにか悪いことをしたからじゃないのか。シグマテックの人間がきみを脅してきたから、きみは自己防衛のために彼らの秘密を盗んだ。そうじゃないか」

津久井はぼそりといった。「そのとおりです」

やはり。だれかと対立が生じたとき、議論を好まない津久井はなにも話し合わずに問題を解決したいと考えるはずだ。彼はシグマテックの脅しを、ひとこともしゃべらずに退ける手段として、粉飾の証拠のデータを盗んだわけだ。

「ちょっといいですか」糸織が身を乗りだし、津久井にいった。「あの日、部長のコンピュータからシグマテックの社内LANの中枢にまでアクセスされた痕跡《こんせき》が残ってました。ふつうのクラッキングでは侵入不可能です。だから社長たちはてっきり、部長がシグマテックと通じていて、交信しているのかと……」

技術面の話だからだろう、津久井は急にしゃべりだした。「たしかにこういう極秘データがおさめられているコンピュータを特定するのも、アクセスするのもむずかしい。ファイアーウォールを突破するのも至難の業だ。だからほかの要素も利用するんだ。この場合では、時刻という要素を使った。企業と銀行とのデータのやりとりは一日の入金や出金にほぼめどがついたあとの午後二時前後に集中する。その時刻にあわせてまずシグマテックのLANに侵入して、銀行とつながっているコンピュータをさぐりあて、そこにあるファイルを根こそぎダウンロードする。そのなかから、粉飾のデータが見つかった」

守屋がたずねた。「どうしてシグマテックに粉飾決算のデータがあることを知ってたんだ?」

話術を感じられなくても守屋の問いかけには応じかねるらしい。津久井は顔をそむけた。

桐生は苦笑した。「津久井、きみは粉飾のデータがあることを知っていたわけじゃないが、シグマテックのことだから経理の面では叩《たた》けば埃《ほこり》がでると見当をつけていた。そうだろう?」

「そうです」津久井はうなずいた。

叩けば埃がでる、という言い回しについては拒絶しなかった。自分に向けられたものではないからだろう。あるていど信頼感を持ってくれるようになったのかもしれない。桐生はそう思った。

「その写真週刊誌のスクープも、シグマテックに関係があるのか?」

「ええ」津久井はうなずいた。

そのとき、美樹原がむきになっていった。「あれは津久井さんがたまたまここに寄ったとき、玄関先で隠し撮りされたものです」

「そうです」深山があとをひきとった。「じっさいにはあのとなりに私もいたんですが、写真はトリミングされて、ふたりしかいないように写っていました」

桐生は腕組みをした。「津久井はなぜ、あなたがたと知り合いになったんですか。通帳によると、深山さんの事務所から何度も金を受けとっている。それはなぜですか」

深山が答えた。「あれは津久井さんに依頼したお仕事の報酬です。あやしげなものではありません」

令子が津久井のほうを見ていった。「なぜ黙ってたの。わたしにいえない仕事の内容だったの?」

「津久井」桐生はいった。「きみはスイスのフランツ・ハーマインという薬品製造の会社とEメールのやりとりをしていたな。あれと関係あるのか?」

かなりの間をおいて、津久井は首を縦に振った。

守屋がとがめるようにいった。「なにか薬に手をだすつもりだったのか?」

津久井は守屋をにらみつけた。「ええ。そうですとも」

「守屋部長」と桐生。「偏見を持ってはいけないんです。薬といってもいろいろな種類があるはずです。そうだろ、津久井?」

「はい。私はメスコナールという錠剤を買うつもりでした」

「なんに使う薬なんだ」桐生はきいた。

津久井はとまどいがちに令子を見た。そしてまた床に視線を落とし、つぶやくようにいった。

「イスタルマトー症候群の治療薬です」


令子が目を見はった。口をひらいたが言葉にならないようすだった。

そうだったのか。桐生は事実を把握した。イスタルマトー症候群とは令子の不妊の原因だ。その治療薬は非常に高価だときいている。津久井はそれを買おうとしていたのだ。

令子がやっと、津久井に言葉を投げかけた。「智男さん、なぜ話してくれなかったの」

津久井は黙っていた。

桐生は首を振った。「話せなかったんだ。その治療薬はたしか非常に高価なうえに、薬事法により日本では販売も使用も禁じられていたはずだな。スイスなどに出向いて使用するにしても、日本に国籍がある人間が服用することは、法的には問題があることになる。だから保険治療は受けられないし、だれかに相談して援助してもらうこともできない。ぎりぎりになって令子に話すつもりではいただろうが、僕たちには最後まで打ち明けないつもりだったんだろう。そうだな。津久井？　答えてくれ、頼む」

津久井はため息をついた。表情がやわらいだ。ついさっきまでのような、得体の知れない態度は消え失《う》せ、やや疲れを感じさせる四十近い男の顔に戻っていた。どこにでもいるような男の顔に。

津久井はたどたどしい口調で話しはじめた。「治療のためにはかなりの量を投薬しなければならないですし、期間も長期になります。必要なだけのメスコナールの購入と、投薬中のフランスでの滞在を考えたら、二千万円は必要になります。もちろんそのあいだ、令子は働くことができないし、収入もなくなる。だから金が必要だったんです」

桐生はきいた。「フランス？　スイスじゃないのか」

「フランツ・ハーマインの本社はスイスですが、薬の販売はフランスでおこなっています」

あのフランス行きのチケットの予約には、そういう意味があったのだ。むろん二名というのは、津久井智男と令子のことだ。

打ち明けてくれれば、いつでも相談に乗ったのに。桐生はそう思ったが、口にはしなかった。津久井は他人から同情されることを好まない男だ。見下されているように感じるのだろう。津久井のそうした他人への不信は、幼いころから蓄積されたものにちがいない。だから他人に心をひらかないことを責めるべきではない。だが、津久井智男の本心にはやはり、優しさがあったのだ。妻を気づかう優しさが。

「智男さん」令子は瞳をうるませていた。しかしその顔には、夫を信じつづけたことが報われた喜びが満ちあふれていた。「話してくれればよかったのに。話してくれれば……」

「断られるかと思ってた」津久井はつぶやいた。「きみには仕事がある。会社を長く休んでくれるとは思えなかった。それに、共犯にしたくはなかった」

桐生はうなずいた。「薬のことは隠して令子をフランスに連れていくつもりだったんだろう。そうすれば事後に、問題が発覚しても責任を追及されるのは彼ひとりだからな」

糸織が微笑《ほほえ》みを浮かべていった。「そうだったんですか。津久井部長は、お子さんをとても欲していらっしゃったんですものね。令子さんからききましたよ」

津久井はかすかに笑いを浮かべた。「ああ。でも、それよりも令子のためだ。令子はいつも、子供ができないのを気にしていた。だから早く安心してほしかったんだ」

令子は顔を覆った。肩を震わせてすすり泣いた。

「津久井」守屋が口をひらいた。いかにも話しにくそうに、視線をそらしながらいった。「その、つまり、そういうことだとは知らなかった。だが、話してくれればよかったのにとは思う。打ち明けてくれれば、力になれた。薬事法なんかくそくらえだ。それを偽善だというなら、まあ仕方はないが……」

津久井が当惑のいろを浮かべていることに、桐生は気づいた。いまの状況をどう受けとるべきか迷っているのだろう。彼にとって他人に心を許すことは、自分が傷つくことと同義語のはずだった。彼は人生のなかで、そういう教訓を得てきた。だがいまはちがう。周囲は津久井を理解している。

「それにしても」守屋がいった。「深山さんから毎週百万円ずつ受けとっていた、仕事の内容というのはなんだったんだね？」

美樹原の表情が硬くなった。津久井は美樹原をちらと見てから、桐生にいった。「いう必要はないでしょう」

桐生は令子を見た。令子の顔を、また不安のいろがかすめた。

「津久井」桐生は静かにいった。「僕たちを信じてくれ。どんな事実があっても、僕たちはきみの気持ちを無視したりしない。それより、すべてをあきらかにしてくれれば、きみも思いつかないような協力ができるかもしれないだろう」

津久井がまた美樹原のほうを見た。美樹原はひざをかかえて座り、うつむいていた。深山は美樹原を気づかうように、視線を投げかけている。

津久井は桐生のほうを見て、決心したようすでいった。「社長。ヒューマンズスキン・エレメンツ・アニメーションシステムの特色をご存じですよね？」

「ああ。ポリゴンの細やかな表示が可能になったことで、人の肌のグラフィックに自然な質感を持たせることができるようになった」

「そうです」津久井はためらいがちにいった。「でも、こんな仕事をしていることがわかると、会社に迷惑がかかりそうで……」

桐生はきいた。「なぜなんだ。説明してくれなきゃ、わからない。教えてくれ」

しばらく間をおいてから、津久井はいった。「半年前、あるCGの制作をしている会社につとめている友人から連絡がありました。ヴィデオソフトの画像処理をしているが、うまくいかないのでてつだってくれという話でした。それででかけていったところ、深山さんを紹介されました。ヴィデオソフトというのは、アダルトヴィデオのことだったんです」

「アダルトビデオの画像処理？」と桐生。「モザイクとかそういうことか？」

「いえ……。正確には、モザイクの下です。もっと高度な技術が必要だったんです」

津久井がいいにくそうにしているので、桐生はもういちどたずねようとした。

そのとき、ふいに美樹原がいった。「本番ですよ」

桐生は美樹原のほうを見てきいた。「なんだって？」

「セックス」美樹原は無表情のまま、淡々といった。「津久井さんは挿入シーンをつくってくれてたの」

深山がささやくような声でいった。「健全なみなさんはご存じないでしょうが、最近のアダルトビデオはどんどん過激になっていて、本番行為も当たり前になってまして……。それがないと売れ行きにも関《かか》わるほどになってるんです。しかしむろんのこと、モデルは嫌がります。一方、モザイクによる消しも薄くなる傾向がありまして、今日《こんにち》ではその、ヘアも解禁状態ですし……。ほんとに挿入してるかどうかは一発でわかるんです。どんなにごまかしても、目の肥えたマニアにはわかってしまうんです。こういうソフトはマニア相手の商売ですから、トリックがばれては致命的です。そこで特殊効果の会社の人をいろいろ紹介してもらって、相談をしていたところ、最終的に津久井さんに出会いまして……」

桐生は口をさしはさんだ。「でも、それで毎週百万もの報酬を受けるほどの仕事になるのですか?」

深山はうなずいた。「メーカーサイドとしましては、一回百万の出費でも安いぐらいです。津久井さんのCGは、モザイクなしでも、どう見ても入っているようにしか見えないぐらい完璧《かんぺき》な仕上がりでして……その部分に限らず、周囲の肌の動きや光の加減などもぜんぶCGで調整してくれるので、擬似なのに本番しているように見えるんです。女優の精神的な負担も少ないので、そういう場面の撮《と》りが嫌になって辞めるという女の子がぐっと減りました。それに、監督さんもお喜びでして……本当にやるよりも、ずっと自由な絵づくりが可能になったということで、ですから、各メーカーでの撮影にそうしたショットが必要なときには、うちが仲介役になって津久井さんに仕事をしてもらっていたわけです」

桐生は津久井のほうを見ていった。「すると、それらの映像をヒューマンズスキン・エレメンツ・アニメーションシステムで作成し、ビデオに合成していたわけか」

「そうです」津久井は小さな声でいった。「とても打ち明けられることではありません。世間に知れたらたいへんなことになります」

そう。津久井の危惧《きぐ》は的を射ている。桐生はそう思った。フォレスト社のイメージからすれば、ヒット商品プロシードの最大の特色であるグラフィック技術が、アダルトビデオの本番シーンに提供されていることが公《おおやけ》になるのは非常なマイナスだ。国内はもとより、フォレストの方針を高く評価し、それによって幅広い購買層の支持を得ているヨーロッパの各国、とりわけポルノに厳しい国では、大幅な売り上げ低下につながることも懸念される。ある意味では、プログラマーの愛人疑惑よりずっとゆゆしき問題だ。

もっとも桐生は、そんなことをとがめる気はなかった。技術はいろいろなところに転用される。というより、技術というもの自体が、戦争やポルノといった、ネガティブな世界で驚異的な発展をとげてきた。それらの世界を軽蔑して、平和的で健全な技術の発展を当然のように思うのは夢想にすぎない。津久井の仕事が世に知れわたってフォレストのイメージが傷つくことがあるにしても、シティ・エクスパンダー4の一連の事件にくらべたらごく小さなものだろう。

守屋はそう思ってはいないようだった。「だが、金になるとはいえ、もうちょっと仕事を選ぶべきじゃなかったのか。いずれは社長にも令子にもあきらかになることだ、なぜそんな仕事を選んだんだ」

津久井は鋭い目つきで守屋を見かえした。「美樹原さんたちに撮影現場で本当にそんなことをしろというんですか」

桐生は美樹原を見た。美樹原は顔をそむけていた。

彼女の身を案じてのことでもあるのか。桐生は津久井にきいた。「美樹原さんと知り合いになったのは、その仕事をつうじてというわけだな?」

「はい。深山さんがこちらにおすまいなので、仕事のあとでしばしば立ち寄ったんです」

「そうか」守屋がつぶやいた。「そういうことだったのか」

数秒が過ぎた。

ふいに守屋が、ぷっと噴きだした。くぐもったような笑い声をあげた。やがて糸織が、つられたように笑った。純粋な笑いというよりは、苦笑に近かった。

無理もなかった。だれもがもっと深刻な事態を想像していた。守屋や糸織の笑いには安堵の気持ちも含まれていたのかもしれない。じっさい、桐生も笑いにまではいたらなくとも、ほっと胸をなでおろす気にはなった。

ところがそのとき、美樹原が弾《はじ》けるように立ちあがった。顔を真っ赤にし、目に涙を浮かべて守屋たちをにらみつけた。守屋と糸織は顔をこわばらせた。

美樹原は身をひるがえし、玄関のほうへ走っていった。靴をはく音がきこえ、すぐに扉を押し開けて駆けだしていった。

「美樹原さん」声をかけたのは令子だった。令子は立ちあがり、玄関へ走っていった。桐生がとめる間もなく、靴をはいて廊下へ駆けだした。

扉が自然にゆっくりと閉まった。桐生はため息をついた。守屋たちに悪気があったわけではないことは、十分わかっている。だが、津久井は彼らを責める目つきで見た。守屋と糸織はばつの悪そうな顔で下を向いた。

過去

廊下に駆けだした令子は、エレベーターの扉の前に来た。だが、エレベーターは動いていなかった。階段をのぞきこんだ。ここを駆けおりているのなら、足音が響きわたるはずだ。なにもきこえない。令子は昇りの階段に目をとめた。ここはマンションの最上階だった。上は屋上だ。立ち入り禁止のロープが張ってあるが、難なくくぐりぬけられる。ロープをくぐって階段をあがった。行き着いたドアが半開きになっていた。それを開けて外へでた。

屋上はひろびろとしていた。ボイラー室らしき建物があるだけで、四方はわりと低いフェンスに囲まれていた。空が青かった。風はすこし強かった。その風に乗って、クルマのクラクションの音が運ばれてきた。

美樹原の姿はすぐ見つかった。屋上の一角にたたずんで、景色を見おろしていた。

令子は歩みより、数歩の距離で立ちどまった。「美樹原さん」

美樹原はふりかえらなかった。返事もしなかった。

「ごめんなさい」令子はいった。「傷ついたでしょうね。でも、守屋部長や糸織さんを責めないであげて。事情がよくわからなかったのよ」

しばらくまったが、やはり美樹原はなにも答えなかった。

令子は穏やかにいった。「悪いのは、わたしもおなじよね。あなたが智男さんの浮気相手だと、勝手に決めつけてた。きのうの夜は、無理に押しかけた。怒るのも当然ね」

美樹原はフェンスの上に両手をのせ、顔を伏せた。「もうほっといて」

どう答えるべきか迷ったが、令子は美樹原に歩みよった。自分の問題が解決したからといって、さっさと立ちさる気になれなかった。

「ねえ、美樹原さん」令子は声をかけた。「あなたを傷つけたまま帰りたくないの。下へ戻りましょう、ね？」

美樹原は黙って首を振った。

令子は美樹原のとなりに、フェンスを背にして立った。美樹原のうつむいた横顔をながめた。

「ばかみたいでしょう」美樹原は涙声でいった。「ばかみたいで、哀れだと思ってるんでしょう。それが、いやなの」

令子は鋭くとがった針で胸を刺されたような気がした。たしかにそうだろう。形ばかりの哀れみを受けるのは苦痛だろう。

「そんなこと、思ってないわよ」令子はつとめて静かな口調でいった。「仕事だもん。いろんなことがあって当然。そうでしょう？」

美樹原は顔をあげた。涙で目が真っ赤になっていた。

「にぎやかなのが好きだから」美樹原はいった。

令子は意味がわからず、たずねかえした。「どういうこと？」

「わたしが仕事をしてる理由。それがききたかったんでしょ？　だれと話してもおなじこときかれるから、いいかげん飽きちゃった」

令子は黙りこんだ。美樹原からみれば、周囲の人間とはＡＶ女優という仕事に対して好奇心を持つか、哀れむか、蔑《さげす》むか、そのいずれかでしかないのだろう。彼女は社会のなかで、自分の存在とはＡＶ女優にすぎないと知っている。同時に、本当の自分はべつにあると信じている。だから仕事の内容を屈辱と感じ、泣くときもあるのだろう。

「にぎやかなのが好き、か」令子はいった。「わたしが会社に入った理由とおなじだな」

美樹原はむっとしていった。「あなたとはちがいます。わたしは学生時代、友達に恵まれてなかった。それに家庭にも」

「というと、ご両親に問題があったとか？」

「うん。ふたりとも早々と離婚して、わたしは祖父のうちにあずけられて」

「学校でもうまくいってなかったの？」

「家庭がそんなだったせいで、妙に擦れてたから。友達としゃべってても楽しくなかったし。だから高校中退してさっさと上京しちゃったの」

「にぎやかなのが好き、っていったわね。でもほかにもにぎやかな仕事ってあったでしょう？」

美樹原は首を振った。「いろんなひとが大勢かかわっていて、スタジオで撮影して、作品がリリースされて、ファンもついて、イベントにでて、深夜番組にもでて、お金になって……芸能の仕事ほどにぎやかなことはないわよ。そうじゃない？」

令子は黙って美樹原を見つめた。なにかが心のなかにひっかかっている。令子はそう感じていた。

美樹原はフェンスから身体《からだ》を起こし、小さな声でいった。「でも、すべて思いちがいだった。わたしのやってることはやっぱり、芸能の仕事じゃないもの。現場でカメラや照明に囲まれてると、いっぱしの芸能人になった気持ちになるけどね」

「どうかな」令子はいった。「映画にでてる女優さんでもベッドシーンはあるわけでしょう。なにをもって芸能の仕事とするかなんて、だれにも決められないんじゃない？」

「才能を売るのが芸能人。身体を売るのがＡＶ女優」美樹原はさばさばした口調でいった。「本当の女優さんは本番セックスなんかしないもの。だからＡＶなんて風俗とおんなじ。でも本当は、最初からわかってたんだけどね。それぐらいのちがいなんて。でも、自分をだましてたんだな。自分はひとと違ったことをしてる、ひとよりおもしろい経験をしてるって。そんなのが嘘《うそ》だってわかってたのに、自分をだましてた」

「でも、やめる気はないんでしょう?」

美樹原はうなずいた。「ほかにやれそうなことがないから。やるだけやって、時期がきたら引退して、結婚して、赤ちゃんができればそれでいいなと思ってるの。少なくとも、自分がやった仕事が形になって残るだけ、ただのOLよりずっといいと思う」

意外だった。自分の出演したアダルトビデオが形になって残るというのは、出演した本人にとっては忌まわしいことにちがいない、そう令子は思っていた。いや、そういう思いもたしかにあるのだろう。ただ、なにも残らないよりはいいと考えているのだろう。なにもせず、平凡でつまらない人生を送るよりはずっとましだと思っているのだろう。

「ひとつきいていいかしら」令子はいった。「あなたは智男さんのことを……津久井さんのことを、どう思う?」

美樹原の表情がやわらいだ。令子にはそう見えた。

「いいひとですよ」美樹原はいった。

「どういうところが、いいひとなのかしら」

「そうねえ、なんかこう、温かい感じがするの。話してても楽しいし。でも深山さんはよくわからないみたいね、そういう感覚が。深山さんは津久井さんのことを、なんか話しづらいひとだな、っていつもいってるの」

そのとおりだ。温かい感じ。令子も津久井智男という人間に対してそういう印象を持った。だが同時に、それは他人と異なった感覚であることに気づいていた。ほとんどの人々にとって津久井は愛想がなく、つきあいづらい人間に思えるようだ。令子にしてみれば、それは偏見以外のなにものでもなかった。

美樹原がつぶやいた。「あのひとたち、もう帰ったかな?」

「社長たちのこと? わたしを置いてはいかないと思うわよ」

そう。美樹原はため息まじりにいった。

令子は美樹原の顔をのぞきこむようにしていった。「にぎやかなのが好きなんでしょ? 社長たちと一緒に話してごらん。いいところもあるわよ」

美樹原はさもいやそうに顔をしかめた。「ぜったいにイヤ」

「どうして?」

「決めつけるから」美樹原は強い口調でいった。「AV女優はバカだって決めつけるから」

美樹原のいっていることが、令子にはよくわかった。そして、さっきから自分の心のなかにひっかかっていたことが、おぼろげにひとつの形をとりはじめた。

「ねえ、美樹原さん。いってることはわかるけど、あなたも決めつけてるじゃない」

美樹原が令子を見かえした。「なにを?」

「あなたとはちがいます、そういったじゃない。わたしとちがって、あなたは家庭でも学校でも不幸だった。そう説明してくれたわね。あなたは、わたしに恵まれた過去があると決めつけてる。でもそんなことないのよ」

「うそ」

「あら、どうして？」

「それは……」いいかけて、美樹原は口をつぐんだ。

「あなたとおなじような職種についてないから、でしょ？　フォレストのような会社に入っているってことは、あなたとちがって恵まれた過去があったからだ、そう思うんでしょ？　でもちがうわ。わたしの父は幼いころ亡くなったし、母は再婚したけど、その新しい父にはわたし、どうしてもなじめなかった。だから家に帰らなかったことも多かったし、かといって友達もあまりできなかったから、よくひとりで夜の街をぶらついたりしたわよ。でも、ＡＶ女優になりたいとはいちども思わなかったわ」

説教の予感を感じとったからだろう、美樹原は表情を硬くした。「なぜ」

「あなたみたいにきれいじゃなかったから」令子は笑っていった。「わたしじゃ、どこもつかってくれっこないもの。だから最初からそんな選択肢は思い浮かばなかった」

美樹原はめんくらったようすで見かえしたが、やがて微笑《ほほえ》みを浮かべた。「そんなことないのに。いい線いったかも」

「そうかな」

美樹原は笑った。ようやく、笑ってくれた。

「津久井さんとご結婚なさってるんだから、それだけ美人だってことですよ」

令子は肩をすくめた。「どうだか。周りのみんなは結婚に反対したのよ。あんなやつと結婚するなんてどうかしてる、って」

「へえ。そんなことというほうが、どうかしてると思うけど」

美樹原が津久井と親しく接することができたのは、令子と似た境遇で育ったせいだろう。令子はそう思った。皮肉やてらいで自己防衛し、他人を攻撃してばかりいる人間が多いなかで、津久井の持つ飾りけのない本能的な優しさを感じとったのだ。一般的にいえばそれは、たんに暗い性格というだけなのかもしれない。それでも、令子はかすかな喜びを感じていた。思いを共有できる人間が見つかったからだ。

「智男さんのよさがわかるんだから、わたしとあなたって、けっこう近いものがあると思うわよ」令子はいった。「友達になれると思うわ。あなたさえよければ、だけど」

美樹原は上目づかいで令子を見ながら、いたずらっぽくいった。「それって、わたしが津久井さんと浮気しても大目に見てくれるってこと？」

令子は頭を殴られたような気がした。呆然《ぼうぜん》と見かえしていると、美樹原は弾《はじ》けるような笑い声をあげた。

「冗談ですよ、冗談！　わたしには深山さんがいるから」そういって、美樹原はひときわ高く笑った。

令子はよほど硬い顔をしていたのだろう、美樹原は笑い転げた。令子は恥ずかしさとおかしさがいりまじって、思わず声をはりあげた。「もう！　冗談もほどほどにして！」

どれだけ笑っただろう。やがて美樹原がつぶやいた。ああ、楽しかった。

「ありがとう、令子さん」美樹原はいった。「お子さん、できるといいですね」

令子はうなずいた。「そうね、おたがいにね」

コミュニケーション

美樹原と令子が出ていったリビングルームで、桐生は津久井にきいた。「あのフランス行きのチケットの日付は、たしか明日じゃなかったか？　なぜそんなに急ぐんだ？」

「メスコナールはフランスでも、薬局で気軽に買えるような薬じゃありません。医師の処《しょ》方箋《ほうせん》にしたがって服用しなきゃいけないんです。そのうえ、世界じゅうのイスタルマトー症候群の患者から申し込みがあるので、担当医師の予約もなかなかとれないんです。それで、ようやく予約を入れることができたので、国際線のチケットを買ったんです。今回の予約をキャンセルしてしまうと、つぎは一年以上さきになってしまいます」

「すると、きみはこのまま令子と連絡をとって、フランスへ向かうつもりだったんだな」

津久井はため息まじりにいった。「おっしゃるとおりです。おとがめは、あとから受ける覚悟でした」

「だが、このまま日本を離れたんでは、きみに対する疑惑は晴れない。シティ・エクスパンダー4に細工がほどこされていたと考える人間は多いんだ」

「では、令子ひとりに行かせます。社長、令子に長期休暇をあたえてください。薬による治療が終わるまででいいんです。お願いします」

「だめだ」桐生はきっぱりといった。津久井がとまどいがちに見かえした。

桐生は笑った。「きみも一緒に行くんだ、予定どおりに。問題はかならず明日までに解決させなきゃならない。僕が社長でいられるあいだに」

津久井は神妙な表情でうなずいた。

「桐生」守屋がきいてきた。「方法はまだあきらかにならないが、あやしいのはやはりシグマテックだ。そうだろう?」

「いまのところはそう思える。あの写真週刊誌のスクープ記事はだれかが故意に捏造《ねつぞう》したものだ。スティールはゴシップ専門誌だが、三人が写っていた写真をトリミングして浮気写真のようにでっちあげるなんて、そこまでのことをやるとは思えない。そんなことをしたら、出版社が捏造の全責任を負うことになってしまうし、裁判沙汰《ざた》になったとき不利だろう。おそらくあれは、捏造しただれかがあたかも本物のごとくスティールの編集部に持ちこんだにちがいない」

「ちょっとまて」守屋が口をはさんだ。「そうするとトリミングされた写真が編集部に持ちこまれたことになる。いくらなんでも、週刊誌の編集部がプリントされた写真一枚だけを渡されて、捏造された話をうのみにするとは考えにくい。少なくともネガが持ちこまれたんだろう。だとすると、トリミングは編集部がおこなったんじゃないのか」

津久井は片方の眉《まゆ》を吊《つ》りあげた。「あなたが編集部につとめておられたころはそうだったかもしれませんが、いまのテクノロジーをもってすればネガの捏造も問題ではありません。フィルムスキャニングでネガから画像をデジタル化してコンピュータに取りこみ、トリミング加工をしてふたたびメモリーをフィルムレコーダーでネガに焼きつける。そうすればトリミングしたネガを、まるで最初から撮影されたネガのようによそおうこともできるんです。出版社にはあなたのようなアナクロな人間が多いときますので、だまされやすいんでしょう」

守屋は顔をしかめたが、反論はしなかった。津久井に対する反感が多少、薄まったせいかもしれない。桐生は内心、こみあげるうれしさが表情にでないように気をつかっていた。津久井と守屋の口論が、なぜかとてもうれしかった。つい二日前まではあんなに頭をかかえていたのに、いまはなぜか、うれしかった。

桐生はいった。「可能性はもうひとつある。ネガをトリミングしたのではなく、写真撮影された時点で深山さんがフレームアウトしていたのかもしれない。いずれにしても、津久井と美樹原さんのツーショットが写ったネガが持ちこまれ、編集部はそれを信じきって掲載した」

津久井が桐生を見て告げた。「あの写真週刊誌の掲載については、直前にシグマテックが交換条件をだしてきたんです」

「どんな交換条件だ」

「それが、よくわかりません」津久井はポケットから、たたまれた封筒をとりだした。封筒のなかから一枚の紙きれをだし、桐生に渡した。

ワープロで印字されていた。桐生は読みあげた。「津久井智男氏に勧告する。貴殿が浮気している相手との密会写真を掲載した週刊誌が、本日夕方すぎには全国に配本され、明朝にはいっせい発売される。ただちにイングラム・ウォーに関して盗みとったデータのいっさいを、われわれの立ち会いのもとですべて消去していただきたい。了承される場合には、一時間以内に連絡をいただきたい。なおこの件について、フォレストおよび警察・弁護士などに他言は無用である。そうした行為は貴殿みずからの首を絞めることになる。それを十分にお含みおきいただきたい」

イングラム・ウォー。どこかできいた名前だ。桐生は懸命に記憶のなかをさぐった。そうだ、あのときだ。スタジオで神崎と将棋の対局をしていたときのようすが、鮮明によみがえってきた。あのとき、神崎はイングラム・ウォーという名を口にした。

桐生はつぶやいた。「イングラム・ウォーというのはシグマテックが年末に発売するソフトのタイトルらしい。神崎がそういっていた。たしか、ゲームの暴力的な内容が子供たちにあたえる影響について議論していたときに、その名がでてきたと思う。名称から察するに、シグマテックお得意の戦争ものだろう」

守屋が首をかしげた。「そんなタイトルはシグマテックの発売ラインナップに載っていなかったと思うが」

「載せていなかったんだろう。神崎は年末の主力商品だといっていた。企画内容をよそに真似《まね》されないように、極秘にしてあるんだろう」桐生はそういいながら、胸にひっかかることを思いだした。「そうだ、神崎は僕がそのことを知っているかのようにいっていた。僕が知らないというと、ならいい、そういった。そのときは対局に気をとられて深く追及しなかったが、神崎はそのイングラム・ウォーの秘密がきみを通して僕たちにつたわっていると考えていたんだろう」

津久井がいった。「これだけは誓ってもいいですが、私はそんなデータを盗んだおぼえはありません。ただ美樹原さんたちに迷惑がかかってはいけないと思い、粉飾のデータを盗みとって彼らにつきつけました。写真週刊誌を買い占められるならそうするように通達したんですが、効き目はなく、ゴシップ記事は流布されてしまいました」

「そりゃ無理だ」守屋がいった。「全部買い占めるなんてできっこない。やつらには、はじめからそんな気はなかったんだよ」

彼らはイングラム・ウォーを盗まれたと思った。なぜ津久井が盗んだと思ったかはわからない。しかし、とにかくそう思った。

将棋の対局のとき、桐生がそのタイトルさえ知らないようすだったことを神崎はいぶかしんでいた。データを盗んだのはフォレストの会社ぐるみの犯行だと考えていたのだろう。そして津久井が実行犯だと考えたシグマテック側は、津久井にその返却をせまるべく、ゴシップ記事をネタに津久井をゆすろうとしたのだ。

ところが、身におぼえのない津久井はそれを無視した。むろん、シグマテックは最初から約束を守るつもりなどなく、写真週刊誌を買い占める手段など持っていなかったのだろう。ただ、掲載されることを事前に知って脅しにつかえると思っただけにちがいない。だから、津久井が粉飾の証拠になるデータを盗んで抗《あらが》おうとしたが、記事は発表されてしまった。

とはいえ、シグマテック側が粉飾のデータを公表されてもいいと考えているわけがない。中国人をよこして荒っぽい手段にでたのが、その焦りの表われだった。

「津久井、この手紙はどうやってとどけられた？」

「この部屋の郵便受けに投げこまれてました。それを美樹原さんが見つけて渡してくれたんです」

糸織がいった。「ということは、シグマテックがゴシップ記事を捏造して、津久井さんを脅したということですか」

「いや。まてよ」桐生は腕組みをした。「捏造したのがシグマテックなら、津久井が本当はここに住んでいないことを知っているはずだ。それなのにここへ手紙を投げこんだ。しかも、シグマテックの連中が知らせてきた津久井の居どころというのが、ここの住所だった。彼らはあれが捏造された記事だと知らなかったんだ。シグマテックの連中も、津久井と美樹原さんがここで同棲《どうせい》していると思っていたんだ」

「私もそう思います」と津久井。「彼らはきのうも手紙を投げこんできたんです。それが、これです」

桐生は津久井がさしだした手紙を受けとった。やはりワープロで印字してある。ただちにイングラム・ウォーおよび、新たに盗みだした決算書のデータをすべてわれわれ立ち会いのもとで消去しろ。さもなくば貴殿がこのマンションに住んでいることを、フォレストの人間に通知する。そう書いてあった。

「なるほど」桐生はつぶやいた。「たしかに彼らは、津久井が浮気していたと信じきっていたようだ」

守屋が眉間《みけん》に皺《しわ》を寄せた。「ゴシップを捏造した人間はべつにいる」

「だが、そんなことをしてメリットがある者が、シグマテックのほかにいるのか？」

「わからない。だがこれだけはいえる。写真週刊誌とはいえ、発売の前日には完成しているはずだ。だからシティ・エクスパンダー4の発売にともなう騒動よりも前に持ちこまれたネタだろう。それがちょうどタイムリーに、世間を騒がすネタとなった。偶然か、あるいは……」

桐生は言葉を切って、津久井に向きなおった。「もう話してくれてもいいだろう。わが社の極秘事項だったヒューマンズスキン・エレメンツ・アニメーションシステムがシグマテックのゲーム機にも使われた。きみはそのせいで、シグマテックと通じているという汚名をきせられた。その真相はなんだったんだ」

津久井は口をひらきかけたが、かすかにとまどいのいろを見せた。桐生のほうをちらと見た。桐生が目でうながすと、津久井は決心したようすでいった。「あのプログラムのデータは開発直後に盗まれてしまいました。すべて私の責任です」

「まさか、そんなことが」糸織が目を見張った。「わが社では開発中のデータはLAN接続されているコンピュータには記録しない規則になってます。外部からハッキングされても、ぜったいに盗まれることはありません」

「ハッキングで盗まれたんじゃないんだ」津久井は悔やむようにいった。「開発部の私のコンピュータから、直接盗んだんだ」

しばらく沈黙したのち、糸織が口をひらいた。「ああ、そうか……。開発部にいるのはうちの社員だけじゃない。追いこみの時期にはアルバイトやフリーのプログラマーもおおぜい来る」

津久井はうなずいた。「フリーの連中はほかの会社の仕事も請け負っている場合がほとんどです。シグマテックとつながりがある人間も数多くいるでしょう」

桐生はいった。「だが、そういう外部の人間はごく単純な下請けの作業のためだけに招かれているはずだ。たとえ開発部に足を踏みいれることはできても、社外秘になっているデータにはアクセスできないよう、万全のセキュリティが敷いてある。彼らが隙《すき》をみてきみのコンピュータをいじることはできるだろうが、OSはきみにしか操作できないようにカスタマイズされているだろうし、データの呼びだし方もわからない。ほかの人間には不可能じゃないのか」

「私もそう思ってました。ところがある日、ファイルへのアクセス日時の記録から、私の知らないうちにデータが呼びだされたことを知りました。おそらく……録音をとったんでしょう」

「録音?」守屋がきいた。「どういうことだ」

「なるほど」桐生はうなずいた。「あのころの開発部では音声認識アプリケーションをつかっていた。津久井のデスクに近づくことさえできれば、マイクもしかけられるだろう。データを呼びだすまでのすべての音声指示を録音しておけば、あとでそのとおりにしゃべるだけでいい。だれでも簡単にヒューマンズスキン・エレメンツ・アニメーションシステムのデータを呼びだしてディスクに記録することができたわけだ」

外部のスタッフを社内にいれることを許可したのは自分だ。桐生はそう思った。元凶は自分の判断ミスだったのだ。

津久井は桐生の心中を察したかのようにいった。「フリーの人間を開発部に招くこと自体はまちがっていません。大手のゲーム企業ならどこでもやっていることです。私が重要なデータをコンピュータに残しておいたこと自体が失敗なんです。だから責められても仕方ないと思ってました。弁解してもどうにもならないですし」

糸織がつぶやいた。「それで、最近は音声認識アプリケーションの使用を禁じたり、開発中のデータをサーバに移したりしておられたんですね」

津久井はすべて自分の失態だったと思っている。だから、シグマテックとつうじているかのようなうわさが流されてもあえて否定せず、自分の過失に対する当然の報いとして耐えることを受けいれたのだろう。

「シグマテックめ」守屋はいった。「あいつらのやりそうなことだ」

たしかにそうだ。しかし、どうもひっかかる。そう桐生は思った。すべてがすっきりとつながっているようには思えない。

「津久井」桐生はいった。「シティ・エクスパンダー4についても、彼らの妨害工作があったと思うか？　開発中のデータに、たとえばコンピュータウイルスのようなものを流しこまれたとは考えられないか？　それによってデータの一部が改竄《かいざん》され、子供たちに悪影響をおよぼす原因になった。そういう可能性はないか？」

津久井は険しい表情になった。ゆっくりと首を振り、まるで嫌悪を感じているかのような口調でいった。「ありません。絶対にありません」

桐生は妙な気配を感じとった。津久井はいまの質問に対して、また心を閉ざしてしまったかのようだ。いままで津久井がそういう態度を見せたのは、自分が社会に受けいれられないという失望感や挫折《ざせつ》感にさいなまれたときだった。いまはなぜ、そんな態度を見せるのだろう。

妙な気配。それについて考えをめぐらせていると、ふと思いだしたことがあった。桐生は津久井にたずねた。「あの千葉県の病院とのやりとりは、どんな意味があったんだ?」

「千葉の病院? なんのことですか?」

糸織が身を乗りだした。「水のはいった袋。そんなようなことが書いてあったEメールです」

「ああ、あれですか」津久井は首をかしげながらいった。「先方が千葉の病院とは知りませんでした。まったく意外ですね。ただ、いたずらかなにかの可能性もありますが、なんとなく思いついた言葉をかえしてみたんです」

守屋が眉をひそめた。「送信者がだれだかわからないのに、いちいち律義に返答するのか?」

「ええ」津久井はあっさりうなずいた。「顔を合わせるわけではないのだし、害があることではありません。それに、相手はおそらく一般のゲームファンだと思ったんです。メールアドレスはフォレスト・ファミリークラブの会報に掲載されてますから、たまに質問などが送られてきます。今回もそうだろうと思ったので、気軽に答えたまでです」

たしかに、ネットではチャットや掲示板など、数行の文章のやりとりでコミュニケーションをとる人々が増えている。相手の素性もなにもわからなくても、インスピレーションだけで返答したり、感想を書いて答えたりする。それが中傷合戦などさまざまなトラブルを生むケースも少なくない。だが往々にして、ネットでのコミュニケーションを好むのはふだん口数の少ない、おとなしい人間が多い。だから、ネットを離れて弁護士まで巻きこむほどの対立に発展することはめったにないといえる。

そういう意味では、津久井はたしかにネットによるコミュニケーションを好む傾向があるにちがいない。それだけに、相手が送信してきた短い文章の印象をつかみ、返答することが得意なのかもしれない。この時代に生まれた新種の言葉遊びだ。俳句や短歌が、ひとによって理解できる度合いが異なるのとおなじように、ネットを通じてのコミュニケーションもセンスに個人差があるのだろう。

「津久井。メールのやりとりを見たかぎりでは、きみはその相手と、妙に気が合っているように思えた。印象だけで応酬しあったのだろうが、僕たちにはその意味がさっぱりわからない。水のはいった袋という文章にきみは、わかると答えていたな。なにがわかったというんだ。教えてくれるか」

「読んでわからなければ、意味を説明してもわかるものではありません。もともと、意味なんかないんです」

「まあ、それはそうかもしれないが……」

ふいに、津久井はなにかを思いだすような顔つきでつぶやいた。「ただ……」

「ただ、なんだ?」

「いいえ」津久井は首を振った。「思いすごしかも」

「いってみてくれ。抽象的なことでもかまわない。理解できなくてもアウトラインを記憶にとどめることはできる。そうすれば、あとからなにかわかるかもしれない」

津久井は桐生をじっと見つめた。「あのメールの差し出し人に対する印象なんですが、あれは事件についてのことを書いたような気がするんです」

「事件?」

「そう。子供たちが黒いコートの男を見る事件です。あのときは印象だけで応答していましたが、いまにして思えば、そんな気がしてならないんです」

「どういうことなんだ。なぜそんな気がする? 黒いコートの男の事件について意見交換をしたのか? だとするなら、どういう意味だ?」

「わかりません」津久井は頭をかきむしった。「まったくわからないんです」

直感だろうか。あるいは虫の知らせのようなものだろうか。いや、桐生は自分の考えを否定した。この世にそんな、理外の理みたいなものは存在しない。あるのは事実だけだ。だとするなら、津久井はなにを感じたのだろう。なにに共鳴を受けたのだろう。

しばらく沈黙が流れたのち、糸織がいった。「あの病院は、黒いコートの男の幻を見て自殺をはかった少年が入院しているところです。かかわりは十分考えられます」

津久井は驚いたようすで糸織を見かえした。「そうなのか？」

糸織がうなずいた。

きわめて奇妙な謎《なぞ》だ。メールの送信者は何者だろう。だが、これが一連の事件の真相に直結しているとは思えなかった。謎を解く鍵《かぎ》はあくまでもシティ・エクスパンダー4がつくられた過程にあるはずだ。桐生はため息をついた。あいかわらず謎の解明は進展しているとはいいがたい。わからないことだらけだ。

桐生は腕時計を見た。午後四時三分。時間だけは刻々と過ぎていく。

しばらく考えた。どうも気になることがある。津久井が語ったことの裏に、なにかひとつの形が見えてきているような気がする。その実体をさぐりだすには、シグマテックにあたってみるしかない。

桐生は懐《ふところ》から携帯電話をとりだした。シグマテックの役員のなかで、桐生が携帯電話の番号を知っている人間がひとりだけいる。それをプッシュした。

しばらく呼びだし音がつづいた。玄関の扉があく音がした。靴を脱いで歩いてくる音がする。桐生はそちらに目を向けた。令子と美樹原が戻ってきたところだった。美樹原が落ち着きをとり戻しているのを見て、桐生は安堵《あんど》を感じた。

そのとき、電話から女の声が応じた。「三國ですが」

「桐生直人です」

相手が息を呑《の》む気配がした。だが、桐生は相手が返事をするまでまっているつもりはなかった。

「いますぐ神崎社長と会いたい。そうつたえてくれ」

しばらく間をおいてから、三國が答えた。「ご用件は?」

「電話では話せない。だが、相互の利益になる重要な話だ」

高飛車で冷淡な言葉がかえってくるかと思ったが、意外にも三國の返事はあっさりとしたものだった。「わかりました。そうつたえます」

なにかあったのだろうか。妙におとなしく、清楚《せいそ》なしゃべり方に思えた。桐生はきいた。「なにかあったのか。なんだか元気がないみたいだが」

一瞬ののち、厳しい口調がかえってきた。「あなたには関係ないでしょう!」

電話は切れた。桐生は笑って携帯電話を懐におさめた。これでいい。こうでなくては、あの女らしくない。

「これから神崎に会ってくる」桐生はいった。「シグマテックからすべての事実をひきだしてくる。たとえ刺しちがえてもだ」

リムジン

西新宿の超高層ビル群の谷間にあるコンクリートの広場に、桐生直人はたたずんでいた。風が強いせいか、人どおりがほとんどない。このあたりは強烈なビル風が吹きぬける。噴水が風に吹かれて容赦なく桐生に水しぶきをあびせる。待ち合わせ場所の選択を誤ったようだ。幸先はあまりよくない。

腕時計に目をやる。午後五時三分前。約束の時刻まであと三分。桐生はゆっくりと、広場を縁どっている車道のほうへ歩いていった。

陽射《ひざ》しはまだ明るかった。ビルを見あげた。かつてこのあたりのビルは天を突く巨大な怪物だった。いまは、それほどには思えない。向こうに見える都庁の図体に圧倒されて、身をちぢこまらせているかのようだ。栄枯盛衰。そんな言葉が脳裏をよぎった。なにごとも始まりがあれば終わりがある。裕美がいったように、自分には社長としての素質はなかったのかもしれない。本当はその時点ですべてが終わっていたのかもしれない。ささいな運命のいたずらによって、貸ビルの一室にはじまったフォレストは、巨大な怪物になった。いつしか創始者であるはずの桐生にも手に負えなくなった。そんな怪物の暴走をとめるには、あの都庁のようにさらなる強大な力で押さえこむしかないのだろう。そしていまが、そのときかもしれなかった。圧倒的な力、それは世論だった。世論という怪物がフォレストを呑《の》みこむ。そして、すべてが終わる。

車道に着いた。行き来する車両はタクシーがほとんどだった。この周辺にあるホテルにつけているのだろう。車道をながめていると、タクシーが乗客だと思って擦りよってくる。桐生は車道に背を向け、歩道をぶらついた。

クラクションが鳴った。ふりかえると、黒い車体のリムジンが横づけされていた。運転席からひとりの男が降り立った。野呂瀬だった。車体を迂回《うかい》してこちらに来た。桐生を一瞥《いちべつ》しただけで、なにもいわなかった。おじぎもしない。ただ黙って後部座席のドアを開けた。いくつもあるドアのなかで、いちばん後ろにあるドアだった。

桐生は会釈して乗りこんだ。すぐに、車内の異様な空気を感じた。応接セットのような車内には男たちがいた。全員で五人。向かい合わせのソファのようなシートに身をうずめている。進行方向に背を向けて三人がいる。よく見ると、まんなかに座っているのは神崎だった。すぐわからなかったのは、サングラスをかけていないせいだ。切れ長で細い目だった。その左右にいるのは見た顔だった。さっき美樹原のマンションででくわした中国人だった。大柄のほうが神崎の右手、小柄のほうが左手。あとの二人は、最後尾のシートに座っていた。見たことのない顔だったが、たぶん中国人だろう。スーツを着ているが、前の二人よりは屈強そうな身体《からだ》つきがうかがえた。その二人が桐生をあいだに誘導した。まだ手合わせしていない中国人に左右をはさまれて座った。

ドアが閉じた。神崎はしばらくうつむいて、手にしたグラスの酒をすすっていた。ワインのようだった。桐生に酒をすすめるでもなく、ただひとりで飲んでいた。

クルマが走りだした。神崎は顔をあげた。「三國のいったように、なかなか度胸がある。感心したよ」

「彼女が、そんなことをいいましたか」

「ああ、いったとも」神崎はろれつのまわらない口ぶりでいった。「野呂瀬もそうだ。きみのファンになりたがってる。フォレスト・ファミリークラブの入会金はいくらだ？　ぜひ入会させてやってくれ」

「あれはうちのゲームソフトのファンクラブです。私のじゃありません」

「そうか。それは残念」神崎はワインを飲みほし、グラスをテーブルにおいた。「ところで、この状況をどう思う。ここにいる連中はきみのファンじゃないぞ。説得もきかない。日本語がつうじないからな」

「宅配便業者をよそおうぐらいの日本語はおできになるようですがね」

「それに、侮辱の言葉もよく知っているよ。試しになにか、悪態をついてみるかね」

桐生は肩をすくめた。「コンピュータゲームが主流になるよりも前から業務用遊技機器にかかわっていた会社は、ヤクザが多いときいています」

「よせ。私たちは恐喝を働いているわけではない。きみのところのプログラマーとはちがうよ。ええと、なんていったかな、彼の名前」

「津久井ですか」

「そうそう、津久井だ」神崎はシートの背に身を沈めた。「ヤクザも裸足《はだし》で逃げだすよ、きみらのやり口にはな。おまけにうちの従業員に暴行まで働くとは」

桐生は大柄な男をちらと見た。額にあざができている。

「勝手にひとの家にあがりこむほうが悪いと思いますが」

「勝手にひとの会社のデータを盗みだすほうが悪い」

「神崎社長」桐生は身を乗りだした。「津久井という男はたしかに変わってるし、今度のようにいきなり実力行使にでたりもする。だがふだんは温和で、信頼のおける人間だ」

「きみにとってはだろう。あちこちの会社から情報をネコババしてはきみに献上してくれる、頭のいい飼い犬だからな。せいぜい手を噛《か》まれないように注意することだ」

「彼がおこなったことは正当防衛に近いものです。あなたがたが脅しをかけてこなかったら、彼はあんなことはしなかったはずです」

「さきに手をだしたのはきみたちだろう！」神崎は声をはりあげた。「開発中のイングラム・ウォーのデータを盗んだ。とぼけてもむだだ。ハッキングされた痕跡《こんせき》はしっかり残っているんだ」

「それよりずっと以前に、あなたがたはうちのヒューマンズスキン・エレメンツ・アニメーションシステムを盗んで、同様の技術をドミネーターに組みこんだじゃないですか」

「ばかをいえ、あのシステムはわが社で独自に開発したものだ。盗んだのはそっちだ」

「いいえ。ぜったいにそれはありえません。あのシステムを研究開発するためにはハードディスクにプロミタレメント・デコーダーがついたコンピュータが必要です。そして、そういうコンピュータを製造しているのは世界に四社しかありません。ＩＢＭ、クローンキング、トリビュート、それに富士通です。シグマテックが機材を購入しているのはアップル、ＵＣＲ、パラソル・エンタープライズの三社のみじゃないですか。それらの会社のコンピュータでは、どう転んでもあのシステム用のプログラムは開発できません。もしできたというのなら、ぜひそのデータを見せていただきたい。そのデータが本物なら、私はこの場で、フォレストのすべての極秘データをあなたに引き渡してさしあげますよ」

神崎はじっと桐生の顔を見つめた。「そこまでわかっているのなら、訴えればいいじゃないか」

「勝訴はできるでしょう。でも争いは起こしたくなかったんです」

「よくいうよ」神崎は吐き捨てるようにいった。「ドミネーターのグラフィック関連のシステム開発は外注でおこなったんだ。だから社内の機材を使ったわけじゃない」

「というより、だれかに売りこまれたものを採用したんでしょう」

神崎は険しい顔で桐生を見つめた。シートの肘《ひじ》掛《か》けの蓋《ふた》を開けて、ワインのボトルをとりだした。手渡された小柄なほうの男が、コルクの栓を抜いてグラスにそそいだ。

「どういうことかな」神崎はいった。

「フリーのプログラマーをよそおった何者かがわが社の開発部からシステム開発のデータを盗んだ。その第三者が、データをもとにシステムを作成し、シグマテックにセールスをかけた。あなたがたはそれをフォレストの技術だとは知らず、買いとった」

「ばかばかしい」グラスをとりあげながら、神崎はいった。「フォレストはわれわれとおなじ業者からシステムを買いとり、プロシードに組みこんだ。ところがわが社も同じ技術を組みこんだ家庭用ゲーム機を発売したため、難癖をつけてきた」

「ちがいます。あれはうちの津久井が独自に開発した技術です」

「べつの可能性もある。津久井がべつの業者からシステムを盗んで、自分が開発したと偽ったんだ。あいつならやりかねん」

「どうしてそう思うんです」

「泥棒だからだ。ひとの家に土足であがりこんでは金目の品をくすねていく泥棒だからだ！」

桐生は窓の外に日をやった。外苑《がいえん》をまわっている。この時刻にしてはクルマの数が少ない。これなら、思いのほか早く着くかもしれない。

「あなたがたは、津久井がイングラム・ウォーというゲームソフトのデータを盗んだと思ってるんですね。どうしてそう思うんですか」

「情報を得たんだ。フォレストの津久井智男がうちのコンピュータに侵入したとな。それで調べてみたところ、情報のとおりの日時に外部から侵入された形跡があった」

「その情報のでどころは？」

神崎は口をつぐんだ。しばらくワインを飲んでいたが、やがて顔をそむけるようにして、窓の外をながめた。

桐生はいった。「見当はついています。ヒューマンズスキン・エレメンツ・アニメーションシステムを売りこんだ業者とおなじでしょう」

神崎が桐生に視線を戻した。目をしばたたかせたが、なにもいわなかった。

「ほかにもいろいろ情報を得たんでしょう」桐生はつづけた。「津久井が愛人と密会している写真がスティールに掲載されるとか、その愛人と同居しているマンションの住所だとか。すべて、おなじ業者からのタレコミですね。その業者とは、ギミックメイド株式会社ではありませんか」

図星のようだった。なにもいわなくても、神崎の表情を見ていれば一目瞭然《いちもくりょうぜん》だった。

「だとしたら、どうだというんだ」

「神崎社長。私たちはギミックメイドに手玉にとられた可能性が高いんです。シグマテックのほうにはフォレストを疑わせ、フォレストにはシグマテックを疑わせた。うちのコンピュータからヒューマンズスキン・エレメンツ・アニメーションシステムを盗み、あなたの会社からはイングラム・ウォーの開発データを盗んだんです。あなたはギミックメイドからヒューマンズスキン・エレメンツ・アニメーションシステムを売りこまれた。しかしそれは、うちの会社から盗んだデータをもとにギミックメイドがシステムを作成したものです」

「ちょっとまて。なぜうちの会社が取り引きしたのがギミックメイドだとわかった？」

「データをもとにシステムを作成できたということは、それなりの技術力を持ったメーカーだということです。その一方でシグマテックの新作ソフトのデータを盗んだということは、プログラムをコピーして類似品をつくるつもりだからでしょう。国内の業者でそんな真似《まね》をするところはギミックメイド以外にありません。神崎社長、あなたがたはリフレッシュパワーの製造元がギミックメイドだということを知らないのでしょう。例のポーポリンを蘇生《そせい》させるやつですが」

神崎はグラスを傾けていた手をとめた。ワインが気管に入ってしまったのか、苦しげにむせた。「あれがギミックメイドの製造だと？」

「イードウというメーカー名は、ギミックメイドが海賊版ソフトを販売するときにつかいわけている複数の幽霊会社のうちのひとつでしょう。リフレッシュパワーにトリビュート社製のコンピュータでなければ作成できないシステムが組みこまれていることが証拠です。うち以外にトリビュート社製コンピュータを導入している日本のゲーム企業は、ギミックメイドしかありません」

「トリビュート社からはプロミタレメント・デコーダーがついたコンピュータもリリースされているといったな。例の、ヒューマンズスキン・エレメンツ・アニメーションシステムのプログラム開発に必要なやつだが」

桐生はうなずいた。「ギミックメイドなら、すべてが可能だったということです。それに動機もあります。フォレストとシグマテックがつぶしあったとしたら、ギミックメイドは市場をひろめることができます。中小企業にすぎないギミックメイドにとっては、飛躍的成長をとげるまたとないチャンスでしょう」

神崎はグラスをあおった。からになったグラスをテーブルに叩《たた》きつけるように置くと、窓の外に目をやった。しばらく沈黙の時間が流れた。敵対企業の言葉をやすやすと信じて受けいれるわけにはいかないのだろう。プライドもある。

だが、桐生は神崎が折れると確信していた。ほかに選択肢はない。シグマテックがこのさき打撃を受けることを防ぐには、あやしむべき芽は徹底的に摘み取るしかない。

「わかった」神崎はいった。「しかし、まだきみを信用したわけではない。忠告しておく。

またつまらない策を弄《ろう》するつもりなら、やめておいたほうが利口だぞ」

「この中国のお兄さんたちに囲まれているんだ、それくらいの常識は持ってます。ところで、こちらからも質問があります。ギミックメイドからの情報提供はどういう形でおこなわれていたのですか？」

「ギミックメイドの倉沢《くらさわ》社長がEメールで連絡してきていた。フォレストの内部事情が判明したのでお知らせする、とかいってな」

シグマテックはギミックメイドと共同戦線を張ったつもりでいたのだろう。フォレストに対抗するにはそれが有効だと神崎は考えたにちがいない。ギミックメイドに踊らされているだけとも知らずに。

「しかし、わからんな」神崎は唸《うな》った。「津久井という男はきみに謀反《むほん》を働いたんだろう？　なぜにそんなに寛大なんだね」

「どういうことです。彼は私に背いてなどいませんよ」

「そんなはずはないだろ。津久井はシティ・エクスパンダー4に細工して、子供たちに混乱を引き起こし、フォレストに打撃をあたえた」

桐生の背すじに電流が走った。「どこからそんな情報を得たんですか。やはりギミックメイドですか」

「ああ。それも、シティ・エクスパンダー4が発売されるより数日前に知らされたぞ。極秘の情報だとかいってな。だから、まちがいないと思った」

「子供がシティ・エクスパンダー4をプレイすると黒いコートの男の幻覚を見る、そうつたえてきたんですか」

「いや。そうは書いてなかったな。ただ、子供たちがめまいや吐き気をもよおすような仕掛けがほどこされているらしい、そう書いてあった。ところが実際には、もっとすごい事態になった。驚いたよ。津久井はいったいどんなからくりを用いたんだ、ってな」

津久井がそんな仕掛けをほどこしたというのは、むろんガセネタだ。だが、桐生にとっては衝撃的な事実があきらかになった。ギミックメイドは、シティ・エクスパンダー4によって子供たちに異常が起きることを知っていた。フォレスト社内でのテストプレイでは発覚しなかった問題を、ギミックメイドは知っていた。真相はギミックメイドが握っているのだ。

神崎が渋い顔をしていった。「きみとはもうひとつ、交渉をしなければいかんな」

「なんですか」

「あのデータだよ。粉飾決算のことはもう知ってるんだろ？　きみがあの内容をわすれるには、どんな交換条件が必要なんだ？」

「ああ、あれですか」桐生はつぶやいた。「考えておきます」

神崎は一瞬顔をひきつらせたが、なにもいわずに窓の外を見た。

入信をよびかける新興宗教の演説の声がきこえた。スピーカーをそなえたワゴンが交差点に停車している。神保町の交差点だった。もうすぐだ。

「そうだ」神崎がシートから身を浮かせた。「約束のものを、まだ渡してなかったな」

「なんですか」

神崎はシートの下に手を伸ばした。そこは収納庫になっていた。三十センチ四方ぐらいの立方体の箱をとりだした。それをテーブルの上に置き、桐生のほうへ押しやった。

桐生はそれを開けた。なかには、無数のポーポリンがぎっしり詰められていた。

「進呈する」神崎はふたたびシートに身を沈めながらいった。「箱を落とすなよ。ぜんぶ死んでしまうからな」

「気をつけます。どうもありがとうございます」桐生は淡々といって、箱の蓋を閉めた。ポーポリンなんか見たくもない。心のなかで、そうつぶやいた。

ギミックメイド

午後六時。

秋葉原の電気街は夕闇《ゆうやみ》につつまれていた。きらびやかなネオンが辺りのビルを覆い、店頭ではミュージック・クリップやビデオゲームの映像を映しだすテレビモニターや、大小の照明器具が目もくらむような光の集合体をつくりだしている。無数のスピーカーから流れでる邦楽、洋楽がいりまじって耳障《みみざわ》りなノイズとなり、路地の隅々にまで響きわたっていく。人工の光、人工の音。だが、この街を行き交う人々は空気のようにしか感じていない。だれも表情を変えようとしない。街の光で顔の色を変えているにすぎない。つくりものと自然が同化した街。つくりものが、つくりものでなくなった街。

桐生は駅前の電気街をひととおりながめわたすと、背後のリムジンをふりかえった。中国人たちが降り、最後に神崎が降りたった。歌舞伎町ならともかく、秋葉原でこの一団は目をひく存在になるだろう。すでに通行人たちがこちらに視線を向けている。桐生は窮屈な気分を味わったが、神崎は注目をあびることを好んでいるかのように、堂々と肩で風をきって桐生の近くへ歩いてきた。

「ここへ来てなにがわかるというんだ」神崎は電気街を見やった。「ギミックメイドの本社は長崎だろう。卸しや取りつぎの連中なんか紋めあげてもなにもでてこないぞ」

「紋めあげるつもりなんかありません。まあ、黙ってついてきてください」

神崎は不服そうな顔をしたが、異論はさしはさまなかった。野呂瀬をふりかえり、ここでまて、といった。中国人たちにはとくに指示をあたえなかったが、桐生と神崎が歩きだすと、左右にふたりずつ並んで歩きだした。

桐生の予想どおり、通行人たちは一行を避けるようにして道をあけた。ひとの流れは桐生たちの前でふたつにわかれ、背後でまたひとつに戻っていった。警官にでくわしたら職務質問をされるかもしれない、そんな危惧《きぐ》が桐生の頭をかすめたが、なにもいわずに神崎と歩調をあわせた。歩きながら、ギミックメイドという会社について知っていることを思い起こした。

ギミックメイド株式会社は、老舗《しにせ》の玩具《おもちゃ》会社だった。創立は江戸時代にさかのぼる。町人出身の倉沢径行《みちゆき》を設立者とし、代々世襲制がつづいている。設立当初は絵師につくらせたすごろくを版画におこして廉価で販売し、九州地方を中心に評判を呼んだ。明治時代以降は欧米のボードゲームを積極的に輸入販売し、国内最大のボードゲーム・メーカーとして名を馳《は》せる。戦時中は軍人将棋を生産し、東南アジアにまで支店を置くほどの盛況となる。ところが戦後、オセロブームが全国を席巻したさい、オセロそっくりの類似品を発売したことから裁判沙汰《ざた》となり、多額の損害賠償を請求され、会社の規模縮小を余儀なくされる。

その後、折りからの怪獣ブームに便乗し、まだ著作権法があいまいだったことを利用して版権無視の子供向け怪獣番組のキャラクター商品化に乗りだす。そのほとんどは正規の流通ルートではなく、駄菓子屋向けに卸していた粗悪なソフトビニール人形やメンコ・カードのたぐいだったが、これがヒットしたおかげで会社の立て直しに成功する。

現在の倉沢幸弘《ゆきひろ》社長が就任して以降、ヨーヨー、ルービックキューブ、アニメキャラクターのフィギュアなど玩具業界のヒット商品を抜け目なく模倣し、類似商品を販売するゲリラ的戦略で業界に波紋を起こす。何度となく訴訟を起こされているが、裁判が長引くあいだに商品のブームが去ってしまうため、訴訟を起こした会社の影響力が弱くなるという鉄則を熟知しているらしく、いささかも物怖《ものお》じすることがない。

コンピュータゲームが全盛となった近年では、フォレストやシグマテックに対抗して家庭用ゲーム機「ギミックメイド・ゲームフィールド」を発売。簡易的にインターネットに接続できるなどの独自性もあるものの、ゲームソフトのほとんどはフォレストやシグマテックの人気ゲームを安易に真似《まね》たものばかりだったために、業界内の反発に遭い、クソゲームフィールドの異名をとる。さらに128ビットのCPUがすでに時代遅れで、機能的にひと昔前のゲーム機という印象をぬぐいきれず、生産中止に追いこまれた。自社のハードは成功しなかったが、ソフト会社としてプロシードやドミネーター用のソフトは販売しつづけている。

「桐生社長」歩きながら、神崎がきいてきた。「ギミックメイドの倉沢社長に会ったことはあるか?」

「いえ、ありません。商談ひとつ交わしてません。資料で顔写真を見ただけです」

「私も直接会ったことがない。長崎の本社に電話しても、いつも留守にしているみたいだ」

狭い路地に入った。このあたりにはあやしげな店がひしめきあいながら軒をつらねている。フォレストやシグマテックの中古ソフトも、ここでは当たり前のように廉価で販売されている。定価三千八百円のソフトに、三百円の値が掲げてあるのが目についた。

「ふざけた状況だ」神崎は苦々しげにいった。「中古ソフトの販売差し止めと廃棄を求めて控訴したのに、東京高裁も中古販売に違法性はないなどと棄却しやがった。おかげでブックオフやらゲオやらが幅をきかすありさまだ。損害賠償の請求も加えて、最高裁に上告するつもりだ」

「なにをもって違法だと考えているんですか」

「頒布権の侵害だよ。知らないのか」

「知ってますよ。著作権者が譲渡などをコントロールできる権利のことですね。でも、この街で生計をたてているひとたちのことも考えなければなりません。これも文化の一端ですよ。そう思いませんか?」

神崎はあきれたように首を振り、歩を速めた。「とんだボーイスカウトだな、きみは」

ゲームソフトを売っている小さな店舗のすぐとなりに、アダルトビデオの店があった。「子供たちに希望あふれる未来を!」と記されたフォレストのポスターに並んで、女の尻《しり》の写真がでかでかと飾ってある。全裸あるいは半裸のAV女優のポスターが一面に貼《は》られている。

神崎が嘲《あざけ》るようにいった。「これでも保護すべき文化か?」

桐生はその店頭を横目で見た。美樹原のポスターはすぐ目についた。奇妙な写真だった。裸のまま、笑顔を浮かべながら縛られている。

なにもいわず、桐生は歩きつづけた。

視界がひらけた。ここは電気街の中心に位置する広場だった。正面の雑居ビルの一階には、ゲームソフトや周辺機器を販売するディスカウントショップが入っている。

桐生は足をとめた。「ここをご存じですか」

「もちろんだ」神崎がいった。「海賊版の宝庫だよ。きみの会社のソフトのコピー品も売っている。リフレッシュパワーはここと、この周辺の何軒かの店で売られていた。卸しの業者がだれなのか、店の人間にきいたことがある。だが、まったく要領を得なかった。たぶん、名前をあかさない業者がぶらりとまわってきて、店に買いとってくれと頼んでいるんだろうな」

「その業者を、本腰いれて調べようとしたことはなかったんですか」

「調べたとも。でもルートはまるっきり解明できなかった」

「そうでしょうね」桐生はいった。「ギミックメイドの長崎本社と周辺の工場はこれまで裁判沙汰になったとき、何度となく家宅捜索を受けている。しかし、有罪に直接結びつく証拠品が押収されたという話はきかない。いっぽうで、リフレッシュパワーをはじめとしたいかがわしい商品が秋葉原で販売されている。もし長崎でそれらの商品が製造されているのなら、特定の運送業者がいるはずです。しかし家宅捜索を受ければ、そうした業者への支払いなどから足がつきます。考えられる可能性はただひとつ。ギミックメイドは本社から完全に隔離された場所で海賊版を製造しているんです。それも、卸しや運送業者、仲介業者などをいっさい間にはさむ必要のない場所でです」

桐生は足ばやにディスカウントショップのほうに向かっていった。店内には入らず、脇《わき》にあるビルの玄関に足を踏みいれた。かなり古いビルのようだった。エレベーターの横に郵便受けがある。二階から六階まで、すべて異なる会社名があった。桐生はエレベーターのボタンを押した。

あとをついてきた神崎がきいた。「どこへ向かうつもりなんだ」

「さあね」扉がひらいた。桐生はエレベーターに乗りこんだ。「とりあえず、下から順番に行ってみましょう」

神崎は苦い顔をしたが、後続の中国人たちと一緒にしぶしぶ乗りこんだ。桐生は二階から上のすべてのボタンを押した。エレベーターは一階ごとにとまった。いずれも扉がひらくと、会社のフロアが一望できた。二階は化粧品販売の事務所のようだった。デスクの女性従業員と目があった。桐生は軽くおじぎをして、ボタンを押して扉を閉めた。三階は老人用おむつの販売業。四階はなにかの倉庫。五階は洋品店用のマネキンがたくさん置いてあった。

エレベーターが六階に着いた。扉がひらくと、目当ての景色がひろがった。

十数台のコンピュータがずらりと並んで、それぞれにプログラマーが座って作業中だった。壁ぎわのデスクには書類の山があり、パートらしき中年の婦人たちが、プラスチックの玩具らしきものを組みたてている。おおぜいの人間がいるわりには、いやに静かだった。電話の音がないせいだ。そう桐生は思った。見まわしても、電話らしきものはない。コンピュータも光ファイバーで接続されているにちがいない。ここには一本の電話もひいていないのだろう。

エレベーターを降りた神崎の横顔を、桐生はじっと見ていた。神崎は呆然《ぼうぜん》としてフロアをながめわたしていた。

中国人たちが神崎の脇に立った。ところが、フロアの人間たちは顔をあげようともしない。こちらに気づいてもいないようすだ。

神崎は近くのテーブルに歩みよった。テーブルの上には段ボール箱が置いてあった。なかに手をいれ、なにかをつまみあげた。リフレッシュパワーだった。

「おい！」神崎は大声でいった。「ここの責任者はいるか！」

びくっとして、フロアの人間たちが振り向いた。プログラマーのほとんどは若者だった。たぶん学生のアルバイトだろう。彼らにくらべると、中年の婦人たちは度胸がすわっているようだった。驚きよりも、鬱陶《うっとう》しげな表情を浮かべている。

中国人たちが脅かすように前に歩みでた。プログラマーたちはおびえたようすで身をちぢこまらせていた。

やがて、おずおずと手をあげる男の姿があった。奥のデスクに座った五十代後半のスーツ姿の男が、当惑のいろを浮かべながら立ちあがった。小柄で、おとなしそうな男だった。

一見してそれがだれであるかわかった。桐生はいった。「倉沢社長、お初にお日にかかります」

ギミックメイドの代表取締役社長、倉沢幸弘はとまどいながらたずね返した。「あんたたちは、だれだ」

神崎がため息をついた。「よく顔を見てもらえれば、わかると思うがね」

倉沢はデスクの上から眼鏡をとった。この歳《とし》にして、近眼らしい。眼鏡をかけると、その顔に驚きがひろがった。口をあんぐりと開け、声もでないようすで、ただ身を震わせてたたずんでいた。

桐生は倉沢を見つめた。「あなたの会社は幾度となく家宅捜索を受けたのに、海賊版ルートはいっこうに浮かびあがらなかった。その理由は、商品を小売店に卸してマージンを得るという取り引きが存在しなかったからです。すなわち、あなたの会社自体がこのディスカウントショップを経営していたんです。それも直営店として傘下に置くのではなく、社内部署のひとつとして別名であつかっていたんでしょう」

倉沢は黙って見かえしていた。フロアのだれも、ぴくりとも動かなかった。奇妙な沈黙が、辺りをつつんだ。

神崎が噴きだした。くぐもった笑い声をあげ、やがて弾《はじ》けるように大笑いした。「灯台もと暗しだな。それにしても倉沢社長、あんた自身がこんなところに潜んでいるとはな。まさにギミックだよ。最高だ」

桐生はうなずいた。「こちらの会社は世襲制のようですからね。秘密は自分でかかえこまないと気がすまないんでしょう。ギミックメイドの役員は十人ていどしかいませんが、おそらく彼らもこの工場の場所は知らされてないんでしょう。それがいままで、海賊版事業の命脈を保った理由です」

ぞ」

「ちょっとまて」倉沢がおずおずといった。「私の会社は海賊版なんかあつかってはいない
　神崎が怒ったようにいった。「このリフレッシュパワーとかいう商品はなんだ。ポーポリンの周辺機器を製造するなら、わが社にライセンス契約の申しいれをするべきだろう。もっとも、即刻却下だが」

「それは海賊版とはいわない」倉沢は反論した。「それに、ポーポリンに使用するものでもない。どこにそんなことが書いてある？　ただＩＣを用いた、そのう、玩具にすぎん。買った人間がポーポリンに使ったとしても、それはこちらの意図したことではない」

「なるほど」桐生は苦笑した。「ずいぶん裁判に慣れていらっしゃるようすだ。下のディスカウントショップはギミックメイドの経営ですから、用途を店員に説明しなくても店頭に置くことができるわけですね。店頭にさえ並んでいれば、あとは子供たちにうわさを流すだけで、商品は自然に売れていく。ポーポリンの蘇生《そせい》に使うと表記せず、口頭でも説明せず、したがって責任も負わず、しかし購買者はちゃんと獲得することができるわけだ」

　倉沢は困惑のいろを浮かべて桐生と神崎をかわるがわる見ていたが、やがて言葉を喉《のど》にからめながらいった。「神崎社長、これはそちらにおられる桐生社長の陰謀だよ。Ｅメールでも何度もおつたえしたとおり、フォレストは危険な会社だ。彼のいってることをうのみにしてはいけない」

神崎は桐生の顔を見た。桐生も、神崎の顔を見かえした。

やがて神崎はフロアじゅうに響きわたる声でいった。「イングラム・ウォーというソフトを知っている者はいるか？」

プログラマーの何人かが顔を見あわせたのを、桐生は見てとった。神崎もそれに気づいたらしい。そのプログラマーのほうへ歩きだした。

「よせ！」倉沢が声をあげて駆けよろうとした。だが、中国人たちが飛びだしてそれをさえぎった。

どけ、と神崎はプログラマーのひとりにいった。その若者は青い顔をして椅子《いす》から立ちあがった。神崎はモニターをのぞきこんだ。しばらくマウスを操作していたが、やがて顔をあげて倉沢に怒鳴った。「パスワード制限されてる。すぐに解除しろ」

「断る」倉沢はいった。「うちの会社で開発中のソフトを、同業者に見せられると思うのかね」

「それはこっちのせりふだ」神崎はやりかえした。

桐生は、席を立ったプログラマーに話しかけた。「きみ。ここでなにが起きているか、だいたい想像がつくと思う。きみにしても、この会社に忠誠を誓って働いているというわけでもあるまい。どちらに協力したほうが身のためになるか、よく考えてみることだ」

「よせ」と倉沢が怒鳴った。「脅しをかける気か」

しかし、若いプログラマーは怯《おび》えたようすで身をちぢこまらせながら桐生を見つめると、ちょっと失礼、そうつぶやいてコンピュータの前にとってかえした。キーを叩《たた》いてパスワードを入力する。

モニターに空中戦のグラフィック映像が映しだされた。複葉機のコクピットから見た3Dの緻密《ちみつ》な画像だった。

「イングラム・ウォーだ」神崎がつぶやいた。「正確には、だったというべきかな。オリジナルは複葉機じゃなく戦闘機だ。プログラムに手を加えたんだろう。むろん、ギミックメイドのソフトとして発売するためにな」

倉沢がよろめいて、デスクに手をついた。その額には汗が無数の粒となってわきだしていた。

やがて、その顔が紅潮してきた。倉沢は怒りをあらわにし、大声で怒鳴った。「おまえらが悪いんだぞ！　自分たちだけで金儲《かねもう》けばかりたくらみやがって！」

「倉沢さん」桐生は歩みよった。「いろいろ問題は起きてますが、それらは徐々に話し合いで解決していけばよいことです。私がききたいのは……」

「おまえらが勝手すぎるんだ！」倉沢は聞く耳を持たないようすでわめきたてた。「玩具業界にも仁義ってもんがあったんだぞ。それを土足で踏みにじって、富を独占していい気になってる。もっと業界に敬意をはらえ！」

神崎が声を張った。「敬意だと？　あんたは業界に敬意をはらってきたといえるのか。著作権を無視してひとのアイディアを盗んでばかりいる会社の社長が、われわれに説教できる立場だとでも思ってるのか！」

「おまえらがいけないんだ！」倉沢は目に涙を浮かべた。「うちでもゲーム機はだしたんだぞ。それが、おまえらのせいで市場がつぶされた」

「ああ」神崎がちゃかすようにいった。「ギミックメイド・クソゲームフィールドのことか」

「侮辱する気か！」倉沢は顔を真っ赤にした。「名誉毀損《きそん》で訴えるぞ！」

神崎は表情を凍りつかせた。「こっちは著作権侵害で訴えてやるさ！　クソゲー専用ゲーム機をそう呼んでなにが悪い！」

「もっと敬意をはらえ！」

「ギミックメイドごときに敬意をはらうやつがどこにいる！」

「ごときとはなんだ！　創業三百年のギミックメイド株式会社総本家だぞ！」

「そりゃ結構」神崎は口もとをゆがめ、嘲るような口調でいった。「こっちは東証一部上場だぜ。おたくはなんだ？　法人としてちゃんと申告できてんのか？」

「やめろ！」たまりかねて、桐生が怒鳴った。

フロアに静寂が戻った。

桐生は周りを見まわした。プログラマーやパートの婦人たちが、半ばあきれ顔でこちらを見ている。中国人も、勢いいさんで乗りこんだ敵のアジトのていたらくに拍子抜けしたのか、腕を組んでうなだれている。

こんな子供のような喧嘩《けんか》をするために来たのではない。桐生は倉沢の前に立った。「私がここへ来たのは、真実を知るためです。どうしてもききたいことがあるんです」

「なにも話すつもりはない」倉沢は顔をそむけた。「クレームがあるなら弁護士に……」

怒りが燃えあがり、桐生の身体《からだ》をつき動かした。両手で倉沢の胸ぐらをつかみ、顔をこちらに向かせた。「ゲームの訴訟なんかどうでもいいんです！　私が業界に敬意をはらわず富を独占していると本気で思ってるんですか！　訴える気なら、とっくに訴えてますよ！」

倉沢は唇を震わせ、おびえる目で桐生を見かえしていた。桐生は倉沢を乱暴につきはなした。倉沢はよろめきながら後ずさり、デスクに尻もちをついた。

「ききたいのはシティ・エクスパンダー4の件です」桐生はいった。「あなたはシティ・エクスパンダー4が発売される前に、あのソフトが子供たちに異常をもたらすと知っていた。いったいどこで、どうやって知ったんですか」

「知らん」

桐生は神経をちくりと刺されたような気がした。倉沢につかつかと歩みよった。

「本当に知らないんだ！」倉沢がおびえたようすでいった。「匿名で一方的に知らせてきたやつがいるんだ。うちを支援する人間が、情報を送ってきたんだ」

「ばかをいえ」神崎が吐き捨てるようにいった。「そんな物好きがどこにいる」

「本当だ！」倉沢はとまどいがちに、桐生のほうを見た。そして身をひるがえすと、奥のデスクのほうへ走っていった。ひきだしを開け、しばらくなかをまさぐっていた。やがて二枚の紙を手にして駆け戻ってきた。「そら、これを見ろ」

ワープロの文字が印字された文書だった。折り目から察するに、封筒に入っていたものらしい。一枚目にはこうあった。

前略　ギミックメイド株式会社　代表取締役　倉沢幸弘様

突然のお手紙をお許しください。私どもは貴社のすごろくなど、日本古来の遊戯品を愛する者です。ご承知のとおり、昨今ではテレビゲームの普及により、その存続が危ぶまれております。私どもは貴社を支援申し上げたく、このお手紙をおだしする所存にございます。

私どもは、日本の健全な遊戯玩具の発展をさまたげる、フォレスト・コンピュータ・エンターテイメント、ならびにシグマテック・アミューズメント・コーポレーションの二社に対して、強く憤りをおぼえるものでございます。つきましては、この二社に鉄槌《てっつい》をくだし、引導を渡すことが、日本の青少年の育成のために必要不可欠なことと考えまして、貴社にご相談申しあげる次第にございます。

来週に発売になります、フォレストのシティ・エクスパンダー4というゲームソフトが高い前評判を得ていることは、よくよくご存じのことと思います。しかしながら、私どもはこのシティ・エクスパンダー4につきまして、ある重大な情報を入手いたしました。それは以下のとおりです。

このゲームソフトの開発においてリーダー的立場にある津久井智男開発部長が、その立場を利用して、フォレストに打撃をあたえようとしております。理由はさだかではありませんが、会社に仕えるサラリーマンの身としてはさまざまな恨みが考えられるでしょう。ともかく、津久井智男開発部長はシティ・エクスパンダー4になんらかの仕掛けをほどこしたというのです。その仕掛けとは、ゲームをプレイした子供が吐き気やめまいなどをもよおすというもので、おそらくシティ・エクスパンダー4の発売日には日本全国にそうした症状を訴える子供が続出するはずです。

私どもとしては、この貴重にして重大な情報を貴社が有効に活用され、一日も早く健全な日本の遊戯玩具業界を復活させることができるよう、望むものであります。

草々

貴社を支援する人々より

倉沢がいった。「それは封書で送られてきた。差し出し人名はなかった」

「捨てたよ。宛名《あてな》もワープロで打ってあった。消印は都内だったと思うが、どこだったかはわすれた」

神崎が近づいてきて、手紙をのぞきこんだ。しばらく読んでいたが、顔をあげて苦笑した。

「はったりだ。こんなばかな手紙をよこすやつはいない」

「その手紙は本物だ！」倉沢が怒鳴った。

「そうだとして」桐生は倉沢にいった。「あなたはこの手紙の内容を、シグマテックの神崎社長へＥメールでつたえたわけですね」

倉沢はうなずいた。「冗談かとは思ったが、いちおうシグマテックにはつたえておこうと思ったんでね。フォレストのライバル会社だから、こういう情報は喜ぶだろうと思って。うちとシグマテックは、そのう、業務提携みたいな経緯もあって……」

桐生は口をはさんだ。「うちから盗んだヒューマンズスキン・エレメンツ・アニメーションシステムを、自社開発のようによそおってシグマテックに転売した。そのことですか」

倉沢は打ちのめされたように下を向いた。

ほぼ同時に、神崎はふんと鼻を鳴らした。

桐生は手紙に目を落とした。たしかに、いきなりこんなものが送られてきたら、冗談かいたずらだと思うだろう。ひやかし半分に神崎へ知らせることもありうる。だが、桐生はそれよりも文面が気になっていた。

すべてを津久井のせいにして、フォレストに混乱を引き起こすことを画策したのは倉沢ではなく、この差し出し人だ。だが神崎からつたえきいたとおり、この差し出し人も黒いコートの男については触れていない。ただ吐き気やめまいと書いているだけだ。とすると、何者かが事態をあるていど予想できていたにしても、子供たちが黒いコートの男の幻覚を見たり、自傷行為に及ぶところまでは予測がつかなかった、そういうことになる。

倉沢が手紙を指さしていった。「その手紙のとおりになったので、ひどく驚いた。すると翌日、次の手紙がとどいたんだ」

桐生は二枚目を見た。

前略
私どもの情報の正確さをおわかりいただけましたでしょうか。きょうはさらに、津久井智男開発部長の秘密をお教えしたいと思います。彼は妻がある身でありながら、愛人をつくって同棲《どうせい》しております。それを『スティール』という雑誌に投稿しました。明日発売予定です。ちなみに愛人宅は新宿区曙橋北原四‐八‐十六　レジデンス北原五〇八です。
草々

「ふん、なるほどな」神崎がいった。「これらの情報をつたえて私を信用させながら、たくみにギミックメイドの利益になるような嘘《うそ》も織りまぜていたわけだ。イングラム・ウォーのデータを盗んだのが津久井だとかな。おかげでうちとフォレストはたがいに反目しあった。これですっきりしたよ」

神崎の言葉とは逆に、桐生の心は晴れなかった。これではギミックメイドもただ踊らされていたにすぎないことになる。何者かがギミックメイドをけしかけ、ギミックメイドがシグマテックをけしかけた。シティ・エクスパンダー4による子供たちの異常事態を解明する手がかりは、ギミックメイドにはなかった。そればかりか、津久井と愛人との密会写真を捏造《ねつぞう》したのもギミックメイドではなかった。すべてをあやつっている人物は、べつにいる。

なんということだ。桐生は呆然とした。日本全土に混乱が渦巻くなか、桐生はゲーム業界のライバルたちと茶番を演じていたにすぎなかった。シティ・エクスパンダー4によって黒いコートの男の幻に苦しむという、不可解な事件の真相はあいかわらず闇《やみ》のなかだ。

手がかりはこの便箋《びんせん》だけか。桐生はそれを天井の明かりにかざした。そうしたところで、なにがわかるわけでもない。だが、とことん調べ尽くしたかった。ほんのささいな点でも目につけば、徹底的に追及してやる。その一心で紙片を眺めまわした。

やがて、紙面にかすかな凹凸があるのを指先に感じた。企業家としては、キーボードよりも書類に触れることの多い桐生にとって、それは直感のようなものだった。撫《な》でるうちに、直感は確信に変わっていく。ワープロの印字以外に、ボールペンを走らせたような筆圧が加わった跡がある。

桐生はリフレッシュパワー用ＩＣチップが山積みされたダンボール箱を押しやり、しゃがみこんだ。紙を床に置き、手近なところにあったペン立てから鉛筆を引き抜く。凹凸を感じたあたりに鉛筆の先を斜めにしてこすりつけた。

鉛筆によって黒く染まっていく紙面に、白く浮かび上がる線があった。文字がおぼろげに形を現わす。

神崎が歩み寄ってきた。紙を見下ろし、緊迫した声でたずねてくる。「どうした？」

「ペンの跡だよ」桐生は作業をつづけながら応じた。「この紙を下敷きにして、別の紙にボールペンでなにか書きこんだ。筆跡が凹んで写ってる」

「なんだって？」

桐生は手をとめた。いまや紙片の四分の一ほどの面積に、走り書きのメモの筆跡ははっきりと浮かびあがっている。

ＩＣについて――本人同意、家族はまだ

「なんだ?」神崎が眉間《みけん》に皺《しわ》を寄せた。「ICをどうすることについて同意を求めてるんだ? 家族とはなんだ」

「さて、ね。これだけではわからないな」

その一文の下には、プログラムを思わせる複雑な数値とアルファベットが数行にわたって並んでいる。桐生はプログラマーではなかったが、こうしたデータについてはそれなりに意味を判読する自信があった。が、いまはさっぱりだった。何を意味する数列なのか、まるでわからない。

「神崎社長」桐生は立ちあがってきいた。「このデータについて心あたりは?」

しばし紙面に顔をくっつけんばかりにして見つめていた神崎は、唸りながら顔をあげた。

「見当もつかん。ベクタグラフィックスのフォントデータをそのまま書き写したようにも思えるが……。いったいなんだ。ICは、どんな媒体のICを意味してる? チップか、それを埋めこまれたカードか?」

「不明ですね。昔のように素子数でLSIとかVLSIとか区別する習慣もいまはないし、あらゆる回路という回路をICと呼ぶのが常ですから……。また理解不能なメッセージの断片でしかないわけだ」

腕時計を見た。午後七時。タイムリミットまであと二十四時間。

「桐生社長」神崎が呼んだ。「これからどうする」

桐生はフロアのなかを見まわした。プログラマーの若者やパートの婦人たちが、とまどった顔でこちらを見ている。

「わからない」桐生はいった。「私が知りたいことは、ここにはなかった。会社へ戻るしかありません」

「そうか」と神崎。「われわれは、もうちょっとここにいるよ。始末をつけなきゃいけないんでね」

倉沢が不安げな顔で神崎を見た。中国人たちが、倉沢の周囲に歩みよった。

「おい、きみ！」倉沢がおびえきった表情で桐生にいった。「この連中をどうにかしてくれ！」

桐生は黙って背を向けた。神崎も無益な暴力沙汰は避けるだろう。桐生はそう推測した。始末をつけるといったのは、ここのコンピュータに残っているイングラム・ウォーのデータを抹消するということだ。多少は倉沢にお灸《きゅう》をすえるつもりかもしれないが。

「あのう」婦人のひとりがいった。「わたしたちは、どうしたら……」

倉沢がおどおどしながらいった。「どうもすみません。きょうはお引き取りを。また後日、連絡しますから……」

いいおわらないうちに、フロアにいたほとんどの人間が立ちあがり、逃げるようにエレベーターの扉へ殺到した。倉沢は人々に大声でいった。バイト代はちゃんと払いますから。だが、だれもきいてはいなかった。バイト代を放棄してでも、この異様な状況から逃げだしたいのだろう。

手詰まりか。桐生が額に手をやったとき、携帯電話が鳴った。はい、と応じると、守屋の声が飛びこんできた。

「桐生か。すぐ戻れ」

「どうしたんですか、いったい」

「いいから、すぐ戻れ！」守屋は興奮した声でいった。「きみの子供のことだ。卓也くんだったな。彼に異常が起きたんだ。テストプレイから何日も経《た》ってるのに……」

それ以上はきかなかった。桐生はエレベーターのほうへ走った。だが、扉には大勢の人間が押しかけていた。どいてください、そうさけんだが、だれも道をあけようとはしなかった。

桐生は倉沢をふりかえり、きいた。「階段は？」

倉沢は中国人たちに囲まれていた。震える指で、非常階段にでるドアを指さした。

桐生はドアに駆けより、外へでた。ビルの外壁に金属の骨組みだけでつくられた階段だった。階段を駆けおりた。ドアが閉まる寸前、倉沢のさけぶ声がきこえた。おいてかないでくれ、そうさけんでいた。桐生の耳にはとどいていた。だが、心には響かなかった。

月光

星くずのような都心のネオンが流線となって後方へ飛んでいく。ＢＭＷのアクセルを踏みこみながら、令子はまるで空を飛んでいるような錯覚をおぼえていた。

やはり夫を信じたのはまちがいではなかった。津久井智男は知り合ったころの優しさと温かさをそなえていた。そして桐生も、力強さと冷静な判断力を持った社長の姿に戻っていた。これほどの喜びをいだく結果になるとは予想もつかなかった。

桐生は令子に、ひとりで先に戻って明日フランスに発《た》つ支度を整えるようにすすめた。でも、まだ会社にやり残したことがありますから。令子がそういうと、桐生は首を振った。それは僕のほうでなんとかする。そういった。桐生は澄んだ目で令子をじっと見つめた。一瞬、桐生の胸に抱かれた昨夜のことを、令子は思いだした。顔を赤らめていたかもしれない。津久井は令子の顔を見て片方の眉《まゆ》を吊《つ》りあげていた。それがどういう意味だったかはよくわからない。夫はときおりそういうとぼけた表情をする。夫が桐生とわたしの関係を深読みしたり、嫉妬《しっと》の念をいだいているようすはなかった。令子はそう思った。津久井智男はわたしも、桐生もおなじように信頼してくれている。今夜、令子は確信した。夫はついに、正式にフォレストの一員に加わることができたのだ。

夜景にひろがる光点の数々がいっそうたなびいていた。瞳《ひとみ》がうるんだせいだと令子は気づいた。涙をぬぐって、令子はBMWのステアリングを切りつづけた。


荷物を整理するために会社に立ちよったとき、令子の喜びはふいに終わりを告げた。

すでに退社時刻を過ぎているにもかかわらず、フォレスト本社ビルのなかは戦場のようなありさまだった。営業部では社員たちが電話の応対に追われていた。販売部には仲介業者や小売業者が説明を求めて押しかけ、社員に罵声《ばせい》をあびせていた。そして開発部では、おおぜいのプログラマーたちが書類やディスクを段ボールに詰めこんでは、廊下に運びだしていた。

令子は開発部で大声をあげた。「なにをしているの!」

プログラマーたちはひやりとした顔で手をとめ、気まずそうに身をちぢこまらせた。

「引っ越しの準備ですよ」後頭部のはげたプログラマーがこちらに顔も向けずにいった。「倒産する前につかえるものはぜんぶ持って逃げようって寸法です」

「倒産ですって? どこからそんな話がでたの」

「テレビのニュースを見てればあきらかじゃないですか。もうフォレストは終わりです。これからみんな、再就職先をさがさなきゃならない。それで大いそがしなんです」

令子は怒りをおぼえた。そのプログラマーの後頭部を見るうち、彼が以前仕事をさぼってインターネットのアダルトサイトを見ていた人間だとわかった。つかつかと歩みよって肩を叩《たた》いた。

男がふりかえるや、令子は怒鳴った。「あなたがたはフォレストの正規社員もしくは契約社員でしょう！　部長が留守にしているからって勝手な真似《まね》をしないで！　それにわが社で開発したいかなるデータも持ちだしは禁止してるはずよ。シグマテックにでも持っていこうものなら残った髪の毛をむしりとってやるから！　さあ、わかったらさっさと段ボールのなかのものを所定の位置に戻しなさい！」

一気にまくしたてたせいで、令子は息を切らした。だが、それだけの価値はあったようだ。プログラマーたちはそそくさと令子の指示に従った。後頭部のはげたプログラマーも、ぶつぶついいながら段ボールのなかのディスクをとりだして机の上に並べた。

令子はため息をついて、開発部の奥へと歩いた。津久井智男のデスクへ来た。ここへ来る理由はないが、なぜかそうしたかった。夫がつかっていた椅子《いす》に座り、デスクの上をながめた。

ほかのプログラマーたちとちがい、津久井智男のデスクは整然としていた。立てかけてあるファイルも筆記用具も神経質なほどにきちんと整頓《せいとん》されている。あのひとらしい、令子はそう思った。専用のコンピュータ、ＴＸ02のキーボードにも埃《ほこり》ひとつ落ちていない。

ふと、令子はEメールの話を思いだした。千葉県佐倉市の病院からとどいた奇妙なメール、それをまだ令子は見ていなかった。TX02の電源をいれた。開発中のデータの呼びだし方はわからないが、Eメールのソフトを起動することぐらいならできる。

マウスを操作してメールのアイコンをクリックした。メールの送受信の履歴が表示された。妙な気配を感じた。サーバに一通の未読メールが残っている。受信日時はきのうの夜、九時十三分。しかも送信者のアドレスは、例の東州医大付属佐倉病院のものだった。

そのメールを選択して文面を表示した。


突然申しわけありません。

佐倉警察署少年課の須藤と申します。きょう東州医大佐倉病院のパソコンを調べてみたところ、貴方のところに「水のはいった袋」と「水の通う回路にサージ」という文面の二通のメールを送信した痕跡《こんせき》がありました。貴方のほうからも、それぞれ「わかる」「わからない」という返信がありました。そのことにつきまして、ちょっと事情をうかがいたいものですから、ぜひともご連絡いただけますか。

なにしろこのパソコンのことがわかる職員が周りにおらず、貴方がどなたかも調べる方法がわかりませんし、このメールがちゃんととどいているかどうかもよくわかりませんが、なにとぞご協力のほどよろしくお願いします。

末尾には佐倉警察署と病院の電話番号があった。

令子は息を呑《の》んだ。すぐさま、電話の受話器をつかんだ。メールの相手に電話する前に、桐生の携帯電話にダイヤルした。だが味気ない女の音声がかえってきた。電波のとどかないところにおられるか、電源が入っていないため……。電話を切った。糸織の携帯番号を思いだし、ダイヤルした。数回のコールのあと、糸織の声が応じた。もしもし。

「糸織さん？　令子だけど」

「あ、令子さん」糸織の声にはなぜか緊迫した響きがこもっていた。

「社長、いまどこにいるかわかる？」

「それが、たいへんなんです」糸織は悲痛な声でいった。「とんでもないことが起きたんです。社長の息子さんが……」


午後八時四十分。

渋谷区立第二小学校の校門前にはひとだかりがしていた。パトカーが二台、警官たちの姿もあるが、ほとんど付近の住民たちだった。

桐生はタクシーを降りると、校門に駆けよった。門は閉まっていて、通用門にも警官の姿があった。人をかきわけていくと、ふいに糸織と目があった。

「あ、社長」

「どうなったんだ」桐生はきいた。

糸織はそれには答えず、桐生の手をひいた。「さ、早くなかへ」

通用口の警官には、もう糸織が話をつけてあるらしい。警官はすぐ脇《わき》にどいた。門をくぐると、糸織はがらんとした校庭の暗闇《くらやみ》を校舎のほうへ走りだした。桐生はそのあとを追いながら、校舎を見あげた。二階の明かりがついている部屋は職員室だろう。それ以外は闇につつまれている。糸織の背中さえも見失ってしまいそうだ。

糸織は校舎の一角に走っていった。桐生は目を凝らした。真っ暗だが、そこに校舎の玄関があるのがぼんやりと見えた。玄関を入ると、暗闇のなかに靴箱が整然と並んでいた。

「桐生」守屋の声がした。桐生は声のするほうに目をやった。

守屋が近づいてくるのが見えた。桐生はたずねた。「卓也はどこに?」

「屋上だ。廊下の突きあたりの階段から行ける」

桐生は靴も脱がないまま、廊下を駆けだした。糸織と守屋がついてくる気配を感じていたが、桐生はいちども振りかえらなかった。暗い廊下をひたすら走る。階段に行き着いた。ほのかに明るかった。踊り場の小窓から月あかりが射《さ》しこんでいる。駆けあがった。二階、そして三階。さらに上につづく階段があった。それを昇っていくと、ふいに懐中電灯の光が桐生の顔に向けられた。

「だれだ」男の声がきいてきた。

目を細めると、光の向こうに制服警官の姿がシルエットとなって浮かんでいた。桐生が答えるよりも前に、美里の声が飛びこんできた。「お父さん」

「美里か」桐生はいった。

懐中電灯の光がほかへ向けられた。赤や緑の残像がちらつくなかに、手招きする警官の顔がうっすらと見えた。

桐生が近づいていくと、警官に寄り添うようにして美里の姿があった。

「お父さん」美里が泣きながらいった。「お兄ちゃんが」

「どうしたんだ。なにがあった」

「急に家をでて、走っていって、ここへ来たの」

「美里は、それを追いかけたのか」

「うん。だけど……」それ以上は言葉にならなかった。美里は泣きだした。

美里をなだめるように頭をなでながら、警官がいった。「卓也くんは目の前に黒いコートの男がいるといってます。例の症状です」

桐生は鼓動が速くなるのを感じていた。とうとう、自分の子供にまでおよぶとは。それも、卓也にシティ・エクスパンダー4をテストプレイさせたのは、ほかならぬ自分なのだ。

警官のすぐ後ろにドアがあるのが見えた。屋上へでるドアだ。桐生は足を踏みだした。

しかし、警官が行く手を阻んだ。「だめです。異常を起こした子供には近寄らないようにという、捜査本部からの指示がでています」

「私は父親だぞ」

「だれであろうとだめです。錯乱して幻覚を見ている子供には判別がつかないんです。専門家が到着するまでは……」

「専門家だと？　私はあのゲームをつくった張本人だ。シティ・エクスパンダー4は私の会社でつくったんだ！　私以上の専門家なんかいない！」

「まってください。専門家というのは精神分析ができる……」

桐生は警官を押しのけてドアへ駆けようとした。だが警官が桐生の肩をつかんだ。娘の目の前だが、しかたない。右腕を振りあげ、太極拳《たいきょくけん》の構えから肘《ひじ》打ちを警官の胸もとにあびせた。かなり手加減したつもりだが、警官はよろめいて後ずさった。すまない、といい残して、ドアをでた。

屋上はひろかった。月の光をあびて、コンクリートが銀色に輝いていた。ひとの姿は見あたらなかった。何歩かあるいた。前方から、金属を打ちつけるような音が響いた。

「卓也？」桐生は声をかけた。

しばらくまったが返事はなかった。さらに歩いていった。徐々に、屋上を囲む金網のフェンスに近づいていった。桐生は足をとめた。卓也がいる。それもフェンスの向こう側の、わずかな足場の上に乗っている。

卓也は金網にしがみついて、ぼんやりとこちらに視線を向けていた。焦点のあわない、死んだような目つき。顎《あご》の重みでだらりと開いた口もと。桐生は焦燥感にかられ、駆けよろうと歩を踏みだした。

そのとき、卓也が大声でさけんだ。「来るな！」

桐生の全身が凍りついた。フェンスまでまだ二、三メートルあった。桐生はつとめて穏やかにいった。「卓也、お父さんだよ」

卓也はしばらく黙りこんだ。表情になにかがかすめたようだった。

しばらく静寂が流れた。桐生がまた一歩踏みだそうとしたとき、卓也がひときわ大きな声でいった。

「黒いコートの男！」

頭を殴られたような衝撃を桐生は感じた。卓也には自分の姿が見えていない。見えているのは幻だけだ。

「よく見てごらん、お父さんだ。わかるだろ？」

「黒いコートの男！　来るな！」

胸が張り裂けるような思いだった。桐生はまた駆けよりたい衝動に駆られた。だが、それを察したかのように、卓也は腰をひいた。

一歩も動けなかった。近づこうとすれば卓也は飛び降りてしまうだろう。

金網の向こうに見えるわが子の顔を桐生は見つめた。卓也の目には、ここにいる自分の姿が映っていない。声もとどかない。

卓也にシティ・エクスパンダー4のテストプレイをさせたときのことが、桐生直人の脳裏によぎった。卓也は完成の何カ月も前から、シティ・エクスパンダー4をやりたいといっていた。できたらまっさきにやらせてやるよ、直人は卓也にそう告げた。ある土曜の午後、直人は卓也を連れてフォレストの本社へ向かった。開発部には完成したばかりのシティ・エクスパンダー4があった。開発スタッフたちが酒を飲んで打ち上げをしていた。そんななかで、卓也はシティ・エクスパンダー4をプレイした。栄えあるテストプレイ第一号だ。だれかがそういった。宴会騒ぎのなか、卓也は夢中でシティ・エクスパンダー4に興じていた。目を輝かせていた。そろそろ帰ろう、そう声をかけても、あと一回だけといってまたスタートボタンを押していた。帰りのクルマのなかで、卓也は満足そうにいった。すっごくおもしろかった。あんなもの作れるなんて、あのひとたち天才だね。そういっていた。

その後も何度か、卓也は週末に会社に来ては、シティ・エクスパンダー4をプレイしていた。直人は誇らしげな気持ちになったものだった。父親として、社長として。だがそれは、シンナーと同種のものだったのかもしれない。卓也はいま錯乱状態にある。あんなゲームをやらせたばかりに。あんなゲームを、作ったばかりに。

「卓也」桐生直人は声をかけた。「卓也」

返事はなかった。ただ、異質なものを見るような視線が、こちらに向けられているにすぎなかった。

数分がすぎた。桐生は近づきたい衝動を抑えきれなくなった。卓也がフェンスから手を放す前に、かならずその手をしっかりとつかんでやる。そう決心した。なにがあっても、卓也を助ける。なにがあっても……。

足を踏みだそうとしたとき、肩をつかまれた。

はっとしてふりかえったとき、背後に、津久井智男が立っていた。

「社長」津久井は静かにいった。

「放してくれ」桐生は津久井をにらんだ。「卓也を助けないと」

津久井は首を振った。「まってください。社長。まずは自分が落ち着かれることです」

「これが落ち着いていられるか」

「そこを、なんとか落ち着くんです」津久井は卓也のほうを見て告げた。「さあ、いつまでもそんなところにいては危ない。もう家に帰ろう」

一瞬の間をおいて、卓也がさけんだ。「黒いコートの男！」

「ほう」津久井はいった。「私も、黒いコートの男に見えるのか」

津久井はあっさりと足を踏みだし、卓也のほうに歩いていった。桐生はあわてて制止しようとしたが、そのとき卓也がまたわめいた。「来るな！」

「卓也くん」津久井は立ちどまった。「きみの気持ちはよくわかるよ」

卓也はなにも答えず、津久井をじっと見かえしている。

津久井はいった。「家に帰ってもつまらない。なんだか寂しい。そんなときには、やけを起こしたくなるものさ。私もそうだった。きみの気持ちはわかる」

「なにがわかるっていうのさ！」

卓也がさけんだ。直後に、卓也の顔にある感情がひろがった。しまったという後悔の表情だった。

「幻覚を見たふりをして、父親を困らそうとしたんだろう」津久井は淡々といった。「父親がどれだけ自分の身を心配してくれるか、それを試したかったんだろう。もう目的は果たしたわけだ。さあ、帰ろう」

桐生にとって、いま受けたショックはさっきをはるかに上まわっていた。卓也が狂言を働いた、それだけではない。津久井がこうもあっさりと、息子の心を読んだ。そのことに驚いたのだ。

しばらく時間がすぎた。卓也は金網にしがみついたまま、肩を震わせた。こらえていた涙があふれだしたようだった。声をあげて泣きだした。

「卓也……そうだったのか」桐生はつぶやいた。

この数日間、桐生はシティ・エクスパンダー4にかかわるあらゆる問題を解決するために走りまわっていた。家庭よりも、そのことのほうを優先していた。卓也はそんな父親の冷たさを感じとり、ニュース報道の内容にヒントを得て、狂言を思いついたのだろう。そんなことをしても、自分を追いつめることにしかならない。それは卓也もよくわかっているだろう。それでも卓也は実行に移したかったのだ。それだけ、父親の愛情に疑問を感じていたのだ。

津久井が近づこうとした。卓也が大声をあげた。「来るなよ！　来るなっていってんだろ！」

「もうお芝居は終わった。こっちへ来て話そう。さあ」

「話したくない！　話すことなんか、なにもない！」

「じゃあ、いつまでそうしているつもりだ」津久井はいった。「飛び降りるつもりなんか、最初からなかったんだろう？」

「ちがう！」卓也はわめいた。「もう、ほっといてよ！」

「ほうっておかれて、どうなるというんだ。この高さから飛び降りたら死ぬ。それがわからないわけじゃないだろう」

「わかってるよ！　ばかにするなよ！」

「そのとおりだ！」津久井はふいに声をはりあげた。「この高さから落ちたら死ぬ！　あっけなく破裂する！　人間なんて水のはいった袋だ！」

桐生は津久井の横顔を見つめた。津久井は遠くを見るような目をしていた。放心状態のようにさえ見えた。卓也は泣くのをやめて、黙りこくっていた。津久井はため息をついて、ぼそりといった。

「社長、卓也くんと話してください」

桐生は卓也のほうを見た。ふしぎだった。いまの卓也の目からははっきりと感情を読みとることができる。父親にすがりたい気持ち、それが満たされない気持ち。涙をこらえながらそれを訴えかけてくる卓也の顔が、フェンスの向こうにある。いまだけではない。卓也はそのフェンスの存在をずっと感じていた。気づいていないのは、桐生直人だけだったのだ。

「卓也」桐生は震える自分の声をきいた。「すまない。お父さんはこのところ、おまえの気持ちを考えていなかったのかもしれない。考えてみれば、お母さんがいなくなって、お父さんも外にでてばかりいたら……家には、おまえと美里しかいない。そんな単純なことを、わすれていたよ」

そよ風が頬《ほお》をなでるのを感じた。雲がよぎったのか、月の光が一瞬とだえ、すぐにまた明るくなった。

「いや」桐生はささやいた。「わすれていたというより、わざとわすれたふりをしていたんだな。……反省するよ。心から、すまないと思う」

卓也が顔を真っ赤にして泣きじゃくった。

「さあ、こっちへおいで。もう帰ろう。きょうは、お父さんがちゃんと食事をつくってあげるよ」

卓也が涙のあふれた目でこちらを見た。「怒らない？」

「怒らない。約束するよ。……帰ろう。な？」

卓也はしばらくすすり泣いた。やがて、小さくうなずいた。

桐生はゆっくりとフェンスに歩みよった。手を放すなよ、そう声をかけた。フェンスをよじ登り、上から卓也に手をさしのべた。さあ、しっかりつかんで。卓也が手を伸ばした。手をしっかりとつかんだ。

卓也の手を握ること自体、何年ぶりだろう。卓也の身体《からだ》をひっぱりあげながら、そんなことを考えた。

津久井が手を貸してくれた。卓也はフェンスを乗り越えた。とまどいがちに一瞬たたずんだ卓也を、桐生直人は抱きよせた。卓也は黙って直人の胸に顔をうずめた。

「お父さん。お兄ちゃん」美里の声がした。顔をあげると、糸織と守屋に付き添われて、美里が歩みよってきた。その後ろには、気の毒な警官が胸をさすりながらついてくるのが見える。

「お兄ちゃん、だいじょうぶ?」美里がきいた。

卓也は桐生から離れて、うなずいた。妹にはしっかりしているところを見せたいのだろう。

「行こう」桐生はつとめて明るくいった。「そうだ、美里。ポーポリンをたくさんもらったぞ。お父さんの友達がくれたんだ」

美里は卓也を心配そうにちらと見てから、首を振った。「もういらない」

兄の身を案じているのだろう。桐生は胸にこみあげてくるものを感じた。裕美も喜んでくれるだろう。少なくともいまだけは。

「社長」津久井がいった。「お話があるんですが」

「なんだ」

「明日、一番に私を佐倉市の例の病院へ向かわせてください」

「だが、明日は令子と一緒にフランスへ発《た》つんだろう?」

津久井はなにも答えず、桐生を見かえした。その目には、揺るぎのない決心の光がやどっていた。

水のはいった袋。彼はそう口にした。彼はなにかを感じたのだろう。理由をきくのは野暮に思われた。津久井は筋の通った理論、もしくは観念しか話したがらない。だが、それはひとことでいい表わせる。津久井の直感だった。

「わかった」桐生はいった。「きみの直感を信じる」

送信者

翌日、午前十時。

午前中は発達した雨雲が関東地方を覆う。そう告げた天気予報は的中した。どしゃぶりの雨と、たちこめる霧のせいでたそがれ時のように暗かった。クルマの前方数メートルの視界しかきかない。首都高湾岸線、千葉方面の電光掲示板には「スリップ注意、徐行せよ」のサインが点灯している。だが、この時間に高速を走る車両は大半が長距離運送のトラックだった。彼らがおとなしくサインを守るわけがない。クルマの流れは速かった。桐生もその速度にあわせていた。

ひと晩じゅう、各方面にあらゆる事柄を照会しても、わかったことはひとつもなかった。ギミックメイドで入手した匿名の手紙にあった文面についても、技術者たちに問い合わせた。ICについて本人同意、家族はまだ。その謎《なぞ》の一文と、数行にわたって綴《つづ》られた数列とアルファベット。開発部のトップクラスのプログラマーたちがさまざまなデータを参照しながら調べたが、意味はわからずじまいだった。一兆円企業の開発陣がさっぱり判読できないとは、よほど複雑に暗号化されたプログラムなのだろうか。

桐生はステアリングをきりながら、助手席の津久井の顔を横目で見た。東京を出発してからずっと、津久井は黙りこくっていた。桐生も話しかけなかった。

本当は、昨夜のできごとについて多くのことをききたかった。津久井は卓也の説得に成功した、そうみることもできる。だが、その過程はおよそ理解不能だった。津久井は最初から、卓也が口にしていることを狂言だと見抜いていた。家庭における寂しさからその行為におよんだという、動機までもいいあてた。ところが、その直後はむしろ津久井のほうが冷静さを失ったように見えた。人間は飛び降りたら破裂する。水のはいった袋にすぎない。そういうことを大声で怒鳴った。

人体を水のはいった袋と形容することは、桐生にとって耳新しいことではなかった。確かに人体の大部分が水分であるという科学的事実ではあるが、それ以前に津久井が中国拳《けん》法《ぽう》の練習中に口にした表現だったからだ。中国拳法においては、人体を水がはいった大きな布袋とみなすという極意がある。打つにしろ突くにしろ、相手は鉄や木でできた固体ではなく、水のはいった袋だというとらえ方をつねに保ちつづけねばならない。そういう意味だった。もっとも、それは拳法の初歩で説明されるひとつの定義のようなものだ。だから練習が進むにつれ、桐生は身体《からだ》でその定義を活用する感覚をおぼえてはいても、言葉の表現としてはわすれてしまっていた。Ｅメールを見てもぴんとこなかったのはそのせいだった。

だが、津久井は卓也に拳法の極意を説明しようとしたわけではないだろう。津久井は中国人の母親と、拳法などの中国文化から学んだ人体の印象をとっさに口にした。それが水のはいった袋という表現になった。だが、なぜ送信者はそれを伝えねばならなかったのか。

水のはいった袋という表現。津久井はそれに呼応して、わかると答えた。

「津久井」運転しながら桐生はいった。「きみは水のはいった袋が人間を意味するとわかったが、水の通う回路というのはわからなかった。そうだな?」

「いえ」津久井はぼんやりと応じた。「それはわかります」

「わかる? きみは二通めの返事で、わからないと答えていたと思うが」

「水の通う回路というだけならわかります。水の通う回路にサージ。それがわからないんです」

「サージというのは、スパイク電圧のことだな? 送電線に落雷すると回路にサージが起きて故障の原因になる」

「ええ。そうだと思います」

「なら、水の通う回路というのはなんだ」

「説明するだけ野暮です」

見当はついていた。水の通う回路とはおそらく、人間の脳を意味しているのだろう。中国人がそういう表現をするとはきいたことがない。これはメールの送信者ならではの発想だ。思考機能を持つ脳をコンピュータの回路にたとえた。水のはいった袋のなかの回路。水の通う回路だ。

水の通う回路にサージ。人体に落雷し、脳の機能不全でも起きたということだろうか。脳神経も電気信号によって働いているときく。電流の異常を発生させる、なんらかの外的要因があったということか。

いずれにしても、津久井はまだ送信者の意図を読みきっていないのだろう。送信者はまず、水のはいった袋という表現を津久井に投げかけた。津久井がわかると答えたことで、とらえどころのないコミュニケーションが成立した。だから先方は二通めを送信してきた。だが津久井には、そのやりとり自体にどんな意味があるのかはさっぱりわからない。ゆえに、説明するだけ野暮といっているのだ。

千葉北出口まで二キロ。そういう標識が見えた。前方のトラックが車線変更した。桐生はアクセルを踏みこんだ。いまはわからない。だが、答えは二キロ先にある。

東州医大佐倉病院はわりと広い車道の斜面を登りきったところにあった。テレビで何度か見た建物だった。報道陣の姿があるかと思ったが、周りにはひとけがなかった。玄関を入っていく松葉づえをついた患者がひとり見受けられるだけだった。全国であまりにも事件が多発したために、マスコミも各地に分散したのだろう。

駐車場にクルマをとめた。右手で傘をさし、左手でフォレストの資料室から持ってきた分厚いファイルをたずさえる。津久井が降りるのをまっているあいだに、桐生は周囲を見まわした。民家はほとんどない。夜になったら真っ暗だろう。遠方の丘には整然とした住宅地があった。区画整理が隅々にまで行きとどいていて、建物の大きさや色彩までも統一感がある。ツインタワーのマンションもそびえていた。あの辺りがユーカリが丘か。ここから目と鼻の先だ。

社長、と津久井が呼んだ。津久井は傘をさして立っていた。桐生は津久井をうながして病院の玄関へ向かっていった。

受付の脇にひとりの警官が立っていた。けさ電話したフォレストの桐生です、そうつたえた。こちらへ、と警官がいった。

警官のあとにつづいて歩いた。立派な大手病院という感じだった。待合室では老人や幼児を連れた母親が大勢診察をまっていた。ユーカリが丘のようなニュータウンに対応するため、キャパシティも大きくとってあるようだった。医療、福祉については、かなり充実している街という印象があった。

階段をあがって二階につくと、廊下をふたりの男が歩いてきた。ふたりとも私服だった。四十歳前後の、がっしりした体格の男が桐生の前に歩みでた。

「少年課の須藤です。こちらは、精神科医の田辺先生です。今回の捜査に手を貸していただいています」

　桐生は軽く頭をさげた。少年課の刑事と精神科医は、服装も身体つきもまるで正反対だった。須藤のほうはポロシャツからたくましい二の腕がのぞいている。田辺はほっそりとした身体をワイシャツにつつみ、ネクタイを締めている。須藤は真っ黒に日焼けしているが、田辺は子供のように青白かった。ふたりの職種のちがいが明確に表われている。

「驚きましたよ」須藤はにこりともせずにいった。「あのメールの送り先がシティ・エクスパンダー4の会社だとはね」

　桐生はいった。「こちらにとっても、病院からの送信とは意外でした。もっと早くうかがえばよかったんですが、手が放せない状況にあったので」

「ごもっともです」と須藤。

　須藤の態度には桐生の出方をさぐるような気配があった。刑事という仕事柄、だれに対してもそうなのか、それとも桐生に疑念を抱いているのか。たぶんその両方だろう。桐生はそう推察した。彼らはテレビや新聞の報道で桐生直人の名をよく知っている。不可解な事態を巻き起こした、不気味な存在だととらえているかもしれない。

「いろいろたいへんなようですね」田辺がいった。「異常を起こした子供たちは三百人を超しているそうですが」

「でも、現在では小康状態を保っています。こちらに入院している男の子を含め、自殺をはかった子供たちは全員回復しているとききますし、事故を起こした子供たちも、数日中には退院できるていどの怪我《けが》ですんだときいています」

須藤が口をさしはさんだ。「だからといって、フォレストの社長としての責任が軽減されるわけではないでしょうがね」

彼の辛辣《しんらつ》な口調は、事件の捜査を担当している刑事として当然のものだった。桐生は異論をしめさなかった。

だが、津久井がぴしゃりといった。「ゲームが原因かどうかはまだわかりません」

須藤は眉《まゆ》をひそめて、桐生にきいた。「そちらのかたは?」

「うちの開発部長の津久井智男です。シティ・エクスパンダー4の開発責任者です」

「ほう」と須藤。「というと、原因の調査に同行されたとか、そういうことですか」

津久井は首を振った。「こちらからメールをいただいたからです。あれらは私宛《あて》のメールでした」

須藤がまたさぐるような目つきで津久井を見た。「なるほど、そうですか」

「それで」桐生はいった。「あのメールを送信したのはだれですか」

須藤と田辺は顔を見あわせた。田辺がためらいがちにいった。「入院している少年の母親です」

「母親が?」

「ええ。手術を終えて意識を回復した少年が、母親にメールの送信を依頼したんです。メールアドレスと文面を告げて、早急に送るようにいったんです。母親はそのことをわれわれに隠してました。少年が、だれにもいわないでくれと母親に頼んだらしくて」

「いつ、それがわかったんです」

「一昨日のことです」須藤は頭をかいた。「正直、母親がパソコンをいじったと気づくのが遅れましてね。しかもパソコンを使える職員が出張に行ってるというんで、なかなか操作できなかったんです。それで、おとといになって事実が発覚し、母親に問いただしたところ、それを認めたんです」

「母親は、メールの内容の意味がわかっているんですか？」

「いや」須藤は首を振った。「さっぱりわからないようすでした。それについては、嘘《うそ》をついているようには見えませんでしたね。少年にいわれたとおりにやっただけでしょう」

「水のはいった袋、それだけをメールに記して送ってくれと？」

「ええ。そして先方から返事が来たら、二通めを送ってくれ。少年はそう母親にいったらしいです。水の通う回路にサージ、でしたか。そう記した二通めをね」

津久井が唸《うな》った。桐生は津久井の横顔を見た。また昨夜のような目をしている。遠くを見るような目だった。

桐生はきいた。「その少年の名前は？」

須藤は一瞬ためらうようなそぶりをみせたが、やがて口をひらいた。「野内祐介《のうちゆうすけ》。ごくふつうの小学六年生です」

少年の名は報道では伏せられていた。桐生はたずさえていたファイルをひらいた。フォレスト・ファミリークラブの会員名簿だった。二万人の会員名が細かい字でびっしりと記載されている。「の」の項目をずっと指で追っていくと、野内祐介の名が見つかった。住所は千葉県佐倉市ユーカリが丘四丁目。

「あった」桐生はつぶやいた。「やはりフォレスト・ファミリークラブに入会していた。会報で津久井のメールアドレスを知っていたんだ」

「どういうことです」須藤がきいた。

「野内祐介という少年はシティ・エクスパンダー4を購入して遊んだ。翌日、自殺をはかった。しかしここに入院しているうちに、あるていど正常な思考をとりもどした彼は、シティ・エクスパンダー4の作り手にどうしてもなにかを伝えたいと思った。少年は、会報に載っていた津久井のメールアドレスをおぼえていた。それで母親に頼んでEメールを送信させた」

「それが、あのメールだというんですか」須藤は疑わしげな表情を浮かべた。「意味のある文章だとは思えませんが」

「いや」田辺が真顔でいった。「彼は手術後の朦朧《もうろう》とした意識のなかで、母親につたえたたんです。無駄を極力はぶき、メールに記したいことだけを口にしたんでしょう」

須藤はため息まじりにつぶやいた。「さっぱりわけがわからん。それで、津久井さんのほうはこの文面をどうとらえてるんです。わかるとかわからないとか、たったひとことで送信したのはなぜです？」

津久井は黙って顔をそむけた。須藤はめんくらったようすだった。

このぶっきらぼうな反応に慣れるにはしばしの時間を要する。桐生はそう思ったが、口にはださなかった。「津久井は直感で言葉をかえしたんです。インスピレーションというか、ひらめきみたいなものです」

「そんなことがありうるのか」須藤は少し考えこんでからいった。「正直なところ、こちらの津久井さんと野内祐介くんが以前から連絡をとりあっていたんじゃないかと、私は思うがね」

「須藤さん」桐生は語気を強めていった。「刑事であるあなたがそう推察されるのは当然です。私も最初は似たようなことを考えました。それらの文章は暗号で、なにか秘密の連絡をとりあっているのではないかとね。しかし、津久井はこの少年のことはまるっきり知らないといってます。むろん、津久井はシティ・エクスパンダー4にまつわる一連の事件とはなんのかかわりもありません。私はそう信じます」

「どうだか」須藤は肩をすくめた。

沈黙が流れた。次にいうべきことはわかっていたが、だれもが自分からはいいだしにくい。そんな雰囲気だった。

桐生は自分がいうことにした。「とにかく、少年と話すことですべてはあきらかになります」

「そうですね」田辺が深刻な顔でうなずいた。「津久井さん、野内祐介くんと話してみる気はありますか。メールの内容をあきらかにするためには、それしかないと思いますが」

須藤がとがめるような目で田辺を見た。だが田辺は、素知らぬ顔をして津久井に視線を向けていた。

しばらく間をおいてから、津久井はうなずいた。「ええ。私はそのために、ここへ来たんです」

水のはいった袋

少年の病室は三階だった。ドアには面会謝絶の札がかかっている。

「長くても十分ていどにしておいてください。あくまで特例なのでね」須藤はそういいながら、ドアを開けた。

津久井はなかに入った。ベッドに寄り添う母親らしき女性の姿があった。

母親がこちらを見た。津久井は母親に軽く頭をさげた。母親もおじぎをかえした。不安そうな表情をうかべている。かなりやつれているようだ。まぶたが腫《は》れているのは、何日も泣きあかしたせいだろう。

意味不明のメールの送信を自分の子供から頼まれて、彼女はどう思っただろう。津久井は頭の片隅で考えた。重要なことだと思っただろうか。いや、錯乱の末のうわごとにすぎないという気持ちのほうが強かったろう。それでもわが子のために、できることはなんでもしようと思ったにちがいない。

「お母さん」津久井の背後から須藤の声がした。「ちょっと席をはずしてもらえませんか」

母親は困惑のいろを深めた。津久井はなにもいわず、じっと少年の母親を見つめた。やがて、母親はふうっとため息をつくと、少年の頰《ほお》をさすってから、ゆっくりと立ちあがった。津久井の素性をきかなかった。詮索《せんさく》もしなかった。ここではほんの数日のうちに、いろいろな人間に出会っているのだろう。

母親がでていき、ドアは閉められた。ふたりきりにしてほしい、津久井がそう頼んだからだった。みな廊下で聞き耳を立てているだろうが、とりあえずはふたりきりになった。津久井はベッドのかたわらにある椅子《いす》に腰をおろした。

少年は目を閉じていた。眠っているのかもしれない。童顔で、丸顔の少年だった。呼吸器はつけていなかった。安らかな息づかいがきこえる。顔は青白かった。

なにも話しかけないまま、かなりの時間がすぎた。ふと、少年が目を開けた。野内裕介は津久井の顔をじっと見つめた。津久井も、なにもいわずに見かえした。

少年は無表情だった。驚いたようすも、おびえたようすもなかった。やがて、消えいりそうな声でぼつりといった。「だれ」

津久井は答えた。「水のはいった袋」

少年の顔に、たちまち驚愕《きょうがく》のいろがひろがった。顔がかすかに紅潮した。目を見はり、震える声で、少年はいった。「袋が破れたら、水が流れだす」

「そう」津久井は思いつくままにいった。「水の通う回路は、とまってしまう」

少年はすがるような目できいた。「なぜもっと頑丈な袋にしておかないの」

そうだ。津久井は自分の鼓動が速くなるのを感じた。つぎの質問も、おおよそ見当がつく。私ならこうきく。なぜ袋でなければならないのか。

少年はつぶやいた。「なぜ袋の形をしてるの。なぜ袋じゃなきゃだめなの」

津久井は時間がとまったような気がした。まさにそのとおりだ。

「わからない」津久井はいった。「水の通う回路は、水の通う回路自体のことを分析できない。コンピュータがコンピュータであることに疑問を持たないのとおなじように」

突然、少年は唸《うな》り声をあげはじめた。苦痛の表情を浮かべた。

「くるしい」少年はいった。「くるしい」

津久井は黙って、少年を見守りつづけた。少年は悲痛な声をあげつづけた。くるしい、くるしい。

背後で扉がひらく音がした。動揺した母親の声がした。「祐介！　どうしたの」

母親が駆けよろうとする気配がした。津久井は手をあげてそれを制した。「まってください」

母親は津久井の手をはらいのけようとした。

「だめです！」津久井はさけんだ。「邪魔しないでください！」

母親は凍りついたように静止した。開け放たれたドアの向こうに、桐生や須藤、田辺の姿があった。みな一様に、呆然《ぼうぜん》とした顔で津久井に視線を投げかけている。

津久井は少年に視線を戻した。少年はなおも胸もとを押さえて声をあげている。くるしい。

「苦しいわけじゃない」津久井はいった。「お医者さんはちゃんと治してくれてる。だから苦しいはずがない。それは、怖いという感情だ。苦しいんじゃない」

少年は目を閉じ、力なく首を振った。

「苦しいわけじゃない。怖いんだ。私も前はそうだった。苦しいんじゃない、怖いんだ」

「ちがう」少年はいった。「ぜったいにちがう」

数分がすぎた。少年は目を閉じたまま、寒けを感じたように身を震わせた。

「もう苦しくないだろう」津久井はきいた。

「怖い」少年はつぶやいた。

「それでいい」

「ちがう」

「なにがちがうというんだ」

「怖いのが、ちがう」

「なぜ」

「水の通う回路だから」

「水の通う回路だと、なぜ怖いのがちがうんだ」

「水のはいった袋のなかにあるから」

「水のはいった袋のなかにある水の通う回路だと、なぜ怖いのがちがうんだ」

「袋は破れる。壊れる」

津久井はいった。「すると、水の通う回路は働かなくなる」

「だからちがう」少年は涙声になっていた。「そんな回路は正しくない」

津久井は思わず目を閉じた。そのとおりだ。自分もずっとおなじことを考えていた。おなじ疑問をだれかにぶつけたかった。この少年が自分にしているように。だが、そんな相手はいなかった。

津久井は目をひらいた。「きみのいうとおりだ。そんな壊れやすい回路は正しくない」

少年も目をひらいた。大きな瞳《ひとみ》が、津久井の顔を見つめた。

「では」津久井はいった。「なぜ水のはいった袋じゃなきゃだめなんだろう」

「わからない」

「水の通う回路だからかな」

しばらくしてから、少年はきいた。「でも、なぜ?」

「いずれわかる」

「いつ」

「回路が、かなり発達したころに。いまはまだわからない。私たちの世代にも、わからない」

少年はおびえる声でいった。「働かなくなってからは？」

「そして水が蒸発する。それから？」

「雲になって、雨が降る」

「大地がうるおい、べつの水の袋に吸収される」

「なぜ？」

「地球がそういう星だから」

「なぜそういう星なの？」

「宇宙がそういうふうになっているから」

「宇宙はなぜそんなふうになってるの。なんのために？」

「水の通う回路では分析できない。その機能がないから」津久井はそういいながら、なぜかみずからの心にやすらぎを感じた。「機能がないだけで、理由はちゃんとある。きっとある」

少年が深いため息をついた。こわばっていた顔が、しだいにやわらいできた。疲れ果てたように、まぶたが自然に閉じていった。

またしばらく時間が流れた。

津久井は少年にきいた。「自分が死んでもいいと思うか？」

少年は眠たげな声でいった。「思わない」

「じゃあ、ずっと生きつづけたいと思うか?」

「思わない」

「なぜ」

「悪いこと、してるから」

「悪いこと?」

「そう。悪いことしてるから、いつかはばちがあたる」

「きみひとりが、悪いことをしてるのか?」

少年は小さく首を振った。「みんなやってる」

「みんな、どんな悪いことをしてる?」

「殺してる。生き物を殺してる」

「どんな生き物を?」

「動物。肉になる動物。あと、野菜とか」

「食べなければ、自分が死んでしまうからだろう」

少年はかすかにうなずいた。「悪いことしなきゃ、生きていけない」

「それをどう思う?」

「いやだ」

「どんなふうにいやなのか?」

「つらい」

「食べるのはしかたがないことだと割り切っても、だめなのか?」

「だめ」

「なぜ」

「水のはいった袋だから」

「食べること以外に、悪いことをしたか?」

「うん」

「どんな悪いことをした?」

「……自分のお腹《なか》を刺した」

「それが、なぜ悪いことなんだ?」

「お母さんが悲しむ。あと、友達とかも」

「じゃあ、なぜそんなことをした?」

「サージを締めださなきゃ……」

津久井は胸が高鳴るのを感じた。おぼろげだったものの正体が、しだいにはっきりしてきた。

「黒いコートの男を見たか?」

「見た」

「そんな男がバスのなかにいた？」

「いない」

「なぜ、いないのに見えた？」

「回路に……サージが混入したから」

「サージのせいで回路が誤作動したわけだ」

「うん」

「いまはどうだ？　まだ正常に作動していないか？」

「……平気」

「よくわかった」津久井は静かに立ちあがった。

少年は目をひらいた。ささやくようにいった。「もう行っちゃうの？」

「ああ」津久井はうなずいた。「でも、また会える。きみはすぐに退院できるよ。それから最後にいっておくよ。きみは私を救ってくれた。ありがとう」

少年はかすかな微笑を浮かべた。そしてまた、眠るように目を閉じた。さっきよりも、ずっと安らかな顔だった。津久井にはそう見えた。

少年に背を向けた。母親が、ぽかんとした顔で津久井を見かえした。津久井は黙って廊下にでた。

桐生、須藤、田辺が津久井を出迎えた。三人の顔には疑問のいろが浮かんでいた。

須藤がきいた。「いったい何だったんだね、いまのは?」

津久井が静かにいった。「きいてわからなければ、説明してもわかりません」

須藤が救いを求めるような顔で田辺を見た。

田辺がいった。「強いていうなら、いまの会話は精神病患者によく見られる……」

ふいに怒りがこみあげた。津久井は田辺の胸ぐらをつかんだ。「私を精神分析にかけろ! 私が正常とわかるはずだ。だからあの少年もそうだ、断じて異常じゃない!」

桐生があわてたようすで制止に入った。

田辺はたじろぎながらいった。「異常だとはいってません。ただ、いまの会話の印象を口にしただけです。言葉ではうまく説明できませんが、私にはあるていど理解できるところもありました」

津久井は手を放した。田辺はおびえた顔で後ずさったが、すぐに落ち着きをとりもどしたようだった。「やはり、黒いコートの男という幻視自体にはさほど意味があったわけではない。不安心理からくるものだったんですね。あの子はそれを客観的にとらえていた。自分の精神状態を自己分析できる感受性をそなえていたんです」

そう、そのとおりだ。それならばこの精神科医もわかってくれるだろう。自分には借りがある。あの少年に助けられた借りが。それを無にするわけにはいかない。

「社長」津久井は桐生にいった。「理解できますか」

桐生は険しい表情をしていた。津久井とあの少年が共有した思いを、異なる人生観を身につけている人間が理解するのはむずかしい。それは津久井もわかっていた。だが、理解する努力さえしてくれればいい。すべてがわからなくても、ほんのひとつの概念でも受けいれてくれれば、道はひらける。

「すべてが理解できるといったら嘘《うそ》になる。だが、少しずつわかってきた。僕の勘が正しければだが……。僕の思考は、あの少年とは本質的に異なっている。しかしきみは、その僕とあの少年のどちらともコミュニケーションをとることができる。いわば……きみはバリア・セグメントのようなものだ」

須藤が眉《まゆ》をひそめる。「なんですって？　バリア・セグメント？」

「そう。インターネットとLAN、ふたつの相容れないネットワークの架け橋になるものです。その一台のマシンのみがふたつのネットワークと接続できる。私たちは津久井というバリア・セグメントを通じて、少年と心を通いあわせるんです」

「それで、その目的は果たせましたかな？　少年の心を理解することが？」

「いえ、まだ充分には……」桐生はしきりになにかを考えこんでいた。やがて顔をあげ、津久井に告げた。「ただ、いずれにしても、これではまだ真実はあきらかになっていない。一連の事態は偶発的な事故ではなく、何者かの意図によって引き起こされたはずだ。ギミックメイドの倉沢社長のもとに、事前に匿名の手紙が届いていたんだからな」

津久井は同意できなかった。「これは偶然の積み重ねによって起きたことです。何者かが画策したとか、そんな陰謀論とは無縁のものです」

「じゃあ、あの手紙はなんだ。きみを罠《わな》にはめようとした人物は、たしかにいたはずなんだぞ」

「それもただの偶然ではないのですか？　たまたま脅しめいた手紙をいたずら目的に送りつけたところ、こんな事態になったから、意味があるように思えているとか……」

「いや。少なくとも、差し出し人はコンピュータに関《かか》わりのある人間なんだ。僕たちの業界につながっているはずだよ。ＩＣについて、本人同意、家族はまだ。意味はわからないが、ＩＣという単語やデータらしき数列がある以上……」

と、そのときだった。田辺が口をさしはさんだ。「カルテか処方箋《しょほうせん》でしょう」

時間がとまったかのようだった。津久井は意味がわからず、ただ息を呑んで田辺を見つめた。

桐生も呆然として田辺を眺めていた。「え？」

「そのう……」田辺は咳《せき》ばらいをした。「私の勘違いだったら恐縮なんですが……ＩＣに本人同意、家族はまだ、とそういう記載があったんですよね？」

「ええ、そうです」と桐生がうなずく。

「ＩＣとは、インフォームド・コンセントのことですよ。患者が治療方法の説明に同意することをしめしてます」

「すると、この、家族はまだというのは……」

「その手紙とやらは、お持ちなんですか」

桐生はあわてたようすで懐に手を突っこみ、紙片を取りだした。「これです」

田辺はそれを受け取って、紙面に目を落とした。ああ、と田辺は声をあげた。「患者の意識が不明だったり、精神病だったりする場合は、家族が代理で同意しなきゃなりません。この場合は……躁《そう》うつ病ですかね。あなたがたがデータといってたアルファベットや数値は、薬の略称とその分量ですよ。炭酸リチウムの効きぐあいが悪いらしく、カルバマゼピンやバルプロ酸のデパケンを多めに処方してますな。察するにこれは、医師が書いた処方箋ではなくて、それをもとに薬を処方したあとの薬局の手続き用紙です」

「薬局ですか」

「そう。薬剤服用歴管理指導録の薬局側の記入欄とか、その類《たぐ》いの書類ですよ」

桐生の顔色が変わった。田辺の手から便箋を奪いとるようにして、早口に告げる。「ありがとうございます。詳細を確かめるには東京に戻らなきゃならない。どうもお世話になりました。ではこれで」

「ちょっとまってくれ」須藤が桐生を呼びとめた。「私はこの捜査の責任者だ。すべてを把握する義務がある」

「あくまで仕事のうえの義務でしょう」と桐生は告げた。「いま津久井とあの少年が交わした会話を、そのまま上に報告すればいい。それであなたの仕事は終わりでしょう」

須藤は声を荒らげた。「わかっていないようだ。俺はこれをただの仕事だと思ってるわけじゃない。この所轄では大きな事件は起こさない、犯罪は未然に防ぐ。それが俺たちの信念なんだ。それがやぶられた。殺人だとは思わないが、あの少年が自殺をはかった以上、その原因を究明するのが俺たちの役割だ」

「心配いりません」津久井はいった。「あれは自殺じゃありません」

須藤はきょとんとした顔で見かえした。

説明してわかるものではない。津久井はそう思いながら、桐生とともに立ちさろうとした。

須藤はなおも立ちふさがろうとしたが、そのとき田辺がいった。「須藤さん、行かせておあげなさい」

「しかし……」

「あの薬局の書類の痕跡《こんせき》については、あなたの署の管轄でもないでしょう。少年が口にした観念的なことは、はっきりした答えとなって浮かびあがってくるまで時間を要します。

津久井さんというかたは、なにかをお感じになられた。少し考える時間があれば、その正体もあきらかになるでしょう」

津久井は田辺の顔を見て、うなずいた。

あぜんとしてたたずむ須藤を残して、津久井は桐生につづき、廊下を歩きだした。

真実

午後三時半。陽射《ひざ》しはもう傾いてきている。浅草六区に直結する橋本通り、その古い商店街は休業日なのか、開いているシャッターもまばらだ。なぜか道端のゴミは回収されておらず、カラスが飛来している。都知事の英断で一時は撲滅されたかにみえた黒い鳥どもは、都心部を追われて下町に逃げていたのか、ここでは我がもの顔で破けたビニール袋をあさっていた。

高齢者が散策をする閑散とした街並み、ふだんなら静けさに包まれていることだろう。けれども、いまは違っていた。狭い車道いっぱいに広がった警官の群れが足早に突き進んでいく。私服もいれば制服もいる。桐生直人は、その群れのなかに歩調をあわせる、たったひとりの部外者だった。

本庁の警官の一糸乱れぬ行進はまるで軍隊さながらに思える。同じ警察でもこうも違うものか。桐生はため息まじりにそう思った。いや、異なっているのは人員ではなく状況かもしれない。どこに真実が潜んでいるのかわからなかった日々、全国で大変なことが起きていたというのに、警視庁の連中はいっこうに出張ってこなかった。それがいまになって大げさなほどの規模で乗りだしてくる。目的が蟻《あり》一匹にすぎないとわかっていながら、千匹のムカデを投入してきた。手柄を立てられるとわかっているときだけ、舞台にあがって大仰《おおぎょう》に振る舞う。それが官憲のトップ組織というものなのだろう。

桐生は頭を振り、その考えを追いはらった。よそう。これまで彼らが救ってくれなかったことに、子供じみた憤慨を覚えている場合ではない。それに、まだすべてが終わったわけでもない。投了に至ると思っていたとき目に見えぬ闇《やみ》が、思わぬ一手を指してくることもある。

先頭が立ちどまると、群れはそれに倣った。

「あれだな」野太い声がそう告げて、いかめしい顔が振りかえった。四十代半ばぐらいのその男は、本庁捜査二課の舛城《ますじょう》と言う警部補だった。所轄からの叩《たた》きあげらしく、同行しているほかのキャリア組より年上のようだ。捜査二課にノンキャリア出身とはめずらしい。一課はそうした人事をおこなうが、それ以外のセクションでは稀《まれ》だとなにかの雑誌で読んだことがある。よほどの人材でないかぎり、引き抜きはないのだという。舛城という男は、その少数の例外に属しているのだろうか。

舛城が目を向けている先を、桐生は見た。小さな薬局がそこにある。古びた木造の民家の軒先を店舗にした、地方でよく見かけるたたずまい。製薬会社の営業マンが置いていったとおぼしきポスターには、とっくにテレビで見かけなくなった懐かしいタレントの笑顔が、色あせておぼろげに浮かんでいる。ずっと貼《は》りっぱなしなのだろう。店を維持するための努力は最小限度という感じだった。

警官の群れを振りかえり、舛城はかすかに困惑の表情をみせた。店がまえに対し、どう見ても多すぎる人員のさばきに手を焼いているようだった。

やがて舛城はいった。「きみらは外で待ってろ。桐生社長と俺とで店内に入る。ああ、そうだ。通行の邪魔にならんように、もっと脇に寄れ」

当惑ぎみに顔を見合わせながら、警官らは指示に従ってぞろぞろと動きだした。

舛城は桐生を見た。「いこうか」

「ええ」と桐生は応じた。

ビニールの軒だしテントに、田杉《たすぎ》薬局と記されている。それをくぐって店内に向かう。出入り口のサッシは開けたままになっていた。

店舗のスペースは六畳ほどで、市販の薬をおさめた陳列棚に住居に続く土間という、これまたありきたりの光景だった。奥は和室になっている。半開きになった襖《ふすま》の向こうにテレビがみえる。ちゃぶ台の上に湯のみが並んでいた。生活音がする。人の気配がある。

「田杉さん」舛城は声を張りあげた。「田杉頌栄《しょうえい》さん」

沈黙がかえってきた。ゆっくりと起きだすような音、それから足音。やがて、襖ががらりと開いて、その人物は姿を現わした。

くたびれた開襟シャツにスラックスを身につけた、白髪頭の痩《や》せた男。皺《しわ》だらけの顔には生気もなく、腰も曲がっている。

舛城がきいた。「あなたが田杉頌栄さん？」

「はい」喉《のど》にからむ声で男が応じた。「そうですが」

桐生は面食らった。警視庁の調べによると、年齢は六十二のはずだが、ずっと老けてみえる。人生によって晩年の姿は大きく変わる。前科のない彼がどう歩んできたかはわからないが、いまに至る理由があるのだろう。

と、奥からあわただしく走る音がきこえてきた。駆けだしてきたのは、幼稚園児ぐらいの男の子だった。

田杉が当惑したような顔を男の子に向ける。男の子のほうは、無邪気に突然の来客を歓迎したがっているらしい。舛城と桐生をかわるがわる見て微笑《ほほえ》みかけている。

「お孫さん？」舛城が田杉にきいた。

「ええ……。まあ」

「ほかに、この子のご両親か誰か、家のなかにおられますか」

「いえ。ここは私だけなんで……」

そう。舛城は外を振りかえって怒鳴った。「白金恵子《しろかねけいこ》を呼んでくれ」

恵子。道路で警官が呼ぶ声がした。しばらくして、ひとりの若い私服姿の女性警察官が、小走りに店内に入ってきた。

舛城は恵子にいった。「この子、ちょっとのあいだ頼むよ」

「わかりました」恵子は慣れたようすで男の子に話しかけた。「僕、ちょっといいかな。おじいちゃんたち、話があるみたいだから、外へ行こ。さ、お靴をはいて」

男の子はすなおに従い、恵子に手をひかれて戸口へと向かっていった。

桐生の目には、その男の子の姿が息子の卓也に重なって見えた。そして、あのユーカリが丘の少年にも。

これまでの出来事が、桐生のなかでぼんやりと想起された。

千葉から帰ってくるクルマのなかで、桐生は津久井にいくつかの質問をした。あいかわらず、津久井はつれない返事をするばかりだった。だが、それは仕方ない。津久井はコンピュータプログラマーとして、だれよりも理性的な男だった。野内祐介という少年と交わした会話はすべて、観念だけで成り立っていることを本人もよくわかっている。それだけに、根拠や意味を求められるとなにも答えられない。だから津久井は、説明するのを拒むのだろう。観念は、理解できる人間にしか理解できないと思っているのだろう。

桐生は自分なりに考えてみた。まずあきらかなことは、津久井と少年の感性が一致し、奇妙な交流が成立したということだろう。そして、その感性を理解しなければ、少年が津久井になにをつたえたかったのか、また津久井が少年からなにを感じとったのか、その両者を理解することはできない。

ふたりが用いた表現には、わかりやすいものとわかりにくいものが混在している。水のはいった袋は人体、水の通う回路は人間の脳。だが、それらはたんなる比喩《ひゆ》的な意味ではない。少年は人間の本質論を求めていたのだ。

少年が最も知りたがっていた疑問は、ひとつの質問に集約されている。なぜ袋じゃなきゃだめなの。少年はそういった。すなわち、人間はなぜこんな形をしているのか。なぜ、水のはいった袋でなければならないのか。そして、その水のはいった袋は、容易なことで壊れてしまう。壊れると、水の通う回路が機能しなくなる。すなわち死んでしまう。しかも、水のはいった袋は罪をかさねていくようにできている。すなわち、ほかの生命を殺して吸収する、食べるという行為をくりかえさねばならない。だが、罪をかさねてまで、なんのために生きているのかさだかではない。そこで少年は生きている意味はないと考えた。だがそれを受けいれるためには自分の死を容認しなければならない。それは恐怖をともなう。だがその恐怖は、しょせん水の通う回路がつくりだした幻想だと考えられる。だから恐怖という感情をまやかしだと決めつけた。意識から締めだそうとした。しかし、人間が恐怖を感じなくなることはありえない。悩んだ末に、少年は激しく動揺し、胸の苦痛を感じた。津久井にうながされ、少年が恐怖を受けいれるようになったことで、胸の苦痛は消えた。だが、また恐怖にさいなまれた。自分が水のはいった袋でありつづけることの無意味さと、それによって水の通った回路がもたらす恐怖という感情のはざまで、少年は苦しみつづけた。

田杉頌栄が咳《せき》ばらいをしたので、桐生は現実に引き戻された。

舛城が田杉にたずねる顔を向けた。「線香のにおいがするみたいだが」

「ええ」田杉が応じた。「蠟燭《ろうそく》とかも、消しておいたほうがいいですか」

そうだな、と舛城はいった。「しばらく、戻ってこれないかもしれないからな」

しばし凍りついた顔をしていた田杉だったが、すぐにあきらめたように、そうですか、とつぶやいた。ちょっと失礼。そういって、部屋の奥へと向かう。

据え置かれた小さな仏壇が見えていた。田杉はそこにしゃがみこんで、蠟燭の火を吹き消していた。

仏壇の灯火を息で吹き消してもいいのだろうか。モラルに反することだったか。事実はわからない。仏教の風習について、桐生は疎かった。死してなお、その魂を尊重する儀式。人がいかに、生命を深く意識しているかの表われでもある、そう思えた。

津久井と、野内祐介に共通していたのもそこだった。互いに自己を表現することが苦手な彼らは、ことさらに生命というものをどうとらえるか、自問自答を繰りかえしてきた。人は物質にすぎないのか。生命とは、いったい何なのか。ハードウェアが人体、ソフトウェアが生命にすぎないのなら、みずからの存在の定義は何だというのか。

あれほどの言葉の応酬で、双方が意味を見失うことがなかったのはまさに驚異だった。おそらく、津久井も少年時代に野内祐介とおなじようなことを考えていたからだろう。津久井が少年の迷いをどう振り切って生きることに希望をみいだしたのかは、彼の言葉に表われていた。人間は水のはいった袋ではあるが、死後、水分が気体となって蒸発し、ふたたび雨となって大地をうるおし、新たな生命を育む。そのくりかえしにどのような意味があるかは、水の通う回路には考える機能がそなわっていない。だから考えても仕方ない。だが、存在するからにはかならず理由がある。人間が死を迎えたときには、水の通う回路の思考以外の手段で、きっとその答えに到達する。社会の常識や、数学の定理や、自然界の法則や、水の通う回路が考えうるあらゆるものを超えた形で、死後は存在する。いずれ人類が進化すれば、水の通う回路も発達し、生あるうちにその正体がわかるようになるのかもしれない。だがいまのわれわれには、死ぬまではわからない。しかし、死はいずれかならず訪れる。だからいまは、生をまっとうすることが、水の通う回路にあたえられた役割である。津久井は少年をそう説得した。少年がそれを受けいれたことは、あの安堵《あんど》の表情を見れば一目瞭然《いちもくりょうぜん》だ。

この考え方はさほど特異でわかりにくいものではない。子供のころに死を意識すると、とてつもない恐怖となることがある。野内祐介のように感受性の強い少年になると、ややノイローゼぎみの徴候をしめすこともあるだろう。

精神科医の田辺にいわせると、そのような症状は強迫神経症と呼ばれるものだという。こうした症状に陥る人々は、身近なところに目をそむけたい問題を抱えている場合が多い。それでより重要なことであるはずの人間の本質論や、生と死といったことを絶えず考えることで、その身近な問題を忘れることができる。いうなれば、逃避の一種なのだと説明されている。野内裕介も津久井も、そのような傾向があったことは否定できないだろう。だが、そのせいで少年は自殺を思いたったわけではない。そもそも少年は自殺をはかったわけではなかったのだ。

仏壇から戻ってきた田杉は、店内に面した和室の畳に正座した。黙ったままうつむき、舛城が告げるひとことを待っている。そんなようすだった。

「わかってると思うが」舛城がいった。「私は警察だ。捜査二課の舛城。こちらは、フォレスト社の桐生社長」

田杉の顔があがった。あいかわらず、皺だらけの無表情に見える顔のなかに、なんらかのいろがかすかに浮かんだ。

「あんたが……?」と田杉はつぶやいた。

桐生は頭をさげた。うなずくだけに留《とど》めてもよかったが、なぜかそうした。

舛城は懐から書類を取りだし、田杉にしめした。「逮捕状がでてる。ギミックメイド社の倉沢社長宛《あ》てに、犯罪を教唆する手紙を送りつけた疑いでな。倉沢社長はまんまとあんたの画策したとおりに動き、シグマテック社やフォレスト社を巻きこんでの騒動になった。とりわけ、フォレストの津久井社員などのプライバシーを侵害し、あらぬ醜聞をでっちあげて名誉を毀損《きそん》した容疑が濃厚だ」

しばらく沈黙があった。

田杉は無言のまま目を落としていたが、やがてぼそりとつぶやいた。「どうして私だと……」

「異論はないんだな?」舛城はぴしゃりといった。「なら、詳しい説明は本庁でする。われわれも、あんたに聞きたいことが山ほどあるしな」

舛城の示唆に、田杉は抵抗なく従うようすをみせた。ゆっくりと腰を浮かせかける。

桐生はあわててそれを制した。「まってください」

田杉が顔をあげた。同時に、舛城も桐生を見つめてきた。

「そのう」今度は桐生が咳ばらいした。「理由を教えてください、田杉さん。なぜ私たちを潰《つぶ》そうとしたんですか」

「社長」舛城がいった。「取り調べは私たちにまかせて……」

「いえ。僕はいま聞きたいんです」そういってから桐生は田杉に向き直った。「あなたがギミックメイドに送った手紙に残っていた痕跡《こんせき》から、薬剤服用歴管理指導録の記載内容と筆跡が割りだされ、該当する処方箋《しょほうせん》を発行した病院に照会してあなたが特定されました。この一本向こうの道にある大原《おおはら》病院ですね。でも、私には動機がわからない。あなたには以前、お会いしたことがありますか？　私どもの企業が、なにかあなたに失礼を働いたことがあったのですか？」

また沈黙が降りてくる。しばらくのあいだ、なんの物音もない時間がつづいた。

田杉は顔をあげず、ぼそりと告げた。「私はね……。ご覧のとおり貧しい。妻にも先立たれてるし、娘は、おかしなのとくっついて、孫をほったらかしにして行方をくらましちまった。娘が買ったマンションの連帯保証人になってた私は、連日取り立てに追われててね……」

「金銭目的なんですか……？　お金を強請《ゆす》りとろうとしたとか、そういうことですか」

「いいや。そうじゃない。見損なわんでくれ」と田杉は顔をあげ、桐生を見つめた。

その目に一瞬宿った鋭い光に、桐生は黙りこくった。

だが、その光はすぐに消えうせていった。田杉はもぬけの殻のように力なく、また視線を落とした。「私は……真っ当に働いたよ。返済もふた月遅れだが、どうにかやってる。こしばらく、売り上げがあがってたからな」

「売り上げ？」

「あんたみたいな大きな会社の社長さんからすれば、微々たるもんでしかないだろうが……。月に十万も増えれば、私らのような弱小の小売業者には、どれだけ助けになるか」

　竔城が口をさしはさんだ。「失礼だが、そんなに売れ行きがよくなるとはどういうことかな。薬なんてものは、突然飛ぶように売れることもないと思うが」

　田杉は、そうでもない、とつぶやくと、ゆっくりと立ちあがった。サンダルをはいて店の土間に降り立ち、歩を進める。力のない老人の歩みだった。足腰も八十、あるいは九十まで老いてしまっているかのようだ。

　棚の一角だけが、がらんと空いている。田杉はそこに残った数個の紙箱のうち、ひとつを手にとった。それを手に桐生に向き直る。田杉は黙って紙箱を差しだした。

　桐生はそれを受け取った。よく見かける薬のパッケージ。だが桐生は、頭を殴られたような衝撃を受けていた。

「これだったのか……」桐生は思わずつぶやいた。

「そう」田杉はうなずいた。「あんたのとこのゲーム……シティ……エクスパンダーだったな。あれが出るたびに、この薬が飛ぶように売れた。子供たちが大勢押しかけて、ひとりで何個も買っていった」

「なに？」竔城が眉《まゆ》をひそめた。「なんだ、どういうことだ」

　しばしのあいだ、薬のパッケージに目を落としていた桐生は、やっとのことで視線を竔城に向けた。その薬をしめしながら竔城に告げる。「乗り物酔いの薬ですよ。抗ヒスタミン剤を内包した市販薬……。子供たちはゲームの３Ｄ酔いを良いとめるために、これを過剰摂取していたんです」

「酔い止めだと？」 舛城が驚きの表情を浮かべた。

「ええ……」桐生はつぶやいた。「千葉県の佐倉警察署の嘱託医、田辺医師がいってました。抗ヒスタミン剤を大量にとると、本来の鎮静効果とは逆の興奮状態が誘発されることがあると……」

田杉は、肩を落としたようすでぼそぼそといった。「抗ヒスタミン剤にもいろいろあって、有効成分にジフェンヒドラミンが使われてる場合は六歳以上、メクリジンが用いられてるときには十二歳以上の服用とされる。だが、3D酔いとやらを抑えるにはメクリジンがいちばんいいらしくてな。この薬が、そうだ。毎日、数時間おきに服用をつづけたりしたら、子供は発熱し異常な興奮状態に陥る恐れがある」

桐生はそのあとをひきとった。「そればかりではありません。恐怖を伴う幻覚をみて、体内の濁った血液成分を意識し、それを排出浄化しようと嘔吐したり、出血をうながすために自傷したりする」

「自傷……」舛城が目を見張った。「じゃ、やっぱりそれが……」

「はい」桐生は小さくうなずいた。「田辺医師に聞きました。もともと市販薬だから、検査では劇物として問題視されることなどないけれども、たしかに異常は起きる」

　一日三時間ていどのプレイなら、シティ・エクスパンダー4に3D酔いが起きないことは確認されている。パッケージにも、二時間以上の連続プレイは慎むように注意書きがしてある。しかし子供たちは、その指示に従わなかった。夢中になってやめられず、酔いを薬で抑制してまで、プレイしつづけた。

「田辺医師によれば」桐生は告げた。「二〇〇三年のドイツ、フランクフルトの小学校で、子供が遊びで錠剤を大量に飲み、そうなったと……。子供は当時、ドイツで児童殺しで有名だった殺人犯の顔を、幻覚で見たというんです。理性が働かなくなった状態では、人間は本能的に生命がおびやかされる危険を感じるものです。例の京都の小学生連続殺人事件の犯人像だった、黒いコートの男の姿。それが今回、子供たちの恐怖心を反映して幻覚となったんです」

「子供たちがそろいもそろって、おなじ恐怖心を持っていたとでも？」

「ええ。あの事件の真犯人は高校生でしたが、子供たちにとってはそれよりも犯人が特定されないうちからさかんに報道された、黒いコートの男という人物像のほうがしっかりと頭に焼きついていた。いつ自分の目の前に現われるかわからない、そういう恐怖があったからでしょう。やがて犯人が逮捕され、黒いコートの男はデマにすぎなかったことを理屈では受けいれたけれども、本能的な恐怖としては残った。それが錯乱とともに表出したんです」

「幻覚も自傷行為も、フランクフルトの前例と同じわけか」

「その通りです……。自傷行為に及んだ子供たちは、人一倍純粋な感性と高い感受性の持ち主だった。錯乱しながらもその理由に気づいた。血液に混入した異質な成分を外へださねばならない、そういう衝動に駆られたんです。よってナイフで自分を刺したり、切りつけたり、飛び降りたりしようとした。その子供たちはみな、人体のほとんどが水分であることを知り、人間が水のはいった袋のようなものだととらえていたんです。そして脳が、水の通う回路であると」

サージ。電気の代わりに水が通う回路においては、異質な成分の混入は過電圧による異常と同じ。子供たちはそんなふうに理解した。脳や人体の構造について教育を受けるより早く、子供たちはコンピュータに接し、電子頭脳になぞらえて本物の頭脳がどんなものであるかを認識する。そんな世代が育っていることを、桐生はようやく知るに至った。

野内祐介は、シティ・エクスパンダー・シリーズというゲームを通じて、作り手である津久井の感性に共感していた。尊敬の念をいだいていた。それは、会報に掲載されていた津久井のメールアドレスを記憶していたことからもあきらかだ。事実、津久井は人体も脳も一種のメカとしてとらえ、そのことに戸惑い、苦しむ過去を送ってきた。

そして少年は、自分が腹部を刺したことで世間の非難がシティ・エクスパンダー4に向けられることまでも予測していたらしい。あるいは、手術後に病院のなかで世間の状況を小耳にはさんだのかもしれない。いずれにしても、少年は幻覚と自傷行為の原因がシティ・エクスパンダー4でないことを証明せねばと思った。いわれなき非難の矢面に立たされるであろうシティ・エクスパンダー4の作り手を救わねばならないと考えた。だから自分の感じたことをそのまま津久井にメールで送信した。自分とおなじ感性を持つであろう津久井に。

抽象的だが、きっと津久井ならわかってくれるだろう、そう思ってあの短いメッセージを発した。水の通う回路にサージ。薬物の知識もない、自己表現の苦手な少年が伝えることのできるすべてが、あの一文のなかにあったのだ。

「でも」桐生は田杉を見つめた。「どうしてあんな手紙をギミックメイドに……」

田杉は深く、長いため息をついた。うなだれて、ガラスケースに寄りかかる。

「私はね」と田杉はつぶやいた。「初めのうちは断ってたんだ。何年か前の、シティ・エクスパンダー2だったか、それが売りだされたころから、子供たちが頻繁に店に来て酔い止め薬を買いあさるようになっていた。どうしてそんなに薬が必要なのかとたずねても、誰も答えやしない。親にも黙って買いにきてるみたいだった。しばらくして、ひとりの子が教えてくれたよ。ゲームやるために必要なんだって。すごく面白くてやめられないけど、酔って気分が悪くなるから、何時間かごとに呑《の》まなきゃならないんだってな」

舛城が険しい顔でいった。「田杉さん。あなたはただの売り子じゃないだろう。医療用医薬品をだす薬剤師だ。未成年者、それも児童に、誤った服用法を知りながら売っていい道理はないはずだ」

「そうだとも……」田杉は辛《つら》そうな顔でいった。「重々承知してるよ。私のなかにも葛藤《かっとう》があった。ただ……売り上げが厳しくてな。このままだと、店ごと家も借金のカタにとられてしまうありさまだった。滞った返済の一部にできる、そう思ったとき、私は抵抗を感じなくなった……。妻ももういないし、ここは私ひとりだ。他言する人間はいない。ただし……まさか私のほかにも、子供たちに酔い止め薬を売っている者が全国各地にいるなんて、思いもしなかったが……」

「すると」舛城が田杉を見据えた。「あんたは心待ちにしてたんだな、シティ・エクスパンダー4の発売を。これでまた酔い止め薬の売り上げが伸びる、今月は十万も多く稼げる、そう皮算用してたわけだ」

「ああ……ただし、嫌な予感はしていた。シリーズは2より3のほうが売れたみたいだし、酔い止めを買いに来る子供の数もだんだん増えてくる……。次こそはバレて責任を問われるんじゃないかと、そればかりが気がかりだった」

「それでゲームソフトの発売前に手を打とうとしたのか。異常が起きても、それは津久井社員がプログラムに工作したせいだと世間に思われるよう、ライバル企業に密告文書を送ることで騒動を画策した」

「……そういうことになるな。子供たちになにも起きなければ、手紙はほんのいたずらと片付けられて、忘れ去られるだろう。しかし万一の場合、薬に目が向かないように……」

その瞬間、同情心は消えうせ、桐生のなかに憤りがこみあげた。「あなたは結局、自分のことしか考えなかった。親に黙って薬を買い服用していた子供たちと、まさに共犯の関係にあったわけです。それでうちの社員がどれだけ苦しんだと思ってるんです。あなたが負うべき責任を背負わされて、どんなに辛い思いをしたと思ってるんですか」

ところがふいに、田杉は桐生をじっと見かえした。

その老いた目がかすかに潤んで見える。田杉は表情を硬くしていった。「問題が明らかになれば、あんたらは自分に責任がないと言いだす。薬を作ってる企業も、卸しの業者も同様だ。私らのような小売業者だけが責任を追及される。いつもそうだ。社会は弱者を切り捨て、強い者だけが生き延びようとする」

「しかし……」桐生は思わず口ごもった。「今度のことは、まぎれもなくあなたに責任が……」

「わかってないな……」と田杉はいった。「もとはといえば、きみらが蒔《ま》いた種だろう」

「……どういうことですか」

「子供たちはこぞって、ゲームになびいた。大人のいうことなどに、耳をかたむけなくなった。ぜんぶ、あんたらの金儲《かねもう》けのもたらした弊害だよ。それがなんだね、偽善者ぶって、日本のディズニーだなんて呼ばれていい気になって。あなたのやってたことは、私と変わらんよ。子供にとって毒になるとわかってて薬品を売っていた私と、どこも変わりはしない」

静寂だけがあった。店内に、桐生は立ち尽くしていた。うなだれた田杉を見つめたまま、時間が静止しているように感じる。思考も、限りなく滞っていた。

その沈黙を破ったのは舛城だった。腕時計に目を走らせてから、さばさばした口調で田杉に告げた。「異論もないようだから、すなおに警察の指示に従ったことにしといてやるよ。そろそろ出よう。身のまわりのものをまとめるのなら、十分だけ時間をやる」

結構です、と田杉はささやくようにいった。「私の持っていく物はない」

重苦しい時間も、本庁の警部補にとってはさして気にもならないようすだった。舛城は淡々といった。「そうか。ま、着替えぐらいは後から送ってやる」

舛城がとくに外に呼びかけなくても、同僚の私服警官らはころあいを察したのか、店のなかに踏みいってきた。田杉を囲んで立つ屈強そうな男たちが、それぞれの仕事にかかる。時刻を確認する者、容疑と逮捕の事実を告げる者、そして手錠をかける者。

彼らにうながされ、田杉は外に連れだされていった。途中、桐生を振りかえることはなかった。

桐生もそれを追って外にでた。

私服のひとりが上着を脱ぎ、田杉の頭にかぶせる。顔を隠した容疑者を取り巻きながら、警官の一団は来た道を引きかえしていく。

舛城が声をかけてきた。「じゃ、私はこれで」

「ええ……」桐生はぼんやりと応じた。「どうもお世話さまでした」

「とんでもない。……そうだ、社長」

「なんですか？」

「社長さんは、子供は好きですか？」

唐突な質問だった。だが、自分には息子と娘がいる。ふたりを愛しているかどうかと聞かれたなら、答えはイエスだ。桐生はうなずいた。「ええ」

そうですか、と舛城は穏やかな顔でいった。「うらやましいですな。十代の子はどうも持て余してしまうし、話もあわないしで。私にとっちゃ苦手な存在ですよ」

「……どういう意味ですか？」

「いやべつに、こちらの話でね。ではまた、ご連絡します」

舛城が立ち去っていく。ふしぎな感覚を残す警部補だった。温かさと冷たさ、その両面を兼ね備えているように思える。

子供、か。桐生は立ちつくしていた。

と、去っていく警官らとすれちがって、津久井智男と令子が歩いてくるのがみえた。

令子は社長秘書として、近くのクルマに待機していた。津久井もそれにつきあった。逮捕の現場にふたりが立ち会わないよう指示したのは桐生だった。だが、いまになってみれば、津久井はいるべきだったかもしれない。田杉の言葉を、彼はいったいどう受けとめただろう。どのように感じたことだろう。

「社長」令子が近づいてきた。

桐生は津久井を見た。津久井はいつものように無言だったが、表情は穏やかだった。

「終わりましたね」津久井が、ぽつりといった。

桐生はうなずいた。しかし、釈然としない気持ちが胸のなかで渦巻いていく。

「ゲームとは精神状態を変容させるもの、か」桐生はつぶやいた。「僕の子供のころ、インベーダーに夢中になった連中が、金を盗んでまでゲームに興じた。いまはまた、子供たちはみずからに危険が及ぶほどの薬を摂取しながら、ゲームをやめられずにいる……」

津久井は小さくうなずいた。その肩越しに、一台のクルマが通りを徐行してくるのが目に入った。

黒の日産プレジデント。たぶん中溝たちだろうと桐生は思った。

「……日本のディズニーだなんて」桐生は思いつくままにつぶやいた。「僕に、そんな名はふさわしくない」

令子が首を横に振った。「そんなことはありません。気を落とさないでください。原因はゲームじゃなかったんですから」

「そうかな……」桐生はふと思いだしていった。「それより、きみたちはきょうフランスへ発《た》つんじゃなかったのか」

津久井と令子は顔を見あわせた。令子が笑っていった。「はい。でも、休暇願いをまだ提出していなかったので」

「いつ出発するんだ？」

津久井がいった。「午後七時ちょうどの便です」

「それなら、いまこの場で許可するよ。ふたりとも有給休暇をとらせる。期限は、治療がすむまでだ」

令子が微笑んだ。津久井の顔にもかすかに笑いが浮かんだのを、桐生は見てとった。

「ありがとうございます」令子がいった。

と、プレジデントがすぐ近くに停車した。中溝と織部が後部座席から降り立つ。

「桐生社長」織部が告げてきた。「ご苦労さまでした。いろいろたいへんでしたね」

「いえ。そちらこそ」

「じつは、いまになってこういうのもなんだが、ちょっと反省しています」織部はいいにくそうに、首すじを指先でかきながらいった。「最初にあなたに会ったとき、いいすぎたような気がする。ゲームの会社にも、子供たちのことを真剣に考えるところがあったんですね」

「さあ、どうでしょう……」桐生は言葉を濁した。いまの自分の気持ちからは、受けいれがたい言葉だった。

令子が中溝にきいた。「そういえば、お孫さんのほうはどうでしたか？　娘さんとは？」

中溝は眉をひそめたが、すぐに手を振っていった。「ああ、あれはもうすんだことだ。とっくの昔にな」

なにがあったのか、中溝はいささか陽気に見えた。深刻な事態でしか顔をあわせなかったから、そう思えるだけかもしれない。

「なにはともあれ」中溝は肩をすくめた。「これで片がついた。さきほど、全国の被害に遭った人々に通知したよ」

桐生は深刻な気持ちになった。「人々の反応は、どうですか」

「とりあえず、ほっとしているようすだ。だが、すべてがそう丸くおさまるとはかぎらんぞ。負傷者は全国にいるし、裁判ではそのすべてが審議されることになる。さっそくですまないが、警察と合同で詳しい調書を作成しなきゃいけない。よろしく頼むよ」

「ええ、わかっています」

「それから」中溝は津久井を見た。「きみにも話をきく必要がある。出頭してくれ」

津久井の顔にとまどいが浮かんだ。

令子が中溝にきいた。「なぜですか」

「心配するな」と中溝。「疑いは晴れてる。だが、一連の騒動のなかでフォレストとシグマテック、ギミックメイドの三社間で起きたできごとを明確にするためには、キーパーソンである彼に話をきいておかねばならない。警察の人間もそういっているんでね」

桐生は異議を申し立てた。「彼らはフランスへ発つんです。きょう七時の便に乗らないと、治療の予約が……」

「七時?」中溝が腕時計を見た。「そりゃとても無理だ。調書は各方面に話をききながらまとめていかねばならない。仕上げるには何カ月かかかるだろう。気の毒だが、予約した便はキャンセルしたほうがいいな。旅行なら、また日をあらためて行けばいいさ」

中溝はそういうと、クルマのほうへ歩きだした。乗っていくか、と桐生に声をかけた。

いいえ、私のクルマがありますから。桐生はそう答えた。

「どうかしたのか?」織部がきいた。

桐生が口をひらく前に、津久井がいった。「いえ。なんでもありません」

織部はいぶかしげな目で見たが、やがて歩きさっていった。

桐生は津久井のほうを見た。津久井はうつむいて、目をしばたたかせた。令子は寄り添うようにして立ち、黙って津久井の顔を見あげた。

時間

東州医大付属佐倉病院の資料室で、田辺はテレビに見入っていた。各局とも放送予定が変更になり、特別報道番組に切り替わっている。いずれも小中学生の異常事態の原因発覚、容疑者逮捕を報じていた。

夕方以降、フォレストの桐生直人社長と国会議員の中溝という男が並んで記者会見する映像がくりかえし流されていた。記者会見の長さは十分たらずだった。その短い時間に、事件の真相はすべて語りつくされていた。記者からの質問もほとんどなかった。桐生社長はこれまでのあらゆる謎《なぞ》を論理的に解き明かしていた。国会議員のほうは、そのとなりで満足そうな笑いをたたえているだけだった。廊下に複数の足音がきこえた。大勢の男たちがなにか話し合いながら歩いている。田辺は耳をそばだてたが、話の内容まではわからなかった。おおかた、警察の人々だろう。事件解決を受けてもういちど野内祐介と面会しに来たにちがいない。

きょうの昼までフォレストを諸悪の根元のように非難していたマスコミが、手のひらをかえしたように桐生社長の会見内容を賛美していた。人々の顔に安堵《あんど》のいろが浮かんでいた。ゲームを槍玉《やりだま》にあげる人間はもはやひとりもいなかった。全国の玩具《がんぐ》店ではさっそく再発売されたシティ・エクスパンダー4に人々が長い列をつくっていた。

子供たちがひそかに酔い止め薬を大量に買い、服用するほどに夢中にさせるゲームに罪があるという論調は、どこでもしめされなかった。企業側がパッケージに、二時間以上の連続プレイを控えるようにと但《ただ》し書きをしている以上、その責任は子供および保護者側にある。マスコミはむしろ、それほどまでに人々を熱中させる商品の作り手を資本主義社会の勝者とみなし、決して批判しようとしない。今後もスポンサーとなるであろう大手企業の権威を率先して失墜させようとする輩《やから》はいない。それがこの国の企業倫理ということらしい。

また廊下に足音がきこえる。さっきより人数が多いようだ。田辺はドアに向かった。廊下にでると、十人ほどのスーツ姿の男たちが突きあたりの階段をあがっていくのが見えた。やはり警察関係者のようだが、妙に人数が多い。いぶかしがっていると、背後からだれかが近づいてくる気配がした。ふりかえると、スーツにネクタイをしめた須藤がゆっくりと歩いてきた。

どうかしたんですか、そうたずねるよりさきに、田辺は須藤の暗い表情を見てとった。そして、なにがあったのかほぼ察しがついた。

立ちどまった須藤に、田辺はいった。「署長さんですか」

須藤はうなずいた。「つい三十分ほど前だそうです」

「そうですか」田辺は須藤がなにかいうのをまったが、須藤はなにもいわなかった。

田辺はきいた。「署長さんは、事件の真相が究明されたことを……」

「夕方のテレビで見たようです。昏睡《こんすい》状態におちいったのは、それよりあとだときいてます」

「じゃあ、署長さんは自分の誇りが守られたことを、認識できたんですね」

「どうでしょう」須藤は額に手をやった。「奥さんの話では、署長はただテレビを見つめていただけだそうです。意味がわかっていたかどうか、定かじゃありません。思考はもう、ほとんど働いていなかったと思います」

田辺はなにもいわず、須藤を見つめた。

須藤はうなだれて、つぶやいた。「水の通う回路か。人間は水のはいった袋。本当に、それだけのものでしかないのかな」

「考えても意味はありません」田辺はいった。「津久井氏とあの少年の会話にあったように、考えてわかるようにはできていないんです」

「そうだな」須藤はため息をついた。「それにしても、あなたがいったとおりだった。抗ヒスタミン剤か。答えはひどく身近なものだった。身近すぎて、気づくことができなかった」

須藤はもっと早く事件を解決したかったのだろう。田辺はそう思った。署長の意識がはっきりしているうちに、少年の錯乱の原因をつかみたかったのだろう。須藤は、少年の不可解な異常行動の原因をつきとめるのは精神科医にしかできない芸当だと思いこんでいたふしがある。しかし真相は須藤もよく知るものにすぎなかった。それが口惜《くや》しいのだろう。

「須藤さん」田辺はいった。「今回の事件では、学ぶことが大きかったような気がします」

「ほう。どんなことが?」

「われわれは、異常になるということについて、あまりにも無知です。いや、あなただけじゃない。精神科医である私ですら、心からそう思うのです。そしてひとたび異常な事態におちいると、その理由を特異なものに求めたがる。未知なる要因に。今回のシティ・エクスパンダー4に対してのようにです。なぜなら、いままで知っているような環境においては、私たちは誰もが自分は正常に生きていられると信じたがっている。自分の脳というメカニズムが狂わされることはないと確信したがっている。ところがどうです、今回のように原因を伏せられてしまうとすぐにわからなくなる。まだみぬ奇異な原因があるのではと考えてしまう」

「……つまり、俺たちは脳ってものを、自分で思っているほど理解してないっていうことですかね」

「そうです。簡単に狂いうるメカニズム、われわれはまだ進化の途中ゆえに、完成されたものではないんでしょう。だから正常でもあり、異常でもある。だれもがそうなんです。

あなたも私も、正常でもあれば、異常でもあるんです。サージがなくとも、誤作動はいつでもおこりうる。誤作動すなわち異常心理状態を、ことさらに特殊なものとみなして恐れる必要はない。そこから、あらゆる心の病を救う手立てがわかってくるかもしれない。そうは思いませんか」

須藤はしばらく黙りこくっていたが、やがてつぶやいた。「まあ、そんな不十分な脳みそで、いまさらあれこれ悩んでもはじまらない」

「これから、どうします」田辺はきいた。

「お通夜の手伝いでいそがしくなるな。それが終わったら、そうだな」須藤の顔からふっと氷が溶けさったように見えた。かすかな笑いをうかべていった。「うちのガキのために、シティ・エクスパンダー4を買いに行かなきゃな」

午後六時三十分。

津久井智男はフォレスト本社ビルのエントランスを入った。ガードマンのほかには、ロビーに人影はなかった。この会社は六時が退社時刻だ。入り口は七時まで開いているが、受付はもう終了している。

エレベーターへ向かおうとして、足をとめた。すぐ仕事場へ向かおうとする。悪い癖だ。たまには外の世界で過ごすのも悪くない。ポリゴンでつくられたグラフィックではなく、現実の世界のなかで。少なくともここ数日は、それを痛感した。

ロビーの待ち合い用のソファに腰をおろした。壁に埋めこまれたモニター画面はすべて消えている。昼間は流れている音楽もない。静かだった。

ガラスごしに外をながめた。ロータリーに駐車されたクルマがオレンジ色に染まっていた。じきに日が暮れるだろう。

事情聴取をひととおり終えて警視庁をでたとき、すでに五時をまわっていた。令子はいまごろ、空港で七時の便をまっているだろう。一緒に行けないのは残念だが、仕方ない。駅の売店や電光掲示板には、事件解決を報じる号外の見出しが躍っていた。黒いコートの男の正体、判明。そんな見出しだった。

自分が感情を表わすことにもっと長《た》けていたら、彼らをあんなに苦しめることはなかったかもしれない。自分は話すのが得意ではない。ひとと会うことも好きではない。だれかと接することは、おのずから対立や摩擦を生む。どんな人間関係もドラマのようにはいかない。辛辣《しんらつ》な言葉の応酬のあと、気まずい雰囲気だけを残して背を向け合う、そんなことのくりかえしだ。それがいやだった。コンピュータと向かい合い、コンピュータだけを相手にしていたかった。自分を裏切るはずのない相手とだけ、対話していたかった。これまでは、そう思っていた。

だが、自分はまちがっていたのかもしれない。自分は令子との愛情は不変のものとしてとらえていた。彼女が自分を信じてくれるのも当然と思っていた。それはエゴにひとしかった。彼女は深く傷ついていた。津久井が自分に対する周りの誤解を解くために戦っていれば、令子は傷つかずにすんだかもしれない。令子は津久井が受けた侮辱を、自分のことのように受けとめていた。いや、そういう辛《つら》さを夫のかわりに受けとめてくれていたのかもしれない。

メスコナール治療薬を購入し、イスタルマトー症候群をなおすという結果さえでれば、令子もすべてわかってくれる。それまでは、弁解するのは野暮だ。津久井はそう考えていた。けれども、それは自分が口べただったからにすぎない。意思をつたえようとするのが怖かったからにすぎない。自分はこれまで内省的すぎた。内省的すぎて、妻までもとまどわせてしまった。

一緒にフランスへ行けないのは、当然の報いかもしれない。

津久井は令子と知り合ったときのことを思いだした。シティ・エクスパンダー1のヒットを記念して催されたパーティーだった。社長秘書の宮園です。そう自己紹介したときのことはおぼえている。白のドレスが似合っていた。まだ初々しかった。そのあと、どういう経緯で言葉を交わすようになったのか、そこはよくおぼえていない。ただ、趣味はなんですかときかれ、音楽鑑賞だと答えたことはよくおぼえている。どんな曲を聴くんですか。ピアノ曲が中心かな。

何週間か経《た》って、ふたりで都内のホールにピアノソロのコンサートを聴きに行った。帰りぎわ、令子にきいた。私と一緒にいるのは退屈だろ、話をするのも苦手だし。令子は首を振った。楽しい、一緒にいるだけで。

あのころと変わらないと思っていた。自分はそのときのままでいいと思っていた。だが、それは努力を怠っていただけだった。

津久井智男が美樹原唯と浮気していたのではないとわかったとき、令子は涙を浮かべた。それまでどんなに苦しんでいたのだろう。どんなに、悩んでいたのだろう。

自動ドアが開く音がした。ガードマンだろう。津久井は黙って、壁ぎわのなにも映っていないモニターをながめていた。

なにか物を置く音がした。ふりかえると、令子が立っていた。

「令子……」津久井はつぶやいた。

令子は微笑《ほほえ》んでいった。「お疲れさま。きょうの事情聴取はもう、終わったの？」

「ああ」津久井は呆然《ぼうぜん》として、令子を見かえした。空港に向かったときの服装のままだ。かたわらに大きなボストンバッグを置いている。

「令子、どうして……飛行機の出発まであと三十分だぞ」

一瞬、令子の顔になにかの影がさしたかのように見えた。すぐにまた笑っていった。「やめちゃった。治療はまた、今度にする」

「今度って？　これからフランツ・ハーマインの担当医師に予約を入れるとなると、一年以上もさきになるぞ」

「いいじゃない」令子はつぶやくようにいった。「あなたと一緒じゃなきゃ、いやだもの」

津久井はゆっくり立ちあがった。令子の顔をじっと見つめた。

見かえす令子の瞳《ひとみ》がうるんでいた。津久井は、すべての思考がとまったように思えた。そして、しだいに氷が溶けだすように時間が動きはじめた。ふたりで過ごしてきた時間が静かによみがえってきた。いいしれない感情。喜びと辛さ、安堵と不安がいりまじったような、複雑な感情。

「いいのか」津久井はいった。「ほんとうに、それで」

令子はうなずいた。瞳から涙がこぼれ落ちる前に、令子は津久井の胸に飛びこんできた。

津久井はこみあげてくるものを感じた。それが何なのか、言葉ではいえない。説明するのは野暮だ。津久井はそう思った。自分はたしかにそれを感じている。それならば、理由はいらない。

津久井は令子をそっと抱いた。柔らかく、しなやかな令子の髪は、結婚したころのままだった。

どれだけの時間が過ぎただろう。

エレベーターの扉がひらく音がした。令子が顔をあげた。

「津久井」桐生がボタンを押したまま、エレベーターのなかから声をかけた。

津久井はあわてて向きなおった。「社長」

桐生はじっと令子を見つめた。そして、かたわらのボストンバッグに視線を向けた。

「社長、令子は飛行機には乗らずに……」

「わかってるよ」桐生は無表情でいった。「守屋部長や糸織たちにきいた。空港に向かう途中で、突然引きかえすといいだしたと」

「社長」令子がとまどいがちにいった。「申しわけありません。でも、わたしひとりでは……」

桐生はため息をついた。「上で話そう」

津久井は当惑したが、令子をうながしてエレベーターへ向かった。令子がボストンバッグを重そうにひきずっていることに気づき、それを受けとった。ありがとう、と令子は笑った。

エレベーターに乗ると、桐生がボタンを押して扉が閉まった。

桐生はずっとなにもいわなかった。社長室に着いてから話すつもりなのだろう。あるいは、夫婦そろって居残りを決心したからには、なにか仕事をあたえられるかもしれない。社長は時間を無駄にしないひとだ。津久井はそう思った。

エレベーターがゆっくりと停止し、扉がひらいた。急に、風が飛びこんできた。

津久井は言葉を失った。ここは社長室ではない。視界がひらけていた。屋上だった。まばゆいばかりのサーチライトがともり、耳をつんざくような爆音が鳴り響いている。

「こっちだ!」桐生が爆音にかき消されまいと大声でいった。

津久井は、やはり呆然とした表情の令子とともにエレベーターを降りた。屋上の光景を見たとき、心臓がとまるほどの衝撃を受けた。

ヘリポートには二基のローターをそなえた巨大なヘリコプターの姿があった。航空自衛隊で採用されている、ボーイング社製のCH47チヌークに似ている。統一されたジャケットを着た男たちがヘリの周囲を走りまわり、離陸にそなえている。ヘリの側面にあるタラップが降りている。そこからのぞく内装は、さしずめホテルのエントランスのようだった。

タラップをひとりの男が駆け降りてきた。シグマテックの神崎元康だった。

神崎は桐生のほうへ走ってくると、大声で怒鳴った。「早くしろ! フォレストの連中は時間も守れんのか!」

津久井はぽんと肩を叩《たた》かれ、ふりかえった。糸織が笑って立っていた。その後ろに、おどおどしながらたたずむ守屋の姿もあった。

桐生が津久井にいった。「準備はいいな? 旅行に必要なものはだいたい中にある。足りないものがあったら向こうから電話で知らせてくれ。送ってやるよ」

「いったいどういうことです、これは」津久井はきいた。

「さいわいにもシグマテックの神崎社長がこのヘリを提供してくださったのさ。きみらは有給休暇の身だ。すぐに成田へ向かえ」

神崎が口をさしはさんだ。「桐生社長、約束は守れよ。これであのことは絶対に秘密だ。それでいいな？」

桐生は笑って肩をすくめた。そして懐《ふところ》から封筒をだし、津久井に渡した。「これをフランツ・ハーマインの責任者に見せるといい。厚生労働大臣からの書簡だ」

「厚生労働大臣？」

「そうだ。中溝氏がかけあってくれた。メスコナールの国外での服用にかぎり、認可してくれるようになった。つい一時間前のことだがな」

津久井はあぜんとするしかなかった。桐生はこれだけの状況をひとりで整えてしまった。津久井には未知の世界だが、一兆円企業の社長としてはさほど驚くには値しないことなのかもしれない。だが、津久井の見ていた桐生という人物は、そうした政治的な采配《さいはい》を最も苦手としていたはずだ。それらを、すべて成功させた。こんな短時間のうちに。

神崎がヘリのほうへ走っていき、タラップを昇っていく。途中でこちらをふりかえり、急げというように手招きした。

「津久井部長」糸織が笑顔で声をかけた。「お気をつけて。令子さん、がんばってきてくださいね」

令子は答えた。「ありがとう、糸織さんもがんばってね」

「津久井」守屋が歩みよってきた。話しにくそうに視線をそらしながら、たどたどしい口調で告げてきた。「……きみは私と離れることができて、内心喜んでいるかもしれない。まあそれは私もだ。だが、会社にとってはべつだ。フォレストはきみなしではやっていけない。戻ってくるのをまってる。期待してるぞ」

守屋らしい言葉だった。一瞬ためらったが、津久井は手をさしのべた。なぜかいまは、自然にそんな動作をおこなうことができた。守屋は困惑の表情を浮かべたが、やがてその手を握った。かすかな笑いを浮かべていった。「気をつけてな」

「さあ、ふたりとも急いでくれ！」桐生がさけんだ。

「でも、社長」津久井はいった。「こんなことしたら役員たちが黙ってはいないでしょう」

「いいんだ」桐生はきっぱりと告げた。

津久井はふいに、桐生の目にひとつの決意のようなものを感じとった。いままで見たことのない輝きが、その目にやどっていた。

「まさか……」

津久井の言葉を、桐生は手をあげて制した。笑いながら、静かにいった。

「好きにさせてくれ。それが僕にとって、最高の贅沢《ぜいたく》なんだ」

桐生の視線が令子のほうへ流れた。津久井は令子を見た。微笑む令子の頰《ほお》には、大粒の涙がつたっていた。その瞳が津久井の顔をじっと見かえした。いままでの時間が、その瞳のなかにゆっくりと流れているような気がした。そして、これからは新しい毎日が待っている。自分自身も変わっていくだろう。そう津久井は思った。もっと妻と心を通わせられる自分に。もっとひとを信じられる自分に。

「行こう」津久井はそういって、令子の肩を抱きながらヘリコプターへと歩きだした。

日本に戻ってきたら、野内祐介に自分が感じたままの答えをつたえよう。タラップへ向かいながら、津久井はそう思った。ありのままに、しかしもっとはっきりとした言葉で。

タラップがあがり、ローターの回転が速度を増していくのを、桐生直人は見つめた。激しい風が吹き荒れ、轟音《ごうおん》が響き渡った。津久井智男と令子を乗せたヘリはゆっくりと浮きあがり、方向を変えてヘリポートを離れた。ヘリが屋上に落としている大きな影とともに、爆音が遠ざかっていく。

たそがれがせまる夕暮れの空を飛び去っていくヘリコプターを、桐生は黙って見送った。ぼんやりと裕美のことを思った。社長になることを反対した裕美、いまのフォレストを見ることなくこの世を去った裕美。いまこの瞬間に裕美がいたなら、自分のことをどう思うだろう。どんな言葉を口にするだろう。これでもまだ、社長には向いていないというだろうか。あるいはそうかもしれない。こんなことを実行に移すからこそ、社長には向いていないのかもしれない。

それなら、それでもいいと思う。桐生はそう思った。やり残したことはなにもない。これからは、いままでずっと持てなかった時間がある。卓也や美里とともに過ごせる時間がある。彼らはどんな大人になるだろう。それはだれにもわからない。水のはいった袋の、水の通う回路。

その回路に分析不能なことがある。津久井はそう示唆した。それは人間の未来だ。明日のことはだれにもわからない。明日になるまではわからない。

桐生は腕時計を見た。午後六時四十分。役員会の時刻がせまっている。

この物語はフィクションです。

登場する個人・団体等はフィクションとして脚色されたものであり、現実とは一切関係がありません。

注目ゲームソフト『シティ・エクスパンダー4』レビュー

渡辺浩弐

このゲームを改めて正当に評価する機会を得たことを嬉《うれ》しく思う。そう、恥ずかしながら筆者も、例の忌まわしい「黒いコートの男」事件に震え上がり、プレイを中断していたクチなのである。

未体験者のために、まずゲームシステムを簡単に説明しておこう。ルールは単純明快。いわゆる落ちゲーの要領で建物や道路、木々といったパーツを地上に落とし、街を作っていく。パーツには土砂や溶岩もあり、地形を変化させることも自由だ。水を大量に降らせて、湖や川を作ることもできる。

最も重要なパーツは「人間」である。重力に導かれ地上に二本足で立った瞬間から人は意志を持ち、考えながら行動するようになる。それぞれの個人のふるまいが環境に強く影響する。プレイヤーはまずその一人一人に思い入れして操作することになる。人と環境の変化を見極めながらさらにパーツを追加し、街を発展させていく。

刻一刻と変化し広がっていく街は、いつでもその全景を見渡せるところまでズームバックすることができる。これがむしょうに楽しい。ビルや家屋が建ち並び人々がさかんに動き回り物や情報が活発に流れているありさまは、その全体もまた一つの生き物のように見えるのだ。そこから心臓の鼓動のようなリズムを感じ取ることができる。

ある広さと複雑さに達すると、街は自動的に成長し、増殖するようになる。原生動物のように分裂するのだ。別々になった街は以降はそれぞればらばらに発展していくのだが、お互いに関連しあっているようでもある。例えば全く別の街に住む人間どうしが、不思議な連携をみせることがある。離れた場所にいる複数の人々が、ある時突然、同じ行為を始めたりするのだ。奇妙な服を着たり、変な動きで踊って見せたり。テレパシーを使っているように見えるが、コンピュータネットワークのようなメディアで繋《つな》がっていると説明することもできるだろう。

街の自己増殖は加速し、プレイヤーの主観はどんどん巨大化していく。やがて国や大陸のようなまとまりが認識できるようになる。それらも、複雑に関係しつつ息づいている。どの一部分も、全体と繋がりあっている。どこか一点に何か操作を加えると、それは全く別の場所に、もしくは全体に、即座に影響する。それは鍼《はり》でツボを刺激することによって全く別の部位が活性化する、身体上のありさまによく似ている。

完成した世界を一望のもとに見渡した時、やはりその全体が生きているということに、プレイヤーは気付くはずだ。そこから「パラダイム２」がスタートする。

さらに視点を引いていくと世界の動きや凹凸は曖昧《あいまい》にぼやけ、やがて巨大な構造物の中に、その一部分として吸い込まれていく。そこでプレイヤーは、ふいに殻を脱ぎ、世界を一枚外側に出たような感覚を覚えるだろう。そこにはなめらかな起伏がある。

その起伏が何かの形に……見たことのあるような物体の形状になっていく。

足。胴体。腕。胸。顔そして頭……そう、これは人間、だ！

世界が拡大し発展し、遂に人口が一〇〇億に達した頃、その総体がたった一人の人間の肉体を形作るのだ。「パラダイム1」の主役である人間は、「パラダイム2」で主役になる人間の極小単位、つまり細胞や体内物質だったのだ。

この壮大なビジュアル表現には、ヒューマンズスキン・エレメンツ・アニメーションシステムが使用されている。従来のCG技術において、立体物は、平面の組み合わせによって、つまり現実の外形を模倣することで作られていた。ところがこの新技術で立体物は、それを構成する要素を積み重ねていくような方法で、つまり模倣ではなくゼロから創造し直すプロセスによって、作られる。人間の肌のようなフラクタルな存在をリアルに表現することができる画期的な技術である。

ビジュアルだけでなくこのゲームの世界観自体が、その技術上にこそ成立したものであると、気付いていただけると思う。

西洋の死体解剖学は、人の身体を、機械のように分解可能なものとして定義する。すなわち人体は、骨の外側に筋肉や腱《けん》を取り付け、皮を貼《は》り付けてハイできあがり、という考え方である。医療は、それらの部品に対しての作用反作用として行われる。

　CGで人体を作る技術は、これまで、その考えの上に発展してきた。解剖図説に示された形状を参考に、骨や筋肉や皮を、ばらばらの部品としてまず用意する。それらをプラモデルのように組み立てて完成させるのだ。そして骨格の、稼働関節の角度を設定して動作をつける。しかしポリゴンをどんなに緻密《ちみつ》にしても、骨格の稼働に現実の人間の動きをキャプチャーした膨大なデータを設定しても、そこにはどうしても「生きている」実感が現れてこないのだった。

　ところが、このゲームで生まれる人体の美しさといったら、どうだ。コントローラーで触り、動かしてみると、その身軀《しんく》は生き生きと弾み、揺らぎ、なんというか、水に満ちた袋のように感じられてくるのだ。

　乱暴に扱うと破れて水は中からほとばしり出てしまうだろう。そうこの人体は、固体を組み合わせて作られたものではない。皮膚という柔らかい袋の中に、液体が詰まっている。その中に、骨も筋肉も内臓も浮いている。さらにはそれらの浮遊物の全ても、絶えず流動し続ける極小生命体によって構成される。そして全ての部分は常に光の速度の情報を受発信し、全体と関係しているのである。

　これは、東洋体育における人体の定義に基づいたものかもしれない。このゲームのメイン・プログラマーである津久井智男《つくいともお》氏は、中国拳法《けんぽう》の使い手であるという話を聞いたことがある。人間の身体は一〇〇億を超える知性体の集合物なのであり、それらが「波動」や「気」といった、未知の情報ネットワーク上にまとまっている。そういう東洋的思想の上にこのゲームがデザインされたという推測は穿《うが》ちすぎだろうか。

こういった考え方はカウンター・カルチャーやニューエイジ・ムーブメントにも含まれており、実のところ今もゲームやコンピュータの業界ではかなりポピュラーなのである。もともとパーソナル・コンピュータは、かつて政府や企業の独占物であったコンピュータを、個人の、脳の機能を拡張するためのツールとして提供していきたいと考えるヒッピー青年達によって提唱されたものなのだ。そう、太極拳やヨガ、あるいは大麻に代わるものとして。

そして波動や気といった概念は、パソコンどうしが繋がりあったネットワーク世界を光の速度で伝わる情報に代替されていくということも、今や明確になってきているわけだ。

だから『シティ・エクスパンダー』シリーズが、今作からネットワーク対応になったことには、とても重要な意味がある。オンラインでプレイする「パラダイム3」では、生み出された人体が、宇宙のような「エーテル空間」の中をたゆたいながら信号を発し、別の星、いやプレイヤーを探し始める。そこからスタートする新しいコミュニケーションといったら……ここから先は、ぜひ自分でプレイして驚いてほしい。

「人を殺す」ゲームが蔓延《まんえん》する時代であるが、これは「人を進化させる」ゲームといえるだろう。そしてこれにはまり、パラダイムをクリアしていくにつれ、プレイヤーは自身の内にも素晴らしい進化体験を意識する。脳がゲームに繋がり、それがネットワークに繋がり、世界に、宇宙に広がっていく。おおげさかもしれないが、自分が宇宙であり、宇宙が自分である、そんな実感さえ、覚える瞬間があるのだ。

この感覚こそは、ヴィデオゲームというものが目指してきた境地だったかもしれない。それはヨガや禅で修行や瞑想《めいそう》の果てに達する「悟り」や「開眼」に、もしかしたら近いかもしれない。例えば70年代のヒッピー達や90年代のカルト宗教グループは、この感覚を、LSDなどの麻薬、すなわち脳のバリアを通過して外側から強引に入り込む化学物質の力を借りることによって、むりやり疑似体験していたのだ。ゲームなら、物質ではなく情報の力によって、合法的に安全に、脳を内側から刺激し活性化することができるのである。

余談だが、津久井氏を始めとするスタッフは、このゲームのアイデアを組み上げる過程で、そんなふうに人々の意識が繋がりあう状態を想定することによって、人間というもの、社会というものを、従来とは別の角度から見ることができるようになっていたのだろう。「黒いコートの男」事件を、ゲーム制作者自らが解決し得たのは、そのおかげだと思う。

さて、2周目をクリアした時に現れるロールの最後に「DEDICATED TO Mr.MATSUOKA」という1行を見つけた。最も重要なスタッフの名に違いないのだが、いくら調べてもこの会社やチームの周辺には、マツオカという人は見つからないのである。

この人物が、どのパラダイムの人なのか、ということをふと考える。このゲームの内側にいるのか、外側にいるのか。それとも、さらにその外側か。

（わたなべ・こうじ／ゲーム評論家）

松岡圭祐　official site
千里眼ネット
http://www.senrigan.net/